MANFRED BAUMANN
Mozartkugelkomplott

MANFRED BAUMANN

Mozartkugel-komplott

Kriminalroman

GMEINER SPANNUNG

Bisherige Veröffentlichungen im Gmeiner-Verlag:
Maroni, Mord und Hallelujah (2014), Drachenjungfrau, Meranas 4. Fall (2014), Zauberflötenrache, Meranas 3. Fall (2012), Wasserspiele, Meranas 2. Fall (2011), Jedermanntod, Meranas 1. Fall (2010)

Personen und Handlung sind frei erfunden.
Ähnlichkeiten mit lebenden oder toten Personen
sind rein zufällig und nicht beabsichtigt.

Besuchen Sie uns im Internet:
www.gmeiner-verlag.de

© 2015 – Gmeiner-Verlag GmbH
Im Ehnried 5, 88605 Meßkirch
Telefon 07575 / 2095 - 0
info@gmeiner-verlag.de
Alle Rechte vorbehalten
1. Auflage 2015

Lektorat: Claudia Senghaas, Kirchardt
Herstellung: Mirjam Hecht
Umschlaggestaltung: U.O.R.G. Lutz Eberle, Stuttgart
unter Verwendung eines Fotos von: © Oliver Sved – Fotolia.com
Druck: GGP Media GmbH, Pößneck
Printed in Germany
ISBN 978-3-8392-1773-3

Mozart! Mozart! Forgive me! Forgive your assassin!
                         (Salieri, in *Amadeus* von Peter Shaffer)

Ich möchte am Abend mit dir auf behäbigen Pferden reiten,
und das Land, das Land zerfließt unter unserem Schritt.
Die Sonne stirbt wie ein Tier, und man sieht sie die Augen weiten.
Und wir ziehn in ihr Rot und sterben mit.
                                 (Konstantin Wecker, *Liebeslied*)

PROLOG

Das Mädchen mit der Margerite im Haar ...

... hat ein bezauberndes Lächeln. Der Kopf ist anmutig und ein wenig keck zur Seite geneigt. Eine Haarsträhne oberhalb der Stirn hat sich gelöst, kräuselt sich sanft als kleine braune Wolke über der linken Augenbraue. Sonnenstrahlen tanzen auf den Kuppen der Wangen, die vom Lächeln umflutet sind. Das strahlende Türkis in den Augen wetteifert mit dem Blaugrün des kleinen Bergsees, der sich in einiger Entfernung hinter der jungen Frau an die Flanken der steil ansteigenden Hügel schmiegt, erhellt vom Morgenlicht. Die Augen des Mädchens sind am Blick des Betrachters vorbei gerichtet, fixieren etwas außerhalb des Bildes. Der makellose Mund ist geöffnet, als rufe die junge Frau jemandem zu. Mit der linken Hand hat sie sich an den Kopf gefasst. Die Bewegung war vielleicht ein wenig zu schnell geraten, denn der Träger des hellen Sommerkleides ist verrutscht. Die Finger sind ins volle kastanienbraune Haar getaucht, auf dessen Lockenwogen die Margerite schwimmt. Wie eine kleine weiße Insel in der dunklen aufgewühlten See. Eine junge Frau. Fröhlich. Erstaunt. Liebreizend.

Hektisches Klappern erfüllt den Raum. Schon beim ersten Anschlag verändert sich das Bild. Die Blätter der Margerite lösen sich auf. Das Lächeln zerfällt. Alles bricht auseinander. Die Augen, die Wangen, die Locken, die Berge im Hintergrund. Ein neues Bild beginnt sich zu formen, erst ruckartig, dann klarer. Kein See, keine sonnige Landschaft, keine junge Frau im hellen Sommerkleid sind mehr zu sehen. Stattdessen werden Wände sichtbar, ein Zimmer, gehüllt in schales Grau. Schwache Streifen von Licht sickern durch die halb geöffneten Jalousien, stechen wie kleine gelbliche Lanzen ins Zimmer, treffen auf ein Bett, das den Raum ausfüllt. Über dem Bett hängt ein großes Kreuz. Als hätte jemand mit vertrocknetem Blut zwei einander schneidende Balken an die Wand gemalt. Im Bett liegt eine Gestalt, von der bleichen Bettdecke fast zur Gänze verhüllt. Reglos.

Erneut durchbricht das trommelnde Klappern die Stille. Finger hasten hektisch über eine Tastatur. Wie kleine nervöse Käfer formieren sich allmählich die Zeichen, verbinden sich zu Worten. Ein Schriftzug prangt am unteren Bildrand, purpurrot: Bald wird kommen die Stunde …

1. TAG

ALLEGRO PIÙ MOSSO
(SCHNELL, ZIEMLICH BEWEGT)

»Vivat Bacchus! Bacchus lebe! Bacchus war ein braver Mann!«

Lauter Gesang schwappte aus heiseren Männerkehlen, etwas holprig, aber dennoch mit geschmetterter Wucht. Darüber legte sich, tapfer an Höhe gewinnend, ein hell vibrierender Mädchensopran.

»Vivat Bacchus! Bacchus lebe …«

Die drei grölenden Stimmen trafen auf die Rokokofassade des Alten Rathauses, gellten hoch bis zur Schwertspitze der steinernen Justitia, die über dem Eingang thronte, und rauschten als Echo zurück bis in die Mitte der im rechten Winkel einmündenden Sigmund Haffnergasse.

»Pschscht! Leise!«

Zwei heftig zischende Mezzosopranstimmen aus Richtung Alter Markt versuchten, sich energisch gegen den plärrenden Gesang durchzusetzen.

»Seid still, ihr Verrückten! Schluss mit dem Gejaule! Es ist zwei Uhr morgens!«

Die drei Angesprochenen wandten kurz die Köpfe nach rechts, lachten und stapften unbeirrt weiter in Richtung Getreidegasse. Nicoletta Bartenstein und Heidemarie Laudenbrunn stöckelten in einigem Abstand dahinter über das Pflaster. Das Geklapper ihrer Absätze hallte durch die nächtliche Salzburger Altstadt. Die beiden Frauen gaben sich große Mühe, die voraustorkelnde, immer noch singende Dreiergruppe einzuholen. Auch die Damen kämpften mit dem Gleichgewicht. Doch das lag mehr an den hohen Absätzen ihrer Schuhe und dem unebenen Boden unter ihren Füßen, weniger an der Champagnermenge, die in den vergangenen drei Stunden durch die Kehlen der fünf Feiernden geflossen war. Die Jüngste der Gruppe, die 16-jährige Leonie, hatte sich bei ihren Begleitern untergehakt und trieb die zwei Männer zu schnellerer Gangart an. Sie wollte jetzt keinesfalls von ihrer Mutter und ihrer Tante eingeholt werden. Sie wollte singen! Immerhin war heute ihr 16. Geburtstag. Und den feierte sie hier in Salzburg. Bei den Salzburger Festspielen! Das war ihr Wunsch gewesen. Sie hatte eben im Kreis ihrer Familie ein fünfgängiges Luxusmenü im nahe gelegenen *K+K Restaurant* genossen und dazu teuren Champagner geschlürft. Davor hatte sie ausgelassen in den frenetischen Jubel eingestimmt, der das Aufführungsende der Oper ›*Die Entführung aus dem Serail*‹ im Haus für Mozart begleitet hatte. Und jetzt tänzelte sie durch die berühmtesten 500 Laufmeter der Salzburger Altstadt, durch die mittelalterliche Getreidegasse. Die Beleuchtung war schwach. Die meisten Hausfassaden lagen im Dunkeln. Aber das Streulicht aus der Umgebung und das der Sterne vom wolkenlosen Nachthimmel reichten aus, der Gasse einen magischen Glanz zu verleihen. Die großen schmiedeeisernen Zunftzeichen, die von den Fassaden über den Geschäften bis weit in die Gasse hingen, glänzten im matten Widerschein. Die alten Schilder und die hohen schmalen Häuserreihen mit den vielen Verkaufsläden gaben der Gasse eine nahezu märchenhafte Aura. Leonie kam es vor, als spaziere sie durch ein altes enges Städtchen aus einem der Geschichtenbücher ihrer

Kindheit. Morgen, bei Tageslicht, würde sie hier shoppen gehen und sich von Onkel Gunnar und Tante Heidemarie in einem der Läden ein schickes Kleid schenken lassen. Aber jetzt wollte sie singen! Egal, wie spät es war. Schließlich wird man nur einmal 16!

»Also, Papa. Noch einmal!« Sie fasste ihren Vater am Arm, den im gesamten Landkreis ihrer Heimatstadt allseits geschätzten Tierarzt Dr. Aigulf Bartenstein, und zog ihn weiter durch die Gasse. An der anderen Hand hatte sie ihren Onkel im Schlepptau, Gunnar Laudenbrunn, erfolgreicher Immobilienmakler und Fraktionsführer im Stadtrat von Bad Kreuznach.

»Komm schon, Onkel Gunnar. Lass deinen Tenor …!« *Erschallen* wollte sie sagen, aber der Schluckauf kam ihr zuvor. Aus ihrer Mädchenkehle kullerte ein dreimaliges Kieksen. Säuerlicher Geschmack füllte ihren Mund, brannte in der Kehle. Das fühlte sich übel an. Egal! Sie schluckte einmal kräftig und holte tief Luft. Sie wollte jetzt unbedingt dieses lustige Lied weiter trällern, mit dem der schlaue Pedrillo in der Mozartoper den doofen Osmin in die Alko-Falle gelockt hatte. Ein besoffener Haremswächter erhöht die Chance der Helden, die gefangenen Frauen zu entführen.

Sie räusperte sich und legte los. »Das schmeckt trefflich! Das schmeckt herrlich!« Ihre Stimme hörte sich zwar im Augenblick eher an wie eine quietschende Kellertür, aber sie traf dennoch jeden Ton. Acht Jahre Klavierunterricht und vier Jahre Gesangsausbildung machten sich eben bezahlt. Die Melodie dieses Duetts würde sie allerorts und jederzeit punktgenau und stilsicher herausbringen, selbst im Champagnerdusel um zwei Uhr morgens mitten in der Salzburger Altstadt mit zwei besoffenen alten Herren an der Seite.

»Leonie, Schatz! Bleib stehen. Sei wenigstens du vernünftig.« Die Stimme ihrer Mutter wurde lauter. Die beiden Ladies im Abendkleid hatten ein wenig aufgeholt. Es galt, die Strategie zu ändern. Leonie löste rasch eine Hand vom Arm ihres Onkels, griff nach unten und zog sich die Schuhe aus.

»Aber Leonie, Schnuckelchen! Du kannst doch nicht ohne Schuhe laufen!« Und ob sie das konnte! Barfuß würde sie besser vorankommen. Und sie hatte ihrer Mutter gefühlte tausend Mal eingebläut, sie nicht *Schnuckelchen* zu nennen. Sie war keine Fünf mehr, sondern auf den Tag genau 16 Jahre alt. Das Pflaster fühlte sich angenehmer an, als sie erwartet hatte. Keineswegs kalt. Ihre Fußballen klatschten über den Boden. Energisch zog sie die beiden Herren im Smoking mit sich fort, die nächtliche Gasse entlang. Dem Tierarzt war der Elan seiner Tochter etwas zu heftig, er kam ins Straucheln, stützte sich an einem der verschlossenen Hauseingänge ab. »Na so was!«, lallte er. »Schon wieder Mozart!« Er war gegen die kantige Eingangsmauer des *Café Mozart* getaumelt. Wie auf Kommando schauten alle drei nach oben zum kunstvoll geschmiedeten Auslegearm, der hoch über dem Eingang des Kaffeehauses aus der Wand ragte und das ovale Schild mit dem Lokalnamen trug.

»Ssselbstverständlich!« Der Immobilienmakler bemühte sich, seine vom Alkohol schwere Zunge in den Griff zu bekommen. »*Café Mozart* gibt es hier schon seit 1923. Getreidegasse 22. Von den Brüdern Crozzoli eröffnet! So was weiß man, mein Lieber.«

»Keinen Vortrag über Kulturgeschichte, Onkel Gunnar! Jetzt wird gesungen!«, befahl das Geburtstagskind und stapfte weiter. Die beiden Männer folgten. Erneut schallte grölender Gesang zwischen den Häusern.

»Es leben die Mädchen, die blonden, die braunen …«

»Halt!« Gunnar Laudenbrunn blieb abrupt stehen. »Und die pinken!«, lallte er.

Das passte zwar nicht zum Duett der Mozartoper, aber zum coolen Haarlook seiner Nichte. Dann versuchte der Fraktionsvorsitzende aus Bad Kreuznach eine galante Verbeugung, was ihn fast zu Sturz brachte. Leonie grinste und drückte ihm schmatzend einen Kuss auf die Wange. Sie waren inzwischen auf Höhe eines asiatischen Restaurants angekommen, von dessen Eingang ein goldener Fisch mit dem Kopf nach unten über dem Pflaster baumelte. Noch etwa 300 Meter, dann würden sie ihr Ziel erreicht haben, das Hotel *Goldener Hirsch*.

»Meine Herren, weiter im Lied, bevor uns Mama und Tante Heidemarie einholen!«, kommandierte die 16-Jährige. Papa Bartenstein, erster Bariton im Bad Kreuznacher Männergesangsverein, warf sich in Positur, legte allen Schmelz, zu dem er noch fähig war, in seine Stimme. »Ah! Das heiß ich Göttertrank!«

Tochter und Schwager setzten ein. »Vivat Bacchus! Bacchus lebe! Bacchus, der den Wein erfand!« Ihre Schritte stampften im Takt des Liedes über das Pflaster.

»Aigulf, du alter Esel. Bleib stehen! Und hört endlich mit dem Geplärre auf.«

Nicoletta Bartenstein klang plötzlich ganz nahe. Wie hatten die beiden Frauen so schnell aufgeholt? Leonie drehte sich erstaunt um. Mutter und Tante standen unmittelbar hinter ihnen, zeigten grinsend ihre italienischen Designerschuhe, die sie, Leonies Beispiel folgend, ebenfalls ausgezogen hatten.

»Genialer Einfall, Mama! Könnte glatt von mir sein.«

»Wisst ihr was?«, kicherte Gunnar Laudenbrunn lauthals. »Wir sind an einer Schlüsselstelle!« Er deutete nach oben. Sie standen genau unter einem riesigen schwarzgoldenen Schlüssel, der im Schnabel eines Vogels hing, das Zunftzeichen der *Schlosserei Wieber*. In der nächsten Sekunde prusteten alle fünf gleichzeitig los. Das Gelächter aus hellen und tiefen Stimmen hallte durch die mittelalterliche Gasse. Lachtränen schossen aus geschminkten Augen, zogen kleine silbrige Spuren über von Wangenrouge getönte Backen.

Plötzlich mischt sich in den heiteren Lärm eine weitere Stimme. Ein Schrei. Aus der Ferne. Hoch und schrill. Übertönt das Gelächter, schneidet in die Gehörgänge der Feiernden. Der Schrei klingt nach Verzweiflung. Abrupt halten die fünf inne, wenden sich um. Etwas Schemenhaftes hetzt aus der Dunkelheit auf sie zu, vorbei an den geschlossenen Läden der Geschäfte. Eine helle Gestalt mit langen Haaren. Das spärliche Licht wirft silbrige Fetzen auf den zierlichen Körper, der die Gasse durchpflügt. Es ist eine junge Frau, die hereilt. Leonie kann nicht glauben, was sie sieht. Die Frau ist nackt, bekleidet nur mit einem Slip. Und sie schreit.

»Er stirbt!«

Die fünf stehen wie gebannt. Kein Lachen mehr. Nur Fassungslosigkeit ob der unerwarteten gespenstischen Erscheinung.

»Bitte helfen Sie!« Die junge Frau bremst abrupt ab. Unwillkürlich weichen die fünf einen Schritt zurück. Das Gesicht der Frau ist pure Verzweiflung. Sie greift nach der erstbesten Hand, die sie fassen kann. Es ist der Arm von Aigulf Bartenstein. »Schnell!« Sie zerrt ihn mit, hetzt mit blanken Füßen den Weg zurück, den verdatterten Tierarzt wie eine Beute hinter sich her schleifend. Leonie löst sich als Erste aus der Erstarrung, setzt sich in Bewegung, folgt den beiden. Das Mädchen vor ihr läuft schnell, Leonie kann kaum folgen. Plötzlich schwenken die beiden nach rechts, verschwinden in einem Hauseingang. Leonies Füße beschleunigen. Sie erreicht das offene Portal, das eben die verzweifelte junge Frau und ihren Vater verschluckt hat. Das ist *Mozarts Geburtshaus!*, registriert ihr Verstand. Der 16-Jährigen bleibt keine Zeit zum Verblüfftsein, aber sie erkennt das Gebäude wieder. Sie war schon am Vortag hier bei einer Führung, in einer Gruppe mit Italienern, Russen und Japanern. Sie hetzt durch den Eingang, verliert die Balance, knallt mit der Schulter gegen die linke Eisentür. Stechender Schmerz durchzuckt sie. Der große goldene Löwe am Portal mit dem Haltering in Form einer Schlange im Maul bohrt sich in Leonies entblößten Oberarm. Ihr wird schwarz vor den Augen. Übelkeit kocht hoch. Erneut schwappt ein scharfes Brennen durch ihre Speiseröhre. Der säuerliche Geschmack von Champagner und Austern in ihrem Mund macht sie mit einem Schlag vollkommen nüchtern. Tränen schießen ihr in die Augen. Sie reibt sich rasch über die schmerzende Stelle am Oberarm, erkennt im Halbdunkel die steile steinerne Treppe, die sie schon am Vortag hinaufgestiegen ist. Sie lässt ihre Schuhe fallen, die sie immer noch in der linken Hand gehalten hat. Ihr nackter Fußballen erfasst die unterste Stufe. Dann hetzt sie hoch. Schwindel erfasst sie. Es ist finster auf der Stiege. Auf der vorletzten Stufe flackert eine Kerze, die in einem Glas steckt. Sie erreicht den ersten Stock. Sie kann nichts erkennen, es ist zu dunkel. Sie dreht sich um, geht in die Hocke, fischt den Kerzenstumpen aus dem Glas, verbrennt sich dabei die Finger. Sie hält die Kerze vor sich. Allmählich nimmt sie die Umrisse ihrer Umgebung wahr. Sie muss sich rechts halten. Sie erinnert sich wieder. Bilder aus der Führung tauchen auf. Nach rechts geht es zur

Kassa und dann hinauf in den zweiten Stock. Sie rennt los, stößt gegen etwas Hartes, schreit auf. Sie muss gegen die Eisenstange mit den Verstrebungen gekracht sein, die in der Mitte des Gangs vor der Kassa aufgebaut ist. Sie ringt nach Luft, hält die Kerze tiefer. Der Schein trifft auf schwarzes Metall. Stechender Schmerz tobt in ihrer Hüfte. Egal. Sie muss weiter. Sie tastet sich die Wand entlang, sieht rechts die nächste steile Treppe. Sie hetzt hoch, nimmt zwei Stufen auf einmal. »Papa, wo seid ihr?« Sie bekommt keine Antwort. Wieder nach rechts, den Gang entlang, dann die nächste Treppe. Oben angekommen hört sie ein schwaches Heulen. Das kommt von der rechten Seite. Dort ist der Eingang zu den ehemaligen Wohnräumen der Familie Mozart. Die Tür mit der Aufschrift *Museum* steht halb offen. Das Heulen ist jetzt ganz nahe. Sie betritt den kleinen Raum hinter der Tür, dreht sich nach links. Gesichter starren sie an, vom flackernden Kerzenlicht aus der Dunkelheit geschält. Augen auf großen Gemälden sind auf sie gerichtet. Sie steht im ehemaligen Wohnzimmer der Familie Mozart. Gleich daneben ist *Mozarts Geburtszimmer*. Das hat sie sich gemerkt. Das Mädchen mit den langen Haaren steht am Eingang mit dem Rücken zu Leonie, verdeckt ihr die Sicht. Die Schultern der jungen Frau zucken, ein Weinkrampf schüttelt sie. Leonie kann sich kaum mehr aufrecht halten. Die Hüfte brennt wie Feuer. Bunte Kreise tanzen vor ihren Augen, ihre Knie zittern. Sie schiebt mit letzter Kraft das wimmernde Mädchen beiseite. Der Raum ist halbdunkel, erhellt nur von ein paar flackernden Kerzen. Sie sieht ihren Vater auf dem Boden knien neben dem unbekleideten Körper eines Mannes, der auf dem Rücken liegt, seltsam verkrümmt, ein Knie angezogen. Der Mann bewegt sich nicht. In der nächsten Sekunde schießt eiskalter

Schrecken durch Leonies Leib, um gleich darauf siedender Hitze zu weichen. Die Hitze flammt auf, als sie das mächtige Glied des Mannes erblickt. Das ist viel größer als das von ihrem Freund Konstantin, der sie vor fünf Monaten auf einer Skihütte entjungfert hatte, und auf dessen Geburtstags-Appnachricht zu antworten, sie heute vergessen hat. Sie weiß nicht, warum ihr das gerade jetzt einfällt. In diesem Moment. Aber der Anblick ist faszinierend und grausig zugleich. Dann sieht sie die auf den Bauch gepresste Hand. Die verkrampften Finger krallen sich um ein zerquetschtes goldenes Etwas. Eine Mozartkugel. Auch das registriert ihr Hirn in messerscharfer Klarheit. Als ihr Blick schließlich auf den Kopf der Gestalt fällt, schwindet die Hitze. Sie spürt nur mehr kaltes Schaudern. Es ist nicht so sehr der gespenstische Anblick einer zerfransten Mozartperücke, die der junge Mann auf dem Kopf trägt, der sie frösteln lässt. Es sind die im Tod gebrochenen Augen, die an die Decke starren. Und der Ausdruck von grässlicher Qual, der sich in den Zügen des Toten eingegraben hat.

Trotz der verzerrten Miene erkennt Leonie das Gesicht. »Mein Gott, das ist ja Jonas Casabella!«

Diese Erkenntnis und das immer noch haltlos wimmernde nackte Mädchen, das ihr plötzlich um den Hals fällt, sind zu viel für Leonies Magen. Sie stößt die junge Frau unsanft zur Seite, taumelt nach links, fällt heftig würgend neben dem Kachelofen auf die Knie und bereichert *Mozarts Geburtszimmer* mit einer weiteren Gabe: zwei halb verdauten Austern, aufgeweicht in Champagner, Dom Pérignon Vintage 1999, vermischt mit kümmerlichen Resten von Salzburger Nockerln.

*

Der Ton einer Klarinette zog durch das alte Haus am Fuß des *Mönchsberges*, stieg aus den Lautsprechern, die zwischen dicken alten Büchern eingeklemmt waren, schwebte durchs Zimmer wie eine kleine Möwe, getragen vom Hauch des Abendwindes. Der alte Mann am Schreibtisch wandte den Kopf zur Seite und blickte auf das Bild im hellen Holzrahmen, das auf einem kleinen Tisch neben einer mit Blumen gefüllten Vase am Fenster stand. Eine Frau Anfang 50 war darauf zu sehen. Ihr Lächeln erwärmte den Raum. Die Augen des alten Mannes füllten sich langsam mit Tränen. Das *Adagio* aus Mozarts Klarinettenkonzert war eines der Lieblingsstücke seiner Frau gewesen. Er spielte es oft, meistens nachts, ließ Mozarts wunderbare Musik durch die verwaisten Zimmer des riesigen Hauses mit den hohen Räumen ziehen. Helena war vor zehn Jahren gestorben. Bootsunfall. An der kroatischen Küste. Ihm war es damals vorgekommen, als sei sein Lebensstern in den Fluten der aufgewühlten Adria versunken. Hätte er nicht für seine damals zwölfjährige Tochter zu sorgen gehabt, er wäre auf der Stelle und leichten Herzens seiner Frau in den Hades gefolgt, hätte den Styx überquert an der Seite von Charon, dem Fährmann, auf der Suche nach Helena. Als Altphilologe war ihm die antike Vorstellung einer griechischen Unterwelt immer schon weitaus sympathischer gewesen als die zweifelhafte Vision eines christlichen Himmels samt Harfen spielendem Engelinventar. Er seufzte tief. Der Charakter der durchs Zimmer schwebenden Musik änderte sich. Aus der sanft dahingleitenden Möwe wurde mit einem Mal ein aufgeregt flatternder kleiner Schmetterling. Die Klarinette schickte nun schnellere Tongirlanden durchs Zimmer, gefolgt von Flöten und Geigen. Telemach Birkner, Altphilologe, Musikhistoriker und Philosophiegelehrter, atmete durch, wischte sich die Tränen aus den alten Augen und wandte sich wieder seiner Arbeit zu. Vor ihm auf dem Schreibtisch lagen einige Bände der *Geschichte Salzburgs*, herausgegeben von Heinz Dopsch und Hans Spatzenegger. Der Bildschirm des Laptops zeigte die Titelseite eines Buches aus der Schriftenreihe des Stadtarchivs:

Die Getreidegasse. Salzburgs berühmteste Straße, ihre Häuser, Geschäfte und Menschen. Telemach Birkner interessierte sich für das historische und kulturelle Leben der Stadt Salzburg ab der Mitte des 19. Jahrhunderts. Damals hatte der Boom um die Mozartverehrung eingesetzt, die bis in die Gegenwart mit all ihren touristischen Auswüchsen lebendig war. Zu dieser Zeit kam auch der gebürtige Oberösterreicher Paul Fürst nach Salzburg, um hier eine eigene Konditorei zu eröffnen. Dass er seiner Pralinenkreation in Kugelform den Namen des Salzburger Genius Loci gab, hatte sicherlich auch mit dem Trend der wachsenden Mozartbewunderung zu tun.

Der alte Mann am Schreibtisch hielt eine alte schwarz-weiß-Fotografie in der Hand und betrachtete die Details. Das Bild zeigte die *Konditorei Fürst* in einer Aufnahme vom Ende des 19. Jahrhunderts. Telemach Birkner war fasziniert von der Genauigkeit der Abbildung. Selbst die Kreideschrift auf den Tafeln in den Schaufenstern war gut zu lesen. Er war so vertieft im Studium der Details, dass er gar nicht das Ende des *Adagio* mitbekommen hatte. Längst hatte die Solistin der Aufnahme, die deutsche Klarinettistin Sabine Meyer, zu den schnellen Läufen am Beginn des 3. Satzes angesetzt. Aus den Lautsprecherboxen perlten die Klarinettentonkaskaden, tanzten im heiteren *Allegro* durch die stillen Räume des Hauses. Der Gelehrte am Schreibtisch war inzwischen über eine schwarz-weiß-Fotografie der Mozartstatue um die Jahrhundertwende gebeugt. Der schrille Klang eines Glockenspiels ließ ihn aus seinen Betrachtungen hochfahren.

Das war sein Handy. Er registrierte das Papageno-Motiv von *Ein Mädchen oder Weibchen*. Der Glockenspielton zeigte an: Der Anruf kam von seiner Tochter. Er blickte auf die Uhr. Es war kurz nach halb drei. Er konnte sie kaum verstehen. Ihre Stimme war schrill und wurde von heftigem Schluchzen unterbrochen.

»Papa, etwas Schreckliches ist passiert. Du musst sofort kommen.«

Blaue Lichterzungen huschten über die Fassaden der Häuser. Der Schriftzug eines Bekleidungsgeschäftes, das nach einer exotischen Frucht benannt war, wurde im Sekundentakt aus der Dunkelheit geschält. Genauso wie die Flügel des offenen Eisentores und die gelbe Front des ehemaligen *Hagenauerhauses* mit der berühmten goldenen Schrift über der zweiten Fensterreihe. Diese Fassade war zig Millionen Mal auf Touristenfotos aus aller Welt gebannt worden: *Mozarts Geburtshaus*. Drei Einsatzfahrzeuge mit drehenden Warnleuchten standen vor dem Gebäude. Als Merana ankam und aus dem Auto stieg, bemerkte er als Erstes den Satellitenwagen eines bekannten internationalen TV-Senders, der von der Salzachseite kommend auf den Hagenauerplatz einbog und dicht hinter den Polizeiautos anhielt. Die Hyänen vom Boulevard haben schnell Blut geleckt, dachte der Kommissar. Auch wenn er die meisten Vertreter der Spezies ›Skandaljournalismus‹ nicht ausstehen konnte, nötigte es ihm immer wieder Bewunderung ab, wie schnell die Profis im öffentlichkeitsgeilen Medien-Blutgeschäft die Fährte aufnahmen. Ein Toter an

Salzburgs berühmtester Adresse, *Mozarts Geburtshaus, Getreidegasse 9*, versprach schlagartig erhöhte Einschaltquoten und gesteigerte Auflagen.

Einige Kollegen in Uniform hatten die Gasse und den größten Teil des Platzes abgesperrt, drängten die Neugierigen zurück. Trotz der frühen Morgenstunde hatten sich schon an die 50 Personen eingefunden. Wohnungen gab es hier wenige. Die Getreidegasse war ein teures Pflaster. Die Schaulustigen mussten aus anderen Teilen der Altstadt gekommen sein. Offenbar waren auch Gäste aus den umliegenden Hotels darunter.

Wann war ich zuletzt in *Mozarts Geburtshaus*?, fragte sich der Kommissar, als seine Stellvertreterin, Chefinspektorin Carola Salman, ihn am Eingang empfing und beide die steile Treppe nach oben stiegen. Merana konnte sich nicht erinnern. Sein letzter Besuch war sicher mehr als 15 Jahre her. Carola hatte ihn schon am Telefon kurz über den Vorfall informiert. Eine Gruppe von Festspielgästen auf dem Heimweg hatte einen toten Mann gefunden, alarmiert von einer jungen Frau, die schreiend und halb nackt durch die Getreidegasse geirrt war. Die Festspielbesucher waren in einem Raum im ersten Stock untergebracht, betreut von einem Notarzt-Team. Die 16-jährige Tochter der Familie hatte einen Nervenzusammenbruch erlitten. Die junge Frau, die Hilfe geholt hatte, wurde im dritten Stock in einem Raum unweit des Schauplatzes versorgt. Eine Psychologin war bei ihr. Bis jetzt war aus der völlig verstörten Frau nichts herauszubekommen. Man wusste nicht einmal ihren Namen. Um diese Zeugen würden sie sich später kümmern. Sie gelangten in den dritten Stock, die Chefinspektorin ging voraus, öffnete eine nur angelehnte Tür mit der Aufschrift *Museum* und führte Merana nach links.

Nein, dachte Merana, als sie ihr Ziel erreichten und er den Schriftzug an der Wand las. Das ist wohl ein makabrer Scherz. Er blieb unwillkürlich stehen.

»Ja, Martin«, bemerkte die Chefinspektorin. »Es ist so. Wir haben eine Leiche direkt im Allerheiligsten dieses an berühmten Schaustücken ohnehin bis unters Dach gefüllten Hauses.« Merana zögerte, blieb an der Schwelle stehen, stützte sich mit der Hand am Türrahmen ab. Es war nicht so sehr seine auch nach Jahren noch immer vorhandene Scheu, einen Tatort zu betreten, die ihn nicht weiter gehen ließ. Es fiel ihm auch nach mehr als zwei Jahrzehnten Ermittlungsarbeit schwer, auf Anhieb in den unsichtbaren Kreis zu treten, den der Tod hinterlassen hatte. Er musste sich jedes Mal erneut darauf einstimmen. Sein Respekt vor dem Ort und den toten Körpern, in denen eben noch Leben pulsiert hatte, war zu groß. Aber dieses Mal ließ ihn auch noch das Groteske dieser Situation zusätzlich innehalten. Er stand an der Schwelle zu Mozarts Geburtszimmer. Hier war vor mehr als 250 Jahren ein Kind geboren worden, ein Künstler, dessen Musik heute noch die Menschen weltweit berührte. An diesem Ort war Leben erblüht. Und nun war derselbe Raum zugleich Sterbezimmer. Was für eine seltsame Umgebung, dachte Merana, als er behutsam den ersten Schritt in die Kammer setzte. Das ist kein Museumsraum, das ist ein Tempel, ein Schrein! Die Lichter der Scheinwerfer, die von der Tatortgruppe aufgestellt worden waren, erfassten fünf schlanke schwarze Säulen. Sie reichten bis zur Decke. Gegenüber dem Eingang stand ein hoher durchsichtiger Kasten, eine Vitrine fast wie ein Altar. Nur anstatt einer Monstranz enthielt der Glasquader eine Geige. Ein Seidenhemd war lässig über eine Kante des Kastens geworfen. Vor der Vitrine, auf den

Dielen des Holzbodens gleich neben der ersten Säulenreihe lag ein Körper. Die zuckende Fackel eines Blitzlichts flammte drei Mal auf, dann hatte der Fotograf der Tatortgruppe seine Arbeit beendet. Dass es sich bei der Leiche um einen jungen Mann handelte, hatte Merana schon von Carola erfahren. Dass der Mann splitternackt war, wusste er ebenfalls. Aber dass der Tote eine Mozartperücke am Kopf trug, sah er erst jetzt. Und als wäre das an makabrem Eindruck nicht schon genug, erkannte Merana auch den kleinen Gegenstand, den die verkrümmten Finger der rechten Hand umklammerten. Der Tote hielt eine halb zerdrückte Mozartkugel. Weitere Mozartkugeln waren im Raum verstreut zwischen Glasschalen mit herabgebrannten Kerzen. Kleidungsstücke lagen auf dem Boden. Neben den dunklen Säulen entdeckte Merana zwei Champagnerflaschen und zwei umgestürzte Gläser.

»Guten Morgen, Herr Kommissar. Sie kommen zu spät. Die Party ist leider schon vorbei.« Die Frau im weißen Overall, die neben der Leiche gekniet war, richtete sich auf. Merana musste sich erst daran gewöhnen, dass Richard Zeller nach fast 40 Dienstjahren vor zwei Monaten in Pension gegangen war. Jetzt hatte der alte Polizeiarzt mehr Zeit für seine Enkeltochter und die Sammlung seiner Kupferstiche aus der Biedermeierzeit. Vor dem Kommissar stand Zellers Nachfolgerin, Frau Dr. Eleonore Plankowitz, Rechtsmedizinerin. Eine Koryphäe auf dem Gebiet der Forensik, wie er vom scheidenden Polizeiarzt erfahren hatte. Mit 34 die jüngste Frau auf einem Leiterposten in der österreichischen Gerichtsmedizin. Merana streckte ihr die Hand hin. Sie streifte die durchsichtigen Plastikhandschuhe ab und ergriff die Rechte des Kommissars. Ihr Händedruck war fester, als aufgrund der eher zierlichen Statur der Frau zu erwarten gewesen war. Merana deutete auf den Toten. »Können Sie schon etwas sagen? Haben Sie eine Vermutung?« Sie warf ihm einen Blick zu, als hätte er verlangt, die Lottozahlen der nächsten zwei Monate vorauszusagen.

»Ich *vermute* nie, Herr Kollege. Ich pflege zu *wissen*! Aber erst, nachdem ich den toten Adonis auf meinem Tisch hatte.« Sie bückte sich nach ihrer Tasche. »Aber ich schließe mich der Einschätzung des Kollegen aus dem Notarzt-Team an, der die Polizei alarmierte. Schleimhäute und Lippen zeigen eine hellrosa Färbung. Es ist immer noch ein feiner Geruch von Bittermandeln wahrnehmbar. Also: Schlag nach bei Agatha Christie.«

»Blausäure?« Die Gerichtsmedizinerin konnte Meranas Frage nicht mehr beantworten, denn plötzlich war heftiger Tumult aus dem ersten Raum am Eingang zur Wohnung zu vernehmen. Rufe wurden laut. »Lassen Sie mich bitte durch!« Eine energische Männerstimme drang bis zu ihnen. »Ich muss zu meiner Tochter.« Merana drehte sich vom Toten ab, steuerte auf den Lärm zu.

»Papaaa!« Der schrille Schrei erklang in seinem Rücken. Eine junge Frau in kurzem Kleid mit umgehängter Rotkreuz-Decke stand am hinteren Eingang des Geburtszimmers. Sie war verzweifelt, weil die auf dem Boden liegende Leiche ihr den Weg versperrte. Dann riss sie sich mit einem Ruck die Decke von der Schulter. Und noch ehe einer der Tatortleute reagieren konnte, schleuderte die junge Frau die Decke über den Toten, sprang über die verhüllte Leiche hinweg und stolperte auf den Mann zu, der sich am äußeren Eingang zwischen zwei Polizisten vorbeidrängte. Die junge Frau warf sich ihm an den Hals, vergrub ihr Gesicht in der Schulter des Mannes und begann hemmungslos zu weinen. Die zwei uniformierten Beamten blickten verwirrt zum Kommissar. Der hob die Hand. Der etwa 70-jährige Mann im zerknitterten Sakko versuchte, die weinende junge Frau zu beruhigen. Gleichzeitig richtete er seinen Blick an Merana vorbei auf die Leiche. Er erstarrte. »Mein Gott!«, entfuhr es ihm. Merana trat auf den Mann zu.

»Ich bin Kommissar Martin Merana, ich leite die Ermittlung. Und Sie sind …?« Der Angekommene antwortete, ohne seine Augen vom Toten abzuwenden. »Professor Telemach Birkner.« Seine Stimme war belegt. »Meine Tochter hat mich vor einer halben Stunde angerufen.« Merana folgte dem Blick des Mannes, der immer noch auf die Leiche gerichtet war. »Sie kennen den Toten?« Der alte Mann nickte, schluckte. »Ja. Wenn mich nicht alles täuscht, ist das der Schauspieler Jonas Casabella.«

Merana schaute kurz zu seiner Stellvertreterin. Die schüttelte den Kopf. Auch dem Kommissar sagte der Name nichts. Aber die Klatschseiten von Illustrierten waren auch nicht seine bevorzugte Lektüre. Und aus den Schauspielprogrammen der Salzburger Festspiele war ihm der Name *Jonas Casabella* auch nicht geläufig.

»Woher kennen Sie den Toten?«

Der Mann wandte endlich den Blick von der Leiche ab und schaute dem Kommissar in die Augen. »Herr Casabella ist der Darsteller des Komponisten Wolfgang Amadeus Mozart in einer Fernsehdokumentation über die Geschichte der Mozartkugel.«

»Was haben Sie damit zu tun?«

»Ich bin der wissenschaftliche Berater dieser Produktion.«

Meranas Augen ruhten auf der jungen Frau, deren Körper immer noch von heftigem Schluchzen geschüttelt wurde.

»Und wie kommt Ihre Tochter hierher?«
»Das entzieht sich leider völlig meiner Kenntnis, Herr Kommissar. Das müssen Sie Valeska schon selber fragen.«
Merana nickte, fuhr sich mit beiden Händen durchs Haar und atmete tief durch. Dann wandte er sich ab und ließ noch einmal seine Augen über den sonderbaren Schauplatz gleiten. Er kam sich vor wie in einem schlecht inszenierten Film. Sie standen im Geburtszimmer des berühmten Komponisten. In den schwarzen Säulen mit den eingelassenen Glasfenstern waren Reliquien ausgestellt, Knöpfe eines Rockes, eine Tabakdose, sogar Haare des einstigen Wunderkindes. Auf dem Boden neben den Säulen lag ein toter Mozart. Nicht der echte, sondern ein Darsteller, splitternackt, mit weißer Perücke auf dem Kopf, einer zerdrückten Mozartkugel in den Fingern und den typischen Symptomen einer Zyanidvergiftung. An der Schulter des plötzlich am Tatort aufgetauchten wissenschaftlichen Beraters einer Fernsehdokumentation schluchzte eine junge Frau, die vor knapp zwei Stunden, nur mit einem Slip bekleidet, durch die nächtliche Salzburger Getreidegasse gejagt war. Deren Namen kannten sie jetzt, Valeska, aber sie wussten immer noch nicht, in welcher Beziehung sie zum Toten stand. Und völlig offen war, was die beiden mitten in der Nacht an diesem sonderbaren Ort zu suchen hatten. Das alles hörte sich sehr verrückt an. Er hatte schon einige seltsame Todesfälle an markanten Schauplätzen erlebt: einen toten Tod-Darsteller auf der Jedermannbühne[*], einen Möchtegern-Renaissancefürsten mit eingeschlagenem Schädel am Wasser speienden Steintisch von Hellbrunn[**], eine zu Tode gestürzte Königin der Nacht mitten in einer Fest-

---
[*] Manfred Baumann, *Jedermanntod*
[**] Manfred Baumann, *Wasserspiele*

spielpremiere*. Aber der rätselhafte Todesfall im makabren Ambiente dieses Ortes hier, im mit Mozartkugeln, Champagnergläsern und einer Leiche unpassend ausgestatteten Geburtszimmer, war schwer zu toppen. Er schaute zu seiner Stellvertreterin. Die Chefinspektorin brachte ein schwaches aufmunterndes Lächeln zustande. Und dann entdeckte der Kommissar am Boden das Tatortkärtchen mit der Nummer 13 gleich neben dem Kachelofen. Es markierte einige seltsam schleimige Brocken. Sie erinnerten ihn an halb verdaute Austern. Er konnte sich keinen Reim darauf machen. Aber das war jetzt auch schon egal.

Die Turmuhr der Sebastianskirche in der Linzergasse schlug acht. Stefan Sternhager bremste seinen Schritt, zögerte, überlegte, ob er in der Cafeteria schräg gegenüber schnell einen starken Espresso zu sich nehmen sollte. Er hatte schon den Fuß auf die Eingangsstufe des kleinen Lokales gesetzt, überlegte es sich dann aber anders. Er setzte seinen Weg fort. In jedem Fall brauchte er bald ein kräftiges Mittel gegen Kopfweh. Das rasende Pochen, das hinter den Schläfen begonnen hatte, war inzwischen bis zur Schädeldecke vorgestoßen. Es war bereits viel los auf der Straße, die zur Fußgängerzone gehörte. Einige Passanten drängten auf die Seite, ließen einen Lieferwagen vorbei. Gleich dahinter folgten zwei Radfahrer und ein Taxi. An der Ecke mit dem Juweliergeschäft zögerte Sternhager erneut. Gleich rechts in der breiten Gasse lag das urige Lokal, in dem er an seinem ersten Abend in Salzburg auf ein paar originelle Typen gestoßen war. Er hatte mit ihnen bis in die Morgenstunden gezecht. *Zum fidelen Affen* hieß diese Gaststätte. Vielleicht konnte er dort schnell ein Pils hinunterzischen und sich danach einen starken Kaffee geneh-

---
* Manfred Baumann, *Zauberflötenrache*

migen. Doch dann fiel ihm ein, dass das Affenlokal erst am Abend öffnete. *Wasserfall* las er auf einem Schild auf der linken Straßenseite gleich neben einem großen Tor, durch das man auf den Kapuzinerberg gelangte. Wo war hier ein Wasserfall? Doch dann wurde ihm gleich klar, dass dieses Schild nur auf ein weiteres Lokal hinwies. Schräg gegenüber präsentierte sich ein großes Bierhaus. *Gablerbräu*.

Ziemlich viele Orte zum Einkehren, dachte er. Aber leider war es noch zu früh dafür. Die Straße führte leicht bergab. Normalerweise nahm er einen anderen Weg zurück zum Hotel, aber heute folgte er der immer breiter werdenden Gasse. Zur rechten Seite entdeckte er einen Engelskopf an einer Mauer neben einer Apotheke, die sinnigerweise auch noch *Engelapotheke* hieß. Unterhalb des Engelskopfes war eine Marmortafel angebracht. *Im Dunkel* las er als Überschrift. Ein Gedicht.

Es schweigt die Seele den blauen Frühling.
Unter feuchtem Abendgezweig
sank in Schauern die Stirne der Liebenden.

Das klang ganz hübsch. Aber er hatte einen pochenden Schädel und Hunger. Er war ohne Frühstück vor zwei Stunden zu einem Gang durch die Stadt aufgebrochen. Ohne konkretes Ziel. Einfach weg aus der Enge des Hotelzimmers. Und jetzt stand er an einer Hausmauer und las ein Gedicht mit schwer zu verstehenden Zeilen unter einem Engelskopf. Vielleicht fand er ein andermal mehr Ruhe dafür. Jetzt nicht. Er beschleunigte seinen Schritt. Gleich darauf erreichte er einen sich öffnenden Platz. Er hörte Wasser rauschen. Gab es hier einen Wasserfall? Nicht direkt. Aber ein nasses Schauspiel. Wasserfontänen schossen aus dem Pflasterboden. *Platzl* stand auf dem Schild an einem der Häuser. Sternhagers Blick fiel auf den Frühverkehr am äußersten Rand des Platzes. Ein Bus mit Stangen auf dem Dach passierte die Straße vor der großen Brücke. Auf der anderen Seite prangte die lang gezogene Front großer alter Häuser überragt von einer mächtigen Kuppel. Der Anblick faszinierte ihn. Er ging langsam vor bis an den Gehsteig, wo der kleine Platz die Straße berührte. Zwei Türme schoben sich auf der anderen Flussseite in sein Blickfeld, einer davon mit einer Uhr und einer kleinen Fahne an der Spitze. Und er entdeckte weitere Kuppeln. Eine wuchtige und mehrere kleine. Das musste der Dom sein. Und darüber wie ein lang gezogener Wächter aus Mauern und Zinnen die alles beherrschende Festung. Er war jetzt schon seit fünf Tagen in der Stadt. Er war bereits öfter über Plätze und Gassen gestreift, herumgeirrt, meist in Gedanken versunken. Er war tagelang sauer gewesen, wütend. Und er hatte bis zu diesem Augenblick nicht mitbekommen, wie schön diese Stadt war. Aber jetzt kam er aus dem Staunen nicht mehr heraus. Nach dieser turbulenten Nacht offenbarte sich ihm ein überwältigender Anblick. Für einen Moment vergaß er sogar seinen pochenden Schädel. Die Aussicht auf das prächtige Ensemble der Häuser und Kirchen auf der anderen Seite des Flusses steigerte sein plötzlich aufkeimendes Hochgefühl. Niklas würde an ihm nicht mehr vorbeikommen. Jetzt war endlich er an der Reihe. Er klatschte in die Hände, machte kehrt, ging ein paar Schritte in den Platz hinein, steckte seinen Kopf in eine der hochschießenden Wasserfontänen. Zwei vorübereilende Frauen blieben stehen, lachten, zeigten mit dem Finger auf ihn. Er lachte zurück, während ihm das Wasser in Bächen übers Gesicht rann.

Als Sternhager den gediegenen Frühstücksraum betrat, empfing ihn zunächst gedämpftes Gemurmel. Die Tische an den Fenstern mit dem Ausblick auf die Altstadt waren alle schon besetzt. Einige Köpfe wandten sich ihm zu, schauten auf seine nassen Haare, auf das Wasser, das ihm immer noch vom Kopf tropfte. Er schnappte sich eine Serviette von einem Tisch gleich neben dem Eingang und schrubbte sich damit den Kopf. Wäre da nicht das junge französische Pärchen, das Händchen haltend an Tisch 7 saß, könnte man den Eindruck gewinnen, sich in eine Luxusresidenz für stinkreiche Senioren verirrt zu haben. Wohin Stefan Sternhager auch schaute, ringsum nur weiße Haare, runzelige Glatzen, Perlenketten, zum Spannen gestraffte Visagen, denen man die teuren chirurgischen Eingriffe schon von Weitem ansah. Die junge Französin mit den bunten Bändern im Haar und ihr Begleiter, dem sie eben frische Erdbeeren in den Mund steckte, drückten das Durchschnittsalter der Hotelgäste erheblich. Aber es blieb immer noch hoch. 70 aufwärts mindestens, schätzte Sternhager, während er durch den Raum schlenderte und das Buffet ansteuerte. Italienische Schinken aus zehn verschiedenen Regionen, zwei Platten mit französischem Käse, fünf Körbe mit einheimischem Brot, Früchte aus allen Gegenden dieser Erde, dazu Honig, Marmelade, Müsli, Obstsalat. Kein Wunder, dass hier nur alte Geldsäcke mit ihren Societyweibern herumlungerten. Wer sonst konnte sich die Preise in dieser Nobelhütte leisten? Er würde es sich heute besonders schmecken lassen. Er lud sich luftgetrockneten Schinken aus San Daniele auf seinen Teller, dazu Fenchelsalami aus dem Aostatal, einen Roquefort aus Südfrankreich und eine halbe Papaya. Es war ihm schon lange nicht mehr so gut gegangen. Das letzte Mal hatte er sich an ähnlich üppigen Buffets delektiert, als es ihm gelungen war, eine kleine Nebenrolle als Steward in einer Traumschiff-Folge zu ergattern. Er drehte sich um und entdeckte Darian Schartner, den bärtigen Produktionsleiter des Fernsehteams. Er stand wartend neben einem der Fenstertische, von dem sich eben ein asiatisches Ehepaar erhob. Eine der Servicedamen nahm rasch das benutzte Geschirr auf und bereitete den Tisch für den neuen Gast.

»Bringen Sie bitte gleich noch ein Gedeck«, rief Stefan Sternhager und setzte sich neben den Produktionsleiter.

»Regnet es, oder bist du in die Salzach gefallen?«

Sternhager lachte. »Nein, ich habe nur versucht, einen kühlen Kopf zu bekommen.«

»Was darf ich den Herren zu trinken bringen?« Die junge Frau aus dem Serviceteam hatte einen leicht slawischen Akzent.

»Ich hätte gerne einen doppelten Espresso. Und die stärkste Kopfwehtablette, die Sie auftreiben können, Mademoiselle.« Die junge Servierkraft ließ sich durch die eigenwillige Bestellung nicht irritieren. Sie hatte schon ganz andere Leute aus der Showbranche mit weitaus ausgefalleneren Wünschen bedient. Da waren Kopfwehtabletten eher harmlos.

»Und mir bringen Sie bitte einen Assamtee mit Milch«, bestellte der bärtige Produktionsleiter.

»Kommt sofort.« Die junge Frau entfernte sich.

»Assamtee«, brummte Sternhager verächtlich. »Und noch dazu mit Milch.« Er griff zur Serviette, legte sich das Stofftuch auf die Hose. »In Wahrheit sollten wir Champagner bestellen, Darian. Den allerbesten.« Er boxte dem anderen gegen den Oberarm. »Komm, lass uns darauf trinken, dass das Arschloch endlich weg ist.«

Seine Stimme war lauter geworden, aufgekratzt. Zwei ältere Damen am Nebentisch schauten verwundert herüber.

»Ich bitte dich, Stefan, was soll das?« Der Produktionsleiter blickte sich irritiert um.

»Beherrsch dich.«

Sternhager setzte zu einer Erwiderung an, wurde aber von der Serviererin unterbrochen, die den Tee und den Espresso abstellte. Auf einem kleinen Porzellanteller lagen zwei weiße Tabletten. Dann wandte sie sich an den Nachbartisch, wo eine der beiden Damen die Hand gehoben hatte.

»Jetzt tu nicht so, Darian. Du hast ihn auch nicht gemocht.«

»Keiner mochte ihn. Nur die Weiber waren verrückt nach ihm. Aber so ein Ende hat er sich auch nicht verdient.«

Warum nicht?, wollte Sternhager erwidern. Ein Kotzbrocken weniger auf dieser Welt schadet nicht. Er ließ es aber bleiben, krallte sich die beiden Kopfwehtabletten und spülte sie mit einem Schluck Espresso hinunter.

»Wann kommen die Bullen?«

Der Produktionsleiter rührte schweigend in seinem Tee. Beantwortete aber dann doch die Frage seines Gegenübers. »Sie haben uns alle um neun Uhr zur Vernehmung bestellt.«

Sternhager belegte eine der Brotscheiben mit Salami. »Warum überhaupt Bullen und Vernehmung? Was stimmt denn nicht am Abkratzen unseres Don Juan?«

»Keine Ahnung.« Der Bärtige starrte gedankenverloren vor sich hin.

»Hat er sich nicht einfach zu Tode gevögelt?«

Darian Schartner nahm den Löffel aus der Teetasse und legte ihn behutsam neben die Serviette. »Ich weiß es nicht. Ich war nicht dabei.«

Sein Gegenüber biss genüsslich in das Salamibrot. »Ich leider auch nicht.«

Er versuchte ein schmutziges Grinsen, wie er es bei Al Pacino in *Scarface* gesehen hatte. Er bekam es ganz gut hin. Und auch sonst würde nun einiges besser werden. Davon war er überzeugt. Er winkte der Bedienung.

»Ich hätte gerne ein Glas Champagner, hübsche Frau. Den besten, den dieses Haus zu bieten hat.«

Die EU-Flagge mit den zwölf Sternen flatterte am Dach des großen Gebäudes zusammen mit drei anderen Fahnen. Seit den frühen Morgenstunden war eine leichte Brise aufgekommen. Der Himmel über der Häuserreihe am Salzachufer zeigte sich leicht bewölkt. Merana stand auf dem Makartsteg und blickte auf eine Unzahl an kleinen Vorhängeschlössern. ›*Alexander und Melanie 17.Juli 2012*‹, ›*Verena und Matteo 08/12/12*‹, ›*B&R insieme*‹ las er. Er konnte sich nicht mehr erinnern, wann ihm vor Jahren zum ersten Mal diese Liebesschlösser am Maschengitter der Brücke aufgefallen waren. Plötzlich waren sie da gewesen. Sehr zur Irritation der für die Stege zuständigen Beamten in der Stadtverwaltung. Man konnte sich vorerst keinen Reim darauf machen, warum da plötzlich kleine Vorhängeschlösser montiert waren mit Aufschriften wie ›*Gabriel und Hannah*‹, ›*Pierre et Jacqueline*‹, ›*Zuzana a Ondrej*‹. Umsichtige Mitarbeiter waren daraufhin mit großen Kneifzangen angerückt und hatten die störenden Objekte abgezwickt. Aber die Schlösser führten offenbar ein Eigenleben, gebärdeten sich wie die vielköpfige Hydra aus der griechischen Sagenwelt. Wenn man dem antiken Ungeheuer einen Kopf abschlug, wuchsen an derselben Stelle zwei neue nach. Kaum hatten die Magistratsangestellten 20 Schlösser entfernt, prangten am nächsten Morgen gleich 40 und noch mehr an der Brücke. Eine Sachbearbeiterin, die ihre Urlaube gerne im Süden verbringt, hatte die Kollegen schließlich darauf aufmerksam gemacht, dass dieser Liebesschlösserbrauch aus Italien stammt. Der italienische Schriftsteller Federico Moccia beschrieb dieses Liebesritual in seinem Roman *Ho voglia di te* (*Ich steh auf dich*) und löste damit einen wahren Boom aus. Und so wurde eben auch der Makartsteg in der ohnehin vom italienischen Flair durchdrungenen Stadt Salzburg zur schlösserbehangenen Liebesbrücke. Auch arabische und asiatische Schriftzeichen fielen Merana auf. In der Mitte eines großen roten Vorhängeschlosses stand ›*Jeremias und Kurt*‹, umschlungen von einem Herz. Wunderbar, dachte Merana, auch die gleichgeschlechtliche Liebe findet hier ihren Platz im manchmal ohnehin sehr verzopften Salzburg. Er legte die Hände auf das Brückengeländer und ließ seinen Blick über das linke Salzachufer gleiten. Aufgeregtes Kinderkreischen erreichte sein Ohr. Zwei Mädchen und ein Junge stürmten über die Stufen, die zur Anlegestelle führten, an der die *Amadeus* vertäut war. Am höher gelegenen Uferrand rief eine Frau die Kinder zurück. Die Sprache klang spanisch oder portugiesisch. Enttäuscht stapften die Kleinen wieder die Stufen hinauf. Das Salzachschiff würde erst um elf Uhr ablegen, also in gut zwei Stunden.

Wie eine große, elegant gebogene Spange spannte sich der Makartsteg über den Fluss. Als Merana Mitte der 80er Jahre aus seiner Pinzgauer Heimat nach Salzburg gekommen war, um hier sein Jusstudium zu beginnen, war er anfangs oft auf dem Makartsteg gestanden. Das war damals noch eine andere Brücke gewesen. Er konnte sich noch gut an die Vibration erinnern, die den ganzen Körper durchströmte, wenn man über den ›schwingenden‹ Steg schritt. Zu dieser Zeit waren keine Liebesschlösser am Brückengeländer gehangen. Schade. Franziska hätte garantiert ihren und seinen Namen auf ein kleines Schloss gepinselt, das Liebessymbol am Geländer verankert, dreimal nachgeprüft, ob es tatsächlich festhielt und anschließend den Schlüssel im Fluss versenkt, wie das heute Liebespaare aus aller Welt machten. Franziska hatte Sinn für romantische Rituale dieser Art. Er weniger. Aber er hätte sich über diese Geste gefreut. Gewiss. Dann wäre an den Verstrebungen des alten Makartsteges ein Schloss gehangen mit der Aufschrift ›*Martin und Franziska, Sommer 1988*‹. Er war Realist genug, um zu wissen, dass dieses kleine Metallobjekt auch nicht verhindert hätte, dass ihm und seiner Frau nur fünf kurze Jahre beschieden waren. Dann hatte der Lymphdrüsenkrebs all ihre gemeinsamen Träume mit einem Mal zerfressen und ihn selbst in die schwerste Krise seines Lebens getrieben.

Eine fremdartig klingende Stimme drang an sein Ohr, riss ihn aus seinen trüben Gedanken. Eine Frau unbestimmten Alters in zerschlissenen Kleidern hatte neben ihm auf dem Boden Platz genommen. Eine Bettlerin. Ihre linke Hand, übersät von unzähligen Narben, hielt einen weißen Plastikbecher. Er langte in seine Jackentasche, suchte nach einer Zweieuromünze und legte sie der Frau in das schäbige Gefäß. Er verstand nicht, was sie sagte. Aber er entdeckte für ein paar Sekunden ein Aufflackern von Wärme in den Augen der Frau. Er nickte ihr freundlich zu und wandte sich zum Gehen. Die zwölf gelben Sterne auf blauem Grund tanzten immer noch im Morgenwind direkt über der Schrift, die den oberen Rand des großen Gebäudes zierte. *Hotel Sacher Salzburg*. Bis zum Jahr 2000 hatte das Hotel den Namen *Österreichischer Hof* getragen. Das prunkvolle Haus aus der Gründerzeit-Ära war das Ziel des Kommissars.

Es waren erst knapp fünf Stunden vergangen, seit Merana den Tatort in Mozarts Geburtshaus besichtigt hatte. Dennoch war die Maschinerie der polizeilichen Ermittlungen längst in vollem Gang. Die Befragung der Festspielbesucher, die von der jungen Frau in der Getreidegasse alarmiert worden waren, hatte nicht viel gebracht. Und da aus der völlig verstörten Valeska Birkner nichts Vernünftiges herauszubringen war, blieben den Ermittlern nur Vermutungen, was passiert sein könnte. Die Psychologin und das Ärzteteam hatten zudem vehement darauf gedrängt, die junge Frau umgehend ins Krankenhaus zu bringen. Von Valeskas Vater hatten sie immerhin erfahren, dass Jonas Casabella als Schauspieler Mitglied eines Fernsehproduktions-Teams war, das vor Kurzem begonnen hatte, eine internationale Dokumentation über die Geschichte der Salzburger Mozartkugel zu drehen. Die Kleidungsstücke, die sie am Schauplatz neben der Leiche gefunden hatten, gehörten Casabella und Valeska. Also war es mehr als naheliegend, anzunehmen, dass die beiden sich in Mozarts Geburtshaus zu einem ganz speziellen erotischen Stelldichein getroffen hatten. Die Frage, warum es ausgerechnet dieser Ort war, blieb einstweilen unbeantwortet. Welche Verbindung bestand zwischen dem Schauspieler und der jungen Frau? Wie waren die beiden ins Gebäude gekommen? Was war dann geschehen? Wie war die giftige Substanz in seinen Körper gelangt? Warum hatte der Tote eine Mozartkugel in der Hand?

Merana hoffte, von den Mitgliedern des Filmteams wenigstens auf einen Teil der Fragen schlüssige Antworten zu bekommen.

Und tatsächlich, eine knappe Stunde später waren sie ein paar kleine Schritte in ihren Bemühungen um Klarheit weiter gekommen. Chefinspektorin Carola Salman war vor einer Minute nach draußen gegangen, um dringende Anrufe entgegenzunehmen.

Das Hotel hatte ihnen einen Seminarraum für die Vernehmung zur Verfügung gestellt: dunkler Metalltisch mit Glasplatte, helle Ledersessel, schwere Brokatvorhänge an den Fenstern. An den Wänden drei alte Stiche mit Stadtansichten von Salzburg. Merana lehnte sich in seinem Stuhl zurück und ließ die Mienen der hier versammelten Personen auf sich wirken. Fünf Gesichter waren dem Kommissar zugewandt, fünf Blicke mit unterschiedlichem Ausdruck. Abwartend, neugierig, unsicher, überheblich, gelangweilt. Der gelangweilte Blick gehörte zu einer jungen Frau Ende 20 mit großen dunklen Augen und vollem schwarzem Haar, das ihr in dichten Locken bis über die Schultern hing. Sie hieß Leonarda Kirchner, wie Merana inzwischen erfahren hatte. Sie war die Maskenbildnerin. Ihre stark geschminkten Lippen waren leicht geschürzt. Ab und zu stieß sie deutlich hörbar Luft aus, ein mürrisches Fauchen, während ihr Blick immer wieder desinteressiert über die Zimmerdecke wanderte. Die zweite Frau im Zimmer war das genaue Gegenteil, Roberta Hirondelle, Anfang 40, Französin. Sie war Merana als Kamerafrau des Teams vorgestellt worden. Sie nahm Anteil am Geschehen. Ihre wachen braunen Augen waren meist auf den Kommissar gerichtet. Auch wenn in ihrem Blick ein Ausdruck von Betroffenheit und Trauer mitschwang, versuchte sie dennoch immer wieder ein aufmunterndes Lächeln, sobald Merana sie ansah. Auch das helle Glucksen ihrer ansonsten dunklen, warmen Stimme fand Merana sympathisch.

Sie hatte es unwillkürlich ausgestoßen, als Merana bei der Vorstellung ihres Namens nachgefragt hatte: »Hirondelle? Die Nachtigall?«

»Ich bedaure, Herr Kommissar. Ich bin eine andere Vogel. Der Nachtigall ist im Französischen maskulin und heißt *le rossignol*. Aber ich bin feminine, die Schwalbe, und bei mir man sagt: *Une hirondelle ne fait pas le printemps.*« Merana hatte vier Jahre lang Französisch in der Schule gehabt. Das war lange her. Aber so viel war ihm hängen geblieben, dass er dieses Sprichwort übersetzen konnte: *Eine Schwalbe macht noch keinen Frühling.* Auch jetzt waren die Augen der Französin wieder auf ihn gerichtet. Sie trug ihr Haar kurz, das rötliche Braun erinnerte ihn an die Farbe von herbstlichen Buchenblättern, durchzogen von kleinen hellen Strähnen. Der Kurzhaarschnitt mit den Stirnfransen, die ihr manchmal über die Augen rutschten, gab ihrem Gesicht einen Ausdruck von unbeschwerter Keckheit.

Am Kopf des ältesten Teilnehmers in der Runde waren keine Stirnfransen auszumachen. Auch keine Locken oder Strähnen. Niklas van Beggen, 51, Regisseur, Autor und zugleich auch Redakteur der TV-Produktion, trug eine Glatze, über die er sich immer wieder wischte, wenn er nachdachte, ehe er in behutsam gesetzten Worten eine Antwort formulierte. Neben ihm saß Darian Schartner, ein etwa 30-jähriger Mann mit stechendem Blick und Vollbart. Sein wirres dunkles Haar erinnerte an ein schlecht gebautes Vogelnest. Schartner erfüllte im Team die Aufgabe des Produktionsleiters. Blieb noch der fünfte in der Runde, Stefan Sternhager, auch er Anfang 30, blond, Schauspieler. Du hast dich wohl auf unserer Vernehmungsbühne für die Rolle des Überheblichen entschieden, dachte Merana, während er den blonden Akteur betrachtete. Aber du spielst sie nicht gut. Ich sehe hinter der Fassade des Arroganten einen völlig verunsicherten jungen Mann. Und du musst achtgeben. Immer, wenn du glaubst, es beobachtet dich gerade keiner, dann flackert in deinen Augen etwas auf, das tief aus deinem Inneren kommt.

Angst.

Einer aus dem Team fehlte, Claus Anderthal, Schauspieler aus Wien, der in dieser Produktion die Rolle des Salzburger Konditors Paul Fürst verkörperte. Er war schon am Vorabend mit einem Spätzug in die Bundeshauptstadt gefahren. Er hatte heute eine Probe am Burgtheater und wurde erst für den Abend zurückerwartet. Die Tür ging auf, Carola Salman kam zurück in den Raum. Sie nahm neben Merana Platz und schob ihm ihr Handy hin. Der warf einen Blick auf das Display. Das zeigte eine Nachricht von Thomas Brunner, dem Chef der Spurensicherung.

Alle am Tatort sichergestellten Mozartkugeln weisen winzige Einstiche auf. Vermutlich durch Injektionsnadel.

Der Kommissar verzog keine Miene. Auch die Chefinspektorin bewahrte stoische Ruhe. Sie wischte nur über den kleinen Bildschirm und öffnete eine weitere Nachricht. Die stammte von Otmar Braunberger.

Na, wie geht es den beiden Chefermittlern im Luxusambiente des 5-Sterne-Superior-Luxus-Häuschens? Wie schmeckt der Kaviar?

Übrigens: Unsere nächtlich herumirrende junge Frau ist Ferialpraktikantin der Stiftung Mozarteum. Laut Bürochefin fehlt einer der Schlüssel für Mozarts Geburtshaus. Bin auf dem Weg ins Krankenhaus, werde versuchen, der verschlossenen Auster ein wenig die Schale zu öffnen.

Angefügt war ein Foto von Valeska Birkner, ein Passfoto aus den Bewerbungsunterlagen. Merana vergrößerte das Bild und zeigte es den anderen.

»Kennt jemand diese Frau?«

Leonarda Kirchner antwortete als Erste. »Nein, aber ich würde ihr einen anderen Friseur empfehlen.« Sie blickte hämisch grinsend in die Runde. Aber nur Stefan Sternhager reagierte auf die spöttische Bemerkung, quittierte sie mit einem kurzen Auflachen.

»Nein, ist mir nicht bekannt.« Der Regisseur schüttelte den Kopf. Auch Produktionsleiter Darian Schartner verneinte. Die Kamerafrau beugte sich vor und nahm Merana das Smartphone aus der Hand. Dabei berührte sie kurz dessen Finger. Sie sah lange auf das Foto.

»Ja, ich habe schon gesehen diese junge Frau. Vorgestern Abend. Als wir waren alle eingeladen in die wunderbare Garten bei die *Mozarteum*. Beim Empfang von Stiftung.« Sie drehte das Handy mit der Bildseite den anderen zu.

»Kann schon sein, Roberta«, erwiderte Sternhager barsch. »Beim Empfang waren mehr als 150 Leute. Mir ist die Kleine in dem Trubel jedenfalls nicht aufgefallen. Aber warum fragen Sie uns nach der Frau, Herr Kommissar? Hat sie etwas mit Jonas zu tun?«

Merana ging nicht auf die Bemerkung ein, nahm das Handy, das ihm die Französin mit einer Bemerkung zurückgab. »Also ich finde die Frisur sehr hübsch. Was meinen Sie, Herr Kommissar?«

Merana musste unwillkürlich lächeln. Die Frage überraschte ihn.

»Leider besteht unsere Aufgabe nicht darin, Stylingfragen zu beantworten. Wir sind hier, um den bis dato rätselhaften Tod Ihres Kollegen Jonas Casabella aufzuklären.«

Er schob das Smartphone seiner Stellvertreterin hin und gab ihr ein Zeichen, fortzufahren. Carola Salman legte ihre Fingerspitzen aneinander. »Wie wir Ihnen am Anfang unserer Besprechung schon mitteilten, wurde Jonas Casabella heute Nacht gegen zwei Uhr Früh in Mozarts Geburtshaus tot aufgefunden. Die Umstände, die zum Tod führten, sind derzeit unklar, da die gerichtsmedizinischen Untersuchungen noch andauern. Die junge Frau, deren Bild Sie eben gesehen haben, heißt Valeska Birkner. Sie war in der Nacht ebenfalls am Schauplatz. Sie holte Hilfe, traf in der Getreidegasse auf eine Gruppe heimkehrender Festspielbesucher, die daraufhin Rettung und Polizei verständigten. Frau Birkner wurde von den Ereignissen stark mitgenommen. Wir konnten sie noch nicht zu den näheren Umständen befragen.«

Schallendes Lachen wurde am Tisch laut. Stefan Sternhager sprang auf, ließ seine Rechte auf die Schulter des Produktionsleiters knallen. »Habe ich es dir nicht gesagt, Darian? Das Arschloch hat sich zu Tode gevögelt!«

Der Angesprochene wischte unwirsch die Hand des blonden Schauspielers von seiner Schulter. Ihm war der Auftritt sichtlich peinlich.

»Stefan, würdest du dich bitte benehmen!« Regisseur Niklas van Beggens Stimme donnerte durchs Zimmer. »Etwas mehr Pietät wäre angebracht! Unser Kollege Jonas ist tot!«

»Na und?« Sternhager beugte sich weit über den Tisch, starrte den anderen ins Gesicht. Seine Augäpfel traten vor. Mit voller Wucht klatschte er die flache Hand auf die Glasplatte. »Jetzt tut doch nicht so scheinheilig! Auch ein totes Arschloch bleibt ein Arschloch.« Niklas van Beggen versuchte, den Schauspieler auf den Stuhl zurückzuziehen, aber der riss sich los, drehte den Kopf in Richtung der beiden Ermittler. »Der Fall ist doch klar! Der gute Jonas lacht sich beim Empfang der Stiftung die Kleine an, und gestern Nacht bumst er sie quer durch Mozarts Geburtshaus. Exquisite Umgebung, geiler Schauplatz. Aber unser geschätzter Kollege war ja schon immer für seine besonderen Eskapaden an speziellen Orten bekannt. Nur dieses Mal hat er das Abenteuer nicht überstanden. Exitus durch Koitus. Finito! Kann auch sein, dass es der Kleinen zu viel wurde, und sie hat dem Arschloch eins übergebraten. Vielleicht mit der berühmten Mozartgeige, die ist ja dort ausgestellt. Oder der gute Amadeus ist selbst erschienen und hat Jonas das Licht ausgeblasen. In meinem Haus da vögle nur ich! War ja auch kein Kind von Traurigkeit, der gute Wolferl!«

Seine Stimme hatte sich überschlagen. Er hatte sich mit wütenden Handbewegungen in Szene gesetzt, sein irrer Blick huschte nach allen Seiten. Er schaute herausfordernd in die Runde, wartete auf Applaus.

»Wenn Sie dann fertig sind, Herr Sternhager, nehmen Sie bitte wieder Platz. Ich würde es vorziehen, mit meiner Befragung fortfahren zu können.«

Carola Salmans Stimme klang ruhig. Sie sprach leise. Die freundliche Miene der Chefinspektorin deutete der Schauspieler allerdings falsch. Er wollte unbeirrt zu einer Erwiderung ansetzen. In der nächsten Sekunde spannte sich Carola Salmans Körper, ihr Kinn zuckte nach oben, nur ein paar Millimeter, gleichzeitig hob sie die Hand. Ihre blitzenden Augen fixierten den Schauspieler wie eine Leopardin ihre Beute. Sternhager hielt in seiner Bewegung inne, starrte die Polizeibeamtin an. Den Mund offen, aber unfähig, etwas zu sagen. Schließlich senkte er den Kopf, setzte sich wieder hin wie ein von seiner Lehrerin beim Schwindeln ertappter Schüler.

»Sobald wir das Ergebnis der gerichtsmedizinischen Untersuchung kennen, werden wir Sie vielleicht noch mit anderen Fragen konfrontieren. Fürs Erste sind wir daran interessiert, uns ein ungefähres Bild von den Vorfällen dieser Nacht zu machen. Hat Herr Casabella jemandem von Ihnen von seinem geplanten ...«, sie zögerte kurz,

»... Rendezvous in Mozarts Geburtshaus erzählt?«

Sie schaute in die Runde. Die Maskenbildnerin hatte den Blick gesenkt, betrachtete ihre Fingernägel. Regisseur und Produktionsleiter schüttelten die Köpfe. Sternhager starrte vor sich auf die Tischplatte. Seine Lippen bildeten einen schmalen Strich. Auch die Französin schwieg. Erneut kroch ein Ausdruck von stiller Trauer in ihr Gesicht.

Merana beugte sich vor. »Vielleicht ist es ohne Belang. Aber es gibt eine Frage, die mich beschäftigt.« Bis auf Sternhager richteten alle den Blick auf den Kommissar. Der wandte sich direkt an den Regisseur. »Wenn ich das richtig verstanden habe, Herr van Beggen, dann steht im Mittelpunkt Ihrer Dreharbeiten die Person von Paul Fürst, dem Erfinder der *Salzburger Mozartkugel*.« Van Beggen nickte zustimmend.

»Mozartkugeln haben wir auch in der vergangenen Nacht gefunden«, setzte Merana fort. »Eine hielt der tote Jonas Casabella sogar in der Hand, weitere lagen verteilt im Raum. Aber es waren nicht die silber-blauen Mozartkugeln aus der Konditorei *Fürst*. Wir fanden beim Toten die in Goldpapier gehüllten Kugeln eines Konkurrenzunternehmens, der Firma *Mirabell*. Gibt es dafür eine Erklärung?«

Merana blickte erwartungsvoll auf die Filmcrew.

»Er bevorzugte eben das Billige, das Nachgemachte. Kopie statt Original. Keine Spur von Geschmack!« Sie hatte es nur geflüstert. Aber jeder im Raum hatte es verstanden. Die Maskenbildnerin starrte vor sich hin. Plötzlich schossen Tränen in ihre Augen. Sie verzog den Mund zu einer hässlichen Grimasse. Mit dem Ausdruck von Ekel im Gesicht sprang sie auf. Der Stuhl kippte nach hinten, als sie sich hastig umwandte und davonstürmte. Das Zuknallen der Tür und das Aufleuchten von Carolas Handy passierten nahezu gleichzeitig. Während die anderen noch zum Eingang starrten, lasen Merana und die Chefinspektorin eine weitere Nachricht von Thomas Brunner.

Zwei der zwölf Mozartkugeln untersucht: In beiden Spuren von Kaliumcyanid festgestellt.

*

Der Kommissar und seine Stellvertreterin sahen einander an. Beide dachten dasselbe. Auch wenn es noch galt, das Untersuchungsergebnis der Gerichtsmedizinerin abzuwarten, so lag die mögliche Ursache für den Tod des Schauspielers auf der Hand: Der Grund für Jonas Casabellas Tod war tatsächlich Gift. Nicht dargeboten durch einen vergifteten Apfel wie bei Schneewittchen, sondern in Form einer Mozartkugel mit beigefügtem Zyankali. Wenn sich das bestätigte, dann war Mozarts Geburtshaus nunmehr endgültig zum Tatort eines Mordes geworden. An einen Unfall wollten die beiden Ermittler nicht glauben. Doch wer hat dem Schauspieler das tödliche Bonbon gereicht? War es jemand aus der Runde des Film-Teams? Und wenn ja, was war der Grund?

Er hoffte, sie würden bald die Antwort wissen.

Die Krankenschwester stellte Kanne und Tasse auf den kleinen fahrbaren Tisch neben dem Bett.

»So, junge Dame, einmal Fencheltee wie gewünscht.«

Die Frau in der weißen Schwesternmontur hatte ein freundliches herzförmiges Gesicht. Ihr schon leicht ergrautes Haar war hochgesteckt. Sie winkte mit der Hand zum Gruß und verließ das Zimmer. Die grünen Jalousien am Fenster waren halb zugezogen. Dennoch füllte das satte Licht der Mittagssonne den Großteil des Raumes, erfasste auch den großen hellblauen Stoffhasen, der auf dem Beistellschrank neben dem Bett thronte. Valeska griff nach dem Tier und drückte den stattlichen Plüschkerl an ihre Brust. Ihre Augen lugten zwischen den langen Ohren des Stoffhasen ein wenig zaghaft auf den alten Mann, der bei ihr am Bett saß.

»Es tut mir alles so leid, Papa. Es ist so furchtbar.« Weiter kam sie nicht. Tränen schossen ihr in die Augenwinkel. Ihre Schultern begannen zu beben, heftiges Schluchzen war zu hören. Telemach Birkner tastete nach der Hand seiner Tochter, tätschelte sie. Mit der anderen Hand streichelte er ihr die Wange. So war er manchmal an ihrem Bett gesessen, wenn sie als Kind von Fieber oder schlechten Träumen geplagt wurde. Damals hatte er ihr auch hin und wieder Lieder vorgesungen, um sie zu beruhigen. Das unterließ er jetzt. Aber er hörte nicht auf, sie zu streicheln. Er konnte ihr nicht böse sein. Er hatte ihr nie böse sein können, egal was sie als Kind oder als Pubertierende angestellt hatte. Und was hatte sie jetzt schon groß falsch gemacht?

Im Grunde nicht viel. Sie hatte sich von einem adretten jungen Mann, einem allseits begehrten Frauenschwarm, den Kopf verdrehen lassen. Sie hatte sich mit dem Schauspieler in ein völlig abgedrehtes Abenteuer gestürzt, eine

Liebesnacht bei Champagner und Kerzenschein. Und das, was den Reiz sicherlich erhöhte, an einem prominenten Ort, zu dem man nächtens normalerweise keinen Zugang hat, in Mozarts Geburtshaus. Gut, dass sie dazu kein Recht hatte, sich als Praktikantin heimlich den Schlüssel aneignete und gegen jegliche Vorschrift verstieß, das stand auf einem anderen Blatt. Das war bei Gott keine Lappalie. Aber er war sicher, dieser Fauxpas ließ sich wieder hinbiegen. Er kannte den Präsidenten der Stiftung Mozarteum persönlich, hatte ihm oft bei musikhistorischen Expertisen beigestanden. Der Präsident würde wohl ein Einsehen haben, schließlich war er selbst in seiner Jugend ein stadtbekannter Hallodri gewesen. Wer weiß, vielleicht hatte er es auch nächtens an verbotenen Orten der Mozartverehrung getrieben. Ein kleines Schmunzeln legte sich auf die Lippen des Professors. Er schaute auf die immer noch weinende Valeska. Was für eine verrückte Tochter er doch hatte! An kuriosen Einfällen und aberwitzigen Unternehmungen hatte es ihr noch nie gemangelt. Da geriet sie ganz nach ihrer Mutter. Valeska war erst zwölf gewesen, als Helena in der Adria zu Tode gekommen war. Aber das heiße Blut, die Lust an ausgefallenen Abenteuern, die hatte Helena in ihren Genen an die Tochter weitergegeben. Doch der grauenvolle Ausgang des Vorfalls von heute Nacht war selbst für seine abenteuerlustige Tochter zu viel gewesen. Er griff nach einem Papiertaschentuch und trocknete Valeskas Wangen. Allmählich beruhigte sich die junge Frau. Sie langte nach der Teetasse, nahm einen großen Schluck. Langsam kroch etwas Farbe in ihre bleichen Wangen. Dennoch sah sie immer noch aus wie das sprichwörtliche Häuflein Elend. Am liebsten hätte der Gelehrte seine Tochter in eine Decke gewickelt, sie in die Arme genommen und nach Hause gebracht. In der nächsten Sekunde erfüllte wieder heftiges Schluchzen das Zimmer. »Was ist mit Jonas passiert, Papa?« Ihre Stimme brach, endete in gequältem Flüstern. Die Augen weiteten sich, ihr Mund wurde groß und breit, ihr Gesicht begann erneut zu beben. Wieder kamen ihr die grässlichen Bilder der vergangenen Nacht hoch.

»Ich weiß es leider nicht, mein Schatz.«

Heftiges Pochen unterbrach seine Worte. Die Tür wurde schwungvoll geöffnet, und ein junger Mann im Poloshirt stapfte ins Zimmer, gefolgt von einem zweiten Mann, der eine Kamera auf der Schulter trug.

»Entschuldigen Sie. Wir wollen auch gar nicht lange stören. Wir möchten nur mit der jungen Dame kurz über den tragischen Vorfall in Mozarts Geburtshaus sprechen. Wie uns bekannt ist, Frau Birkner, waren Sie dabei.«

Der Reporter versuchte, sich am Professor vorbeizudrängen.

»Was erlauben Sie sich!« Die Stimme des Altphilologen schwoll an. »Hinaus mit Ihnen! Auf der Stelle!« Hinter den beiden Männern tauchte die Krankenschwester von vorhin auf. Auch sie begann sich über das dreiste Eindringen der Fernsehleute lautstark aufzuregen. Dem Kameramann war es gelungen, trotz des Wirbels ein paar Aufnahmen von der hemmungslos heulenden Valeska zu schießen. Telemach Birkner griff nach der Teekanne. Ein Schwall heißer Fenchelbrühe ergoss sich über das Kameraobjektiv. Auch wenn er kein Achill war, auch wenn er keine Kopis, das mächtige Hiebschwert der Antike, zur Hand hatte, so wusste sich ein wahrer Altphilologe, der jede Kampfszene der *Ilias* auswendig zitieren konnte, doch jederzeit zu helfen. Er schnappte sich den riesigen Stoffhasen und drosch damit auf den Kameramann ein. Zwei herbeigeeilte Krankenpfleger und eine weitere Stationsschwester unterstützten den erbosten Gelehrten bei dessen Wüten und drängten die beiden Fernsehleute aus dem Zimmer.

Merana erfuhr von dem Vorfall am späten Nachmittag kurz vor dem Team-Meeting um 16 Uhr. Auch im Hotel *Goldener Hirsch* hatten zwei Fernseh-Crews versucht, zur Familie Bartenstein vorzudringen, um ein Exclusiv-Interview zu ergattern. Aber in diesem festspielpromierprobten Salzburger Nobelhotel in der Getreidegasse war man gegen aufdringliche Medienhyänen weitaus besser gewappnet als das arglose medizinische Betreuungspersonal im *Krankenhaus der Barmherzigen Brüder* am Kajetanerplatz. Obwohl die Salzburger Polizei wegen laufender Ermittlungen eine strikte Nachrichtensperre verhängt hatte, lief die Kunde vom sensationellen Todesfall an prominenter Stätte wie ein Buschfeuer durch die Stadt, erreichte im Minutentakt die internationalen Nachrichtenagenturen, ergoss sich als Kommentarflut in die verschiedensten Internetforen. Die zahlreichen Postings reichten in ihren Wortspenden von witzig über gehässig bis hin zu betroffen und mitleidsvoll.

Jonas Casabella, Schauspieler aus Berlin, Star der US-Serie Dragon Scale, *die seit einem Jahr auch in der deutschen Fernsehlandschaft für Furore sorgt, soll heute Nacht in Salzburg zu Tode gekommen sein*, war schon gegen sechs Uhr morgens im Netz zu lesen. Eine Stunde später tauchten erste Hinweise auf eine wilde Orgie an einer prominenten Salzburger Kultstätte auf. In einem Kommentar war die Rede von der Folterkammer der *Festung Hohensalzburg*. Andere User hielten dagegen und verwiesen auf die Arkadengänge der *Felsenreitschule* als Schauplatz. Mehrere okkulte Foren verlegten den Tatort in die Katakomben des *Petersfriedhofs*. Dort war der Schauspieler angeblich bei einer satanischen Messe mit Hostien in Form von schwarz gefärbten Mozartkugeln erstickt worden. Als dann die ersten Handyfotos aus der Nacht ins Netz gestellt wurden, schwenkten die meisten auf *Mozarts Geburtshaus* als Schauplatz des Skandals um.

Zu Mittag gab es *Breaking News* in fast allen europäischen Fernsehsendern und in CNN. Ein deutscher Privatsender brachte exclusiv die ersten Aufnahmen aus einem Salzburger Krankenhaus von *Valeska B., 22 Jahre alt, die – wie unsere Recherchen ergeben haben – mit dem mysteriösen Tod des prominenten Schauspielers in Verbindung stehen soll. Der Dragon Scale Star und die kesse Praktikantin aus der Mozartstadt ...*

Hatten sich bis dahin für die Pressekonferenz, die Polizeipräsident Günther Kerner auf 18 Uhr angesetzt hatte, 28 TV-Stationen angemeldet, so kletterte die Zahl nach der Ausstrahlung dieses Berichtes auf 103 Fernsehteams aus aller Welt.

Merana hatte in Absprache mit dem Polizeipräsidenten die Gruppe der Ermittler erweitert. Gut ein Dutzend Kollegen und Kolleginnen aus anderen Abteilungen waren seinem Team zugeordnet. Merana war erleichtert gewesen, als er erfahren hatte, dass Gudrun Taubner die zuständige Staatsanwältin war. Mit ihr verstand er sich bestens. Sie ließ dem Kommissar freie Hand, war so gut wie immer mit seinen Vorschlägen einverstanden. Einen selbstverliebten, öffentlichkeitsgeilen Staatsanwalt vom Typ eines Jonathan Kerbler konnte er bei diesem Medienrummel nicht gebrauchen. Er hatte keine Zeit, den Staatsanwalt alle drei Stunden mit Ermittlungsfortschritten zu füttern, nur damit dieser sich vor den Fernsehkameras in Szene setzen konnte. Die Besprechung um 16 Uhr diente in erster Linie dazu, alle im Team auf denselben Ermittlungsstand zu bringen und die Aufgaben für die nächsten Untersuchungsschritte zu verteilen.

Die Chefinspektorin übernahm es, die bisher bekannten Fakten für alle Anwesenden zusammenzufassen. Sie unterstützte ihre Erklärungen, indem sie immer wieder Fotos mit Details vom Tatort an die große Besprechungstafel an der Stirnwand des Raumes heftete. Merana hielt sich zurück, überließ seiner Stellvertreterin die Art des Vorgehens. Nur Abteilungsinspektor Otmar Braunberger warf ab und zu eine Ergänzung ein, die sich aus seinen Nachforschungen ergeben hatte. Er hatte am Vormittag im Krankenhaus fast zwei Stunden gewartet, bis die Wirkung des Beruhigungsmittels, das man Valeska Birkner noch in der Nacht verabreicht hatte, nachließ. Zwischendurch war Valeskas Vater aufgetaucht, hatte sich ans Bett seiner schlafenden Tochter gesetzt und schließlich den Abteilungsinspektor gebeten, ihn sofort zu verständigen, wenn Valeska ansprechbar sei und der Polizist seine Befragung beendet hätte. Braunberger war mit gewohnt großer Behutsamkeit vorgegangen. Es war ihm nach und nach gelungen, der immer noch sehr verstörten jungen Frau Details zum Ablauf der vergangenen Nacht zu entlocken. Wie auch die französische Kamerafrau bestätigt hatte, war die Praktikantin beim Empfang vor zwei Tagen im *Bastionsgarten* tatsächlich anwesend gewesen. Die *Stiftung Mozarteum* hatte zu dieser Veranstaltung geladen, um das Team der internationalen Fernsehproduktion mit einigen wichtigen Persönlichkeiten der Salzburger Szene aus Kultur, Politik und Wirtschaft bekannt zu machen.

»Vom Landeshauptmann über den Bürgermeister bis zur Festspielpräsidentin waren auch wirklich alle da, Herr Braunberger. Und drei Fernseh-Teams sind aufgetaucht. Normalerweise kommt nur eines.« Ihre eingefallenen Wangen begannen sich leicht zu röten, als sie dem Abteilungsinspektor die Vorgänge dieses Abends schilderte. Valeska war von der Öffentlichkeitsreferentin der Stiftung eingeteilt worden, Flyer mit den Spezialprogrammen der kommenden Konzertsaison an interessierte Besucher zu verteilen. Jonas Casabella war ihr sofort aufgefallen. Sie kannte ihn auch aus einer aktuellen TV-Serie. Er wurde auf den Stufen, die vom Pausenraum des *Mozarteums* in den Garten führten, von zwei Damen aus der Chefetage des Stadtmarketings in Beschlag genommen. Sie outeten sich als begeisterte Fans von *Dragon Scale*, wollten unbedingt ein Autogramm haben, als Valeska sich ungeniert zwischen die beiden Frauen stellte und dem Schauspieler mit einem Lächeln einen Folder in die Hand drückte. Die beiden warfen der Praktikantin wegen der aufdringlichen Störung giftige Blicke zu, aber Valeska beachtete sie nicht. Die junge Frau bemühte sich, für Otmar Braunberger die erzürnten Mienen der beiden Marketingdamen nachzumachen, während sie ihren blauen Hasen zwischen den Plüschohren kraulte. Der Abteilungsinspektor konnte sich ein Lachen nicht verkneifen.

Casabella erwiderte jedenfalls Valeskas Lächeln. Er warf einen Blick auf den Folder und dann wieder auf die hübsche Praktikantin. Schließlich entschuldigte er sich bei den Stadtmarketingdamen und führte die junge Frau am Arm von den Stufen weg an den Rand des Gartens. Er nahm ihr die restlichen Folder aus der Hand und deponierte sie auf einer Bank. Er könne mit Papier wenig anfangen, sagte er und begann, ihre Fingerkuppen zu küssen. Aber er sei sehr an einer Spezialführung interessiert. Er benetzte drei seiner Finger und legte sie Valeska auf die feuchten Lippen. Er wünsche sich die Führung möglichst bald, möglichst lange und möglichst intensiv. Er wüsste auch schon einen passenden Ort. Den hatte er heute Vormittag bereits kennengelernt. *Mozarts Geburtshaus*. Das Zimmer mit den geilen Reliquien.

»Und dann hat er mich ganz sanft an sich gezogen und geküsst.« Sie sah den Polizisten an. »Ein solches Angebot kann man doch nicht abschlagen, Herr Braunberger. Der Star aus *Dragon Scale*, der in Deutschland von der Zeitschrift *Celebrity* zum ›Sexiest Man of the Season‹ gewählt worden war, wollte sich mit mir, der kleinen Praktikantin aus Salzburg in *Mozarts Geburtshaus* zu einer aufregenden Liebesnacht treffen. Mit Champagner und Kerzen und herrlichem Sex! Da sagt man doch nicht Nein!« Ihre Stimme wurde zum Wimmern, während ihre Finger die blauen Ohren des Stoffhasen malträtierten und die Tränen über ihre Wangen kullerten.

Von den Gefühlsausbrüchen und dem verzweifelten Geständnis der jungen Frau berichtete Otmar Braunberger in der Teamversammlung nichts, er steuerte lediglich die für den Hergang notwendigen Fakten bei.

Und daraus ergab sich folgendes Bild: Um Punkt Mitternacht hatten sich die beiden wie verabredet vor *Mozarts Geburtshaus* getroffen. Sie hatten noch gewartet, bis einige nächtliche Passanten vorbeigezogen waren, dann hatte Valeska die Tür aufgesperrt. Sie machten kein Licht. Casabella hatte in einer Tasche Kerzen mitgebracht, dazu Champagner und Gläser. Schon auf den ersten Stufen der Treppe waren sie übereinander hergefallen. Und so hatten sie sich hochgearbeitet. Von Stockwerk zu Stockwerk. Kerzen anzünden, Champagner trinken und leidenschaftlichen Sex. Bis sie schließlich in Mozarts Geburtszimmer angekommen waren. Das war der Höhepunkt gewesen. Jonas Casabella hatte plötzlich aus der Tasche einige Mozartkugeln gefischt, sie ausgewickelt, um sie Valeska in den Mund zu stecken. Aber die junge Frau hatte ihn davon abgehalten. Sie litt unter einer Nahrungsmittelintoleranz, vertrug kein Nugat und kein Marzipan. Der Schauspieler hatte sich eine Mozartkugel nach der anderen in den Mund geschoben.

Plötzlich begann er zu röcheln und nach Atem zu ringen. Er wälzte sich am Boden, hielt sich den Bauch, bekam heftige Krämpfe. Die junge Frau geriet in Panik und lief auf die Gasse, um Hilfe zu holen.

Die Chefinspektorin heftete das nächste Bild an die Wand. Es zeigte die gewölbte Oberfläche einer stark vergrößerten Schokoladenkugel. Der feine Einstich war mit einem gelben Kreis markiert. Carola Salman blickte zum Chef der Spurensicherung.

Thomas Brunner erhob sich und stellte sich neben die Abbildung. »Wir haben am Tatort insgesamt zwölf Mozartkugeln der Firma *Mirabell* gefunden, die alle noch eingewickelt waren. Jede einzelne dieser Kugeln wies einen Einstich dieser Art auf, ziemlich sicher der Abdruck einer Injektionsnadel.«

Er deutete auf die Abbildung. »Jede Kugel enthielt eine Menge von rund 30 Milligramm Kaliumcyanid. Außerdem fanden wir am Tatort sieben Einwickelfolien, sodass wir also davon ausgehen können, dass der Schauspieler während des Liebesaktes sieben Mozartkugeln verspeiste. Die junge Frau aß aufgrund ihrer Lebensmittelintoleranz keine davon. Das rettete ihr das Leben.«

Er schrieb *Kaliumcyanid* an die Tafel. »Wie ihr dem euren Unterlagen beigefügten Obduktionsbericht von Frau Doktor Plankowitz entnehmen könnt, wurden im Körper des Toten knapp 200 Milligramm der giftigen Substanz festgestellt. Das entspricht ziemlich genau der Menge von sieben Kugeln, wie wir sie am Tatort fanden.«

Wieder griff der Tatortgruppenchef zum Stift, zog einen Pfeil vom Wort *Kaliumcyanid* nach rechts und notierte: *Magensäure* → *Blausäure*.

»*Kaliumcyanid*, auch *Zyankali* genannt, ist das Salz der Blausäure. Das Fatale an diesem Pulver aus durchsichtigen Kristallen ist: Wenn es mit Säure in Verbindung kommt, verwandelt es sich wieder zurück in giftige Blausäure. Für diese chemische Reaktion reicht auch die menschliche Magensäure. Bei einer Menge von 200 Milligramm dauert es nur wenige Minuten, bis der Tod eintritt. Casabella war vielleicht schon tot, bevor seine Begleiterin die Gasse erreicht hatte.«

»Ist es leicht, an Zyankali heranzukommen?«, wollte Merana wissen.

»Ja, Kaliumcyanid lässt sich sogar im Internet kaufen. Es wird unter anderem auch zum Vertilgen von schädlichen Insekten eingesetzt. Wenn man im Chemieunterricht ein wenig aufmerksam war, kann man es relativ leicht auch selber herstellen.«

»Kannst du uns erklären, Thomas, wie man Zyankali in eine Mozartkugel bringt?«

Ein schwaches Schmunzeln huschte über die Lippen des Tatortgruppenchefs. Er kam sich vor wie in einem Agatha-Christie-Film. Zum Glück war er auf diese Frage vorbereitet. Er heftete drei Fotos an die Wand.

»Hier links seht ihr – stark vergrößert – 30 Milligramm Zyankali. Das sind wirklich nur ein paar Kristallkörner.

Zum Größenvergleich haben wir eine 1-Cent-Münze danebengelegt. Das mittlere Bild zeigt ein paar Wassertropfen, ebenfalls 30 Milligramm. Diese Menge genügt, um das Zyankalipulver aufzulösen. Und hier ...«, er wies auf das rechte Foto, »... die Abbildung einer simplen Injektionsspritze mit dünner Nadel. Das ist alles.« Er holte aus einer Tasche eine Spritze, ähnlich der auf dem Foto gezeigten, und eine Mozartkugel. Er löste einen winzig kleinen Teil der goldfarbenen Einwickelfolie und setzte die Nadelspitze in die Schokolade. Dann zog er sie wieder heraus, drückte das Papier glatt und reichte die Kugel herum. Nichts deutete auf die eben vorgenommene Manipulation hin. »Die injizierte Menge ist so gering, dass der typische Mandelgeruch von Kaliumcyanid kaum auffällt. Zudem wird er übertönt vom Geschmack des Nugats und der Pistazien. 30 Milligramm Blausäure sind nicht angenehm. Man bekommt nach einiger Zeit Schwindelanfälle, Krämpfe, muss vielleicht auch erbrechen. Aber die Menge reicht nicht aus, um daran zu sterben. Hätte Jonas Casabella nur eine Mozartkugel gegessen und dann keine mehr, wären nach vielleicht 20 Minuten die eben erwähnten Symptome aufgetreten. Aber es hätte keine weiteren Folgen gehabt. Ein Genuss von zwei Mozartkugeln, also die Aufnahme von 60 Milligramm an giftiger Substanz, wäre wohl auch noch halbwegs glimpflich abgelaufen. Das Schlimme in diesem Fall ist das Tempo. Wie der Aussage von Valeska Birkner zu entnehmen ist, steckte Jonas Casabella sich eine Kugel nach der anderen in den Mund. Und so kamen in ganz kurzer Zeit 200 Milligramm zusammen. Und das war tödlich.«

Er setzte sich wieder hin. Für einen Moment herrschte Schweigen im Raum. Betroffenheit war spürbar. Alle versuchten, die Verkettung der tragischen Faktoren nachzuvollziehen, die zum grausamen Tod des Schauspielers geführt hatten.

Schließlich trat die Chefinspektorin wieder neben die Tafel und begann mit der Zusammenfassung der Erkenntnisse aus der Befragung des Produktions-Teams. Die Namen der Leute aus der Fernsehcrew standen bereits an der Tafel. Das Team hatte bis etwa 19 Uhr in der Konditorei Fürst gedreht. Dann war man ins Hotel zurückgekehrt, um gemeinsam zu Abend zu essen. Gegen 22 Uhr hatte sich die Runde aufgelöst. Laut Aussagen der Beteiligten hat Kamerafrau Roberta Hirondelle in ihrem Zimmer ein Bad genommen und sich dann hingelegt. Niklas van Beggen arbeitete in seinem Zimmer bis kurz nach zwölf am Laptop. Darian Schartner und Stefan Sternhager waren bis weit nach Mitternacht in der Hotelbar, was der Barmann bestätigte. Die Maskenbildnerin machte einen Spaziergang an der Salzach und war schließlich in einer Bar in der Innenstadt gelandet. Kurz vor ein Uhr war sie zurück im Hotel. Jonas Casabella verließ gegen Mitternacht das Hotel. Die Bestätigung kam vom Nachtportier, der sich auch daran erinnerte, dass der Schauspieler eine Tasche bei sich trug. Von der Filmcrew hatte keiner das Weggehen des Schauspielers bemerkt.

»Und noch etwas Wesentliches hat die heutige Befragung ergeben. Jeder im Team wusste, das Jonas Casabella ein Faible für Mozartkugeln hatte. Allerdings mochte er ausschließlich diese hier.« Die Chefinspektorin hob eine kleine achteckige Schachtel hoch, die auf dem Tisch vor ihr lag. Sie nahm den Deckel ab. Zwölf goldfarbene Kugeln wurden sichtbar. »Mozartkugeln der Firma *Mirabell*. Er hatte immer welche eingesteckt, aß sie in jeder Drehpause.« Sie legte die Schachtel zurück auf den Tisch. »Ihr dürft euch gerne bedienen. Die sind garantiert zyankalifrei.«

Aufgebrachtes Murmeln zog durch den Raum. Den Mienen der Anwesenden war anzusehen, dass sie nach allem, was sie gehört hatten, wenig Lust auf Mozartkugeln verspürten, egal von welcher Firma.

Die Chefinspektorin nahm Platz. Merana erhob sich und stellte sich vor seine Leute.

»Die nächsten Ermittlungsschritte liegen auf der Hand.« Er nahm die von Carola Salman platzierte Schachtel und hob sie hoch. »Diese Mozartkugeln gibt es in Salzburg fast an jeder Ecke. In jedem Souvenirladen, in jedem Lebensmittelgeschäft, an den meisten Tankstellen, in allen Supermärkten. Wir müssen herausfinden, wie Jonas Casabella zu seinen Süßigkeiten kam. Wir befragen die Filmcrew und die Hotelangestellten.« Er legte die Schachtel zurück.

»Wenn es kein Versehen war, und davon gehen wir aus, hat jemand dem Schauspieler ganz gezielt die vergifteten Kugeln untergeschoben. Wir sollten zu klären versuchen, wie das möglich war. Und warum gerade gestern Abend? Hat außer Valeska Birkner noch jemand vom geheimen Mitternachtstreffen in *Mozarts Geburtshaus* gewusst. Erzählte das Mädchen einer Freundin davon?« Er blickte auf den Abteilungsinspektor. Der schüttelte den Kopf. »Ich glaube nicht. Ich habe sie heute schon danach gefragt. Aber sie war sehr durcheinander, konnte sich nur schwer konzentrieren. Ich werde morgen noch einmal mit ihr reden.«

»Gut, Otmar. Bitte überprüf auch die angebliche Lebensmittelallergie der jungen Dame. Und stell fest, ob sich die beiden vielleicht schon von früher kannten. Wir wollen keine noch so schwache Spur außer Acht lassen.«

»Selbstverständlich, Herr Kommissar. Wir lassen uns von Hysterie, blauen Plüschhasen und verzweifelt kullernden Tränen nicht ablenken. Jede Aussage der jungen

Frau wird gecheckt. Solange wir keine andere Erkenntnis haben, bleiben alle verdächtig. So wie immer.«

Der Abteilungsinspektor deutete ein zackiges Salutieren am Schild einer nicht vorhandenen Kappe an. Merana grinste.

»Nächste Frage: Hat vielleicht doch in der Filmcrew jemand von diesem Stelldichein gewusst? Vielleicht hat Jonas selbst damit geprahlt? Wir müssen da noch einmal mit Vehemenz nachstoßen. Heute hatten Carola und ich noch die Samthandschuhe an, die werden wir ab sofort ausziehen.«

Er wandte sich zur Tafel, klopfte mit dem Knöchel gegen den Namen *Stefan Sternhager*. »Dieser meines Erachtens nur mäßig talentierte junge Mann hat heute vor unser aller Augen eine kräftige Show abgezogen mit hässlichen Tiraden gegen den Toten. Auch wenn das Spektakel in erster Linie dazu diente, Aufmerksamkeit zu erregen, wollen wir doch nachstoßen, ob hinter dem sonderbaren Benehmen Sternhagers mehr steckt als bloß Staraillüren und Neid auf einen Kollegen.« Er deutete auf den nächsten Namen. *Leonarda Kirchner*. »Auch diese junge Dame hat heute einen bühnenreifen Abgang hingelegt, mit Zornestränen im Gesicht. Die waren meines Erachtens echt. Ich möchte wissen, was sie zu diesem Gefühlsausbruch brachte.«

Er nahm einen Stift und zog einen Kreis um die Namen der Filmcrew an der Tafel.

»Wir fangen mit diesen sechs Personen an. Den Schauspieler *Claus Anderthal* kennen wir noch gar nicht, der kommt erst in ein paar Stunden aus Wien zurück.

Wir suchen Antworten auf die üblichen Fragen: Wer konnte mit wem? Welche Personen waren einander weniger zugetan? Wer steht mit wem in welcher Beziehung?

Groll, Eifersucht, verletzte Eitelkeit, Betrug, vergrabene Leichen aus der Vergangenheit, die ganze Palette!« Er ließ den Stift auf den Tisch knallen.

»The same procedure as every year!« Die Bemerkung kam von Gruppeninspektor Balthasar Steiner, Erster Oboist der Polizeimusik Salzburg, Abteilung Betrug.

Der Einwurf löste allgemeine Heiterkeit aus. »Sie sagen es, Butler James«, grölte Otmar Braunberger und klopfte dem Kollegen auf die Schulter. »Für diese Bemerkung verdienen Sie als Erster eine *Echte Salzburger Mozartkugel*.« Er hielt ihm die Schachtel hin. Der Gruppeninspektor lehnte dankend ab. »Na dann eben nicht, Butler James. Miss Sophie?«

Braunberger drehte sich mit der Schachtel zu Carola. Auch die lehnte mit heftigem Kopfschütteln ab. »Wir sind umgeben von Memmen, Herr Kommissariatsleiter! Da heißt es, mit tapferem Beispiel vorangehen!«, rief Braunberger, wickelte eine der Schokoladenkugeln aus und steckte sie sich in den Mund. Die Kollegen applaudierten.

»So ist es richtig. Hoffentlich schmeißt man uns nicht allzu viele Tigerfelle vor die Füße.«

Sie verteilten die verschiedenen Aufgaben. Dann beendete Merana die Sitzung.

Beim Hinausgehen flüsterte die Chefinspektorin ihrem Chef zu: »Wie halten wir beide es, mon Commissaire? Wer vernimmt wen? Ich vermute, die französische Schwalbe willst du übernehmen?« Sie schaute ihn schelmisch von der Seite her an. Merana bemerkte, wie ihm die Röte ins Gesicht stieg. »Sieh dich vor, mon amour. Sonst verschlingt dich der kleine Singvogel mit Haut und Haaren.« Sie drückte ihm einen Kuss auf die Wange und schloss die Tür.

Das Gesicht wirkte nicht mehr ganz so verzerrt wie in der vergangenen Nacht, als Merana den Toten in verkrümmter Haltung in der makabren Umgebung des Geburtszimmers gesehen hatte. Dennoch war in der erstarrten Miene der Leiche nur schwer der adrette junge Mann und Frauenschwarm zu erahnen, den der Kommissar inzwischen von den Agentur-Hochglanzfotos aus dem Internet kannte. Die gespenstische Blässe der Haut ähnelte dem fahlen Grau der Kacheln, die den Großteil der Wände des Prosektursaales zierten. Das makellos weiße Leintuch war bis zum Hals hochgezogen, bedeckte Beine, Unterleib und Brust der Leiche. Die Gerichtsmedizinerin betrachtete das Gesicht des Toten.

»Schade um den schönen Kerl, der hätte noch viele Frauen glücklich gemacht.«

»Oder unglücklich«, ergänzte Merana mit belegter Stimme. Eleonore Plankowitz musterte ihn ob seiner Bemerkung, als betrachte sie eine Küchenschabe. »Eifersüchtig, Herr Kollege? Weil der hübsche Tote das Genussvolle am Leben und die Leidenschaft der Frauen mit Freude annahm, und Sie immer nur mit Leichen zu tun haben?«

Man hatte Merana schon gewarnt, dass die Neue gelegentlich ihre Krallen ausfuhr. Auch von borstigen Haaren auf den Zähnen hatte man ihm berichtet. Aber vielleicht hatte die Pathologin ja recht. Vielleicht bekamen die Frauen, die sich mit Jonas Casabella eingelassen hatten, einfach nur, was sie wollten. Und waren tatsächlich nicht unglücklich dabei, selbst wenn die Liaison bald wieder beendet war.

»Passt der Verblichene auch in Ihr Beuteschema, Frau Doktor?«

Die Ärztin erfasste vorsichtig den Rand des weißen Tuches und rollte es langsam zurück. Die Bewegung hatte etwas Liebevolles, Behutsames. Stück für Stück wurde der ansehnliche Körper des Toten sichtbar. Selbst die Sektionsnähte auf Brust und Bauch konnten dem Eindruck von Wohlgeformtheit wenig anhaben.

»Also ich hätte ihn garantiert nicht von der Bettkante gestoßen.«

Ihre Stimme hatte einen warmen Ausdruck bekommen.

Merana räusperte sich. »Warum haben Sie mich angerufen?«

Sie faltete das Tuch zusammen und legte es auf einen Tisch.

»Weil ich Ihnen etwas zeigen will.«

»Etwas, das nicht in Ihrem Bericht steht?«

Sie gab ihm keine Antwort. Stattdessen hob sie vorsichtig den linken Arm des Toten hoch. Sie justierte die Lampe, die über der Liege angebracht war. Der grelle Schein des Neonlichts fiel auf den Unterarm der Leiche. Die Ärztin deutete auf einige feine weiße Linien, die auf der fahlen Haut zu erkennen waren.

»Was ist das?«, wollte Merana wissen. »Die Narben sehen alt aus.«

»Sind sie auch. Ich schätze, zwölf bis 15 Jahre.«

Merana verstand immer noch nicht, worauf sie hinaus wollte.

Sie verzog das Gesicht, stieß einmal kräftig die Luft aus.

»Das sind Schnitte, Herr Kollege, Ritzungen.«

»Hinweise auf Operationen?«

Sie schüttelte heftig den Kopf. »Nein. Selbst zugefügt. Das machen Jugendliche, wenn sie verzweifelt sind. Wenn sie ihren Hass nur mehr gegen sich selbst richten können.«

Etwas im Klang ihrer Stimme ließ Merana aufhorchen.

»Warum zeigen Sie mir das, Frau Doktor Plankowitz?«

Sie knipste die Lampe aus. Schatten fiel auf den Oberkörper des Toten. »Ich wollte, dass Sie das wissen. Er war nicht immer nur der erfolgreiche, strahlende Sonnyboy. Er hat als Jugendlicher gelitten. Er hat sich aus tiefer Wut selbst verletzt.« Sie wandte sich ab. Merana bemerkte, wie sie den linken Ärmel ihres weißen Kittels vorzog bis zum Handballen.

Für Odilo Mittermeier war es ein lausiger Tag gewesen. Dem lernfaulen Maturanten aus Linz die Mathematikaufgaben für die Nachprüfung zu besorgen, hatte er ja noch hinbekommen. Der Trick mit der Tierschutzvereins-Umfrage zur Verbesserung der oft bedauernswerten Situation unserer vierbeinigen Freunde, für die der Staat viel zu wenig unternimmt, funktionierte bei älteren Damen fast immer. Auch bei Akademikerinnen. Da kam schnell einmal das Angebot zu Kaffee und Kuchen. Und dann war es meist ein Leichtes, mit der Ausrede, die Toilette aufzusuchen, einen Blick in eines der anderen Zimmer zu werfen. In diesem Fall hatte er besonderes Glück gehabt. Der PC im Schlafzimmer war eingeschaltet. Die Dateien mit den Maturafragen waren schnell auf Stick gezogen. Mehr als lausige 250 Euro wollte der angehende Maturant allerdings nicht lockermachen. Odilo hatte schon kurzzeitig überlegt, ihm nur die Hälfte der Fragen auszuhändigen. Oder gar die falschen Aufgaben zu übermitteln. Das blöde Gesicht dieses Faulsacks hätte er gerne gesehen, wenn er im Herbst bei der Nachprüfung saß und keine Ahnung hatte, warum aus der eingebläuten Ebenengleichung plötzlich eine Frage nach der Ableitung einer Polynomfunktion dritten Grades geworden war. Das hätte er dem unsympathischen Rechtsanwaltssprössling vergönnt! Aber Odilo konnte sich keinen derartigen Schnitzer leisten. Das war schlecht fürs Geschäft. Und das lief ohnehin nicht üppig. Fünf Tage lang hatte er versucht, irgendeinen Idioten zu finden, der für die *Landschaft mit Damhirschen bei Vollmond* ein paar Hunderter hinblätterte. 50 Prozent des Erlöses hatte ihm der pensionierte Oberbuchhalter und passionierte Farbkleckser in Aussicht gestellt. Aber niemand wollte diesen hässlichen Ölschinken in seinem Wohnzimmer hängen haben. Und das hämische Lachen des Galeristen aus der Kraus-Straße klang immer noch in Odilos Ohren, als er ihm die amateurhafte Schmiererei auf den Tisch gelegt hatte. Er klatschte wütend mit der flachen Hand auf die Reihe der Metallkästen, die im Erdgeschoss neben dem Lift angebracht waren. Dann holte er die Post aus seinem Fach. Er würde es morgen wieder versuchen müssen. Er überlegte kurz, ob es etwas brachte, die Mitleidstour von wegen ›armer Kunststudent mit großem Talent aber wenig Unterstützung‹ anzuwenden. Er konnte nicht wählerisch sein, dafür hatte er zu wenig Aufträge. Vielleicht sollte er auch sein Firmenlogo ändern. Obwohl er SAU immer noch für eine geniale Idee hielt. Er war gelernter Schweißer. Hatte sich als Lkw-Fahrer versucht, als Nachtportier, als Veranstaltungstechniker, zuletzt als Aushilfskellner. Vor drei Jahren war das Lokal am Bahnhof in Konkurs gegangen, und seit damals fand er überhaupt keinen Job mehr. Da war ihm die Idee zu SAU gekommen. Übers AMS, das Arbeitsmarkt Service, hatte er zwei Computerkurse absolvieren können, sich einen gebrauchten Laptop gekauft und es tatsächlich geschafft, seine eigene Firmenhomepage zu kreieren.

SAU

Sie haben ein SAUschweres Problem? Ihnen wird SAUschlecht, weil es dafür noch keine Lösung gibt? Dann dürfen Sie sich jetzt, SAUmäßig freuen: Denn wir sind SAU!
Spezialisten für **A**ufträge **U**nmöglicher Art.

›Wir sind‹, fand er besonders gut. ›Wir‹, das klang nach Team, Organisation, Struktur, Experten für jeden Fachbereich. In Wahrheit war nur er ganz alleine SAU. Er musste heute Abend über seine zukünftige Firmenstrategie und seinen Außenauftritt im Web nachdenken. Er öffnete die Wohnungstür seiner Garçonnière im vierten Stock und warf die Post auf den Tisch. Das orangefarbene Kuvert stach ihm sofort ins Auge. Er holte ein Messer aus der Küche. Seine Hände zitterten vor Aufregung, als er den Umschlag aufschlitzte. Das Rascheln war wie Rockmusik in seinen Ohren. Das Grün, das ihm aus dem Kuvert entgegenleuchtete, hatte ihm immer schon gefallen. Tatsächlich. Zehn 100-Euro-Scheine! Damit waren es in Summe schon 20! Und das war immer noch nicht alles! Er hätte mehr verlangen sollen. Er fühlte sich mit einem Schlag SAUmäßig wohl.

Das Mädchen mit der Margerite im Haar ...

... sitzt jetzt auf einem großen Stein. Der Stein ruht direkt am See. Das Mädchen hat das Kleid ausgezogen. Es liegt am Ufer, neben den Schuhen. Mit der linken Hand hält das Mädchen das Badetuch vor der Brust zusammen. Das Orange des Tuches leuchtet in der Sonne. Die Spitzen der kastanienbraunen Locken sind feucht. Wasserperlen glänzen auf den nackten Schultern. Der Kopf ist leicht nach unten geneigt. Die junge Frau betrachtet ihre Zehen, die ins klare Wasser des Bergsees getaucht sind. An der mittleren Bergspitze, die hinter dem linken Ohr des Mädchens sichtbar ist, hat sich eine kleine weiße Wolke verfangen.

Klappern durchbricht die Stille. Mit jedem Anschlag verändert sich das Bild. Die Wolke verschwindet. Der Berg löst sich auf. Der ins orange Badetuch gehüllte Körper der Frau zerfällt.
Das Zimmer, das nun sichtbar wird, ist dunkel. Die Jalousien am Fenster sind geschlossen. Im kaum wahrnehmbaren Licht, das von einer schwachen Quelle außerhalb des Bildes stammt, schimmern die Konturen des Kreuzes über dem Bett. Als hätte jemand mit vertrocknetem Blut zwei einander schneidende Balken an die Wand gepinselt. Die Umrisse der Gestalt zwischen den Kissen sind kaum auszumachen. Schriftzeichen formieren sich wie kleine Käfer.
Die Stunde ist gekommen ...

2. TAG

ANDANTINO MODERATO
(IN GEMÄSSIGT SCHREITENDEM TEMPO)

Die Stimmung am Frühstückstisch war angespannt. Leonarda hatte sich nur einen Grüntee und eine Scheibe Toast bringen lassen. Vom Tee hatte sie kurz genippt. Der Toast lag seit einer halben Stunde unberührt vor ihr auf dem Teller. Stefan Sternhager hatte sich wie immer Salami und Schinkenscheiben auf den Teller gehäuft und anfangs auch wacker zugegriffen. Doch die Auseinandersetzung mit Niklas van Beggen hatte ihm augenblicklich auf den Magen geschlagen. Nach nicht einmal drei Minuten war er aufgesprungen, hatte ein »Dann leckt mich doch alle am Arsch!« durch den Raum geschleudert und war davon gerauscht. Selbst das französische Pärchen hatte seine Morgenschmuserei samt gegenseitiger Erdbeerfütterung für einen kurzen Moment unterbrochen und dem wütenden Schauspieler erstaunt nachgeblickt.

»Was habt ihr denn angestellt mit die arme Stefan?«, fragte Roberta Hirondelle, die erst später im Frühstücksraum erschienen war, und die der grußlos vorüberhastende Sternhager fast umgerannt hätte.

»Es war ein Fehler, ihn zu engagieren«, brummte der Regisseur, während er sich erhob und galant den Stuhl für seine Kamerafrau zurechtrückte. »Ich kenne seinen Agenten schon sehr lange. Er hat mich flehentlich gebeten, Stefan eine Chance zu geben. Aber ich hätte ablehnen sollen.«

Eine der stets aufmerksamen Servicedamen erschien am Tisch. Roberta bestellte einen doppelten Espresso und zwei Spiegeleier.

»Er war unerklärlicherweise immer davon ausgegangen, er würde die Mozartrolle bekommen. Und ich hatte tatsächlich einen Moment lang überlegt, sie ihm zu geben.«

Die Französin rückte die Serviette zur Seite, machte Platz für den Espresso.

»Aber dann, mein lieber Niklas, hast du auch geachtet auf die Wünsche unserer Finanziers, denn die sind sehr important für die Projekt. Und die Geldgeber wollten besetzen die Part von die weltberühmte Komponist mit eine junge Mann, der selbst ist inzwischen eine kleine Berühmtheit. Naturellement!«

»Und jetzt ist unser großer Star tot. Passé.« Das Flüstern kam von Leonarda Kirchner. Sie schaute Roberta in die Augen. »Er ist ... wie sagt man auf Französisch? Dans l'au-delà ...?«

»Genau.« Sie schob die Tasse mit dem längst erkalteten Tee von sich. »Dans l'au-delà. Im Jenseits.« Sie stand auf. »Wenn ihr mich braucht, ich bin auf meinem Zimmer.« Dann verließ sie den Tisch.

»Wer übernimmt jetzt die Part für die Mozart?«, wollte die Kamerafrau wissen.

»Jedenfalls nicht Stefan. Das habe ich ihm vorhin klar gemacht. Deshalb ist er auch so ausgerastet. Er spielt, wie ausgemacht, den Konkurrenten von Paul Fürst, den Konditormeister Carl Schatz. Und wenn er sich nicht bald am Riemen reißt, dann spielt er auch den nicht. Dann fliegt er aus dem Team.«

»Wann ist das Begräbnis?« Zum ersten Mal mischte sich der Produktionsleiter in die Unterhaltung. Darian Schartner war bis jetzt schweigend am Tisch gesessen und hatte lustlos sein Birchermüsli gelöffelt.

»Das steht noch nicht fest«, antwortete van Beggen. »Das hängt auch davon ab, wann die Staatsanwaltschaft die Leiche freigibt.« Er hatte gestern mit Jonas Casabellas Agentin telefoniert. Die hatte umgehend die Eltern verständigt.

»Und wie geht es nun weiter?« Der Produktionsleiter war fertig mit dem Müsli und tupfte sich letzte Reste des Breis mit der Serviette aus dem Bart.

»Wir ändern den Drehplan. Ich hoffe, ich bekomme bis heute Abend Bescheid, ob die Agentur einen annähernd gleichwertigen Ersatz für Jonas gefunden hat. Bis dahin wollen wir nicht untätig sein.«

Darian Schartner nickte und zog den Laptop aus der Tasche, den er vorsorglich mitgebracht hatte. Nach kurzer gemeinsamer Überlegung kamen sie überein, die aufwendigen Spielszenen vorerst zu verschieben und dafür einige Sequenzen vorzuziehen, die das kulturelle und gesellschaftliche Leben der Epoche erklärten.

»Darian, ruf bitte Professor Birkner an, ob er heute Zeit findet für die Interviews in der Altstadt. Wir könnten gegen Mittag auf dem *Mozartplatz* anfangen.«

Der Angesprochene nickte, klappte den Laptop zu und erhob sich.

Die Französin beugte sich vor, um freie Sicht durch das nächstgelegene Fenster zu haben. »Das Licht ist heute très magnifique! Ich gehe gleich mit die Kamera durch die Stadt für einzufangen einige wunderbare *impressions*.«

Auch sie erhob sich. »Wolltest du nicht unbedingt bei erster Gelegenheit den Rest unserer Aufnahmen aus Kuba durchschauen, wozu wir immer noch nicht gekommen sind, Roberta?«

Sie lachte. »Die Heimat von *el commandante* muss warten! Heute Madame Hirondelle muss filmen die wunderbare Ambiente, in der gelebt hat il grande compositore!«
Sie deutete einen Knicks an und verschwand.

Als Merana gegen acht Uhr in der Bundespolizeidirektion in der Alpenstraße eintraf, war der Polizeipräsident schon im Büro. Hofrat Kerner informierte seinen Kripochef über das Ergebnis der gestrigen Pressekonferenz. Merana wiederum setzte seinen Vorgesetzten über die geplanten nächsten Ermittlungsschritte in Kenntnis.

Kurz darauf telefonierte er mit der Staatsanwältin. Die fragte ihn, ob es von Ermittlungsseite Einwände gebe, die Leiche des Schauspielers noch im Lauf des Tages zur Bestattung freizugeben. Merana hatte keine Bedenken.

Kurz darauf läutete sein Handy. *Birgit* war am Display zu lesen. Merana zögerte einen Moment, dann nahm er das Gespräch an. Er hatte Birgit Moser vor einigen Jahren bei einer Demonstration am Salzburger Flughafen kennengelernt. Sie war in der ersten Reihe gestanden und hatte wie eine Wilde auf eine Trommel eingeschlagen. Sie hatten sich angefreundet, waren einander nähergekommen, hatten so etwas wie eine Beziehung angefangen: gemeinsame Kurzurlaube, gemeinsame Veranstaltungsbesuche. Sie hatten schon eine Woche nach ihrer ersten Begegnung miteinander geschlafen. Am Anfang hatte Merana so etwas wie Verliebtheit empfunden. Es war aufregend, eine tolle Frau kennenzulernen, die noch dazu völlig anders tickte als er selbst. Birgit war Gymnasiallehrerin. Engagierte sich politisch. Sie war Mitglied der alternativen Bürgerpartei der Stadt. Merana hatte sich auch von Anfang an gut mit Birgits Tochter Daniela verstanden. Aber irgendwann war der Reiz des Neuen verflogen. Birgit hatte ihn nie gedrängt, dass ihre Gemeinschaft enger werden sollte. Nie war die Rede davon gewesen, zusammenzuziehen. Aber sie erwartete dennoch mehr Nähe von ihm, als er bereit war, zu geben.

Seit gut einem Jahr waren sie beide auf Distanz gegangen. Drei oder vier Monate lang hörte er nichts von ihr. Dann hatten sie einander zufällig auf dem Grünmarkt beim Einkaufen getroffen. Sie waren kurz ins Reden gekommen, hatten miteinander einen Kaffee getrunken. Von da an hatten sie wieder öfter Kontakt, telefonierten manchmal miteinander. Sie waren ganz sicher kein Liebespaar mehr, falls sie das überhaupt jemals gewesen waren.

»Guten Morgen, Martin.« Ihre Stimme klang freundlich. Wie fast immer in letzter Zeit.

»Hallo, Birgit. Ich kann mir vorstellen, warum du anrufst.«

»Und ...?«

»Es ist leider tatsächlich so. Ich stecke mitten in den Ermittlungen zum Tod von Jonas Casabella.«

»Davon war ich ausgegangen. Und damit du nicht mit schlechtem Gewissen durch die Gegend rennen musst, canceln wir unseren vereinbarten Frühstückstermin für Samstag lieber gleich. Mir kommt das auch nicht ganz ungelegen. Eine Freundin hat mich zu einem Kurzausflug nach Verona eingeladen.«

Merana war erleichtert. Er erkundigte sich noch, wie es Daniela beim Ferialpraktikum in der Redaktion einer großen österreichischen Tageszeitung gehe. Dann legte er auf.

Er öffnete seinen Mailordner und checkte die aktuell eingegangenen Nachrichten. Otmar Braunberger hatte geschrieben, dass man Valeska heute bereits aus dem Krankenhaus entließ. Er würde sie später zu Hause aufsuchen. Jutta Ploch, eine mit dem Kommissar befreundete Salzburger Kulturjournalistin, hatte ihm ein Foto geschickt, ein Selfie. Es zeigte Jutta vor dem Stephansdom in Wien. Sie drohte mit dem Finger. Das Bild war mit einem Kommentar versehen: *Hallo Merana. Bin nur für drei läppische Tage in Wien. Für unsere Serie über den Staatsopernchor! Aber man kann euch in Salzburg keine Sekunde allein lassen. Kaum ist Mama weg, schon stolpern die vorlauten Kids über hingemeuchelte Schauspieljungstars! Bin morgen wieder zurück, um nach dem Rechten zu sehen. Baci. Jutta.*

Merana musste lachen. Das war typisch Jutta Ploch. Er freute sich, sie bald wieder in seiner Nähe zu wissen. Sie hatte ihm schon öfter bei seinen Ermittlungen durch ihr Wissen über die verschlungenen Pfade im Dickicht der Kulturwelt geholfen. Er erledigte noch dringenden Verwaltungskram. Er war gerade im Begriff, den Raum zu verlassen, um sich einen Espresso aus der Kantine zu holen, als eine weitere Nachricht eintraf. *Andrea Lichtenegger* las er als Absender. Das musste heute sein Glückstag sein. Beide Frauen, die in den letzten Jahren seinem Herzen nahegekommen waren, meldeten sich an ein und demselben Vormittag. Wobei die junge Kollegin tatsächlich nur seinem Herzen nahegekommen war. Keinen anderen Körperteilen. Auch wenn Birgit ihm das nie geglaubt hatte. Er hatte Andrea Lichtenegger während des Jedermann-Falles kennengelernt. Sie hatte sich als engagierte und mutige Kollegin erwiesen. Vielleicht wäre mehr aus dieser Beziehung geworden außer Händchenhalten und Umarmen. Aber Merana hatte immer abgeblockt. Der Altersunterschied zwischen seinen Eltern war groß gewesen. Und deren Beziehung war nicht gut gegangen. Er wollte sich keinesfalls Hals über Kopf in eine Affäre mit einer Frau stürzen, die 20 Jahre jünger war als er. Auch wenn er sich manchmal fragte, ob er es nicht doch hätte wagen sollen. Er öffnete die Nachricht.

Hallo Martin! Habe von eurem Fall erfahren. Hoffe, du findest bald die richtige Fährte. Schicke dir liebe Gedanken. Und einen Kuss. Andrea.

P.S. Habe meine Zwischenprüfungen mit ›Ausgezeichnet‹ bestanden. Nächste Woche geht es zu einem Auslandslehrgang nach London. Für zwei Monate. Freue mich schon darauf.

Inspektorin Andrea Lichtenegger war seit einem Jahr in Wien. Sie absolvierte dort die Ausbildung zur Kriminalbeamtin. Merana hatte gehofft, sie vielleicht noch im Sommer in Salzburg zu treffen, wenn sie auf Besuch in der Heimat war. Er ertappte sich dabei, wie ihm ein kleiner Seufzer entwich. Er schloss die Nachricht und machte sich auf den Weg in die Kantine. Als er zurückkam, erwartete ihn schon seine Stellvertreterin.

»Einen schönen Vormittag, Frau Kollegin. Wenn du mir jetzt sagst, du hast den Fall gelöst und weißt, wer den bedauernswerten Jonas mitten im Liebesakt mittels Mozartkugel zu seinen Schauspielerahnen geschickt hat, dann lasse ich dich augenblicklich mit Rosen überhäufen und lade dich ins teuerste Restaurant des Landes ein.«

Carola Salman schüttelte lächelnd ihre dunkle Mähne.

»Leider nein. Aber vielleicht reicht ein kleiner Ermittlungsfortschritt wenigstens für drei Gänseblümchen und eine Käsekrainer am Würstelstand.«

Merana lachte und bot der Kollegin die Hälfte des Croissants an, das er sich mitgebracht hatte.

»Dann lass hören.«

»Die Kollegen waren fleißig. Haben das Hotelpersonal und die Filmcrew nach Jonas Casabellas Faible für Mozartkugeln befragt. Die Lage stellt sich so dar: Er besorgte sich die Mozartkugeln immer selbst, obwohl die Hotelleitung angeboten hatte, das für ihn zu erledigen, nachdem sich sein kleiner Spleen herumgesprochen hatte. Aber er wollte nicht. Das hat auch die Crew bestätigt. Und er beschaffte sich die Süßigkeiten immer aus demselben Geschäft, aus einem Laden am Waagplatz.«

»Warum genau dort?«

»Das haben die Kollegen die Filmleute auch gefragt. Keiner konnte eine Antwort geben. Aber ich kann versuchen, das herauszufinden, wenn du willst.«

»Nein, Frau Kollegin. Sie organisieren weiterhin in bewährter Art die Koordination der Ermittlungen, und ich begebe mich auf Casabellas schokoladensüße Spuren.«

Sie grinste. »Du hoffst ja nur, dass dir irgendwo in der Innenstadt die französische Schwalbe entgegenflattert. Dabei wäre das viel einfacher. Du brauchst sie ja nur noch einmal zu vernehmen. Dann kannst du ergriffen lauschen, was sie dir vorträllert.«

Der große Stoffhase thronte nicht mehr auf dem Krankenzimmertisch, sondern lümmelte etwas schief auf einem riesigen abgewetzten Ledersofa, das gegenüber dem offenen Kamin stand. Eine große getigerte Katze stolzierte durch den Salon, beachtete das Plüschtier aber mit keinem Blick. Auf dem Kaminsims bemerkte Otmar Braunberger ein Bild, das eine Frau und ein etwa achtjähriges Mädchen zeigte. Sie saßen auf einer Bank an einem See und winkten in die Kamera. Die Frau auf dem Bild hatte große Ähnlichkeit mit Valeska. Das musste Helena sein, Valeskas Mutter, die vor zehn Jahren bei einem Unfall an der Adria umgekommen war. Dann handelte es sich bei der Kleinen auf dem Foto wohl um Valeska. Der Abteilungsinspektor hatte die familiären Hintergründe ausgiebig recherchiert. Als er vor zehn Minuten am großen stattlichen Haus in der Nähe des Salzachufers aus dem Wagen gestiegen war, hatte er noch Professor Birkner angetroffen, der sich auf den Weg in die Stadt zu einem Termin machte. Valeska hatte ihm die Tür geöffnet. Ihr Angebot für einen Cappuccino hatte er abgelehnt, sich aber ein Glas Wasser erbeten. Die Praktikantin hatte inzwischen neben dem Plüschhasen auf dem Sofa Platz genommen. Sie machte einen weitaus besseren Eindruck als gestern. Das war Otmar Braunberger sofort aufgefallen. Die Wangen wirkten längst nicht mehr so fahl und eingefallen. Ein wenig Rouge hatte auch nachgeholfen, dass wieder mehr Leben in der jungen Frau zu blühen schien. Die Unterredung dauerte nicht lange. Von Casabellas Faible für Mozartkugeln hatte Valeska nichts gewusst, wie sie betonte. Erst in *Mozarts Geburtshaus* hatte er in ihrer Gegenwart eine gegessen. Sie selbst habe abgelehnt wegen ihrer Allergie. Sie könne generell nicht viel über Jonas sagen. Sie hatte ihn am Fest zum ersten Mal gesehen. Sie hatten sich im *Bastionsgarten* nur zum Date verabredet, hatten kurz Ort und Zeitpunkt ausgemacht. Sie hatte versprochen, dafür zu sorgen, dass die beiden auch tatsächlich während der Nacht in das Gebäude konnten. Zu viel mehr an Unterhaltung waren sie leider nicht gekommen. Jonas war auch bald wieder von anderen Leuten in Beschlag genommen worden.

»Ich weiß wirklich kaum etwas über ihn, Herr Braunberger. Auch in Mozarts Geburtshaus haben wir nicht viel geredet. Da waren wir anderweitig beschäftigt, wie Sie sich vielleicht vorstellen können.« Sie blickte ihn von der Seite her an, mit einem kleinen verstohlenen Lächeln um die Lippen. Der Abteilungsinspektor räusperte sich kurz. Auch wenn es vielleicht reizvoll schien, der Fantasie ein wenig die Zügel schießen zu lassen, so untersagte es ihm seine gute Kinderstube, sich allzu deutlich auszumalen, was zwischen der jungen hübschen Frau, die ihm auf dem Sofa gegenübersaß, und dem Schauspieler alles vorgefallen war. Auf ihrer Liebesreise von der untersten Treppe bis hinauf zum Geburtszimmer im dritten Stock. Auf den harten Stufen der steinernen Stiegen und den flachen Parkettböden in den Räumen darüber, zwischen flackernden Kerzen und perlendem Champagner, hingebreitet auf hastig vom Leib gerissenen Kleidungsstücken. Nein, Bilder dieser Art wollte er jetzt nicht aufkommen lassen. Er stellte die nächste Frage.

»Valeska, haben Sie außer Herrn Casabella sonst noch jemanden aus der Film-Crew kennengelernt?«

Sie schüttelte den Kopf. »Nein, nur ihn. Nur Jonas bin ich aufgefallen, sonst niemandem. Ich weiß gar nicht, wer die anderen sind.« Ihre Augen füllten sich langsam wieder mit Wasser. Ihre Hand tastete nach dem Stoffhasen. Der Kriminalbeamte machte sich eine abschließende Notiz und erhob sich. Er verabschiedete sich, bereit, zu gehen.

»Herr Braunberger ...« Ihre Stimme hielt ihn zurück. Sie hatte den Hasen losgelassen und sich aufgerichtet. »Mir fällt eben etwas ein. Ich wäre mit Jonas am liebsten stundenlang eng umschlungen im *Bastionsgarten* gestanden. Aber es blieb nur wenig Zeit, dann rauschten schon wieder diese Zicken vom Stadtmarketing heran. Zur Verstärkung hatten sie den Bürgermeister im Schlepptau. Aber als die drei Jonas ›abführten‹, ist mir in der Menge das Gesicht einer Frau aufgefallen. Ihr Blick war giftig, böse. Vielleicht hatte sie schon länger da gestanden, vielleicht hatte sie uns beide davor schon beobachtet.«

Braunberger dachte kurz nach. Dann öffnete er seine Mappe und legte einige Fotos vor die junge Frau. Die Praktikantin warf einen Blick darauf, dann hob sie eines der Bilder in die Höhe.

»Ich bin mir sicher, die war das.«

Der Abteilungsinspektor nahm ihr das Foto ab. Es war das Portrait von Leonarda Kirchner, der Maskenbildnerin des Produktionsteams. Auf der Rückfahrt rief er den Kommissar an und berichtete ihm vom Gespräch.

Eine klanglich gewöhnungsbedürftige Mischung empfing Merana, als er am Mozartplatz aus dem Dienstauto stieg und den Fahrer mit dem Wagen gleich wieder zurückschickte. Auf dem freien Raum zwischen der Statue und dem Eingang zum *Salzburg Museum* tummelten sich knapp 20 Leute, Männer und Frauen in Ponchos mit indianischen Mustern und leuchtenden Farben gehüllt. Sie schlugen wild auf Trommeln, schrammten über Darmsaiten an Instrumenten in Gürteltierform, bliesen mächtig in große Holzflöten und sangen dazu, was die Lungen hergaben. In den breit grinsenden Gesichtern lachten dunkle weit aufgerissene Augen. Glänzende rabenschwarze Haare sprossen den Männern unter breitkrempigen Lederhüten hervor. Die Frauen in der Gruppe trugen das Haar offen, gehalten nur von geflochtenen Stirnbändern. Blumen steckten an den Ausschnitten der Blusen. Die Musiker aus Lateinamerika waren umringt von Besuchern, die mitsangen, jubelten, in ausgelassenen Tanzschritten über das heiße Pflaster fegten, fotografierten. Neben dem vor kurzem wieder eröffneten *Café Glockenspiel* am Eingang zum Waagplatz hatte sich ein Streichquartett postiert, das tapfer versuchte, mit einer Haydn-Sonate gegen die wilden Indios anzukämpfen. Auch die vier jungen Frauen hatten ihre Fans, wenn auch weniger als die Peruaner in kaum 200 Meter Entfernung. Merana warf einen Geldschein in den aufgestellten Geigenkasten des Quartetts und blickte sich um. Er sah nicht nur einen Laden, der Mozartkugeln anbot. Nahezu alle Geschäfte hatten die süßen Schokoladenkugeln in der Auslage, egal ob sie daneben auch Souvenirs, Strickwaren, Spielzeug, Kochtöpfe, Lederjacken, Blusen oder gar Liebesschlösser anboten. Er betrat auf gut Glück den ersten Laden und wusste in der nächsten Sekunde, dass er im richtigen Geschäft war. Und es wurde ihm auch schlagartig klar, warum der Schauspieler ausgerechnet hier seine Mozartkugelrationen erstanden hatte. Drei Leute bedienten die Kunden: ein älterer Herr um die 60 mit grauen Strähnen im braunen Haar; eine Frau um die 50, klein, untersetzt, mit dicken Brillen; und ein Mädchen Mitte 20. Schlank, blond, gut gewachsen. Eine schlichte Schönheit. Sie ähnelte vom Typ her Valeska Birkner, der Praktikantin. Der Lärm der Indiomusik drang bis in das Geschäft. Von den Haydnklängen war im Augenblick nichts mehr zu vernehmen.

»Kann ich Ihnen helfen?« Es war die junge Frau, die sich ihm zuwandte. Er stellte sich vor, zeigte seinen Dienstausweis. Dann zog er ein Foto von Jonas Casabella aus der Tasche. Noch ehe er eine Frage stellen konnte, schwammen die graublauen Augen der Verkäuferin in Tränen. Sie nickte heftig. »Ja, ich habe es in der Zeitung gelesen. Einfach schrecklich.«

»Er hat bei Ihnen Mozartkugeln gekauft?«

Sie biss sich auf die Lippen, kämpfte mit den Tränen, die jetzt über ihre Wangen kollerten.

»Jeden Tag war er hier«, mischte sich der ältere Herr ein. »Gestatten, Herr Kommissar, Wamplinger, mein Name. Ich bin der Besitzer. So ein höflicher junger Mann. Und er hat sich immer nur von der Piera bedienen lassen. Manchmal sogar mehrmals am Tag.«

Die junge Frau wischte sich mit den Handrücken über die Wangen, drehte sich um und verschwand hinter einem Vorhang. Dahinter lag offenbar ein weiterer Raum.

»Entschuldigen Sie, aber meine Nichte heult schon den ganzen Tag. Sie ist halt eine zarte Seele, das hat sie von meiner Schwester. Ich bin ja mehr der Robustere in der Familie.«

»Wie viele Mozartkugeln hat Herr Casabella bei seinen Einkäufen mitgenommen?«

»Unterschiedlich. Eine Schachtel, zwei, nie mehr als drei. Er wollte uns ja die Freude machen, uns öfter mit seiner Anwesenheit zu beehren.«

Merana sah sich um. Das Geschäft war für einen Laden in der Salzburger Innenstadt gar nicht einmal so klein. Da hatten gut und gerne an die 30 Kunden Platz, jetzt waren gerade einmal fünf im Raum. Neben Plüschtieren, Regenschirmen, Reiseführern, Kamerabatterien gab es hauptsächlich Süßwaren, Likörflaschen, Schokolade, Pralinen und Mozartkugeln in Hülle und Fülle. Die Tür wurde geöffnet, ein Schwall von Trommelmusik und Gesang drang von draußen in den Laden. Eine Gruppe Skandinavier strömte herein, insgesamt sieben junge Leute, die sich einige der Likörflaschen aus den Auslagen angelten, dazu Schachteln mit Mozartkugeln, die auf Tischen gestapelt waren. Sie warfen sich lachend die Päckchen zu, jonglierten mit den kleinen Fläschchen. Ausgelassen. Die Frau mit den dicken Brillen kam hinter dem Tresen hervor, mahnte die jungen Leute, ein wenig Acht zu geben. »Jaja, die Jugend«, bemerkte der Besitzer und hob eines der Säckchen auf, das einem Burschen zu Boden gefallen war. Der entschuldigte sich auf Englisch. Das ausgelassene Treiben hörte auf. Die jungen Leute legten ordentlich ihre Einkäufe auf den Ladentisch und zückten ihre Kreditkarten.

Merana holte die Fotos der übrigen Filmcrewmitglieder hervor.

»War eine dieser Personen in den letzten Tagen ebenfalls in Ihrem Geschäft?«

Der Besitzer prüfte die Fotos, wackelte mit dem Kopf. »Schwer zu sagen. Ich glaube eher nicht. Wissen Sie, manchmal ist das Geschäft gerammelt voll mit Bustouristen.

Da kann man nicht auf jeden achten.« Er zeigte die Bilder der Frau und dem Mädchen, das mit frisch gewaschenem Gesicht zurückgekommen war. Auch die beiden erkannten niemanden. Merana hatte sich vom Vorzeigen der Fotos auch wenig erwartet. Selbst wenn einer aus dem Team im selben Geschäft gewesen war – was sollte das schon bedeuten? Dennoch wollte er Anweisung an seine Leute geben, auch in den umliegenden Geschäften nachzuforschen und wenigstens das Bild von Jonas Casabella herzuzeigen. Vielleicht war er doch ›fremdgegangen‹. Vielleicht gab es noch irgendwo eine unbekannte Schönheit hinter einem Ladentisch, die es dem Schwerenöter angetan hatte. Sie wollten es zumindest versuchen. Aber der Kommissar ahnte jetzt schon, es würde nichts bringen.

»Wann war Herr Casabella zum letzten Mal hier, um Mozartkugeln zu kaufen?«

»Am Dienstag, gegen zehn Uhr vormittags.« Das war am Tag seines Todes.

»Am Nachmittag auch noch einmal?«

Das Mädchen schüttelte den Kopf. Wieder wurden Pieras Augen feucht.

Er bedankte sich, warf der jungen Frau noch einen freundlichen Blick zu und ging.

Er wandte sich nach links und tauchte in das Menschengewirr der Judengasse ein.

Er mochte das Flair dieser engen Gasse, selbst wenn er sie mit so vielen Menschen teilen musste wie heute. Bis zum Beginn des 15. Jahrhunderts hatte ein Großteil der jüdischen Bevölkerung hier ihren Wohnsitz gehabt. Wie in den meisten mittelalterlichen Städten waren auch in Salzburg die Juden ständig von Verhetzung und Vertreibung bedroht. Wegen einer angeblichen Hostienschändung kam es im Jahr 1404 zu einem grässlichen Pogrom gegen die jüdische Bevölkerung. Juden wurden verbrannt, Männer, Frauen, Kinder. Nur wenige entkamen. Wer es schaffte, sich Jahre später wieder anzusiedeln, musste auf der anderen Seite der Salzach Wohnung nehmen. Merana blieb vor dem *Hotel Radisson Altstadt* stehen. Jahrhundertelang war das stattliche Gebäude Braugasthof gewesen, das *Höllbräu*.

Und bis zur Hinrichtung und Vertreibung hatten die jüdischen Menschen, die in dieser Gasse wohnten, hier ihre Synagoge gehabt. Einige Touristen waren ebenfalls vor dem Haus stehen geblieben, bewunderten die eindrucksvolle Fassade, machten Bilder mit den Kameras. Besonders die Teufelsfratze über dem Eingang war ein begehrtes Fotomotiv. Merana erkannte in der Gruppe auch eine arabische Familie. Die Frau neben dem Mann und den zwei Kindern war verschleiert. Sie hielt die Kamera in die Höhe. Fotografierte das Haus.

Eine Muslimin machte ein Bild eines Hauses, das früher einmal Gebetsstätte für Menschen jüdischen Glaubens war, in der Stadt Salzburg, in der ein katholischer Erzbischof residierte. Und an der linken Kante der Fassade prangte die Statue des Heiligen Michael mit Flammenschwert, Seelenwaage und einem niedergestreckten Teufelsdämon unter den Füßen. Michael als himmlischer Beschützer der Gasse, der Erzengel, der in allen drei Religionen, Christentum, Judentum und Islam, eine wichtige Rolle spielt.

Merana wertete die beobachtete Szene als gutes Zeichen. Als kleinen Moment von Verständigung über Grenzen und Kulturen hinweg. Er dachte oft an das Leid, dem die Juden, die lange hier gelebt hatten, ausgesetzt waren. Er fühlte sich manchmal wie ein Eindringling.

Er versuchte, in seinem Herzen Raum zu gewinnen, ihn mit Respekt zu füllen den Menschen gegenüber, die hier gelebt und gelitten hatten. Vielleicht mochte er die Gasse deswegen so besonders gerne, weil ihn hier immer ein Hauch von Ehrfurcht begleitete. Die Gasse war enger als die berühmtere Getreidegasse, in die schließlich die Judengasse führte. Merana liebte die engen hohen Bürgerhäuser mit den Verzierungen und Jahreszahlen hoch oben in den geschwungenen Giebeln. Manchmal blieb er lange vor dem Haus Nummer 5 stehen, an dessen Fassade als Zunftzeichen die Figur eines Schmiedes prangte. Das Halbrelief zeigte den Handwerker am Amboss, ein Hufeisen mit der Zange haltend, die linke Hand lässig auf das Stielende des mächtigen Schmiedehammers gestützt. Ein Bild der Ruhe und Harmonie, das Merana faszinierte. Natürlich verschloss der Kommissar nicht die Augen davor, dass auch in der Judengasse ebenso wie in anderen Teilen der Altstadt schleichend Billigware und Kitsch einzogen. Ein fragwürdiges Highlight für diesen Trend war aus Meranas Sicht ein Geschäft, in dem das ganze Jahr über grässlichste Weihnachtsdekoration feilgeboten wurde. In der Frühjahrssaison auch noch gepaart mit kitschigen Ostereiern.

Vieles hatte sich verändert in den letzten Jahren. Das ehemalige Traditionswirtshaus *Zur Goldenen Ente* gleich in der Nähe wurde zum geschniegelt renovierten *Hotel-Gasthof Goldgasse*. Er war gespannt, wie lange sich noch kleine Gewerbebetriebe halten konnten wie etwa der Hutmacher, ebenfalls in der Goldgasse. Er blieb kurz vor dem Haus Judengasse 8 stehen. Eine Marmortafel erinnerte daran, dass hier der *Komponist Franz Schubert im Sommer 1825 Gast des Kaufmanns Paurnfeind* war.

Tafel und Haus machten einen würdigen Eindruck. Die knalligen T-Shirts und die Ständer mit den kitschigen Souvenirs, die den halben Eingang verstellten, begeisterten Merana weniger. Er ließ sich vom dichten Besucherstrom mitziehen, wie er das manchmal gerne mochte, wenn er ins Innere der Stadt kam. Was er zudem an der Judengasse liebte, war der Blick, der sich bot, je näher man zum Gassenausgang gelangte. Wie ein Leuchtturm schimmerte von Ferne der kantige Turm des Alten Rathauses. Merana fühlte sich manchmal wie ein Kapitän, der sein Schiff durch enge Klippen darauf zusteuerte. Dieses Mal schwenkte er allerdings noch vor dem Rathaus nach links und ging langsam den Alten Markt hinauf. Hinter dem Brunnen, der das obere Drittel des Platzes beherrschte, blieb er kurz stehen. Der ehemalige *Marktbrunnen* gehörte zu den ältesten Brunnen der Stadt. Der Heilige Florian auf der Spitze der Marmorsäule drehte ihm den Rücken zu. Auf der Brunneneinfassung hockte eine Gruppe junger Leute. Die Burschen und Mädchen schleckten Eis und blinzelten hin und wieder zum alten Brunnenmann hinauf. Eines der Mädchen sprang plötzlich auf, ging um das achteckige Marmorbecken herum und streckte der Heiligenfigur die Hand mit der Eistüte entgegen. »Vuoi un gelato, uomo in pietra?«, rief die kleine Italienerin und lachte. Einer der Burschen aus der Gruppe machte ein Foto. Eine fröhliche Szene, die Merana gefiel. Er liebte die steinernen Kulissen von Salzburg, die prächtigen Plätze, die Häuser, die Kirchen. Aber sie faszinierten ihn noch mehr, wenn sie von Leben erfüllt waren, von Menschen, deren Fröhlichkeit ansteckte. Er ging weiter. Auf Höhe des *Café Tomaselli* vernahm er einen Ruf.

»Herr Kommissar!« Die Stimme kam von links. Merana blickte in die Richtung. Vor dem *Café Fürst* waren alle Tische besetzt. Eine bunte Menschenmenge aus aller Welt löffelte Eis, schlürfte Kaffee und Fruchtsäfte, delektierte sich an Mehlspeisen, nippte an eisgekühlten Proseccogläsern oder setzte schaumkronenbewehrte Biertulpen an die Lippen. Mitten aus der Ansammlung ragte ein hoch erhobener Arm. Die winkende Hand gehörte zu Telemach Birkner, Professor für gleich mehrere Disziplinen. Er saß mit zwei weiteren Männern an einem Tisch unter einem Sonnenschirm. Merana erkannte Niklas van Beggen und Darian Schartner. Ein vierter Stuhl war frei. Merana folgte dem Winken und nahm Platz. Er bestellte einen doppelten Espresso und ein stilles Mineralwasser mit Zitrone. Den beiden Filmleuten war anzusehen, dass sie wenig Freude mit der Anwesenheit des Polizisten an ihrem Tisch hatten. Aber der leutselige Gelehrte plauderte munter drauf los. Er erzählte von seiner Tochter, der es wieder besser ging, und dem freundlichen Abteilungsinspektor, den er heute vor seinem Haus getroffen hatte. »Und wie weit sind Sie mit Ihren Ermittlungen, Herr Kommissar?«

Bei dieser Frage horchten auch die anderen beiden Männer am Tisch auf. »Wir interessieren uns derzeit für Herrn Casabellas Vorliebe für Mozartkugeln.« Er beobachtete die Reaktionen der anderen. Doch die schauten ihn nur weiterhin interessiert an. »Warum das, Herr Kommissar?« Der Regisseur winkte der Bedienung, verlangte noch ein Mineralwasser. »Was haben Mozartkugeln mit dem Tod von Jonas zu tun?« Merana ging nicht weiter auf Niklas van Beggens Frage ein. Bis jetzt waren für Außenstehende keine Details vom dramatischen Geschehen in *Mozarts Geburtshaus* bekannt geworden. Und dem Gelehrten hatte Merana noch in der Tatnacht eingeschärft, keine Details vom Schauplatz weiterzugeben. Birkner hatte sich offenbar daran gehalten. Statt einer Antwort sagte Merana: »Erzählen Sie mir doch mehr von Ihrem Filmprojekt, Herr van Beggen. Wie gehen Sie an das Thema der Salzburger Mozartkugel heran?«

Ein Kellner brachte das Mineralwasser, räumte das leere Geschirr ab.

Der Regisseur zog einen Kugelschreiber aus seiner Sakkotasche, griff nach einer Serviette und malte eine schwungvoll gebogene Linie darauf. »Erkennen Sie das, Herr Kommissar?«

Merana schaute auf die Zeichnung. »Sieht aus wie das Logo von *Nike*.«

»Richtig erkannt. Der sogenannte *Swoosh* ist inzwischen so berühmt, dass der Sportartikelgigant es nicht einmal mehr nötig hat, den Firmennamen dazuzuschreiben. Die gebogene Linie genügt. Entworfen hat dieses rasante Häkchen 1971 die Grafikdesign-Studentin Carolyn Davidson. Sie ließ sich dabei von den Flügeln an den Schuhen des griechischen Götterboten Hermes inspirieren. Was schätzen

Sie, Herr Kommissar? Wie viel bekam Miss Davidson für diesen genialen Entwurf, der heute zu den bekanntesten Markenzeichen der Welt gehört?«

»Keine Ahnung. Eine Million Dollar? Ist für die 70er Jahre vielleicht ein bisschen hoch gegriffen. Eine halbe Million?«

Der Regisseur schüttelte amüsiert den Kopf.

»35.«

Merana konnte sich einen kurzen Ausruf des Erstaunens nicht verkneifen. »35 Millionen! Nicht schlecht. Da hat die Dame einen Treffer gelandet. Aber das Logo ist es sicher wert.«

Das Lächeln des Regisseurs wurde stärker. »Nein, Herr Kommissar. Sie haben mich falsch verstanden. 35. Ohne die Nullen hinten dran. Die gute Carolyn bekam genau 35 Dollar für die Grafik. Nicht einen Cent mehr.«

Merana starrte ihn ungläubig an. »Das nennt man Pech!«

»Bingo, Herr Kommissar. Genau darum geht es. Man muss zur Ehrenrettung von Phil Knight, dem Nike-Gründer, sagen, dass er sich später, als die Milliarden-Umsätze zur Regel wurden, bei Carolyn Davidson mit einem kleinen Aktienpaket bedankte. Aber dessen Wert stand in keiner Relation zu ihrer Leistung als Designerin.«

Er nahm wieder die Serviette und setzte neben den *Swoosh* ein schwungvolles *M*.

»Wir interessieren uns in dieser internationalen Dokumentationsreihe, einer Co-Produktion mehrerer großer TV-Sender, für prominente Pechvögel. Zum Beispiel für Richard und Maurice McDonald.« Er klopfte mit dem Zeigefinger auf das hingemalte *M*.

»Die beiden Brüder verkauften ihre heute weltweit verbreitete Fast-Food-Kette mit der Selbstbedienungsidee viel zu früh und, verglichen mit dem heutigen Wert, um einen Pappenstiel. Wir wollen auch die Geschichte Vadim Gerasimov erzählen, der das geniale Computerspiel *Tetris* erfand und nicht einen Rubel damit verdiente. Wir drehen einen Film über den schottischen Ingenieur Sandy Fowler, der den Teebeutel entwickelte und diese Idee einer britischen Teehandelsfirma für lächerliche 150 Pfund anbot. Das sind heute nicht einmal 2.000 Euro, dennoch mehr Geld, als der gute Sandy jemals zuvor in Händen hielt. Machen wir eine einfache Rechnung: Allein in England werden jährlich rund sieben Milliarden Beutel ins Wasser getaucht. Nun rechnen wir die Anzahl der Teebeutel für die ganze Welt hoch, dann kann man erahnen, was Herrn Fowler und seinen Nachkommen in den vielen Jahrzehnten an Geld entgangen ist.«

Er wandte sich an den Produktionsleiter. »Darian, zeig dem Herrn Kommissar, womit wir uns zuletzt beschäftigten.« Der Angesprochene hämmerte kurz auf die Tastatur des Laptops, das er die ganze Zeit über auf den Knien gehalten hatte. Dann drehte er dem Kommissar den Screen zu. Den Mann auf dem Bild mit dem eindringlichen Blick, den wilden schwarzen Haaren und dem dunklen Barett erkannte Merana auf Anhieb. Auf dem Bildschirm leuchtete das berühmte Foto von Che Guevara, dem Revolutionär und Guerillaführer aus den 1950er und 60er Jahren. 1.000 Mal gesehen auf Postern, Plattencovern, Trinkschalen, Tüchern, Taschen, in Filmen und Büchern. »Dem kubanischen Fotografen Alberto Korda ist dieser einmalige Schnappschuss gelungen, diese Momentaufnahme, die zur Ikone wurde. Da keine Zeitung in Kuba es haben wollte, verschenkte der Fotograf das Bild an den italienischen Verleger Giangiacomo Feltrinelli. Im ersten halben Jahr nach dem Tod des *Commandante* Che Guevara verkaufte sich das Foto allein auf Postern mehr als eine Million Mal. Auf jedem Abdruck stand als Copyright-Vermerk, klein, aber deutlich sichtbar: *Editorial Feltrinelli*.« Merana war ein wenig in den zornigen Blick des jungen Revolutionsführers versunken. »Lassen Sie mich raten, Herr van Beggen. Der Urheber dieses Porträts schaute durch die Finger.«

»Erraten, Herr Kommissar. Der Fotograf Alberto Korda verdiente nicht einen Peso damit. Das ist die tragisch-kuriose Geschichte eines weiteren Pechvogels, der uns für diese Dokumentations-Reihe interessiert. Deshalb waren wir in den vergangenen Monaten in Kuba und Bolivien.«

»Und wie passt die Salzburger Mozartkugel in das Konzept?«

Der Regisseur deutete mit dem Daumen nach hinten. »Paul Fürst, der Gründer dieser Konditorei, vor der wir sitzen, und dessen köstliches Konfekt wir schon vor Ihrem Eintreffen, Herr Kommissar, reichlich genossen haben, hatte im Jahr 1890 eine geniale Idee. Er wollte ein Bonbon aus exquisiten Zutaten kreieren und das Ganze in einer makellosen Form. Monatelang tüftelte er daran, wie er eine perfekte Kugel schaffen könnte, was mit warmer Schokolade nicht so einfach ist. Dann kam ihm der rettende Einfall. Er wurde später für die von ihm geschaffene Köstlichkeit, die *Salzburger Mozartkugel*, sogar mit einer Goldmedaille bei einer internationalen Ausstellung in Paris geehrt. Der wunderbar kreative Konditormeister Paul Fürst machte nur einen einzigen Fehler. Er ließ sich seine Erfindung nicht patentieren. Deshalb kann jeder, der will, Mozartkugeln nach dem Prinzip von Paul Fürst kreieren. Und wie Sie in dieser Stadt feststellen können, machen das auch viele. Die Familie Fürst hat wenigstens in den 1990er Jahren gegen einen großen Lebensmittelkonzern vor Gericht erstritten, dass nur die Produkte aus ihrer Werkstatt die Bezeichnung *Original Salzburger Mozartkugeln* führen dürfen. Hätte Paul Fürst seine Erfindung 1890 patentrechtlich schützen lassen, wäre vieles einfacher für dessen Familiennachfolger gewesen.« Wieder griff Niklas van Beggen zu Serviette und Stift und holte zusätzlich einen Farbmarkierer aus der Tasche. »Genauso wenig dachte Harvey Ball Jahre später an den Schutz seines geistigen Eigentums, als er einen Kreis zeichnete mit zwei Punkten und einer Welle und diese kleine Skizze auch noch gelb ausmalte. Das Erstellen dieser Grafik dauert keine 30 Sekunden. Aber was dabei rauskommt, kennt inzwischen weltweit jedes Kind.«

Er schob dem Kommissar die Serviette hin. Vom Papier lächelte Merana ein *Smiley* entgegen.

»Wir nennen unsere Serie *Unlucky Fellows*, also frei übersetzt *Pechvögel*. Es geht dabei um glänzende Erfindungen, geniale Kreationen und ihre Schöpfer, die wenig davon hatten. Jede Folge ist ähnlich aufgebaut, mit Darstellungen auf verschiedenen Ebenen. Einerseits als Biopic, also mit biografischen Episoden aus dem Leben unseres Pechvogels. Dazu Interviews mit Wissenschaftlern, die dem Zuschauer die wichtigen historischen Fakten aus der jeweiligen Zeit liefern, die kulturellen Zusammenhänge erklären. Und, im Fall von Che Guevara genauso wie bei Mozart, auch noch Spielszenen zur Person, auf die sich die unterschiedlichen Kreationen beziehen. Das Fotoporträt im Fall von Che, die Schokoladenkugel bei Mozart. Für diese Rollen haben wir in Absprache mit unseren Geldgebern Jonas Casabella engagiert. Er ist in Kuba und Bolivien in die Rolle des Guerillero geschlüpft. Und er sollte hier in Salzburg den Genius Loci darstellen.«

Der Kommissar nahm sein Glas und trank es aus.

»Für wie lange ist der Aufenthalt Ihres Teams hier geplant?«

»Ursprünglich wollten wir zehn weitere Tage bleiben. Dann geht es direttissima nach Paris, wo wir das gesamte Material aus Lateinamerika und Salzburg zu zwei Folgen verarbeiten.«

»Das wird dann sein viel Arbeit für mich, mon dieu!«

Die Männer am Tisch wandten ihre Köpfe um. Hinter ihnen stand eine etwas erschöpfte, aber dennoch fröhlich strahlende Roberta Hirondelle mit umgehängter Videokamera. Alle vier blickten sich gleichzeitig um, ob ein freier Stuhl für die Französin zu ergattern wäre. Da kam schon der Kellner herbei und brachte einen mit.

»Merci beaucoup, junger Mann.« Roberta bestellte ein kleines Bier und setzte sich zu den anderen.

»Oh lala, Monsieur le Commissaire, führen Sie Ihre Verhöre immer an so wunderbare Plätze wie diese?« Sie deutete mit dem Arm in die Runde. An ihrem Handgelenk klimperten zwei schmale goldene Armreifen. »Und wann nehmen Sie mich in die Mängel?« Sie stützte ihren Kopf auf die Hand und sah Merana direkt in die Augen.

Der hielt dem Blick stand. »Wir nehmen grundsätzlich niemanden in die Mangel. Wir stellen lediglich Fragen.« Sie wiegte ganz sachte ihren Kopf hin und her. »Das ist aber sehr schade. Ich denke, von Ihnen würde ich mich gerne ein wenig in die Mängel nehmen lassen.« Sie hob das Bierglas hoch und zwinkerte ihm zu. Merana wollte etwas erwidern, aber in diesem Moment läutete sein Handy. Er brummte eine Entschuldigung, stand auf und trat etwas abseits. Es war Carola.

»Hallo, Martin. Wir haben den Lebenslauf von Leonarda Kirchner ein wenig genauer unter die Lupe genommen. Es gab vor zwei Jahren eine Anzeige gegen sie wegen Körperverletzung. Sie ist mit einer Nagelfeile auf einen Produktionsfahrer losgegangen. Hat den Mann am Arm verletzt. Nichts Ernstes. Die Anzeige wurde auch bald wieder zurückgezogen. Verfahren gab es keines. Deshalb haben wir es auch jetzt erst entdeckt.«

»Danke, Carola. Ich gehe dem nach.« Er steckte das Smartphone ein und kehrte zurück an den Tisch.

»… sehr richtig, Madame, Walzen!«, hörte Merana Professor Birkner dozieren. »Im Französischen *rouleaux*. Die Wäsche wird mit großem Druck zwischen die Walzen gepresst. Und das nennt man im Deutschen ›Mangel‹. Daher also die Redewendung. Es heißt ›in die Mangel nehmen‹, und nicht ›Mängel‹.«

Die Französin lachte hell auf und klimperte verspielt mit ihren Armreifen, als Merana Platz nahm. »Monsieur le professeur gibt sich große Mühe, meine kümmerliche *vocabulaire* in Deutsch zu verbessern.«

Der Gelehrte protestierte. »Aber nein, Madame, Ihr Deutsch ist ausgezeichnet.«

»Wo ist Ihre Maskenbildnerin?«, fragte Merana in die Runde.

»In hoffentlich einer halben Stunde am Mozartplatz«, antwortete Darian Schartner und blickte auf die Uhr. »Wir wollen dort mit Herrn Professor Birkner die erste Passage zu den historischen Hintergründen drehen. Salzburg in der Mitte des 19. Jahrhunderts.«

»Wunderbar. Dann komme ich hin, um Frau Kirchner zu treffen.«

Die Kamerafrau schaute ihn von der Seite her an. »Wollen Sie dann unsere liebe Leonarda in die …«, sie zögerte, schielte verstohlen zum Gelehrten, der in seinen Unterlagen kramte, »… Mängel nehmen, Herr Kommissar?« Er sah ihr an, dass sie absichtlich die falsche Vokabel gebrauchte. Aber Merana hatte jetzt keine Zeit für Geplänkel. »Nein, ich möchte Frau Kirchner nur fragen, in welcher Beziehung sie zu Jonas Casabella stand. Sie ist eine sehr ansehnliche junge Frau. Er wiederum war, wie wir inzwischen mitbekommen haben, weiblichen Reizen nicht abgeneigt. Also vielleicht hat sich da etwas ergeben, das über die berufliche Verbindung hinaus ging.« Er blickte in die Runde. »Oder können Sie mir da Auskunft geben?«

Ein schelmisches Lächeln stahl sich in die Mundwinkel der Französin. Der Produktionsleiter klappte seinen Laptop zu. Es gab einen Knall, als der Deckel einrastete. »Leonarda ist viel zu intelligent, um auf die billige Masche von Jonas hereinzufallen. Es wäre besser gewesen, es hätte jemand ab und zu seinem Treiben Einhalt geboten. Bei Leonarda hätte er nie landen können.« Er stemmte sich vom Tisch hoch und stapfte mit böser Miene davon.

Die Französin sah ihm lange nach. »Noch ein zorniger junger Mann.« Sie schüttelte verwundert ihren Kopf. »Er kommt mir vor wie ein Musketier, der die Ehre seiner Angebeteten verteidigt. Da möchte ich nicht auf der anderen Seite stehen.«

Sie blickte den Kommissar an. »Sind Sie auch ein Musketier, Herr Kommissar?«

Merana hatte sich ebenfalls erhoben. »Bedaure, Madame. Ich kann weder reiten noch fechten.«

»Aber Sie haben sicher eine Angebetete, die Sie vor aller Welt verteidigen würden.«

»Ich habe in erster Linie einen schwierigen Fall aufzuklären.« Er wandte sich zum Gehen. »Wir sehen einander am Drehort.«

Die Trommel schlagenden Indios an der Mozartstatue und ihre inzwischen angewachsene Fan-Schar sahen nicht ein, warum sie ihr lustvolles Treiben beenden und den Platz räumen sollten. Die uniformierten Beamten erklärten ihnen zum wiederholten Mal mit viel Geduld, dass hier gleich Filmaufnahmen zu einer Fernsehdokumentation begannen. Van Beggen und sein Produktionsteam hatten noch am Vormittag die Drehgenehmigung eingeholt. Die bereitgestellten Streifenpolizisten sollten das Team bei den Absperrungen unterstützen. Maulend zogen die tapferen Andenmusiker schlussendlich ab. Die Schar der Fans zerstreute sich. Einige blieben auch da, um dem Geschehen am Drehort zu folgen. Merana hatte sich mit Erlaubnis des Produktionsleiters Darian Schartner innerhalb der Absperrung postiert und beobachtete fasziniert die Dreharbeiten. Er stellte sich neben den Regisseur, der auf einem kleinen Monitor die jeweilige Einstellung kontrollierte. Die auf einem Stativ fixierte Kamera war auf den oberen Teil des Denkmals gerichtet. Im Gegensatz zu heute Morgen war der Himmel inzwischen wolkenlos. Das Sonnenlicht fiel von der Seite auf den Platz und brachte die Bronzestatue zum Glänzen. Der Mantel, in den die Figur gehüllt war, verlieh mit seinem Faltenwurf und dem bis zum Boden reichenden Saum der Statue eine Aura von Erhabenheit. Hier könnte auch ein gefeierter Poet, ein Feldherr oder Staatenlenker stehen. Verstärkt wurde dieser Eindruck noch durch den selbstbewusst angehobenen linken Fuß des Komponisten, der auf einem kleinen Felsen ruhte. Der Blick war in die Ferne gerichtet. Das Gesicht strahlte Besonnenheit und Würde aus. Wie Merana bekannt war, hatte das Monument samt Sockel eine Höhe von rund sechs Metern. Umgeben war das Denkmal von einem Blumengeviert, begrenzt durch hüfthohe Pfeiler samt Eisengitter. Neben einem der Pfeiler stand Professor Telemach Birkner und konzentrierte sich auf den Text, den er gleich in die Kamera zu sprechen hatte. Die Maskenbildnerin tupfte ihm noch einmal mit einem kleinen Tuch den Schweiß von der Stirn. Dann trat sie zur Seite. Merana beobachtete den Monitor. Der zeigte den Kopf der Statue in Großaufnahme. Durch das seitlich einfallende Licht bekamen die erhabenen Teile einen zusätzlichen Glanz. Das Spiel von Licht und Schatten ließen das Gesicht lebendig erscheinen. Der Regisseur hob die Hand und gab dem Professor das Zeichen für den Start. Auf dem Monitor war als erste Einstellung immer noch der in der Sonne leuchtende Kopf der Statue zu erkennen, als Birkner mit seinen Ausführungen begann.

»Seit mehr als 170 Jahren steht der allseits verehrte Genius Loci an diesem Platz auf seinem Sockel und blickt auf die Stadt und ihre Menschen, auf Besucher wie Einheimische.«

Die Französin ließ während der Einleitung des Experten die Kamera ganz langsam nach unten schwenken, gleichzeitig vergrößerte sie den Bildausschnitt. Allmählich wurden am Monitor auch die anderen Teile der Statue und die Umgebung sichtbar. Die Kamerabewegung endete in einer Totalen, die auch den Historiker erfasste. Der drehte sich nun zur Seite und blickte hoch zur bronzenen Figur.

»So, wie wir heute uns immer noch von der Würde dieses Monuments berühren lassen, wird wohl auch im ausgehenden 19. Jahrhundert der Konditormeister Paul Fürst auf diesem Platz gestanden sein und fasziniert zu Wolfgang Amadeus Mozart aufgeblickt haben.« Telemach Birkner verharrte in seiner Pose und wartete auf das Kommando des Regisseurs.

»Danke!« Niklas van Beggen klatschte in die Hände und blickte auf seine Kamerafrau. Die schüttelte leicht zweifelnd den Kopf. »Monsieur le professeur«, rief sie zum Experten, »Sie waren wunderbar. Aber ich bin nicht zufrieden mit die Tempo. Können wir versuchen ein weiteres Mal? Dann ich kann machen die Schwenk vielleicht etwas schneller.« Birkner machte eine galante Verbeugung. »Bien sûr, Madame! So oft Sie wollen.« Er stellte sich zurück in die Ausgangsposition. Die Kamerafrau richtete das Objektiv wieder auf den Kopf des Monuments, und Niklas van Beggen gab das Startzeichen für den zweiten Take. Merana beobachtete wieder den Bildschirm. Tatsächlich war der Schwenk jetzt schneller. Die Kamerabewegung verstärkte das Gefühl von Dynamik. Und auch der Gelehrte wirkte in seinen Ausführungen um eine Spur souveräner als vorhin.

»Merci beaucoup, Monsieur! Jetzt ich bin zufrieden.« Nun deutete die Französin eine Verbeugung an. Regisseur und Kamerafrau hatten vorher exakt die Einstellungen festgelegt, mit denen sie die einzelnen Passagen der Expertenstatements aufnehmen wollten. Für den nächsten Take war kein Schwenk vorgesehen, sondern eine Großaufnahme. Der Professor sollte dabei bis zur Brust sichtbar sein. Auch die Bewegung der Hände, mit denen der Experte seine Ausführungen unterstrich, mussten gut im Bild zu sehen sein. Roberta Hirondelle nahm das Stativ auf, bewegte sich auf die linke Seite des Platzes und postierte die Kamera etwa drei Meter vor Birkner. Der wurde inzwischen wieder von Leonarda Kirchner betreut, die ihn mit feinem Puder und einem Schminkstift behandelte. Merana war schon öfter bei Filmaufnahmen gewesen und wusste, dass gerade bei Sonnenschein und Wärme die Maskenbildner ständig im Einsatz waren, um Schweißperlen und zerrinnendes Make-up zu behandeln. Nun sollte der Professor kurz auf die Entstehungsgeschichte der Statue eingehen und danach zur politischen und kulturellen Situation der Stadt Salzburg in der Mitte des 19. Jahrhunderts überleiten. Merana blickte auf die Uhr. Die Aufnahmen würden sich hinziehen, das zeichnete sich jetzt schon ab. Aber er wollte die Arbeit nicht unterbrechen. Außerdem bot sich ihm auf diese Art eine gute Gelegenheit, die einzelnen Personen des Film-Teams im gegenseitigen Umgang zu beobachten. Darüber hinaus war es ihm angenehm, gleichzeitig einiges über Salzburg im 19. Jahrhundert zu erfahren.

»Die Errichtung des Mozartdenkmals war für die gesellschaftliche, aber vor allem auch für die wirtschaftliche Entwicklung der Stadt ein regelgerechter *Kick-off*, wie wir heute sagen würden.« Die Augen des Professors begannen zu leuchten. Man spürte, hier war ein Mann in seinem bevorzugten Metier. Die Begeisterung des Experten würde sich wohl auch später auf die Fernsehzuschauer übertragen. Merana blickte zum Regisseur. Der begleitete die Ausführungen des Professors immer wieder mit einem zufriedenen Kopfnicken. Auch wenn Birkner immer wieder neue Positionen für andere Kameraeinstellungen einzunehmen hatte, auch wenn er manche Passagen mehrfach wiederholen musste, er blieb bis zum Schluss souverän. Sein Elan, mit dem er jedes einzelne Statement hervorbrachte, blieb ungebrochen. Merana erfuhr aus den Erläuterungen Birkners, dass die Anregung, ein Mozartdenkmal in Salzburg zu errichten, von einem Schriftsteller gekommen war, Julius Schilling, der ursprünglich aus Polen stammte. Den Namen hatte der Kommissar noch nie gehört. Ludwig von Schwanthaler kannte er natürlich. Der zu seiner Zeit äußerst gefragte Bildhauer hatte nicht nur die heroische *Bavariastatue* auf der Münchner Theresienwiese entworfen, sondern 1842 eben auch das Salzburger Mozartdenkmal. Beide Objekte erfreuten sich bis heute großer Beliebtheit bei kamerazückenden Menschen aus aller Welt. Die Errichtung des Monuments läutete in Salzburg einen wahren Mozart-Boom ein. Die heutige *Universität Mozarteum* und der *Dommusikverein* wurden damals gegründet. Erste Mozart-Musikfeste lockten internationales Publikum in die Stadt an der Salzach. Der wirtschaftliche Aufschwung in der zweiten Hälfte des 19. Jahrhunderts war eng mit dem Interesse an Mozart verbunden. Aus der bis dahin eher verschlafenen Provinzstadt wurde ein attraktives Ziel für viele Besucher, Künstler, Wirtschaftstreibende.

»Und wie so vieles in dieser Stadt durch Menschen entstand, die von außerhalb kamen – denken Sie nur an die vielen Baumeister aus Italien, die das Gesicht dieser Stadt prägten, denken Sie an die Salzburger Festspiele, die von einem Theatermann aus Berlin, einem reiselustigen Dichter aus Wien und einem Komponisten aus München gegründet wurden*, oder denken Sie auch an den Initiator des Mozartdenkmals, einen gebürtigen Polen – so lag es auch an einem Oberösterreicher, der Welt etwas zu schenken, das alle Menschen unweigerlich mit der Stadt Salzburg verbinden: die Mozartkugel. Paul Fürst wurde in Sierning geboren. Er war 32 Jahre alt, als er hier gleich in der Nähe in der Brodgasse seine eigene Konditorei eröffnete. Sechs Jahre später hatte er seine einmalige süße Kreation in Kugelform geschaffen, die er mit dem Namen der wohl größten Persönlichkeit dieser Stadt schmückte.« Der Gelehrte blickte hoch zur Statue, deren Gesicht jetzt halb im Schatten lag. Applaus war zu hören. Nicht nur das Filmteam, auch viele

---

* Max Reinhardt, Hugo von Hofmannsthal, Richard Strauss

der Besucher, die hinter den Absperrungen den Ausführungen Birkners gelauscht hatten, klatschten. Der Professor drehte sich in die Runde, verbeugte sich kurz nach allen Seiten. Dann trat er in den Schatten, wo sich das Team am Produktionsbus versammelt hatte. Der Regisseur klopfte dem alten Mann auf die Schulter. »Ausgezeichnet, Herr Birkner. Als würden Sie das jeden Tag machen!«

Auch Roberta Hirondelle und Leonarda Kirchner stimmten in das Lob mit ein.

Der Gelehrte errötete und gab das Kompliment zurück. »Es ist auch eine Ehre für mich, mit so großartigen Profis zusammenarbeiten zu dürfen.«

»Ja«, bemerkte Merana und blickte auf die kleine Gruppe. »Ich finde es auch wunderbar, wie Sie alle trotz des furchtbaren Schlages durch den tragischen Verlust Ihres Kollegen in so beeindruckend professioneller Manier Ihre Aufgaben erledigen.«

»The show must go on.« Der Satz kam von Leonarda Kirchner. Ihr Gesicht glich einer Maske. Es war nicht zu erkennen, ob sie die Bemerkung spöttisch oder ernsthaft gemeint hatte.

»Wissen Sie, Herr Kommissar, es ist bei uns nicht anders als in jedem Team«, erwiderte der Regisseur. »Das kennen Sie gewiss auch aus Ihrer Arbeit. Man muss sich aufeinander verlassen können. Und in dieser Truppe stimmt eben die Chemie.«

Mit einem Anflug von Stolz deutete er auf die Umstehenden. Merana nickte, bemühte sich, möglichst alle im Blickfeld zu behalten. »Also kein Grund, mit gezückten Nagelfeilen aufeinander loszugehen …«

Die Reaktionen auf diese Aussage waren unterschiedlich. Birkner und van Beggen versuchten es mit einem Lachen, die Französin quittierte die Bemerkung mit einem verwunderten Augenaufschlag. Leonarda Kirchner erschrak. In ihrem maskenhaften Gesicht flammte eine Spur von Unsicherheit auf. Dann entschloss sie sich zum direkten Gegenangriff.

»Falls Sie darauf anspielen, Herr Kommissar, dass ich vor Jahren einen widerlichen Typen mit einer Feile ein wenig am Unterarm ritzte, dann lassen Sie sich sagen, dass der Kerl es nicht anders verdient hatte.«

»Warum?«

»Weil ich es nicht ausstehen kann, wenn man mir zuerst schöne Augen macht, nur um mich ins Bett zu kriegen, und mich bei nächster Gelegenheit mit einer anderen hinterrücks betrügt.«

»Hat Jonas Casabella Ihnen auch schöne Augen gemacht?«

Die Antwort kam schnell. »Ich war sicher nicht sein Typ.«

Das war kein Ja und kein Nein. Aber Merana beließ es vorerst dabei. Auch wenn er vor allem die Maskenbildnerin im Blick hatte, waren seine Sinne auch geschärft für die Reaktionen der anderen in der Gruppe. Im Gesicht des Produktionsleiters Darian Schartner arbeitete es. Das war deutlich zu sehen. Vielleicht überlegte der ›Musketier‹, wie die Kamerafrau ihn bezeichnet hatte, ob er der schwarzhaarigen Kollegin beistehen sollte. Vielleicht war es auch etwas anderes, das ihn beschäftigte. Die Französin hatte die Arme vor der Brust verschränkt und ließ ihren Blick zwischen Merana und der Maskenbildnerin hin und her pendeln. Alle warteten auf die nächste Bemerkung des Kommissars. Der entschloss sich, einen weiteren Ballon zu starten. Bis jetzt waren der Filmcrew die wahren Umstände des Todes ihres Kollegen nicht bekannt. Auch die Medien hatten trotz heftiger Versuche, mehr herauszubekommen, nur die lapidare Stellungnahme von offizieller Polizeiseite wiedergeben müssen: *Aus bisher unbekannter Ursache ...*

Wenn Merana jetzt die Katze aus dem Sack ließ, dann war sie draußen. Dann war sie nicht mehr einzufangen. Dann würden die wildesten Spekulationen in den Medien auftauchen. Der Druck der Journalisten, der Fernsehsender und Boulevardzeitungen würde noch größer werden. Andererseits konnten sie in ihren Ermittlungen nur einen entscheidenden Schritt weiter kommen, wenn sie mit der Wahrheit nicht mehr hinterm Berg hielten.

»Ich ersuche Sie, das, was ich Ihnen jetzt mitteile, für sich zu behalten«, begann er.

»Erst wenn Sie von Polizeiseite die Erlaubnis dazu erhalten, dürfen Sie mit Dritten darüber reden. Alles klar?«

Er sah in fünf Gesichter, deren Ausdruck zwischen Erstaunen, Unsicherheit und Neugierde pendelte. Vielleicht sollte ich Roberta Hirondelles Musketiergedanken aufgreifen und alle fünf mit ausgestreckten Händen über gekreuzten Degen schwören lassen. In Ermangelung eines Degens tat es vielleicht auch ein in die Mitte gestelltes Kamerastativ. Die Vorstellung belustigte den Kommissar. Dennoch versuchte er, gebührenden Ernst in den Klang seiner Stimme zu legen.

»Die Untersuchungen der Gerichtsmedizin haben inzwischen zu einem eindeutigen Ergebnis geführt.« Die Anspannung in den Gesichtern wuchs.

»Ihr Kollege Jonas Casabella starb durch Gift.«

Ein schwacher Aufschrei war zu hören. Die Kamerafrau hatte ihn ausgestoßen. Alle fünf Gesichter, auch das des Professors, zeigten großes Erstaunen. Verwirrung.

»Sie meinen, er hat Gift zu sich genommen? Selbstmord?« Die Stimme des Produktionsleiters war laut. Er schüttelte heftig den Kopf. »Aber doch nicht Jonas! Das kann ich mir nicht vorstellen!« Er starrte die anderen an. »Ihr doch auch nicht, oder?« Die wirkten immer noch geschockt von der Nachricht.

»Gäbe es Ihres Wissens einen Grund für einen Selbstmord?«, setzte Merana nach. Der Produktionsleiter zuckte ratlos mit den Schultern.

»Keine Ahnung«, murmelte die Maskenbildnerin. »Aber im Grunde kann man in keinen Menschen reinschauen.«

»Ist denn bekannt, in welcher Form Jonas das Gift zu sich nahm?« Die Frage stellte der Regisseur.

»Ja.« Wieder blickten ihn alle erwartungsvoll an.

»Mit einer Mozartkugel.«

Der Kommissar blickte in acht ungläubig geweitete Augenpaare. Nur Telemach Birkner machte keinen überraschten Eindruck. Er war auch als Einziger aus der Gruppe am Tatort gewesen. Wenn er auch mit anderen Dingen beschäftigt war, konnten ihm die vielen Mozartkugeln nicht entgangen sein.

»Das ist nicht Ihr Ernst, Herr Kommissar …« Der Regisseur schüttelte ungläubig den Kopf. »Sie wollen uns damit andeuten, dass Jonas Casabella, unser Hauptdarsteller in einer Dokumentation über die Mozartkugel, eben durch eine solche ums Leben kam?«

»Ich deute nichts an, Herr van Beggen. Es ist so. Entweder er nahm das Gift freiwillig zu sich, oder jemand anderer verabreichte es ihm. Fällt Ihnen dazu etwas ein?«

Zu Meranas Überraschung antwortete nicht einer aus dem Produktions-Team, sondern der Gelehrte und Experte für verschiedene Disziplinen.

»Mir fällt dazu nur eine interessante Abhandlung ein, die mir vor Kurzem in die Hände kam.« Die anderen beäugten ihn mit wachsendem Staunen. Birkner ließ sich davon nicht beirren. Mit ähnlichem Eifer wie zuvor an der Mozartstatue setzte er seine Erläuterung fort. »Eine Apothekerin aus Deutschland belegte in ihrer Dissertation eindeutig, was man ja immer schon vermutet hatte. Gift ist tatsächlich das bevorzugte Mordwerkzeug von Frauen. Mordwillige Frauen greifen wesentlich öfter zu Gift als tötungsbereite Männer. Man müsste also nur im persönlichen Umfeld eines Giftmordopfers ausforschen, welche Frauen sich da …« Er hielt inne. Erst jetzt bemerkte er, dass er sich durch seinen wissenschaftlichen Gelehrteneifer in eine peinliche Situation hinein manövrierte. Die Kamerafrau schaute ihn eher amüsiert an. Die Maskenbildnerin jedoch hatte ein bedrohliches Funkeln in den Augen. »Soweit wir unterrichtet sind, Herr Professor, war im persönlichen Umfeld von Jonas, als er starb, hauptsächlich *eine* Frau. Und die dürfte Ihnen gut bekannt sein.« Der Gelehrte erschrak, gleichzeitig breitete sich Schamröte in seinem Gesicht aus. »Aber ich wollte ja nur ganz allgemein … also statistisch und völlig theoretisch betrachtet …«, stammelte er. Der Kommissar erlöste ihn.

»Es gibt bisher keine Anzeichen, dass Valeska Birkner irgendeine Form von Schuld am Tod von Jonas Casabella trägt.«

»Wer dann, Herr Kommissar?«, wollte der Regisseur wissen. »In welche Richtung laufen Ihre Ermittlungen? Oder hat Jonas sich die tödliche Substanz doch selbst verabreicht? Vielleicht unabsichtlich? Vielleicht wollte er sich einen besonderen Kick verschaffen und hat die Dosis unterschätzt?«

»Wäre ihm so etwas zuzutrauen?« Niklas van Beggen nickte. Merana schaute auf die anderen. Keiner widersprach.

»Wie kam das Gift in die Mozartkugel?«, fragte Darian Schartner. Der Kommissar ließ sich Zeit für die Antwort.

»Es war nicht in einer, es war in allen Mozartkugeln, die wir in *Mozarts Geburtshaus* fanden.«

»Was?« Diesesmal war das Erstaunen bei allen noch stärker als vorhin

»Sie meinen, wenn er es nicht selbst tat, dann hat jemand anderer jede einzelne Mozartkugel, die Jonas bei sich hatte, vergiftet?« Die Augen des Produktionsleiters starrten ihn ungläubig an.

»Davon gehen wir aus.«

»Und wie konnte das geschehen?«

»Diese Frage gebe ich gerne an Sie zurück: Hat jemand von Ihnen eine Ahnung, wer das getan haben könnte?«

Keiner hatte eine Idee. Merana erntete nur ratloses Kopfschütteln. Aber die Katze war aus dem Sack. Vielleicht würde sie eine Maus fangen, ein Indiz herbeischaffen, das ihnen bei ihren Ermittlungen weiter half. Bis dahin konnte er nichts tun, als abzuwarten. Er blickte auf die Uhr. In einer Stunde war Team-Besprechung. Er musste sich beeilen.

Bis auf eine Kollegin war das Ermittlerteam komplett. Die abwesende Beamtin war zum Flughafen gefahren, um mit Jonas Casabellas Eltern zu reden, die heute in Salzburg eintrafen. Merana hatte es wieder seiner Stellvertreterin überlassen, das Meeting zu eröffnen. Zunächst konzentrierte sich die Ermittlerrunde darauf, die Biografien der Beteiligten auf den aktuellen Stand zu bringen. Sie begannen mit dem Opfer.

»Jonas Casabella«, referierte die Chefinspektorin. »29, Kindheit und Jugend in Berlin. Während der Schulzeit Mitglied in einer Rockband, spielt dort Schlagzeug. Mit 16 schmeißt er die Schule hin, versucht sich als Kellner und als Werbegrafiker. Mit 18 der Entschluss, Schauspieler zu werden. Die Eltern finanzieren die Ausbildung an der Schauspielschule. Jonas macht aber keinen Abschluss. Schon in seinem ersten Jahr bekommt er eine Rolle in einer Teenie-TV-Serie bei einem Privatsender. Nach zwei Jahren verlässt er die Schauspielschule. Geht für ein halbes Jahr nach Paris. Dreht dort einen Film, ›Le renard blanc‹. Der Streifen heimst einige Preise ein. Danach Theaterarbeit und kleine Fernsehrollen in Wien, München, Berlin und Stuttgart. Er ist immer wieder in Vorfälle verwickelt, bei denen er auch in Kontakt mit der Polizei kommt: nächtliche Ruhestörung, Geschwindigkeitsübertretungen, Führerscheinentzug, leichte Körperverletzung, Partys, bei denen Drogen im Spiel sind. Anzeigen gibt es mehrere, Anklagen oder gar Verurteilungen keine. Nach einem schweren Autounfall liegt er für drei Monate in einer Berliner Klinik. Danach macht er eine kurze Therapie und beschließt, Deutschland zu verlassen und in die USA zu übersiedeln. Zum genauen Aufenthalt in den Staaten haben wir noch wenig Greifbares, abgesehen von den offiziellen Infos der Agentur. Jonas Casabella dürfte in Los Angeles nach etwa zehn Monaten das große Los gezogen haben. Er bekommt eine Nebenrolle in der TV-Serie ›Dragon Scale‹. Ab der zweiten Staffel machen die Produzenten aus der Nebenrolle eine Hauptrolle. Casabella wird nicht gerade über Nacht, aber in relativ kurzer Zeit zum Star. Zuerst in den USA und nach dem Serienstart in Europa auch hierzulande. Seine rasch ansteigende internationale Bekanntheit war auch der Grund, warum ihn die Verantwortlichen der TV-Dokureihe verpflichteten.«

»Gab es in den USA auch irgendwelche Eskapaden?«, wollte Merana wissen.

Die Chefinspektorin schüttelte den Kopf. »Dazu haben die Kollegen bislang nichts herausgefunden, aber, wie gesagt, wir sind erst am Anfang.« Merana stand auf, kam nach vorn und schrieb neben das Bild von Jonas Casabella das Wort *Exzesse*.

»Ich ersuche euch, im Leben von Jonas Casabella nach Ereignissen zu suchen, die mit Eskapaden, Ausschreitungen, ungewöhnlichen Vorfällen zu tun haben.«

Er fasste kurz zusammen, was er am Nachmittag mit den Filmleuten am Mozartplatz erlebt hatte. »Ich stoße immer wieder auf Hinweise, dass der junge Mann gerne über die Stränge haute, sich auf verrückte Abenteuer einließ, bei seinen Ausschweifungen vielleicht auch andere gefährdete. Man würde ihm seitens der Crew sogar zutrauen, mit Gift experimentiert zu haben, um sich einen besonderen *Kick* zu holen. Ich werde das Gefühl nicht los, hier könnte der Schlüssel für die Lösung liegen.«

Ein junger Beamter, Holger Fellberg, dem Dienstgrad bislang noch Inspektor, zugeteilt aus der Drogen-Abteilung, meldete sich.

»Wenn Jonas Casabella tatsächlich mit Gift experimentierte oder gar vorhatte, sich auf spektakuläre Weise umzubringen, hätte er dann auch die Praktikantin gefährdet? Glauben Sie das, Herr Kommissar? Immerhin bot er dem Mädchen eine Mozartkugel an.«

Merana antwortete nicht sofort. Er hielt kurz inne. Vergegenwärtigte sich die nächtliche Szene in *Mozarts Geburtshaus*. Sie hatten nur die Aussage von Valeska Birkner darüber, was passiert war. Die Praktikantin war nach dem Ereignis auffallend stark verstört gewesen. War Jonas Casabella zuzutrauen, das Mädchen mit in einen spektakulär inszenierten Freitod zu nehmen? Oder hatte doch die Praktikantin ihren Liebhaber vergiftet, aus welchen Gründen auch immer? Merana konnte sich alles vorstellen.

»Es geht nicht darum, nur einer bestimmten Einschätzung zu folgen. Wir wollen keinen Aspekt außer Acht lassen. Wir wollen jeden Punkt der Untersuchung so lange prüfen, bis wir ihn als geklärt beiseitelegen können.«

Der junge Kollege nickte.

»Kommen wir zu den Mitgliedern der Film-Crew«, setzte die Chefinspektorin fort und präsentierte alle Fakten, die sie bis jetzt zusammengetragen hatten. Daraus ergab sich folgendes Bild: Niklas van Beggen war gebürtiger Hamburger mit belgischen Wurzeln, ausgezeichnet mit einigen internationalen Preisen für seine zahlreichen Film- und Fernsehproduktionen. Er gehörte zu den renommiertesten Regisseuren und Autoren der Szene. Mit Jonas Casabella hatte er davor noch nie zu tun gehabt. Ihre gemeinsame Arbeit begann vor zehn Monaten mit den Vorbereitungen für die Dreharbeiten in Kuba, Bolivien und Salzburg. Mit dem Produktionsleiter Darian Schartner verband van Beggen außer der aktuellen Produktion noch eine Filmarbeit für die BBC vor vier Jahren. Kamerafrau Roberta Hirondelle gehörte zu van Beggens bevorzugten Partnern. Die Chefinspektorin führte eine Liste von insgesamt neun Filmarbeiten an, bei denen die Französin unter der Regie von Niklas van Beggen an der Kamera stand. Maskenbildnerin Leonarda Kirchner war im Gegensatz zur Kamerafrau und zum Produktionsleiter bei den Dreharbeiten in Lateinamerika nicht mit von der Partie gewesen.

Dort hatte man eine lokale Fachkraft engagiert. Das war durchaus branchenüblich. Kirchner war am Beginn ihrer beruflichen Laufbahn auch ab und zu selbst als Akteurin aufgetreten, allerdings nur in kleineren Rollen. Ausschließlich als Maskenbildnerin arbeitete sie seit acht Jahren. Auch Darian Schartner hatte sich am Beginn seiner Laufbahn als Schauspieler versucht, nachdem sich dieser Weg aber als wenig Erfolg versprechend herausstellte, arbeitete er in der Folge als Kameraassistent und Beleuchter, seit sechs Jahren vorwiegend als Produktionsleiter.

»Gab es Begegnungen mit Jonas Casabella schon vor der gegenwärtigen Doku-Produktion?«, warf Merana ein. »Wenn sowohl Kirchner als auch Schartner anfangs hin und wieder als Schauspieler in Erscheinung traten, könnten sie doch Casabella begegnet sein. Wir sollten das überprüfen.«

Zu den beiden anderen Darstellern, die an der Produktion in Salzburg mitwirkten, gab es wenig zu sagen: Claus Anderthal, der wieder aus Wien zurück war, hatte den toten Kollegen laut eigener Aussage bisher gar nicht gekannt. Stefan Sternhager hatte angegeben, mit Jonas Casabella vor dessen Unfall in München bei einer Märchenverfilmung fürs Weihnachtsprogramm gemeinsam vor der Kamera gestanden zu sein. Casabella hatte den Prinzen gespielt, Sternhager dessen Diener. Dass Casabella nicht zu seinen Lieblingskollegen zählte, daraus hatte Sternhager kein Hehl gemacht. Merana hätte sein Beamtengehalt darauf verwettet, dass der jähzornige Sternhager so etwas wie ›Lieblingskollegen‹ gar nicht hatte. Aber das machte ihn nicht von vornherein verdächtig. Sie gingen alle Punkte aus den biografischen Angaben noch einmal durch. Es gab weit und breit kein klares Motiv. Sie konnten bisher nur vermuten, warum jemand aus dem Film-Team Casabella hätte töten sollen. Eifersucht? Rivalität? Hass? Dazu gab es viel zu wenig Hinweise. Auch in diesem Fall blieb ihnen, wie meistens, nur übrig, sich geduldig und unermüdlich Millimeter für Millimeter vorzuarbeiten. Der Bericht von Revierinspektor Hans Hodler, Kollege aus dem EB 8, Ermittlungsbereich ›Brand‹, gab ihnen wenigstens die Richtung vor.

»Aufgrund meiner Befragungen des zuständigen Hotelpersonals stellt sich die Sache so dar: Jonas Casabella bewohnte im *Sacher* eine *Deluxe Junior Suite*.« Er blickte in die Runde, grinste. »Ihr solltet euch diese Suite einmal anschauen. Ausstattung wie in einem Hollywoodfilm. Biedermeiermöbel. Erker mit drei Fenstern, aus denen man direkt auf die Altstadt blickt. Die Bleibe kostet an einem Tag mehr, als ihr in einem Monat verdient.«

»Seit wann wissen die Leute vom ›Brand‹, was die Topspezialisten von ›Leib und Leben‹ verdienen, Herr Kollegen?« Die Bemerkung kam von Otmar Braunberger.

Allgemeines Gelächter machte sich breit.

»Jaja«, konterte ein weiterer Kollege aus dem EB 8. »Ihr Mordspezialisten schafft es gerade noch, festzustellen, ob ein Toter tot ist. Aber ihr könnt nicht einmal einen Feuerlöscher richtig bedienen.« Das Lachen schwoll an.

»Das müssen wir auch nicht. Uns genügt es, rauszukriegen, ob die Leiche mit einem Feuerlöscher erschlagen wurde, den die vom Brand beim letzten Mal übersehen haben.« Nun war die Heiterkeit fast nicht mehr zu bremsen.

Die Chefinspektorin schritt ein. »Geschätzte Kollegen, ich finde euer Komödientalent bewundernswert. Aber spart euch die Sketches bitte für die Weihnachtsfeier auf. Jetzt ist Hans Hodler am Wort. Sein Stück heißt: Jonas

Casabella und die Mozartkugeln. Und da sind wir über den 1. Akt noch nicht hinausgekommen.«

Das Lachen schwoll ab, aber es dauerte ein wenig, bis es ganz verebbte.

Der Revierinspektor nahm seinen Bericht wieder auf.

»Laut Recherche hatte Casabella immer Mozartkugeln in seiner Suite. Die Zimmermädchen fanden sie auch im Bett oder im Badezimmer. Aber meistens lagen die Süßigkeiten in einer Glasschale auf einem Tisch im Erker.«

Er holte ein Foto mit der Aufnahme einer bläulichen Schale aus den Unterlagen und heftete das Bild an das große Board an der Stirnwand des Besprechungsraums.

»Wie oft der Schauspieler seinen Vorrat erneuerte, war nicht herauszubekommen. Ich habe versucht, den Zeitablauf von Casabella für den Dienstag zu rekonstruieren. Er verließ zur Mittagszeit, gegen halb eins, sein Zimmer. Das Zimmermädchen …« Er hielt kurz inne, blickte auf den Zettel in seiner Hand, »… Yelyzaveta Volovnyk hat ihn am Gang getroffen. Er steckte sich gerade eine Mozartkugel in den Mund. Er hatte eine Tasche bei sich. Casabella hat der jungen Dame aus der Ukraine auch eine Schokoladenkugel angeboten. Aber das Zimmermädchen lehnte dankend ab. Sie gestand mir allerdings, dass sie eine Stunde später eine Mozartkugel aus der Glasschale nahm, als sie in Casabellas Zimmer die Blumen wechselte. Nachdem er ihr zuvor eine angeboten hatte, dachte sie sich nichts dabei.«

»Lebt die Dame noch?« Die Frage von Otmar Braunberger löste erneut Heiterkeit aus.

Die Flachserei zwischendurch tat dem Team gut, das wusste Merana aus Erfahrung.

Für einen Außenstehenden mochte die Bemerkung ein

wenig pietätlos klingen. Aber er wusste, dass dies keinesfalls so gemeint war.

»Ja, die junge Dame aus der Ukraine darf weiterhin ihre Arbeitskraft für geringen Lohn nahezu rund um die Uhr der gehobenen österreichischen Beherbergungsbranche widmen.« Mit dieser Bemerkung nahm der Kollege vom Brand wieder Platz. Der Kommissar begab sich zur Tafel.

»Casabella musste am Dienstag jedenfalls noch über genügend Vorrat an Mozartkugeln verfügen, als er zu Mittag das Zimmer verließ. Denn er tauchte am Nachmittag nicht mehr im Geschäft am Waagplatz auf. Das hat mir heute die Verkäuferin bestätigt.«

Er wandte sich an Hodler. »Hans, hast du festgestellt, wie viele Kugeln noch in der Schale waren, als das Zimmermädchen daraus naschte?«

»Ja, habe ich. Laut Aussage von ...«, wieder zog er den Zettel zurate, »... Frau Volovnyk lagen noch an die 20 Mozartkugeln in der Schale.«

Merana wandte sich der Ermittlungstafel zu und notierte neben dem Bild:

Dienstag, 13.30 Uhr, ca. 20 Kugeln

»Mindestens eine dieser Kugeln war nicht vergiftet, sonst hätte die junge Frau aus der Ukraine Probleme bekommen. Auch die eine Kugel, die sich Casabella eine Stunde davor auf dem Gang in den Mund schob, war allem Anschein nach in Ordnung. Frage 1: Wie viele Kugeln hatte der Schauspieler dabei, als er am Nachmittag beim Dreh agierte? Wie viele hat er selbst verspeist? Haben auch noch andere welche bekommen? Wie viele Kugeln blieben über?

Frage 2: Was passierte nach der Rückkehr? Lässt sich feststellen, ob Casabella sofort in sein Zimmer ging oder erst später? Vielleicht auch erst nach dem Abendessen.

Nahm er, als er im Zimmer war, Mozartkugeln aus der Schale oder hatte er noch andere eingesteckt? Hat er sonst jemandem Mozartkugeln angeboten? Frage 3: Woher kommen die Kugeln, die Casabella mit in *Mozarts Geburtshaus* brachte? Stammen diese Kugeln aus einer anderen Quelle oder aus diesem Vorrat?«

Er klopfte auf die Zahl 20 neben dem Bild der Glasschale.

»Wenn die Schokoladenkugeln, die wir am Tatort fanden, aus der Schale stammen, dann erhebt sich die Frage: Wann wurden sie mit Gift versehen?«

»Also ich kann mir schwer vorstellen, dass jemand in Casabellas Zimmer schleicht, eine Spritze zückt, und dann eine Kugel nach der anderen vergiftet. Das dauert zu lange. Die Gefahr, dabei ertappt zu werden, ist groß. Ich hätte an seiner Stelle vergiftete Kugeln mitgebracht und sie so schnell wie möglich ausgetauscht.«

Merana deutete auf den jungen Beamten vom Ermittlungsbereich Sucht. »Sehr gut, Herr Kollege. Wer Kriminelle fangen will, muss auch kriminell denken. Ich stimme Ihnen zu, ich hätte es auch so gemacht. Bleibt noch eine Frage.« Er blickte auf den Chef der Tatortgruppe. »Wie viele Kugeln haben deine Leute heute Früh in Casabellas Zimmer gefunden?« Thomas Brunner schaute kurz auf seine Unterlagen.

»Keine. Die Schale war leer.«

Merana notierte auf der Tafel:

Mittwoch, 08.00 Uhr, keine Kugeln

Allen Beteiligten war klar, was das eben Erörterte an weiteren Untersuchungen bedeutete: Noch einmal intensiv die Bewegungsabläufe aller Beteiligten abklopfen. Herausfinden, ob der Schauspieler vielleicht doch noch über eine andere Quelle für seine Mozartkugeln verfügte. Überprüfen, wer außer dem Hotelpersonal noch Zugang zu Casabellas Zimmer hatte. Konnte sich jemand von außen Zugang verschaffen? Hatte der Schauspieler seine Zimmercard immer eingesteckt oder ließ er sie manchmal herumliegen?

Merana dankte allen für ihre Arbeit. Sie hatten noch immer keinen Anhaltspunkt für ein Motiv. Sie konnten nicht einmal ausschließen, dass es sich bei Casabellas tragischem Ableben vielleicht doch um eine krasse Form von Selbstmord handelte. Sie wussten wenig bis gar nichts über die Personen im Umkreis des Toten. Aber sie hatten zumindest jetzt eine Richtung für das weitere Vorgehen. Wer hatte, zumindest theoretisch, die Gelegenheit, dem Schauspieler die vergifteten Kugeln unterzuschieben? Und welche Beteiligten konnten sie eventuell ausschließen, weil diesen Personen die zeitliche Möglichkeit dazu fehlte? Auf all diese Fragen würden sie sich mit Feuereifer stürzen. Merana spürte, wie ein Ruck durch die Ermittlertruppe ging. Alle waren froh, zu wissen, wo es lang ging.

»Piera, kannst du heute alleine Schluss machen? Wir müssen ins Konzert. Daniel Barenboim tritt in zwei Stunden im *Haus für Mozart* auf. Als Pianist, nicht als Dirigent. Deine Tante Penelope ist schon ganz aufgeregt.«

Die junge Frau hinter dem Ladentisch war gerade dabei, die Likörflaschen in einem Regal neu zu ordnen.

»Ja, Onkel Kurt«, rief sie. »Ich schließe dann ab und räume auch noch die aktuellen Lieferungen ein. Ich wünsche euch einen tollen Abend.«

Der Ladenbesitzer winkte seiner Nichte zu und verschwand hinter dem Vorhang. Piera musste lachen. Ihre Tante hatte seit einem Monat von nichts anderem geredet als von diesem Konzert. Sie selbst machte sich wenig aus klassischer Musik. Wenn man in Salzburg lebte und arbeitete, dann wusste man natürlich, wer Daniel Barenboim war. Dann kannte man viele Künstler, Sänger, Schauspieler, Solisten zumindest dem Namen nach. Ab und zu schneite einer davon sogar in ihren Laden, um eine Kleinigkeit zu erwerben. Erst vor Kurzem hatte sie eine Flötistin der Wiener Philharmoniker bedient. Die war kaum älter als sie selbst. Die junge Orchestermusikerin hatte ihr sogar eine Generalprobenkarte für eine Oper angeboten. ›*Der Rosenkavalier*‹. Ihr sagte zwar der Titel etwas, aber sie hatte keine Ahnung, worum es da ging. Aber ›*Rosenkavalier*‹, das klang irgendwie romantisch. Ein bisschen wie ›*Bachelor*‹, eine Fernsehshow, die sie besonders gerne sah. Sie hatte sogar kurz überlegt, die Karte anzunehmen. Aber der Termin war an einem Freitagnachmittag. Und da war im Geschäft erfahrungsgemäß die Hölle los. Dass sie die Karte dennoch nehmen hätte können, um sie ihrer Tante zu geben, das war ihr erst später eingefallen. Ihre Tante hätte sicher einen Luftsprung gemacht. Die liebte alles, was mit Oper und klassischen Konzerten zusammenhing. Piera mochte lieber sanfte Pop-Balladen von Katie Perry oder Justin Timberlake. Auch ›*Atemlos*‹ von Helene Fischer gefiel ihr. Und sie liebte den Titelsong der Serie ›*Dragon Scale*‹. Sie hatte alle Folgen der ersten drei Staffeln gesehen. Von der Rekrutierung und Ausbildung der mutigen Drachenreiter aus Gandabera bis zum tödlichen Kampf gegen die Heere der Schwarzen Gewitterkönigin vom Reich Boron, bei dem am Schluss der dritten Staffel die junge Säbelmeisterin Alahua endlich Prinz Schuran ihre Liebe erklärt, bevor sie in seinen Armen ihr Leben aushaucht. Piera hatte fast die ganze Nacht geweint, so tief hatte sie der Tod von Alahua getroffen. Es hatte sie traurig gemacht, dass die Säbelmeisterin dem Prinzen nicht schon viel früher ihre heimliche Liebe offenbart hatte, von der Piera schon längst etwas geahnt hatte. Schon zu Beginn der dritten Staffel. Sie hatte sich die letzte Folge mehrmals angeschaut. Mindestens zehn Mal. Und jedes Mal war sie in Tränen ausgebrochen. Sie hoffte inständig, dass Schuran wenigstens in der nächsten Staffel nicht nur die Gewitterkönigin besiegen konnte, sondern endlich auch jenes Glück fand, nach dem er sich im Grunde seines unruhigen Herzens sehnte. Und dann war er plötzlich vor ihr gestanden, leibhaftig. Sie war wie vom Donner gerührt gewesen, hatte keine Silbe herausgebracht. Der Anführer der Drachenreiter, hier in ihrem Laden! Prinz Schuran in Gestalt des Schauspielers Jonas Casabella. ›*Wenn Sie Ihren entzückenden Mund wieder ein klein wenig schließen und das reizende Lächeln von vorhin wieder in Ihr Gesicht zaubern könnten, dann würde mich das sehr glücklich machen. Vielleicht könnten Sie mir dann auch eine Packung Mozartkugeln aussuchen.*‹ Seine Stimme klang genauso, wie sie es aus dem Fernsehen kannte. Er hatte den Kopf ein wenig zur Seite geneigt und strich sich mit drei Fingern eine Locke aus der Stirn. Dabei lachte er. Genauso wie in der siebten Folge der dritten Staffel, als es ihm gelungen war, mithilfe von Elfengeistern Prinzessin Ramahel, die Tochter der Schwarzen Gewitterkönigin, zu fangen, um sie für die gute Sache zu gewinnen. Jonas Casabella war einfach da gestanden und hatte sie angeschaut. Sie wäre am liebsten im Erdboden versunken. Als sie aus den Augenwinkeln wahrnahm, dass ihr Onkel sich von der anderen Seite näherte, erfasste sie Panik. Sie musste handeln. »Seit wann haben Sie gewusst, dass Alahua Sie aus tiefstem Herzen liebt?«

Für eine Sekunde war er überrascht. Dann ließ er ein weiteres helles Lachen ertönen, trat auf sie zu, nahm ihre Hand und küsste sie. »Seit wann haben Sie es gewusst?«

»Seit Beginn der dritten Staffel!«

»Nicht schon ein wenig früher?« Sie dachte nach. Die Begegnung der beiden am ewigen Feuer von Klandil fiel ihr ein. Das war mitten in der zweiten Staffel. Und auch den Überfall auf die geheime Säbelschmiede von Talunda hatte sie gut in Erinnerung. Da hatten Schuran und Alahua Seite an Seite gefochten, waren nach dem Kampf im Silberweiher unter den Ewigkeitsweiden geschwommen. Ohne Kleider. Im Mondlicht. »Vielleicht doch schon gegen Ende der zweiten Staffel. Zumindest eine Ahnung hatte ich.«

»Sehen Sie. Das dachte ich mir. Eine so feinfühlige Person wie Sie spürt das.«

Feinfühlig. Das hatte noch niemand über sie gesagt. Und von diesem Moment an konnte sie im Gespräch mit ihm unbeschwert drauflos plaudern. Jeden Tag hatte sie sehnsüchtig zur Tür geschaut. Und Jonas Casabella war auch jeden Tag gekommen, wie er es versprochen hatte. An manchen Tagen sogar mehrmals.

Auch jetzt blickte sie wieder zur Tür, ob sein Kopf mit den blonden Locken auf der Gasse auftauchte, und seine Hand, die so stark war, Ezelegals Bogen zu spannen, und gleichzeitig so sanft, Alahuas Tränen zu trocknen, die Tür öffnete. Doch die Gestalt, die sich dem Eingang näherte, trug einen Trachtenstrohhut am Kopf und hatte auch nicht die mindeste Ähnlichkeit mit einem Drachenreiter. Prinz Schuran würde nicht kommen. Heute nicht, morgen nicht. Nie mehr! Sie spürte, wie ihr wieder die Tränen über die Wangen rannen. In ihrem Herzen klaffte ein Loch, das nichts auf dieser Welt jemals würde füllen können. Sie musste sich zusammenreißen. Schließlich war sie Erste Verkäuferin im Traditionsgeschäft ihres Onkels. Und jetzt auch noch alleine im Laden. Mit voller Verantwortung. Sie wischte sich schnell mit beiden Händen über die Augen. Sie kannte die Frau, die hereinkam, vom Sehen. Wenn sie nicht alles täuschte, war sie die Tochter irgendeines pensionierten Landesbeamten.

»Guten Abend, gnädige Frau. Womit kann ich dienen?«

Die Angesprochene hatte zwei kleine Likörfläschchen von einem Regal neben dem Eingang genommen. Die Frau, etwa Ende 40, überlegte. Dann stellte sie die Fläschchen wieder zurück. Stattdessen nahm sie eine große Schachtel Mozartkugeln, eine 18er-Packung, und legte sie auf den Ladentisch. »Können Sie mir das nett einpacken? Es soll ein Geschenk sein.«

Piera griff nach der Packung und fischte gleichzeitig einen Bogen Geschenkpapier unter dem Ladentisch hervor. »Selbstverständlich, gnädige Frau.«

Merana stand auf dem Alten Markt zwischen dem *Café Tomaselli* und der *Café-Konditorei Fürst*. Er blickte hoch zur Festung. Eine Turmuhr schlug eins. Das musste von der Franziskanerkirche kommen. Vielleicht auch von St. Peter. Die weißen Mauern der Burg schimmerten im Licht der Scheinwerfer, die auf die Burg gerichtet waren. Es war still auf dem Platz. Die beiden Kaffeehäuser hatten längst geschlossen. Ab und zu schlenderten Menschen in Abendkleidung vorbei, vielleicht Gäste, die aus einem der Speiselokale kamen und auf dem Heimweg waren. Hin und wieder huschte ein Taxi vorüber. Bisweilen auch ein Radfahrer. Eben trat eine Frau mittleren Alters mit asiatischen Gesichtszügen in die Pedale. Sie hätte den Kommissar fast übersehen, verriss den Lenker und kurvte um ihn herum. Auf ihrem Rücken baumelte ein Geigenkasten. Vielleicht hatte sie heute in einem der zahlreichen Ensembles gespielt, die noch spät am Abend in bestimmten Restaurants die Gäste mit Streichermusik unterhielten. Manchmal waren die Musiker dabei auch in Kostüme aus der Mozartzeit gekleidet. Die Großmutter fiel ihm ein. Er hatte vergessen, sie heute anzurufen, um ihr zu sagen, dass er am Wochenende nicht in den Pinzgau kommen könnte, um sie zu besuchen. Er überlegte kurz, ob er das jetzt nachholen sollte. Er wusste, dass die Großmutter manchmal bis spät in der Nacht wach war.

Aber falls sie doch heute früher Schlaf gefunden hatte, wollte er sie nicht wecken.

Er besuchte sie manchmal in ihrem Haus, in dem Ort, in dem Merana aufgewachsen war. Nur ganz selten kam die Großmutter in die Stadt. Aber er würde sie bald wieder nach Salzburg holen, denn er hatte bei seinem letzten Besuch versprochen, mit ihr wieder einmal die Festung zu besuchen. Trotz ihres hohen Alters war sie noch rüstig und wollte unbedingt zu Fuß hinauf gehen. Am liebsten vom Nonntal aus. Die Großmutter liebte genauso wie er den aussichtsprächtigen Weg, der am Kloster Nonnberg vorbeiführte. Er selbst war erst mit 21 Jahren das erste Mal auf der Festung gewesen. Mit Franziska. Sie hatte es nicht glauben können, dass Merana noch nie auf der Burg war, und ihn bald nach dem Kennenlernen zu einem Besuch auf Hohensalzburg überredet. Er spürte wieder diesen Schmerz in seinem Inneren, der immer erwachte, wenn er an seine verstorbene Frau dachte. Es war wie ein

Dorn im Herzen, der schwärte. Franziska war noch nicht einmal 26, als der Morbus Hodgkin, der Lymphdrüsenkrebs, sie auffraß. Merana fühlte sich beim Gedanken an ihren Tod immer schuldig. Er hatte einmal ein Interview mit einer KZ-Überlebenden gesehen, die hatte Ähnliches gesagt. Warum mussten die anderen sterben, während man selbst davonkam? So verzweifelt fühlte auch er sich manches Mal. Warum hatte der Tod die mitten im Leben stehende, blühende junge Frau an seiner Seite, die so voller Freude und Pläne war, hinweggerafft? Und warum nicht ihn an ihrer Stelle? Der Dorn in seinem Herzen schmerzte. Er schloss die Augen, atmete die Stille ein, versuchte, die alten Häuser zu spüren. Dann wandte er seinen Blick zur Kuppel des Domes, ließ ihn dort ein paar Minuten ausruhen. Schließlich drehte er sich um und ging den kleinen Platz wieder hinunter. Vor dem Geschäft, in dessen Auslagen edle Füllfedern angeboten wurden, wandte er sich nach links, passierte das Rathaus und hielt auf die Getreidegasse zu. Er war schon vor einer Stunde an *Mozarts Geburtshaus* gewesen. Die Gasse und der Platz waren noch einigermaßen belebt gewesen. Er hatte die vielen Blumen bestaunt, die vor und neben dem Eingang zum ehemaligen *Hagenauerhaus* auf dem Boden lagen oder in kleinen Vasen steckten. Hunderte von Menschen mussten während des Tages gekommen sein, um den Eingangsbereich des Hauses, in dem Jonas Casabella gestorben war, mit Blumen und Stofftieren, mit bunten Steinen, kleinen Figuren, Briefen, Fotos und Kerzen zu schmücken. Als er vorhin vorübergegangen war, hatte er drei Mädchen beobachtet. Sie saßen auf dem nur wenige Zentimeter hohen Gehsteig schräg gegenüber dem Eingang, mit den Rücken gegen die Außenwand des Modegeschäftes gelehnt. Eines der Mädchen zupfte auf einer Gitarre. Alle drei sangen ein Lied, das wehmütig klang. Er war gespannt, ob er die drei Mädchen noch antraf. Als er sich dem Gebäude näherte, bemerkte er, dass der Gehsteig am Modegeschäft leer war. Doch er konnte die Umrisse einer Gestalt auf der anderen Seite wahrnehmen, direkt am Eingang zum Geburtshaus. Jemand hockte auf dem Pflaster, den Rücken an die Mauer gelehnt. Vielleicht war eines der Mädchen zurückgeblieben. Als er am Haus ankam, erlebte er eine Überraschung.

»Guten Abend, Herr Kommissar. Sind Sie so spät noch unterwegs, um … wie sagt man … zu suchen die Spüren …«

»Bon soir, Madame, ich bin überrascht, Sie hier zu sehen.«

Er blieb dicht vor ihr stehen. Sie machte keine Anstalten, sich zu erheben. Sie blickte ihn von unten herauf an. Ihr Gesicht war in der Dunkelheit schwer zu erkennen. Sie hatte die Beine ausgestreckt. Ihre helle Hose würde sicherlich Flecken vom Pflaster bekommen, aber das schien sie nicht zu stören. Sie trug eine dunkle, ärmellose weit geschnittene Bluse. Ihre Hände spielten mit einer weißen Rose. Den Kopf hatte sie gegen die Mauer gelehnt.

»Was machen Sie hier, Madame Hirondelle?«

»Ich bin ein wenig … wie sagt man … wehmütig.«

Er nickte. »Wegen des Todes von Jonas Casabella?«

Sie deutete auf das Blumenmeer rings um den Eingang. »Sehen Sie, wie viele Menschen gekommen sind, um Abschied zu nehmen. Ist das nicht ein Bild, das berührt ganz tief le coeur … das Herz?« Er musste schmunzeln. Auch wenn ihr Deutsch vortrefflich war und ihr Akzent manchmal gar nicht auffiel, tat sie sich doch schwer, das *H* auszusprechen. Ihr *Herz* klang stark nach *Errrz*.

»Nimmt man so Abschied von eine … *Arschloch*? Wie unser Kollege Stefan zu sagen meinte …«

Wieder sah sie ihn von unten herauf an. Noch immer machte sie keine Anstalten, sich von dieser Stelle wegzurühren. Er ging in die Hocke, setzte sich neben sie auf das Pflaster, lehnte ebenfalls den Kopf an die Wand. Ein junges Paar kam aus Richtung Rathaus, blieb kurz stehen. Die beiden schauten ein wenig verwundert auf den Mann und die Frau, die auf dem Boden hockten. Aber sie sagten nichts, gingen weiter, bogen ab in Richtung *Restaurant Eulenspiegel*. Ein paar Minuten sprach keiner von beiden ein Wort. Merana hatte sich so niedergelassen, dass er zwar neben der Französin saß, aber doch eine gute Handbreit Abstand hielt. Die Stille tat ihm gut. Er fühlte sich von einer Ruhe erfüllt, ähnlich wie vorhin, als er seinen Blick auf der Domkuppel rasten ließ. Die Kamerafrau drehte unablässig in ganz langsamen Bewegungen die weiße Rose in ihrenHänden.

»Sie werden beschmutzen Ihre Hose auf dem Boden, Herr Kommissar.«

Er wandte ihr den Kopf zu. Sie hielt die Augen geschlossen.

»Sie auch, Madame.«

Sie nickte, ohne die Augen zu öffnen. »Ich weiß. Wenn meine Mutter noch würde leben, sie würde halten mir einen Vortrag, wie zu benehmen sich hat eine Dame.«

Ein kurzes Lachen huschte über ihre Lippen. Noch immer hielt sie die Augen geschlossen. Wieder schwiegen beide. Merana wunderte sich, dass keine Leute durch die Gasse kamen. Es war Sommer und erst kurz nach ein Uhr. Vielleicht war auch der eine oder andere aufgetaucht, hatte aber wieder kehrtgemacht, als er das seltsame Paar auf dem Boden der Gasse entdeckte. Aber Merana hatte auch keine Schritte gehört. Ab und zu war ein Auto wahrzunehmen, das auf der Straße an der nahe gelegenen Salzach entlang fuhr.

»Sie haben mir noch nicht gesagt, was Sie hier machen, Monsieur le Commissaire ...«

Wieder sah er sie von der Seite her an. Dieses Mal drehte sie den Kopf zu ihm und schaute ihm in die Augen.

»Ich muss noch etwas überprüfen, oben im dritten Stock. Ich habe mir einen Schlüssel geben lassen.«

Ein leichtes Nicken konnte der Kommissar ausmachen. Hinter ihrer Stirn schien es zu arbeiten. Plötzlich zog sie die Beine an, stand mit einem Ruck auf und hielt ihm die Hand hin. »Gut, ich komme mit.«

Er war überrascht von ihrer Reaktion, fasste aber ihre Hand und ließ sich hochziehen. »Das ist sehr freundlich von Ihnen, Madame Hirondelle, dass Sie mich nicht spät nachts ganz allein in das dunkle Haus lassen wollen. Aber es geht nicht, dass Sie mich begleiten. Ich führe hier eine polizeiliche Ermittlung durch.«

Sie verschränkte die Arme vor ihrer Brust und hob den Kopf. »Was fürchten Sie, Herr Ermittlungsleiter? Dass ich vermische eine von die Spüren ...?«

»Es heißt *verwischen*, nicht *vermischen*!«

Ihre Augen blitzten. »Das ist egal, wie das heißt. Ich mache nichts. Ich gehe nur mit. Vielleicht bin ich neugierig, was macht eine Polizist um ein Uhr in die Nacht in diese Haus. Warum er nicht kommt am Tag, zu schauen.«

Sie blickte ihn herausfordernd an. Warum war sie hier? War ihre Betroffenheit über den Tod von Casabella viel stärker, als er bisher wahrgenommen hatte? Hatte zwischen den beiden mehr bestanden als nur eine gute Beziehung zwischen Kollegen? So wie sie vorhin minutenlang an der Mauer gelehnt hatte, ohne sich zu rühren, stand sie jetzt regungslos vor ihm. Sie vermittelte nicht den Eindruck, auch nur einen Millimeter zu weichen.

Er atmete tief durch.

»Also gut, Madame, ich freue mich über Ihre Begleitung.«

Ihre Augen, die bei ihrer ersten Begegnung im Seminarraum des Hotels von stiller Trauer um den Verlust eines Kollegen erfüllt waren, die ihn vor ein paar Sekunden noch zornig angefunkelt hatten wie die Lichter einer Gepardin, strahlten plötzlich unvermittelt Wärme aus. Und ein helles Funkeln, das er nicht zu deuten wusste. Sie löste die Arme aus der Verschränkung und gab den Weg frei. Er tastete nach dem Schlüssel und sperrte die Tür auf. Die Leiterin der Mozartmuseen der *Stiftung Mozarteum* hatte ihm beschrieben, wie er die Alarmanlage deaktivieren musste. Er knipste Licht an. Die Französin zuckte zurück, als der Schein der Lampen sie plötzlich blendete.

»Mon dieu«, sagte sie laut. »Durch dieses Haus man müsste gehen mit dem flambeau, wie zur Zeit von Mozart. Und nicht mit die lampe à halogène.«

Er hatte keine Fackel dabei. Er überlegte kurz, ob er der Französin davon erzählen sollte, dass Casabella und Valeska ihr Liebesspiel in diesem Haus nur von Kerzenlicht erhellen ließen. Doch das schien ihm ein wenig albern. Er sah sich eher mit dem Problem konfrontiert, dass er selbst nicht genau wusste, was er hier sollte. Aber nun war er schon hier und befand sich auch noch in Begleitung einer Frau, die möglicherweise mehr in den Fall verwickelt war, als er bisher geahnt hatte. Er hoffte, ihm würde bis zum Erreichen des dritten Stocks noch eine passende Erklärung einfallen, was er hier zu überprüfen hatte. Sie stiegen die Treppe hinauf. Die Französin blieb im ersten Stock stehen. »Wissen Sie, was sich zeigt hier hinter diese Türen?«

Er hatte keine Ahnung.

»Wunderbare Dinge von die Reisen der Familie Mozart. Es gibt auch eine Raum mit Möbeln aus diese Zeit. Wollen wir schauen an?«

Er war ein wenig irritiert über ihr Ansinnen. Er hatte nicht vor, der Französin hier spät nachts zu einer Privatführung zu verhelfen. Das sagte er auch. Roberta Hirondelle stieß ein Lachen aus, das spitz klang. »Monsieur le Commissaire! Sie wissen nicht, was ist hinter die Türen im ersten Stock. Aber ich weiß es. Ich habe zugebracht eine ganze Tag in diese Haus mit Niklas. Zehn Stunden wir waren hier. Haben angeschaut jede Raum, jede Winkel, jede Gang, jede Fenster. Um zu finden ideale Positionen für die Kamera. Wir wollten machen viele Szenen mit Jonas als Wolfgang Amadeus Mozart in diese Räume. Die Familie Mozart hat hier 26 Jahre lang gelebt. Die Eltern sind eingezogen nach der Hochzeit, 1747. Auch Mozarts Schwester Maria Anna Walpurga Ignatia, genannt ›Nannerl‹ ist gekommen auf die Welt in diese Haus. Ich kenne hier jedes Detail. Ich kann machen eine Führung für Sie, wenn Sie wollen. Und nicht *inversement*! Umgekehrt!«

Sie machte auf den Absätzen ihrer flachen Schuhe eine schwungvolle Drehung und stapfte voraus zur nächsten Treppe, die rechts von der Kassa nach oben führte.

»Wenn wir kommen zum zweiten Stock, Sie werden gleich sehen eine Brunnen mit einem Löwenkopf und eine alte Küche.« An den Brunnen konnte sich Merana erinnern. Die Kamerafrau blieb vor dem Eingang zur Küche stehen. »Was suchen Sie hier, Herr Kommissar? Wann beginnen Ihre enquête de police?« Das wusste er auch nicht. Aber er konnte es vor der Frau nicht zugeben. Er sagte nichts, ging einfach voraus. Sie folgte ihm. Der Klang ihrer Schritte hallte von den Mauern des alten Hauses wider, als sie die nächste Treppe hochstiegen. Kurze Zeit später hatten sie die ehemalige Wohnung der Familie Mozart erreicht. Die Gesichter von Wolfgang Amadeus, von Schwester Anna Maria und den Eltern Leopold und Maria Anna starrten von den Wänden. Dann betraten sie das Geburtszimmer.

In diesem Raum wurde Wolfgang Amadeus Mozart am 27. Jänner 1756 geboren, stand in verschnörkelter Schrift an der rechten Wand hinter den Säulen zu lesen.

Darunter war derselbe Satz in Englisch geschrieben.

Und in diesem Raum wurde der Schauspieler Jonas Casabella im Festspielsommer 2015 ermordet, sollte man dazusetzen, dachte Merana. Der Raum war in schwaches Licht gehüllt, halb abgedunkelt. Hellen Schein strahlten auch die kleinen runden Vitrinen aus, welche die durchgehenden schwarzen Säulen in der Mitte unterbrachen. All das zusammen verlieh der Umgebung eine nahezu mystische Aura. Das war Merana beim letzten Mal im grellen Licht der Tatort-Scheinwerfer gar nicht aufgefallen. Auch die Französin war von der Atmosphäre des Raumes berührt. Hatte sie beim Aufstieg über die Treppen noch unablässig geplappert, so schwieg sie jetzt. Sie schaute lange auf den Platz vor der Vitrine mit der Geige. Dann ließ sie sich in die Hocke sinken und legte die weiße Rose, die sie immer noch in der Hand gehalten hatte, auf den Boden. Merana beobachtete sie dabei verwundert. Woher wusste sie, wo die Leiche gelegen war? Es waren keine Bilder veröffentlicht worden. War sie in der Mordnacht hier gewesen? Oder hatte sie nur geraten? Es hatte zudem in allen Berichten immer nur geheißen, dass Jonas Casabella in *Mozarts Geburtshaus* ums Leben gekommen war. In welchem Raum, davon war nie die Rede gewesen. Sie erhob sich wieder und sah ihn an. Ganz ruhig. Mit ernstem Blick. Sie sagte nichts. Sie fragte auch nicht mehr, wann er mit seiner Untersuchung beginnen würde. Sie schaute ihm nur in die Augen. Er machte einen Schritt nach links und ließ sich langsam am Kachelofen auf dem Boden nieder. Sie sah ihm dabei zu. Dann kam sie heran und setzte sich neben ihn. Beide hatten die Beine angewinkelt. Nun war keine Handbreit Platz mehr zwischen ihnen. Als er den Kopf nach links drehte, berührte seine Nase ihr Haar. Er roch einen Hauch von Blüten. Aus den Augenwinkeln sah er, dass sie die Lider wieder geschlossen hielt wie zuvor in der Gasse. Sie sagte nichts. Er ließ seinen Blick langsam durch den Raum gleiten. Er musterte die hohe Vitrine. Im oberen Teil schimmerte die Geige, auf der Mozart gespielt hatte. Dann ruhte sein Blick lange auf der Rose, die auf den Brettern lag, genau an der Stelle, wo sich der Kopf des Schauspielers befunden hatte. Schließlich tastete sich sein Blick die Säulen hoch, in denen die Andenken an den Komponisten aufbewahrt waren. Er schloss die Augen, lauschte in die Stille. Das alte Haus schlief. Kein Laut von draußen drang durch die dicken Mauern.

»Als meine Mutter war gestorben, ich bin gesessen drei Tage und Nächte in ihre Zimmer.« Ihr Flüstern war leise. Aber er hörte sie gut. »Ich hatte nur getrunken und nichts gegessen. Ich hatte gespürt die Raum, das Bett, den Teppich, die Blumen, das Bild an der Wand. Am Morgen des vierten Tages ich wusste, dass sie ist nicht mehr hier. Ihre Seele ist geflogen woanders hin. Dann ich habe geschlafen zwei Tage.«

Wieder drehte er ihr den Kopf zu. Sie hielt immer noch die Augen geschlossen.

»Haben Sie noch eine Mutter, die ist am Leben, Herr Kommissar?«

Er schüttelte den Kopf. Etwas zu heftig, denn sie zuckte zusammen. »Nein, meine Mutter starb, als ich neun war.« Er sah sich am Friedhof stehen, an dem viereckigen schwarzen Loch, das den hellen Sarg seiner Mutter verschluckte, und er nicht wusste, wohin mit seinem Kummer. Denn sie waren am Abend vor ihrem Tod im Streit auseinandergegangen. Sie hatte ihn eines Vergehens beschuldigt, das er nicht begangen hatte. Er hatte das Gatter verschlossen, das wusste er genau. Es war nicht seine Schuld, dass der Marder unter den Hühnern gewütet hatte wie ein blutrünstiger Berserker. Er hatte ihr, während er Tränen in sein Kissen weinte, gewünscht, dass sie dafür büßen sollte, weil sie ihn unschuldig verdächtigte und bestrafte. Und am nächsten Morgen war sie bei einer Bergtour abgestürzt. Davon träumte er heute noch. Auch wenn ihn die Bilder in diesem Moment wieder bedrängten und ihm den Hals zuschnürten, sagte er kein Wort davon. Sein Herz pochte heftig. Er versuchte, die Schemen zu verdrängen, und atmete tief durch.

Etwas Warmes berührte seinen linken Unterarm, strich sanft über seinen Handrücken. Es waren ihre Finger. Und dann begann er zu reden. Von seinem ersten Fall als Ermittler. Er hatte eben erst als junger Beamter in der Mordkommission angefangen. Sie hatten tagelang nach der Leiche eines zehnjährigen Mädchens gesucht. Und sie schließlich gefunden. Im verdreckten Hinterhof einer aufgelassenen Eisenhandlung. Vergewaltigt. Erdrosselt. Abgelagert in einer Rollsplitttonne. Weggeworfen wie ein Stück Abfall. Er hatte Gott sei Dank nicht den Eltern gegenübertreten müssen, um ihnen die Nachricht zu überbringen. Das hatte der Leiter der Abteilung selbst übernommen. Aber er war noch in der ersten Nacht nach dem Auffinden des kleinen Mädchenkörpers an den Ort zurückgekehrt. Er hatte keine Spuren gesucht. Sie hatten den Täter längst gefasst. Der Fall war abgeschlossen. Er war einfach in dem Hinterhof gestanden neben der Rollsplitttone. Drei oder vier Stunden lang. Dann war er heim gegangen.

Sie sagte nichts. Aber ihre warmen Finger streichelten immer noch über seinen Handrücken. Nach einer Zeit flüsterte sie: »Deshalb sind Sie hier, in diesem Raum. Weil Sie immer den Platz aufsuchen, an dem die Menschen lagen, um deren grausamen Tod Sie sich zu kümmern haben.«

Er antwortete nicht. Er nickte nur. Aber er fühlte, dass sie sein wortloses Nicken verstand. Er schloss die Augen. ›Totenwache‹ hatte einer der Kollegen gemeint, als sich sein seltsames Ritual auch innerhalb der Mordkommission herumgesprochen hatte. Dasselbe Wort hatte der alte Mann mit dem Raben gebraucht, den er an jenem Platz am Krimmler Wasserfall traf, an dem dessen ermordete Enkeltochter gelegen war[*]. Totenwache. Er selbst hatte keine Bezeichnung dafür. Er dachte auch nicht viel darüber nach, warum er das machte. Als er damals den schmutzigen Hinterhof verlassen hatte und in sein Auto stieg, das ihn schließlich nach Hause brachte, spürte er nur eine Regung, die sich in ihm festsetzte. Das Gefühl, etwas Richtiges gemacht zu haben.

Er richtete seine Augen wieder auf die weiße Rose im Raum. An dieser Stelle hatte er vor nicht einmal 24 Stunden den verkrümmten Körper eines jungen Mannes gesehen. Als wäre die weiße Blume auf den Dielen eine Wächterin, verhinderte ihr Anblick, dass dem Kommissar die Bilder aus der vergangenen Nacht zur Gänze hochstiegen.

---

[*] Manfred Baumann, *Drachenjungfrau*

Wann immer das fratzenhaft verzerrte Gesicht des Schauspielers in seinem Inneren aufzutauchen drohte, schob sich das Bild der weißen Rose davor. Er schloss die Augen. Er hatte das brennende Verlangen, den warmen Körper der Frau an seiner Seite an sich zu drücken. Aber er unterließ es. Er versuchte nur, ein wenig von ihrem Duft einzuatmen. Er wusste nicht, wie lange sie so Seite an Seite auf dem Bretterboden verharrten, die Köpfe an die Keramikverkleidung des Kachelofens gelehnt. Vielleicht war es eine halbe Stunde, vielleicht eine ganze. Aber irgendwann einmal hörten die weichen Finger auf, seine Hand zu streicheln. Die Französin richtete sich langsam auf. Er hob den Kopf. Sie schaute ihn an, mit dem selben ernsten Blick mit dem sie die Rose abgelegt hatte.

»Sie sind ein seltsamer Mann, Herr Kommissar. Sie haben so viel zu tun mit la mort, mit die Tod. Und im Herzen Sie haben zugleich eine tiefe Hunger nach die Leben.«

Sie streckte ihm die Hand hin, zog ihn hoch. Sie gingen nach unten. Erst als er die große Eingangstür verschlossen hatte und sie auf der Gasse standen, fiel ihm auf, dass sie seine Hand nicht ausgelassen hatte. Die ganze Zeit über.

3. TAG

AL TEMPO STRASCIANDO
(IN SCHLEPPENDEM TEMPO)

Die Zeiger des großen roten Weckers mit dem Bild von Manni, dem Mammut aus *Ice Age*, zeigten auf fünf Uhr. Kerstin lag schon eine halbe Stunde wach. Das Licht im Zimmer brannte. Sie hatte bereits alle ihre Puppen zwei Mal frisiert. Schließlich schlug sie die Bettdecke zurück und trippelte auf nackten Sohlen hinüber ins Schlafzimmer ihrer Eltern. Ihr Vater war auf einem Tauchlehrgang irgendwo am Meer. Das Zimmer war stockdunkel, die dicken Vorhänge zugezogen. Sie ließ die Tür halb offen, damit genug Licht vom Flur hereinfiel. Sie schlüpfte unter die Decke und kuschelte sich an den Rücken ihrer Mutter. Die tastete kurz im Halbschlaf nach hinten, spürte den Kopf ihrer Tochter, grunzte leise und schlief weiter. Kerstin lag eine Zeit lang still, spürte die Wärme. Ihre Mutter trug wie immer kein Nachthemd. Nach einer Viertelstunde schob sich Kerstin nach oben, flüsterte ihrer Mami ins Ohr: »Wie lange dauert es noch?«

Die murmelte im Halbschlaf. »Schatz, deine Freundinnen kommen um drei. Und jetzt lass uns bitte noch ein bisschen schlafen.« Kerstin gab ihrer Mami einen Kuss aufs Ohr und drehte sich um. Jetzt lagen sie Popo an Popo. Die Achtjährige wusste genau, was heute noch zu tun war. Heute würden sie nicht zu Hause frühstücken, sondern in der Stadt, wie Mami es versprochen hatte. Dann würden sie das hippe Kleid mit den kleinen Rüschen kaufen. Sie wollte ihre Freundinnen heute bei der Party damit überraschen. Dann würden sie zum Supermarkt fahren und einkaufen. Sie musste unbedingt an die Lampions und die Luftballons denken. Und an Schokoladesüßigkeiten. Ach ja, sie hatte etwas vergessen. Noch bevor sie sich auf den Weg in die Stadt machten, mussten sie das Wasser im Pool einlassen. Denn sie wollte heute unbedingt mit ihren Freundinnen im Schwimmbecken herumtollen. Sie war schon gespannt, welche Geburtstagsgeschenke sie bekommen würde. Sie drehte sich wieder um, hob den Kopf und linste zur Digitalanzeige des Radioweckers. *06.10 Uhr* las sie. Kerstin seufzte. Noch so lange! Dann drückte sie sich wieder gegen den Rücken ihrer Mutter und schlang die Arme um deren Bauch. Zehn Minuten später war nur mehr ein sanftes Schnarchen zu vernehmen.

Obwohl Merana erst gegen drei Uhr ins Bett gekommen war, war er sofort hellwach, als ihn der Wecker um 6.30 Uhr aus dem Schlaf riss. Er trank einen Kräutertee, aß dazu einen halben Müsliriegel und schnappte sich danach seine Laufschuhe. 20 Minuten nach dem Aufwachen trabte er schon die Schwarzenbergpromenade entlang. Beim *Gasthof Schloss Aigen* bog er in einen Feldweg ab. Die Luft war kühl. Gegen vier Uhr Früh hatte eine kleine Wolkenformation die Stadt überquert und einen kurzen Regenschauer abgeladen. Das Gras auf den Wiesen war noch nass. Merana erhöhte das Tempo. In der Ferne leuchtete der Untersberg. Das mächtige Massiv schützte die Stadt gegen Westen. Die obersten Felsengrate wurden schon vom roten Licht der Morgensonne erfasst. Merana versuchte, sich auf seinen Atem zu konzentrieren, auf den Rhythmus der über den

Kiesweg stampfenden Füße. Laufen war für ihn immer eine gute Methode, den Kopf freizubekommen. Ganz schaffte er es nicht. Immer wieder schoben sich die Bilder aus der vergangenen Nacht in seine Gedanken. Der Anblick der Französin, die auf dem Pflaster neben dem Eingang hockte, den Kopf gegen die Mauer gelehnt. Ihre blitzenden Augen, als sie sich ihm in den Weg stellte und eindringlich forderte, ihn zu begleiten. Ihre Finger, die über seinen Handrücken streichelten. Die weiße Rose, die auf dem Dielenboden vor der Geigenvitrine lag. Die Frage, warum Roberta wusste, wo sie die Blume platzieren musste, pochte hinter seiner Stirn. Sie hatten sich noch auf der Gasse verabschiedet. Merana hatte angeboten, die Kamerafrau zum Hotel zu begleiten. Aber sie hatte dankend abgelehnt. Ihr Lächeln war dabei immer noch warm gewesen.

Ein Radfahrer kam ihm entgegen. Merana wich aus. In der Ferne hörte er einen Hund bellen. Die Sonne stieg höher. Er drosselte das Tempo, denn er hatte bereits stark zu keuchen begonnen. Nach einer Stunde kehrte er um. Zurück nahm er eine Abkürzung. Er duschte, trank einen Kaffee und machte sich auf den Weg ins Büro.

Roberta Hirondelle blickte von ihrer Kamera auf und musterte das Ambiente am Eingangsbereich zur Konditorei. Sie war nicht zufrieden. »Ich hätte gerne mehr Blau auf die Schrift.« Darian Schartner verstand, was sie meinte und justierte den LED-Scheinwerfer etwas höher. Das Licht traf nun voll auf den Schriftzug über der Eingangstür. Außerdem intensivierte er die Farbe.

»Merci, Darian. So ist es gut.«

Die Gruppe stand in einem Durchgang zwischen Getreidegasse und Grünmarkt vor der *Café-Konditorei Schatz*.

Auch hier gab es Mozartkugeln, wie Roberta festgestellt hatte. Sie waren in der Aufmachung ähnlich jenen aus der *Konditorei Fürst*. Und sie sahen völlig anders aus als jene der Firma *Mirabell*, die Jonas immer bei sich hatte.

Die Französin war froh, dass ihre Aufgabe sich darauf beschränkte, perfekte Aufnahmen zu liefern, und sie nichts mit Dramaturgie und Drehbuch zu tun hatte. Allmählich kamen ihr all die verschiedenen Salzburger Mozartkugeln durcheinander. Ein gewisser Carl Schatz hatte den Betrieb 1880 gegründet. Das hatte sie bei der Besprechung mit Niklas und dem Professor mitbekommen. Und irgendeine Form von Konkurrenz hatte zwischen Carl Schatz und Paul Fürst bestanden. Was sich genau dahinter verbarg, würde sie in den nächsten Stunden wohl besser verstehen. Denn Telemach Birkner war bereits links neben dem Eingang postiert, um die Zuschauer mit seinen Erklärungen ins Salzburg des 19. Jahrhunderts zu entführen. Heute waren keine Polizisten anwesend. Zwei Mitarbeiter des Stadtmarketings halfen ihnen, das schmale Durchhaus abzusperren und die Passanten umzuleiten. Sie würden heute an diesem Schauplatz auch eine längere Sequenz mit Stefan Sternhager drehen. Er sollte ja in der Doku den Konditormeister Schatz verkörpern. Carl Schatz war um sieben Jahre älter als sein Konkurrent Paul Fürst. 1890, als Fürst seine später berühmte Mozartkugel kreierte, war Schatz bereits 41, ein Umstand, der Stefan Sternhager gar nicht behagte. Er selbst war 33. Man musste ihn auf ›älter‹ schminken. Was er zähneknirschend hinnahm. Auch jetzt schaute er ein wenig finster, als er neben Niklas van Beggen stand, der mit ihm noch einmal die Szene besprach.

Aber bis auf den missmutigen Blick ließ er sich nichts weiter anmerken. Er bemühte sich, kooperativ zu wirken, die Einstellung eines Profis an den Tag zu legen. Der Regisseur hatte ihm auch unmissverständlich die Konsequenzen dargelegt, sollte der Schauspieler sich noch einmal zu einer abfälligen Äußerung hinreißen lassen. Niklas van Beggen beendete die Erklärungen und schickte Sternhager in die Maske. Dann stellte er sich neben seine Kamerafrau. »Sind wir so weit, Roberta?«

»Oui, mon capitaine!«

Er bat alle Anwesenden um volle Konzentration und gab das Zeichen zum Drehbeginn.

Die heutige Team-Versammlung hatte Merana in Absprache mit der Chefinspektorin schon früher angesetzt. Es war knapp vor 14 Uhr, als sich der Raum mit der großen Ermittlungstafel füllte. Als Erste berichtete Gruppeninspektorin Gülsen Bungül von ihrer Begegnung mit Jonas Casabellas Eltern. Die junge Frau mit türkischen Wurzeln blieb sitzen, während sie referierte.

»Der Vater, Antonio Casabella, 65 Jahre alt, ist Chirurg. Mutter Isabella, geborene von Trappenstein, ist 48, hat nach der Geburt ihres Sohnes das Jusstudium abgebrochen, übt derzeit keinen Beruf aus. Es gibt noch eine Halbschwester aus der ersten Ehe des Vaters. Lebt in Spanien. Nach Angaben des Vaters bestand keine Verbindung zwischen Jonas und Carmen. Die Eltern machten einen sehr niedergeschlagenen Eindruck. Die Mutter hatte die ganze Zeit die dunkle Sonnenbrille nicht abgenommen. Sie wollten Einzelheiten zum Tod ihres Sohnes wissen. Ich habe sie an die Staatsanwaltschaft verwiesen. Die würde Auskunft geben. Eine Vermutung, wer gegen Jonas etwas im Schilde führen könnte, hatten sie nicht. Die Mutter betonte mehrmals, dass ihr Sohn ein von allen geliebter, aufstrebender Schauspieler gewesen wäre.« Die Gruppeninspektorin wischte über den Screen des Tablets, von dem sie abgelesen hatte.

»Darf ich noch meinen persönlichen Eindruck hinzufügen, Herr Kommissar?« Merana bat sie darum. Er forderte seine Mitarbeiter immer auf, alles frei herauszusagen. Oft ergaben sich aus solchen Stimmungsdetails, aus Assoziationen oder scheinbaren Nebensächlichkeiten Wegweiser für eine neue Richtung in der Ermittlung.

»Ich glaube der Mutter nicht. Entweder macht sie sich selber etwas vor oder sie versucht, das Bild ihres Sohnes im Nachhinein in ein besseres Licht zu rücken.

Ich glaube, der Vater sieht das auch anders. Ich hatte den Eindruck, er wollte den Ausführungen seiner Frau etwas entgegensetzen, unterließ es aber dann.«

»Danke, Frau Bungül. Und Gratulation zu ihrer feinen Beobachtungsgabe.«

Manchmal erröteten junge Mitarbeiter, wenn Merana ein Lob aussprach. Aber die junge Frau aus türkischer Familie quittierte die Bemerkung des Kommissars nur mit einem bestätigenden Nicken. Es freute Merana, dass ihn aus einem ebenso hübschen wie klugen Gesicht zwei Selbstbewusstsein ausstrahlende Augen anschauten.

»Hat sich sonst etwas Neues im Umfeld von Jonas Casabella ergeben?«

Die ermittelnden Kollegen, die den privaten wie beruflichen Verbindungen des Schauspielers nachgegangen waren, fassten das Ergebnis der jüngsten Nachforschungen zusammen. Darian Schartner hatte angegeben, Jonas Casabella von einer eher flüchtigen Begegnung in Wien vor fünf Jahren gekannt zu haben. Casabella hatte dort in einer Off-Theaterproduktion mitgewirkt, bei der Schartner ab und zu als Beleuchter ausgeholfen hatte. Leonarda Kirchner kannte, laut eigener Aussage, Casabella nicht von früher. Die Ermittler hatten auch keine Hinweise gefunden, die Kirchners Angaben widersprachen. Sie waren auch dem Vorfall mit der Körperverletzung noch einmal nachgegangen. Der von Kirchner am Unterarm verletzte Produktionsfahrer hieß Erik Mattner. Die Szene ereignete sich bei einer SOKO Kitzbühel Aufnahme vor zwei Jahren.

»Ich kenne zufällig den Aufnahmeleiter, er ist ein paar Klassen über mir in dieselbe Schule gegangen«, ergänzte Inspektor Fellberg. »Ich habe mit ihm telefoniert. Er kann sich gut an den Vorfall erinnern. Seiner Erinnerung nach hat die gute Frau Kirchner ein wenig überreagiert. Aber sie ist nicht unbekannt für ihre Eifersuchtsanfälle.«

Merana nickte. »Gut, bleibt bitte dran an der Maskenbildnerin. Vielleicht tauchen noch andere Männer auf mit Nagelfeilen in irgendwelchen Körperteilen.«

Der Inspektor aus dem Ermittlungsbereich 9, Suchtmittelkriminalität, war noch nicht fertig. »Mein Schulkollege, der Aufnahmeleiter, kannte auch Jonas Casabella. Vor etwa sieben Jahren drehten sie gemeinsam einen Film in Norddeutschland. Aber Casabella wäre nach einer Woche fast aus dem Team geflogen. Er hatte sich, völlig zugekifft, mit einer Minderjährigen eingelassen. Soweit sich mein Schulkollege erinnern konnte, hat das Mädchen die Anzeige zurückgezogen. Der Produzent des Films hatte daraufhin ein Auge zugedrückt und den Schauspieler weiter beschäftigt. Er war ein Golffreund von Casabellas Vater.«

Merana wandte sich der großen Tafel zu und notierte neben *Exzesse* das Wort *Norddeutschland*.

»Gute Arbeit, Herr Kollege. Bitte bleibt alle dran an euren Aufgaben.«

Bei der Erstellung eines Zeit- und Bewegungsdiagramms waren sie noch nicht sehr weit gekommen. Da klafften noch große Lücken für die entscheidenden Stunden am Dienstagabend.

19.30 Uhr Rückkehr Team ins Hotel
20.00 Uhr gemeinsames Abendessen
ca. 22 Uhr Runde löst sich auf

Nach Angaben der Filmcrew, teilweise bestätigt durch das Hotelpersonal, begaben sich alle nach dem Eintreffen zunächst auf ihre Zimmer, um sich frisch zu machen. Aber in welcher Reihenfolge man später bei Tisch erschienen war, darüber waren sich die Filmleute nicht einig. Die Ermittler versuchten, die voneinander abweichenden Angaben durch Aussagen des Hotelpersonals zu verifizieren. Doch da waren sie noch nicht weiter gekommen. Das lag auch daran, dass sie manche Mitarbeiter wegen unterschiedlicher Dienstzeiten bisher nicht erreicht hatten. Merana blickte auf die große Tafel. Auch wenn es nur langsam voranging, sie bewegten sich doch vorwärts. Ihre Ermittlungen waren oft Millimeterarbeit. Aber viele Millimeter hintereinander ergaben allmählich auch eine passable Strecke. Er überlegte kurz, ob er später noch selbst ins Hotel Sacher fahren sollte. Vielleicht ließen sich aus weiteren Befragungen neue Aspekte gewinnen. Vielleicht würde er auch die französische Kamerafrau treffen. Bei dem Gedanken wurde ihm ein wenig warm ums Herz. Er bemerkte die Augen seiner Stellvertreterin, die auf seinem Gesicht ruhten. Er nahm seine Unterlagen und verwarf die Idee wieder. Plötzlich fiel ihm ein, dass er noch immer nicht die Großmutter angerufen hatte. Er eilte in sein Büro, um das nachzuholen. Es tat Kristina Merana leid, dass ihr Enkelsohn am Wochenende nicht kommen konnte. Sie erinnerte ihn noch einmal an sein Versprechen, mit ihr heuer noch die Festung zu besichtigen.

»Ich mache mir ein wenig Sorgen um dich, Martin. In deinem Leben muss auch noch etwas anderes Platz finden als Arbeit«, sagte sie, ehe sie auflegte.

Dr. Josef Windhager freute sich, dass ihn seine Tochter Gertraud wieder einmal besuchte. Der ehemalige Landesbeamte, Jurist in der Abteilung für Land- und Forstwirtschaft, war seit 17 Jahren in Pension. Vor drei Jahren war seine Frau gestorben. Seitdem lebte er alleine in der großen Wohnung im Andräviertel auf der rechten Seite der Salzach. Er hatte mit dem Besuch seiner Tochter erst morgen gerechnet, denn schließlich war erst da sein Geburtstag. Aber er freute sich auch, Gertraud jetzt schon zu sehen.

»Hallo, Papa, ich muss morgen leider den ganzen Tag arbeiten. Eine Kollegin ist krank geworden, ich muss einspringen.« Gertraud Windhager war beim Citymarketing beschäftigt. »Deshalb bringe ich dir jetzt schon dein Geschenk. Wenn es sich ausgeht, können wir morgen trotzdem gemeinsam zu Abend essen.«

Er fragte, ob sie ein Glas Wein wolle oder einen Tee. Sie entschied sich für Wein, denn sie wollte mit ihrem Vater auf dessen Geburtstag anstoßen. Sie hatte auch kalten Fisch und italienischen Salat mitgebracht. Er bedankte sich für den Gutschein, der in einem beigefarbenen Kuvert steckte, das die noch immer kindliche Handschrift seiner Tochter zierte. Ein Wellnesswochenende in einem Vier Sterne Hotel in Tirol. Gertraud würde mitkommen. Und auch das kleine Päckchen machte ihm Freude, das in Papier eingeschlagen war und eine elegante Masche trug.

»Und iss nicht alle auf einmal auf«, sagte seine Tochter, als sie ihm gegen halb zehn Uhr einen Gutenacht-Kuss gab und ging.

Der Anruf erreichte Merana kurz nach Mitternacht. Es war seine Stellvertreterin Carola Salman.

»Hallo, Martin. Wir haben zwei rätselhafte Vergiftungsfälle. Gott sei Dank bis jetzt noch keine Toten, aber ziemlich üble Beschwerden. Beide Fälle stehen in Zusammenhang mit Mozartkugeln.«

Er legte das Handy beiseite, schlüpfte wieder in seine Hose, die er schon abgestreift hatte, um ins Bett zu gehen. Dann hastete er über die Treppe hinunter zu seinem Auto. Während der Motor aufheulte und er den Wagen schneller als erlaubt in Richtung Bundespolizeidirektion lenkte, beschlich ihn der grausame Verdacht, dass sie vielleicht in eine völlig falsche Richtung ermittelt hatten.

4. TAG

MOSSO, SVOLTANDO
(BEWEGT, MIT WENDUNG)

Am Freitagmorgen, um exakt 09.15 Uhr verdichtete sich der Verdacht, als die Meldung über einen dritten möglichen Vergiftungsfall eintraf. Eine italienische Rucksacktouristin, die seit zwei Tagen in der Jugendherberge im Nonntal wohnte, hatte bald nach dem Frühstück Anzeichen von schwerer Übelkeit gezeigt. Sie wurde von der Rettung ins Landeskrankenhaus eingeliefert. Dort war man aufgrund der Ereignisse des Vortages schon alarmiert. Als bekannt wurde, dass auch die italienische Touristin namens Livia Fabello am frühen Morgen eine Mozartkugel verspeist hatte, setzte die Krankenhausleitung umgehend die Polizei darüber in Kenntnis. Hofrat Günther Kerner berief sofort einen Krisenstab ein. Dass Merana noch in der Nacht von den ersten beiden Fällen erfahren hatte, war einem glücklichen Zufall zu verdanken. Und einem Dienstvergehen, das sich im Nachhinein als günstig erwies. Als der Kommissar nach Carolas Anruf in der Bundespolizeidirektion eintraf, wartete die Chefinspektorin schon auf ihn. Sie unterrichtete ihn über die Situation. Gegen 19 Uhr waren im Salzburger Landeskrankenhaus zwei achtjährige Mädchen eingeliefert worden. Der Notarzt hatte Verdacht auf Lebensmittelvergiftung diagnostiziert. Eines der beiden Mädchen, Kerstin Lilienfeld, hatte fünf Freundinnen zu einer Geburtstagsparty eingeladen. Es gab Salate, ein Nudelgericht mit

Fleisch, Würstchen und eine Torte mit Mozartkugeln. Zwei der Mädchen wurde bald nach dem Verzehr von jeweils zwei Tortenstücken schlecht. Das waren das Geburtstagskind selbst und die gleichaltrige Fabienne Hauser. Die anderen Mädchen zeigten keine Anzeichen einer Erkrankung. Kerstins Mutter, Ursula Lilienfeld, verständigte den Notarzt. Gegen 22.30 Uhr wurde in dieselbe Abteilung des Landeskrankenhauses ein 77-jähriger Mann gebracht, Dr. Josef Windhager, ein Pensionist, der in der Salzburger Innenstadt wohnte. Auch er hatte eine schwere Übelkeitsattacke erlitten. Er konnte gerade noch via Handykurzwahl seine Tochter erreichen, die daraufhin das Rettungsteam alarmierte. Der Zustand der beiden Mädchen hatte sich am späten Abend stabilisiert. Über die genauen Gründe für eine mögliche Vergiftung waren die Mediziner noch im Unklaren. Die Laboruntersuchungen würden erst am nächsten Tag mehr Aufschluss bringen. Auch die Ursache für die plötzliche Erkrankung des Pensionisten war nicht von vornherein klar. Der diensthabende Arzt verglich aber die Liste der in beiden Fällen eingenommenen Speisen. Und da stieß er auf eine seltsame Übereinstimmung: Mozartkugeln. Zufällig war eben dieser Arzt seit drei Monaten mit Gruppeninspektorin Marietta Staller vom EB 4a, ›Vermögensabschöpfung‹, liiert, die Meranas Ermittlungsgruppe zugeteilt war. Der Arzt und die Polizistin hatten sich bei einer Wohltätigkeitsveranstaltung kennengelernt. Die Verbindung war nicht auf eine Lebensabschnittspartnerschaft für längere Dauer ausgerichtet, sondern diente in erster Linie dazu, den feschen Mediziner nach dessen kräfteraubender Scheidung wieder an die lustvollen Seiten des Lebens zu gewöhnen. Dabei hatte die Gruppeninspektorin dem Internisten nach heftig vollzogenem Beischlaf auf dem Weg zur gemeinsamen Kühlschrankplünderung ein paar Details vom rätselhaften Ableben des Schauspielers Jonas Casabella erzählt. Was, streng genommen, natürlich gegen die Verschwiegenheitspflicht einer ermittelnden Beamtin verstieß. Dank dieser Indiskretion hatte der Arzt Kenntnis davon, dass die Ursache für das plötzliche Ableben des Serienhelden mit Zyankali vergiftete Mozartkugeln waren. Er reagierte sofort. Er schickte nicht nur den im eigenen Haus tätigen Laborspezialisten einen Hinweis, die Untersuchung auf Kaliumcyanid zu konzentrieren. Er verständigte auch umgehend seine Bettgefährtin. Die gönnte sich ein paar Sekunden des Zögerns, wissend, dass sie völlig unprofessionell Ermittlungsdetails an Dritte weitergegeben hatte. Dann siegte doch ihr polizeiliches Pflichtbewusstsein, und sie rief die Chefinspektorin an. So war Meranas Team durch eine dienstlich nicht gerechtfertigte Indiskretion bei den nun einsetzenden Ermittlungen ein paar Schritte voraus. Ohne das Insiderwissen des Arztes hätte es gewiss länger gedauert, bis über den amtlichen Weg der Meldung an die zuständigen Gesundheitsbehörden die Information zur Polizei gelangt wäre. Was Merana und sein Team nicht wussten, war, dass zeitgleich nur wenige Kilometer entfernt ebenfalls ein Krisenstab seiner sofortigen Etablierung entgegen sah.

Ella Schnappteich hatte vor 36 Jahren im Unternehmen als Lehrling zur Bürokauffrau begonnen. Sie hatte in den vergangenen fast vier Jahrzenten immer auf zwei Dinge geachtet: ihre Linie und ihr berufliches Fortkommen. Nur weil man in einer Firma tätig war, die Süßwaren produzierte, musste man sich nicht ständig mit Bonbons vollstopfen. Und nur weil man als kleines Lehrmädchen seine Laufbahn im Wareneinkauf begann, sprach nichts dagegen, dass man nicht eines Tages in der Chefetage landete. Genau dort war Ella Schnappteich jetzt. Und das hatte sie ausschließlich ihrem Ehrgeiz, ihrem Fleiß und den vielen Fortbildungskursen zu verdanken, und nicht ihrem vom Fitnesstraining wohlgeformten, durchtrainierten Körper, wie manche Neider in der Kantine am Mittagstisch gerne raunten. Männer hatte es für Ella einige gegeben in den vielen Jahren. Sie hatte immer selbst entschieden, wann es Zeit war, eine Beziehung zu beenden und weiterzuziehen. Einen Trauring wollte sie nie. Sie war mit dem Betrieb verheiratet, das Unternehmen war ihr Leben. Als sie vor 36 Jahren anfing, hieß die Firma noch *Mirabell*, ein Salzburger Traditionsunternehmen, hervorgegangen aus der ›*Chocolade-, Canditen- und Bisquit-Fabrik*‹, die der aus Südmähren stammende Unternehmer Bartholomäus Rajsigl 1897 gegründet hatte. Heute hieß die Firma *Salzburg Schokolade* und gehörte zum international tätigen *Mondelez-Konzern*.

Es war ihr nie schwergefallen, bei allen Veränderungen, bei jeder Bewegung in der Unternehmensstruktur sich neuen Herausforderungen zu stellen. Eine betriebliche Situation, der sich Ella Schnappteich nicht gewachsen fühlte, gab es nicht. Doch jetzt wusste sie nicht, wie ihr geschah. Dass ihr vor den Augen schwindelte, war noch das geringste Übel. Der Ferialpraktikant hatte ihr wie immer um zehn Uhr die Post auf den Schreibtisch gelegt. Sie hatte die Briefe, Zeitschriften und Werbefolder sortiert. Ein gelbes Kuvert war mit einem Adressenaufkleber versehen und trug keinen Absender. Sie schlitzte den Umschlag mit dem Brieföffner auf, den ihr eine Kollegin vom Versand als Geschenk aus dem Urlaub mitgebracht hatte. Sie zog das zusammengefaltete Blatt heraus. Eine Minute lang starrte sie mit offenem Mund auf die Buchstaben. Dann stürmte sie, ohne anzuklopfen, in das Büro des Werksleiters. Diplomkaufmann Viktor Lagler saß gerade über den Monatsberichten, als er seine Vorzimmerdame auf sich zueilen sah. Ella Schnappteich sagte keine Silbe. Sie hielt ihm nur das Schreiben hin. Ein paar Sekunden später änderte sich die Gesichtsfarbe des Firmenleiters. Er bat Ella, auf der Stelle die Marketingchefin zu verständigen und eine Videokonferenzschaltung mit der Konzernzentrale in Wien zu organisieren. Dann überlegte er fieberhaft, wen aus der Firma er noch in den Krisenstab berufen könnte.

Um 11.17 Uhr betrat die Sekretärin des Polizeipräsidenten, Veronika Schaber, den großen Konferenzraum, wo der Krisenstab tagte. Hofrat Kerner blickte missmutig auf.

Wenn seine Sekretärin ein derart brisantes Meeting störte, dann musste der Grund ein schwerwiegender sein. Vielleicht eine Anweisung des Innenministers. Veronika Schaber legte dem Präsidenten eine kurze Mitteilung auf den Tisch. Der warf einen Blick darauf, dann ließ er die Luft mit einem Pfeiflaut zwischen den Zähnen hervorströmen. Er hob den Kopf, blickte in 15 angespannte Gesichter.

»Das Werk in Grödig, das die *Mirabell Mozartkugeln* herstellt, hat einen Erpresserbrief bekommen. Martin, mach dich bitte sofort auf den Weg. Nimm mit, wen du brauchst. Und halte mich auf dem Laufenden.«

Um 11.41 Uhr saßen Kommissar Merana, Chefinspektorin Dr. Carola Salman, Abteilungsinspektor Otmar Braunberger und der Chef der Spurensicherung Thomas Brunner drei Mitarbeitern der Firma *Salzburg Schokolade* in einem

Besprechungsraum des Unternehmens gegenüber: Werksleiter Viktor Lagler, Direktionssekretärin Ella Schnappteich und Dr. Angelika Trautmann, Marketingchefin des Unternehmens. Brunner trug durchsichtige Plastikhandschuhe. Die Ermittler hatten das vom Chef der Spurensicherung gehaltene Schreiben eingehend studiert. Die Nachricht war, soweit das ohne präzise Laboranalyse festzustellen war, am PC geschrieben und ganz normal ausgedruckt worden.

Ich hatte euch gewarnt!
Für das, was passiert ist, tragt ihr die Schuld!
Nachdem ihr meiner ersten Forderung nicht termingerecht nachgekommen seid, erhöhe ich den Betrag. Neue Summe: 2 Millionen Euro. In nicht markierten Scheinen. Übergabezeitpunkt: Sonntag, 10 Uhr. Der Ort bleibt derselbe: Salzburg Mirabellgarten. Steckt das Geld in eine Kartonrolle und deponiert sie im Mistkübel neben der Trakltafel. Und keine Polizei! Solltet ihr meiner Forderung nicht nachkommen, werden weitere vergiftete Mozartkugeln auftauchen. Verlasst euch drauf: Ich spaße nicht!

Der Kommissar schaute auf den Werksleiter.

»Wo ist das erste Schreiben?«

Der Mann zuckte mit den Schultern. »Bei uns ist kein erstes Schreiben eingetroffen.«

Merana beugte sich vor, fixierte den Betriebschef. »Herr Lagler, wir haben keine Zeit für irgendwelche Spiele. Es ist äußerst vernünftig, dass Sie sich nach Absprache mit Ihrer Konzernleitung dazu entschlossen haben, in dieser heiklen Angelegenheit mit der Polizei zusammenzuarbeiten. Es wäre besser gewesen, Sie hätten das schon nach dem ersten Schreiben getan. Aber vielleicht haben Sie das Ganze für einen Scherz gehalten. Dafür habe ich sogar Verständnis. Die Anzahl der Verrückten auf dieser Welt scheint ja ständig zu wachsen. Aber inzwischen hat zumindest dieser Erpresser seine Drohung wahr gemacht. Was Sie alle noch nicht wissen: Es gab bisher vier Vergiftungsfälle, einer sogar mit tödlichem Ausgang. Alle Vergiftungen geschahen erwiesenermaßen durch Mozartkugeln Ihrer Firma!«

Man hätte auf dem Gesicht des Werksleiters ein Gemälde zeichnen können, so leinwandgleich zeigte sich der bleiche Teint seiner Wangen. Auch die beiden Frauen rissen Mund und Augen auf, hielten kurz den Atem an.

»Ein Todesfall?«, stammelte Viktor Lagler.

»Ja. Bedauerlicherweise.« Der Kommissar verstärkte den Tonfall seiner Stimme. »Was immer in diesem Raum gesagt wird, unterliegt strengster Geheimhaltung.« Er blickte prüfend in die Runde. Die drei Werksmitarbeiter nickten. »Wir haben einen Toten, zwei vom Gift beeinträchtigte Kinder, die Gott sei Dank wieder wohlauf sind. Eine junge Italienerin, die erst vor ein paar Stunden ins Krankenhaus gebracht wurde. Und einen älteren Herrn, dem das Gift zwar sehr zusetzte, dessen Zustand aber erfreulicherweise stabil ist. Und nach diesem Erpresserschreiben können wir nicht ausschließen, dass nicht noch mehr vergiftete Mozartkugeln im Umlauf sind. Deshalb ist allerhöchste Eile geboten. Wir müssen auf der Stelle alle greifbaren *Mirabell Mozartkugeln* in allen hiesigen Geschäften konfiszieren und untersuchen lassen. Sämtliche Auslieferungen sind auf der Stelle zu stoppen. Der zuständige Sektionschef des Innenministeriums konferiert in diesen Minuten mit Ihrer Konzernleitung. Die Staatsanwaltschaft entscheidet, ob wir einen offiziellen Aufruf über die Medien machen, keine Mozartkugeln Ihrer Firma zu konsumieren.« Es begann sichtlich hinter den Stirnen der drei Firmenleute zu arbeiten. Erst jetzt dämmerte ihnen das gesamte Ausmaß der Konsequenzen. Merana gab sich Mühe, einen zuversichtlichen Ton anzuschlagen. »Es ist jedem Beteiligten klar, was das für Ihr Unternehmen bedeutet. Unsere vordringlichste Aufgabe besteht jetzt darin, den Erpresser zu schnappen. Deshalb ist es unbedingt notwendig, so viel wie möglich über ihn zu erfahren. Also zeigen Sie uns um Himmels willen den ersten Brief. Falls Sie das Schreiben schon vernichtet haben, informieren Sie uns wenigstens über den Inhalt!«

Der Kommissar bemühte sich, ruhig zu bleiben. Unprofessionelles Herumbrüllen würde nichts bringen, selbst wenn ihm im Augenblick zum Schreien war.

Anstelle des Werksleiters antwortete die Sekretärin. »Herr Kommissar, ich schwöre Ihnen: Auf meinem Schreibtisch ist bisher kein anderes derartiges Schreiben gelandet.«

»Wie kommt die Post zu Ihnen ins Haus?«, fragte Braunberger.

»Der Postbote gibt Briefe und Pakete beim Pförtner ab. Einer unserer Mitarbeiter holt die Post gegen zehn ab und verteilt sie an die zuständigen Abteilungen. In den vergangenen Tagen war dafür unser Ferialpraktikant zuständig.«

»Ist er zuverlässig?«

Die Chefsekretärin schnaubte. Seit 25 Jahren, seit sie ihren ersten verantwortungsvollen Führungsposten innehatte, ob als Leiterin des Wareneinkaufs, als stellvertretende Marketingchefin, als Logistikchefin der Auslieferung oder eben jetzt als Chefsekretärin, hatte sie sich immer und jederzeit schützend vor ihre Mitarbeiter gestellt. Interna blieben Interna. Aber in diesem Fall war es wohl angebracht, nicht lange herumzureden.

»Wir müssen leider immer wieder feststellen, dass der junge Mann zur Sorglosigkeit neigt.« Sie schaute ihren Chef vorwurfsvoll von der Seite her an. Ella Schnappteich hatte in den letzten Jahren die Praktikanten immer höchstpersönlich ausgewählt. Bei Jeremias hatte sie Vorbehalte geäußert. Aber Viktor Lagler hatte darauf bestanden, dass sein Neffe die Chance bekam, während der Ferien im Betrieb tätig zu sein.

»Abteilungsinspektor Braunberger wird sich nach unserer Besprechung um die Vernehmung des Praktikanten kümmern und auch weitere Informationen zum möglichen Verbleib des ersten Erpresserschreibens einholen. Es wäre hilfreich, Frau Schnappteich, wenn Sie ihn dabei unterstützten.«

Ein Ruck ging durch den trainierten Körper der Chefsekretärin. Selbstverständlich würden sie alles daran setzen, die Krise professionell zu bewältigen. Da würden alle in dieser Firma an einem Strang ziehen. Dafür legte sie ihre hantelerpobte Hand ins Feuer. Der Chef der Spurensicherung ergriff das Wort. »Wir brauchen von allen Personen, die dieses Schreiben in der Hand hatten, Fingerabdrücke. Wir fangen bei Ihnen im Unternehmen an und versuchen dann, auch die entsprechenden Mitarbeiter der Post ausfindig zu machen.«

Der Kommissar blickte auf die Firmenleute.

»Haben Sie irgendeine Ahnung, wer oder was hinter der Erpressung stecken könnte? Gab es einen ähnlichen Vorfall schon einmal? Bestehen gravierende Probleme mit einem Ihrer Mitbewerber? Soviel ich weiß, reißen sich ja viele Firmen um das lukrative Geschäft der kleinen Schokoladenkugeln mit dem Konterfei des großen Komponisten.«

Die drei schüttelten den Kopf. »Natürlich entstehen ab und zu Probleme, wie in jeder Branche.« Die Marketingchefin hatte bis jetzt geschwiegen. Sie unterstrich ihre Ausführungen mit kurzen ruckartigen Bewegungen ihrer schmalen Hände. »Der Vorwurf des unlauteren Wettbewerbs ist schnell einmal erhoben und wird manchmal auch vor Gericht ausgefochten. Aber jede denkbare Auseinandersetzung zwischen Unternehmen würde niemals eine derart aberwitzige und brutale Vorgangsweise rechtfertigen.« Carola Salman wandte sich an die Marketingchefin.

»Gab es nicht irgendwann einmal einen intensiven Streit zwischen *Mirabell* und dem absoluten Weltmarktführer in Sachen Mozartkugeln, der Firma Reber in Deutschland?« Angelika Trautmann rückte ihre Designerbrille zurecht. »Das ist lange her. Zu Beginn der 1980er Jahre versuchten österreichische Regierungsvertreter, das Recht zu erwirken, dass ausschließlich österreichische Unternehmen Mozartkugeln produzieren und weltweit exportieren dürften. Das war natürlich eine Schnapsidee und in Zeiten des Abbaus von Wirtschaftsschranken und der Öffnung internationaler Märkte von vorneherein zum Scheitern verurteilt.«

Der Kommissar und sein Ermittlerteam erhoben sich. Als sie sich zum Gehen anschickten, kam es Merana vor, als wollte die Chefsekretärin noch etwas hinzufügen. »Ja, Frau Schnappteich, ist Ihnen noch etwas eingefallen?«

Die Angesprochene fuhr sich irritiert durch das Haar. »Ich versuche mich nur zu erinnern, ob es in den vergangenen Tagen immer Jeremias war, der die Post verteilte … Dem werden wir aber gleich nachgehen. Bitte kommen Sie, Herr Braunberger.« Sie schritt voran, öffnete mit Schwung die Tür. Dennoch hatte der Kommissar den Eindruck, die Frau wollte ursprünglich etwas anderes sagen.

Sie gingen alle nach draußen. Merana und Thomas Brunner eilten zum Dienstwagen, das nächste Meeting wartete. Die Chefinspektorin blieb noch im Betrieb, um sich einen Überblick über die einzelnen Produktionsschritte und die Vertriebswege zu verschaffen. Es bestand durchaus die Möglichkeit, dass die giftige Substanz den Süßigkeiten schon vor dem Eintreffen in den Verkaufsstellen hinzugefügt worden war. Es galt, herauszufinden, an welchen Schnittpunkten zwischen Produktion und Auslieferung das möglich war.

Das Innenministerium und die Konzernleitung hatten sich darauf geeinigt, die Öffentlichkeit via Medien zu warnen. Man sprach in der Aussendung von einer Vorsichtsmaßnahme. Aufgrund einer festgestellten schadhaften Lieferung könnten verunreinigte Pistazien in den Produktionsablauf der allseits beliebten Mozartkugeln aus dem Hause *Mirabell* gekommen sein. Die Konzernleitung betonte, der möglichen Verursachung umgehend auf den Grund zu gehen. Man werde die Bevölkerung informieren, sobald die Neuproduktion ausgeliefert würde. Auch wenn der Tonfall der Meldung sehr neutral gehalten war, löste die Meldung dennoch eine Flut von Reaktionen aus. Die verantwortliche Stabsstelle im Innenministerium wurde von Medien und Konsumenten genauso bombardiert wie die Firmenkonzernleitung in Wien. Die Salzburger Polizei stellte zwei Einheiten ab, um das Werk in Grödig vor aufdringlichen Medienleuten zu schützen.

Bei der eilig einberufenen Team-Sitzung um 14.00 Uhr lag der Fokus darauf, den derzeitigen Ermittlungsstand aufzuzeigen und die nächsten Schritte festzulegen. Der Polizeipräsident saß zusammen mit den Ermittlern am großen Tisch. Bisher waren zwei Geschäfte ausgemacht worden, aus denen die vergifteten Kugeln stammten. Die Italienerin hatte die Mozartkugeln im selben Supermarkt erworben wie Mutter und Tochter Lilienfeld. Der Markt befand sich im Süden Salzburgs in der Nähe von Hellbrunn. Gertraud Windhager hatte das Geschenk für ihren Vater, den pensionierten Landesbeamten, im Geschäft am Waagplatz erstanden. Im selben Laden hatte auch Jonas Casabella sich mit Mozartkugeln versorgt. In diesen beiden bisher bekannten Verkaufsstellen waren Mitarbeiter der Polizei schon am Morgen vor der Öffnung der Geschäfte aufgetaucht, um die Schokoladenkugeln aus den Regalen zu holen. Zur Sicherheit hatte man alle Mozartkugeln konfisziert, auch jene anderer Hersteller.

»Es erhebt sich die Frage«, begann Merana seine Ausführungen, »ob die Firma *Mirabell* das einzige Unternehmen ist, das einen Erpresserbrief erhielt. Wir müssen umgehend alle Hersteller kontaktieren und sie auf jeden Fall warnen. Die Süßigkeiten, die in den beiden bisher bekannten Geschäften sichergestellt wurden, werden als Erste untersucht. Sobald unsere Analysten Verstärkung bekommen, dehnen wir die Untersuchung aus.«

»Wir haben Unterstützung in allen Bundesländern angefordert«, fügte der Polizeipräsident hinzu. »Desgleichen bei entsprechenden Einrichtungen an den Universitäten, bei Lebensmittellabors und privaten Institutionen. Alleine die in der Stadt Salzburg sichergestellten Mozartkugeln der Firma *Mirabell* gehen in die Zehntausende. Ich darf gar nicht daran denken, wenn wir die Untersuchung über die Stadt hinaus auszudehnen haben, in andere Bundesländer und vielleicht auch noch auf die Produkte aller Hersteller.«

Alle im Raum schwiegen, nickten. Jetzt war keine Zeit für Feixereien, wie sie manches Mal bei Besprechungen auftauchten. Der Vorfall mit den beiden Mädchen war ihnen allen nahegegangen. Jeder konnte sich ausmalen, wie leicht es die eigenen Kinder hätte treffen können. Die Mädchen hatten Glück gehabt. Es hätte auch tragisch ausgehen können wie bei Jonas Casabella.

Thomas Brunner gab einen Überblick, was die Analystengruppe bisher zutage gefördert hatte. Die Spurensicherung hätte im ersten Schritt nach Packungen mit Kugeln gesucht, die einen ähnlichen Einstich aufwiesen wie jene, die im Besitz von Casabella waren. Diese Kugeln sollten für eine genauere Untersuchung aussortiert werden. »Wir sind noch nicht ganz durch. Das bisherige Ergebnis: Wir fanden eine weitere Packung im Geschäft am Waagplatz und ebenso eine im Supermarkt bei Hellbrunn. In beiden Fällen also Kugeln, die Einstiche aufwiesen. Welche Substanz hier injiziert wurde, muss erst festgestellt werden. Wir sind auch dabei, die Videobänder aus dem Supermarkt auszuwerten. Das Geschäft am Waagplatz verfügt leider über keine Überwachungskameras.«

»In welcher Art von Verpackung waren die vergifteten Kugeln?«

Brunner wischte kurz über den Screen seines Tablets.

»Beim Geschäft am Waagplatz war es so: Die Kugeln, die Frau Windhager für ihren Vater kaufte, waren in einer 12-Stück-Geschenkpackung aus Karton. Die zusätzlich entdeckten Kugeln befanden sich in einem Klarsichtsäckchen. Ein solches hat auch die Italienerin im Supermarkt erworben. Das Geburtstagskind hat sich beim Einkauf mit seiner Mama für zwei Säckchen mit je 18 Kugeln entschieden. Nur eines davon war manipuliert. Es waren auch nicht alle 18 Kugeln vergiftet, sondern unseres Wissens nach nur die Hälfte.«

Merana fiel etwas ein. »Wir sollten auch klären, ob die Verkäuferin am Waagplatz sich daran erinnern kann, welche Packungen Casabella bevorzugte. Wir müssen herausfinden, wie der Erpresser Kugeln und Packungen manipulieren konnte. Vielleicht bringt uns das auf seine Spur.«

Merana dankte den Kollegen und entließ einen Großteil der Anwesenden. Zurück blieben nur der Präsident und drei Kollegen aus den Assistenzbereichen *Fahndung* und *Operative Sondereinsatzmittel*. Es galt, die ersten Einsatzmaßnahmen für die geplante Übergabe des Lösegeldes am Sonntag zu planen. Sie einigten sich zunächst darauf, keine Sondereinsatzkräfte von der WEGA anzufordern, sondern die Aktion mit eigenen Polizeikräften in Zivil durchzuführen. Oberleutnant Gregor Trattner, Chef der Fahndungs-Abteilung, sollte mit seinen Leuten den Übergabeplatz erkunden und einen Plan ausarbeiten. Merana und er würden dann den Einsatz am Sonntag leiten. Noch bevor die Besprechung zu Ende war, erschien die aufgeregte Veronika Schaber, um den Polizeipräsidenten zu holen. Das Büro des Innenministers verlange dringend einen Rückruf. Oberleutnant Trattner und seine Kollegen begaben sich ebenfalls in ihre Büros, um mit den notwendigen Vorbereitungen für den Einsatz zu beginnen. Merana blieb noch sitzen. Er schaute auf die große Ermittlungstafel. Sie zeigte immer noch das Bild von Jonas Casabella. Darunter die Fotos und die gesammelten Daten über die Leute aus der Filmcrew. Die neuen Ereignisse waren so überraschend und mit einer derartigen Wucht über sie hereingebrochen, dass sie noch gar nicht dazu gekommen waren, die Faktenlage gemäß den veränderten Umständen zu sondieren. Sie mussten die Richtung für ihre Ermittlung völlig neu aufstellen. Der Kommissar stand auf, nahm die Fotos der Filmcrew ab und ersetzte sie durch die Bilder der Italienerin, der beiden Mädchen und des pensionierten Landesbeamten. Er hoffte, dass er in nächster Zeit nicht noch weitere Fotos dazu hängen musste, schon gar nicht auf gleicher Höhe mit dem toten Schauspieler. Neben den Bildern fixierte er einen großen Stadtplan von Salzburg. Mit bunten Nadeln markierte er die beiden bisher bekannten Geschäfte, in denen sie vergiftete Mozartkugeln gefunden hatten. Der Laden am Waagplatz bekam eine rote Nadel, der Supermarkt im Süden der Stadt eine gelbe.

Am späten Nachmittag kam Otmar Braunberger zurück und erstattete Bericht.

»Also dieser Praktikant ist ein Träumer, wie mir noch selten einer über den Weg lief. Der kann sich schon am Nachmittag nicht mehr erinnern, was er am Morgen zum Frühstück gegessen hat. Von einem Kuvert in der Art des Erpresserbriefes hat er keine Ahnung. Ob er immer denselben Weg nimmt oder manchmal bei seiner Verteilung auch die Route ändert und dadurch vielleicht etwas unabsichtlich falsch zuteilt, wusste er auch nicht. Wir sind alle Wege innerhalb des Betriebes abgegangen. Und tatsächlich fanden wir zwei vier Tage alte Geschäftsbriefe, die im Eingangskorb einer Mitarbeiterin lagen, die derzeit krank ist. Der Bengel hat bei dieser Entdeckung nur gegrinst. Die Chefsekretärin kochte innerlich wie der Dampfkessel einer Lokomotive. Wenn ich nicht dabei gewesen wäre, hätte sie sich vielleicht zu einem Würgeangriff im Affekt hinreißen lassen. Ich bin auch mit anderen Mitarbeitern der Firma die möglichen Postwege der letzten zwei Wochen durchgegangen. Nichts. Nada. Keine Spur von einem ersten Brief.«

»Entweder der Praktikant hat ihn verschlampt, oder die halten alle dicht, weil sie die Sache nicht ernst genommen hatten. Die Medien zerreißen sie in der Luft, wenn herauskommt, dass die Firmenleitung einen Drohbrief einfach ignoriert hat. Und ein paar Tage später gibt es einen Toten und mehrere Opfer, die ins Krankenhaus mussten.«

Der Abteilungsleiter schüttelte den Kopf.

»Ich weiß es nicht. Die Stimmung im Betrieb ist jedenfalls mehr als angespannt. Die Produktion wurde gestoppt. Die ersten Lieferungen, die noch nicht bei den Kunden angelangt waren, kommen zurück. Für das Unternehmen ist der Vorfall eine Katastrophe. Das Image angekratzt, die Umsätze im Eimer. Das Vertrauen der Konsumenten am Boden. Der gesamte Schaden ist noch gar nicht abzusehen. Selbst wenn wir den Kerl aus dem Verkehr ziehen, wird es lange dauern, bis sich wieder jemand eine Mozartkugel in den Mund zu stecken traut. Und das Problem wird nicht bei *Mirabell* alleine hängen bleiben. Das werden alle Hersteller spüren.«

Merana stimmte zu. Sie standen erst am Anfang der Katastrophe. Was sie bis jetzt hörten, war nur das ferne Grollen der Lawine, die mit aller Macht herandonnerte.

»Wir kennen das, Martin. Wenn irgendein Skandal publik wird, weil ein habgieriger Großproduzent in Tschechien seinen Schweinen einen Antibiotikacocktail nach dem anderen verpasste, dann kaufen die Leute hierzulande plötzlich wochenlang überhaupt kein Fleisch mehr, egal, ob das von einem landwirtschaftlichen Betrieb aus Bulgarien oder vom heimischen Biobauern gleich um die Ecke kommt.« Merana stimmte erneut zu. Und bei den Mozartkugeln würde es ab sofort genauso sein. Egal, ob außen *Mirabell* draufsteht oder *Reber* oder *Fürst* oder was auch immer. Der Absatz würde dramatisch einbrechen. Das war dem Kommissar bewusst. Er erinnerte sich an den Schluss der heutigen Besprechung.

»Otmar, hattest du nicht auch das Gefühl, die Chefsekretärin wollte uns noch etwas sagen, überlegte es sich dann aber anders?«

Der Abteilungsinspektor nickte. »Den Eindruck hatte ich auch. Ich werde der Dame morgen noch ein wenig das Goderl kratzen, vielleicht kann ich ihr das eine oder andere Insiderdetail noch herauskitzeln.« Er lachte verschmitzt. Merana war zufrieden. Im Herauskitzeln war sein Gegenüber großer Meister. Abteilungsinspektor Otmar Braunberger wurde von den Kollegen aus anderen Bereichen oft unterschätzt. Aber er war Meranas ›bester Fährtenhund‹, wie der Kommissar ihn gerne bei einem Glas Bier nannte.

Gegen acht rief die Chefinspektorin an. Sie würde nicht mehr ins Büro kommen. Sie musste unbedingt heim zu ihrer Tochter. Die Betreuerin hätte sie schon dreimal angerufen. Harald war noch in Kärnten, er hatte dort einen Ferialjob als Bademeister. Carola würde morgen weitermachen. Bis jetzt hatten die Ermittlungen im Betrieb noch wenig Konkretes ergeben. Doch sie würden dran bleiben. Merana wünschte ihr und Hedwig eine gute Nacht. Hedwig war Carolas geistig behinderte Tochter. Harald war ihr 16-jähriger Sohn. Wieder einmal hatte er höchsten Respekt vor dieser toughen Frau, einer Kollegin, wie man sie sich nur wünschen konnte. Mit welcher Energie sie jeder Schwierigkeit im Leben trotzte! Immer versuchte sie, eine Lösung zu finden. Den ungemein belastenden Job bei der

Polizei und ein Familienleben zu vereinbaren, war unter normalen Umständen schon schwierig genug. Aber Carola hatte noch eine behinderte Tochter, um die sie sich rührend kümmerte. Und sie war darüber hinaus mit einem Alkoholiker verheiratet, der vor einem halben Jahr aufgrund seiner Alkoholexzesse seinen gut dotierten Beamtenjob bei der Landesregierung verloren hatte. Derzeit war er wieder einmal auf Entzugstherapie. Frau Doktor Carola Salman hatte mit Bravour ihr Studium in Jus und Politologie bewältigt. Sie hatte sich zeitgleich mit Merana um die Kommissariatsleitung beworben. Er hatte den Posten bekommen. Dennoch war diese Benachteiligung, für die Merana nichts konnte, nie ein Thema zwischen den beiden. Ihr Verhältnis war von großem gegenseitigem Respekt und freundschaftlicher Verbundenheit geprägt.

Um 20.25 Uhr traf eine Nachricht von der Spurensicherung in Meranas Mailpostfach ein. Sie stammte von Thomas Brunner. Untersuchungen des Stempelabdrucks auf dem Kuvert und die entsprechenden Nachforschungen hätten ergeben, dass der Erpresserbrief in einen Postkasten in der Nähe des Bahnhofs eingeworfen worden war. Irgendwann zwischen Mittwoch 22.00 Uhr und Donnerstag 08.00 Uhr. Seine Leute seien schon dabei, mögliche Spuren am Kasten zu sichern.

Aber ich erwarte mir nichts davon, Martin. Da ist zu viel Zeit vergangen. Und zu unserem Unglück kommt auch noch Pech dazu: Es gibt keine Überwachungskamera in der Nähe. Aber wir lassen uns davon nicht unterkriegen. Oder, alter Kämpfer?

Merana musste schmunzeln. Nein, sie ließen sich nie unterkriegen. Auch wenn ein Fall noch so aussichtslos schien. Eine halbe Stunde später bekam die Zuversicht des Kommissars dennoch einen leichten Dämpfer. Er musste zu einer weiteren Stecknadel greifen und sie am Stadtplan platzieren. Er wählte eine blaue. Ein Mann namens Rüdiger Ackertal hatte sich gemeldet. Auch ihm war nach dem Verzehr von Mozartkugeln schlecht geworden. Er hatte sich mehrmals erbrochen. Allerdings war er nicht zum Arzt gegangen, sondern hatte auf den selbst gebrauten Kräutermagenbitter seiner Frau vertraut. Eine halbe Flasche zu trinken, habe ihn zwar zunächst flach gelegt, aber am nächsten Tag wieder aufgebaut. Als er heute aus dem Radio hörte, dass mit den Mozartkugeln von *Mirabell* etwas nicht stimmte, habe er zwei und zwei zusammengezählt und angerufen. Leider habe seine Frau die restlichen Mozartkugeln und auch das halbe Paprikahuhn längst weggeworfen. Es war ihnen ja nicht klar gewesen, woher tatsächlich das böse Bauchgrimmen kam. Hätte auch vom Hendl sein können. Allerdings konnte die Ehefrau exakt angeben, wann und wo sie die Mozartkugeln erworben hatte. In einem Supermarkt in der Nähe des Bahnhofs. Am Dienstagabend. Das Paprikahuhn und die süße Nascherei samt anschließender Kotzerei gab es dann am Mittwochabend. Merana telefonierte mit Thomas Brunner und schilderte ihm den neuen Fall. Der Chef der Spurensicherung versprach, sich sogleich um die konfiszierten Kugeln aus dem fraglichen Supermarkt zu kümmern.

Dann notierte Merana auf der großen Ermittlungstafel, wann nach derzeitigem Ermittlungsstand die verschiedenen Mozartkugeln erworben und gegessen worden waren.

Er begann mit dem zeitlich jüngsten Fall.

Livia Fabello
 gekauft: Donnerstag 16.00 Uhr – gegessen: Freitag, 07.30 Uhr
Josef Windhager
 gekauft: Donnerstag 18.30 Uhr – gegessen: Donnerstag, 21.30 Uhr
Kerstin Lilienfeld / Fabienne Hauser
 gekauft: Donnerstag 12.00 Uhr – gegessen: Donnerstag, 18.00 Uhr
Rüdiger Ackertal
 gekauft: Dienstag 18.00 Uhr – gegessen: Mittwoch, 20.00 Uhr
Jonas Casabella
 gekauft: Dienstag 10.00 Uhr – gegessen: Nacht Dienstag/Mittwoch, ca. 01.00 Uhr

Er setzte sich auf einen Stuhl und betrachtete die Übersicht. Der früheste Zeitpunkt gemäß dieser Liste, an dem vergiftete Mozartkugeln erworben wurden, war der Dienstag. Jonas Casabella hatte sich am Vormittag am Waagplatz eingedeckt. Frau Ackertal hatte am Abend im Supermarkt in der Nähe des Bahnhofs zugegriffen.

Natürlich konnten auch schon Tage davor vergiftete Päckchen deponiert worden sein. Aber es waren bisher keine Fälle bekannt. Angenommen, der Erpresser hatte tatsächlich erst am Dienstag die Kugeln deponiert, dann könnte man davon ableiten, dass vielleicht am Montag die Frist aus dem ersten verschollenen Brief abgelaufen war. Oder er hatte die Kugeln am Montag deponiert, dann wäre vielleicht der Sonntag der Stichtag gewesen. Merana spürte plötzlich ein leichtes Kribbeln. Jetzt, nach dem zweiten Brief, war der Lösegeldtermin wieder ein Sonntag. Also übermorgen. Hatte das einen bestimmten Grund? Und warum wählte der Erpresser ausgerechnet den *Mirabellgarten* als Schauplatz für die Übergabe? Bestand ein Zusammenhang zwischen Ort und Zeit? Passierte im *Mirabellgarten* an einem Sonntag um zehn Uhr irgendetwas Besonderes? Merana hatte keine Ahnung. Aber er würde diese Frage morgen bei der Einsatzbesprechung vorbringen.

Wieder schaute er zur Tafel.

Variante 1: Der Erpresser fand einen Weg, die Kugeln vor der Auslieferung an die Verkaufsstellen zu manipulieren. Diese Möglichkeit überprüfte die Chefinspektorin. Variante 2: Er konnte die Packungen mit den vergifteten Kugeln erst in den Regalen der Geschäfte platzieren.

Merana versuchte, sich diesen Ablauf vorzustellen:

Der Erpresser wählt einen günstigen Zeitpunkt. Im Geschäft am Waagplatz wäre dies wohl ein Moment, in dem sich viele Leute in dem kleinen Laden drängen. Dadurch ist die Verkäuferin beschäftigt und abgelenkt. Beim Supermarkt bevorzugt er vielleicht eher eine Situation mit schwacher Kundenfrequenz, um möglichst unbeobachtet agieren zu können. Vielleicht entscheidet er sich auch für das genaue Gegenteil, für eine einkaufshektische Zeit.

Merana schloss die Augen. Er versuchte, sich in die Rolle des Erpressers zu versetzen:

Er marschiert mit dem Einkaufswagen durch den Supermarkt, biegt in den Gang mit den Süßigkeiten. Egal, ob viele Menschen oder wenig. Er muss immer damit rechnen, dass ihn jemand zufällig beobachtet. Er greift nach einer Packung Mozartkugeln, nimmt noch eine zweite in die Hand, legt beide in den Einkaufswagen. Der Wagen ist bis auf die beiden Packungen leer.

Das war schlecht. Merana stoppte seinen gedanklichen Einkauf. Zurück an den Ausgangspunkt:
Er setzt erneut zu einer Tour durch die Regalgänge an. Nun ist sein Einkaufswagen gut gefüllt mit allerlei Waren, vom Waschpulver bis zum Gemüse. Wieder langt er nach den Mozartkugeln, auch nach anderen Süßigkeiten, Schokoladetafeln, Konfektdosen, legt alles in den Wagen. Er fährt weiter, stoppt plötzlich, zeigt die Unentschlossenheit eines Einkäufers, der noch am Überlegen ist. Nimmt eine Mozartkugelpackung wieder heraus, dazu eine der Schokoladetafeln, geht zurück zum Regal. Legt Mozartkugeln und Schokolade zurück, prüft weitere Angebote und entscheidet sich schließlich für andere Süßigkeiten. Eine Szene, wie sie jeden Tag in Supermärkten hundertfach passiert. Die zurückgelegte Packung mit den Kugeln ist die manipulierte. Die muss der Erpresser schon vorher mitgebracht haben. In einer Tasche, die er im Einkaufswagen mitführt. Bei vielen Waren im Wagen fällt der Austausch kaum auf.

Merana war sicher, dass es genauso passiert war. Der Erpresser konnte dabei nicht Dutzende Packungen platzieren, allerhöchstens zwei oder drei. Es würde eine Sisyphusarbeit werden, die Überwachungsvideobänder der Supermärkte durchzuackern in der Hoffnung, genau diese eine Szene bei Tausenden ähnlichen zu entdecken. Aber vielleicht half ihnen ja der Zufall. Der hatte in dieser verworrenen Geschichte ohnehin immer makabre Regie geführt. Hätte etwa Frau Ackertal am Dienstagabend aus den vielen Packungen im Regal eine andere erwischt, wäre gar nichts geschehen. Dann hätte der Gatte problemlos Paprikahuhn und anschließend Schokoladenkugeln genießen können, und der Magenbitter wäre in der Flasche geblieben. Frau Ackertal erwischte aber genau die vergiftete Packung.

Üble Regie des Zufalls. Merana trieb sein Gedankenspiel noch weiter. Hätte Herr Ackertal nicht bis zum nächsten Abend gewartet, sondern sich gleich nach der Heimkehr seiner Gattin eine Mozartkugel in den Mund gesteckt, dann wäre ihm am Dienstagabend schon übel geworden. Vielleicht wäre doch ein Arzt konsultiert worden, statt zum Magenbitter zu greifen. Der hätte vielleicht die Art der Vergiftung anhand der Symptome richtig diagnostiziert und gewissenhaft Meldung erstattet. Vielleicht wäre sogar an diesem Abend noch eine Warnung über die Medien verbreitet worden, die vor dem Verzehr von *Mirabell Mozartkugeln* warnte. Dann wäre alles anders gekommen. Jonas Casabella wäre vielleicht noch am Leben. Die kleine Kerstin hätte mit ihren Freundinnen unbeschwert Party feiern können. Die Italienerin und der pensionierte Landesbeamte erfreuten sich bester Gesundheit. Aber es war genau so nicht geschehen. Der blinde Zufall war eben nicht berechenbar. Der Kommissar erhob sich vom Stuhl und hängte das Foto von Rüdiger Ackertal, das ihm die ermittelnden Kollegen per Mail übersandt hatten, an die große Tafel. Mit dem Bekanntwerden eines weiteren Opfers und einer weiteren Verkaufsstelle war das eingetreten, was insgeheim alle befürchtet hatten. Der Fall weitete sich aus. Wie viele vergiftete Mozartkugeln lauerten noch in den Schränken der Salzburger Haushalte? Wann hörten die Ermittler vom nächsten Opfer? Wie viele Kugeln waren als tickende Bomben gar nicht mehr im Stadtbereich, sondern längst in Reisetaschen und Koffern von Touristen auf dem Heimweg nach Deutschland, Holland, Japan, den USA? Wenn sie nicht bald Gewissheit hatten, würden sie die Warnungen ausdehnen müssen. Mit einem Mal kochte Wut in Merana hoch. Wut auf diesen ebenso skrupellosen wie feigen Typen. Ganoven, die mit der Knarre in der Faust oder dem Schlagring in der Hand Menschen bedrohten, waren auch übel. Aber sie standen einem wenigstens offen gegenüber. Doch dieser hinterhältige Typ zeigte weder sein Gesicht noch machte es ihm offenbar etwas aus, wer bei seinen Machenschaften zu Schaden kam. Er scheute auch nicht davor zurück, dass unschuldige Kinder unter den Opfern waren.

Meranas Zorn loderte immer noch in ihm, als er um 23 Uhr bei Sandro auftauchte. Beim Verlassen des Büros war ihm aufgefallen, dass er den ganzen Tag über noch nichts gegessen hatte. Alessandro Calvino, gebürtiger Sizilianer, war vor fast 20 Jahren aus Sizilien nach Salzburg gekommen. Sein Lokal *Da Sandro* in der Salzburger Innenstadt war ein beliebter Treffpunkt für Menschen, die sich in angenehmer Umgebung an hervorragend zubereiteten italienischen Gerichten und herrlichen Weinen erfreuen wollten. Merana war mit dem Sizilianer seit vielen Jahren befreundet.

»Ciao, bello«, begrüßte ihn der Lokalchef. »Ich sehe eine *grande nuvola* in deine Gesicht. Womit können wir vertreiben? Mit eine *branzino*, eine *pesce spada* oder mit *triglie*?« Merana entschied sich für die Roten Meerbarben und hatte eine Viertelstunde später *triglie alla livornese* auf dem Teller. Die Fische waren in einem Sud aus Tomaten, Knoblauch und Gewürzen gekocht worden. Dazu stieg ihm der Duft von frisch gehackter Petersilie in die Nase. Sandro hatte ihm zu den *triglie* ein Glas *Pinot grigio* aus dem Friaul serviert. »Buon appetito, amico mio! Alla tua!«

Der Wirt hielt ebenfalls ein Glas Weißwein in der Hand und prostete dem Kommissar zu. Der nahm einen Schluck vom Pinot und widmete sich dann der toskanischen Fischköstlichkeit auf seinem Teller. Mit jedem Bissen Fisch, mit jedem kurzen Innehalten, während der Geschmack von sonnengereiften Tomaten und südländischen Gewürzen seinen Gaumen betörte, entspannte er sich mehr. Für eine Weile rückten vergiftete Mozartkugeln, Erpresserdrohungen und die Angst vor weiteren Opfern in den Hintergrund. Sandro lachte, als er die Teller abservierte. »Sei bravo, Commissario. Die dunkle nuvola von die Sorge ist verschwunden.« Merana hob sein Glas. Ja, im Augenblick spürte er keine Sorgenwolke über seinem Haupt schweben. Das würde sich wohl morgen wieder ändern. Aber bis dahin blieb ihm noch Zeit für ein paar Stunden Schlaf. Und für einen *caffé espresso* samt *Grappa*.

5. TAG

CON BRIO E GRAZIA
(MIT LEBHAFTIGKEIT UND ANMUT)

Als Merana am Samstagmorgen nach fünf Stunden Schlaf erwachte, fühlte er sich überraschenderweise ausgeruht und fit. Er wollte der Sorgenwolke keine Chance geben, zurückzukommen, und entschloss sich zu einem kurzen, aber intensiven Morgenlauf mit angezogenem Tempo.

Bei der kurzen Frühbesprechung im Präsidium berichtete der Chef der Spurensicherung, dass seine Leute eine Nachtschicht eingelegt hätten. Man sei mit der Überprüfung der Mozartkugeln aus beiden Supermärkten durch. Tatsächlich hatte sich im Bestand des Supermarktes am Bahnhof eine weitere Packung mit verdächtigem Inhalt feststellen lassen. Auch diese Kugeln wiesen die typischen Einstichstellen auf. Merana zeigte dem Team die von ihm angefertigte Liste der zeitlichen Zuordnung von Erwerb und Verzehr der vergifteten Süßigkeiten. Er machte die Runde mit seinen Überlegungen vertraut, dass die Lösegeldfrist aus dem ersten Erpresserschreiben, das ihnen leider nicht vorlag, möglicherweise am vergangenen Sonntag abgelaufen war. Der Leiter des Fahndungsdienstes nahm den Gedanken auf. Man werde den Schauplatz *Mirabellgarten* auch in der Hinsicht prüfen, ob sich dort an einem Sonntag um zehn Uhr Besonderes ereigne.

»Um zehn Uhr noch nicht, aber eine halbe Stunde später.« Der Einwurf kam vom Gruppeninspektor Balthasar

Steiner, dem Ersten Oboisten der Polizeimusik. Alle schauten auf den beliebten Kollegen.

»In den Sommermonaten spielt am Sonntag um Punkt 10.30 Uhr jeweils eine andere Salzburger Blasmusik ein Promenadenkonzert im *Mirabellgarten*. Auch die Polizeimusikkapelle Salzburg ist dabei im Einsatz. Das weiß die halbe Stadtbevölkerung. Aber von euch habe ich noch nie jemanden unter den Besuchern gesehen.« Er deutete mit dem Zeigefinger in die Runde.

»Stimmt nicht«, kam eine piepsende Stimme aus der letzten Reihe. Die gehörte Gruppeninspektorin Mathilde Zauner. »Ich war mit meiner Tante aus München dort, aber das ist auch schon zehn Jahre her.«

»Na, dann kannst du ja in zehn Jahren mit deinem Onkel kommen.« Kurzes Gelächter flackerte auf. Der Erste Oboist ließ wieder seinen Finger kreisen. »In vier Wochen spielen wir das nächste Konzert. Da will ich euch alle sehen. Verstanden?«

Zustimmende Rufe wurden laut. Alle im Raum versprachen, dem großartigen Spiel der lieben Kollegen selbstverständlich bei der Darbietung in einem Monat zu lauschen und zu applaudieren. Balthasar Steiner wackelte mit dem Kopf hin und her. »Da bin ich aber gespannt wie eine G-Saite.«

Sie legten das nächste Treffen für 18.00 Uhr fest und machten sich wieder an die Arbeit, jeder in seinem Bereich.

Merana beschloss, in die Stadt zu fahren, um den Laden am Waagplatz noch einmal genauer unter die Lupe zu nehmen. Als er dort ankam, trippelte gerade eine Gruppe von zehn jungen Asiatinnen aus dem Geschäft, und eine mittelgroße Horde von gut aufgelegten Pensionisten schickte sich an, den Laden zu erobern. Worte mit sächsischem Akzent drangen an sein Ohr.

»Gumbels, worr guggn nu mal in den Ladn und gohfen e baar von den gomischen Schohkohgullern!«

»Mach mor. Supor Idäh! Und donn gibben worr uns noch en Bierschn hinder de Gähle!«

Merana schmunzelte. Er musste warten, ehe auch er eintreten konnte. Die verschiedenen Verkaufsartikel waren im gesamten Laden verteilt, von der Tür bis zu den Seitenwänden. Das war ihm schon beim ersten Besuch aufgefallen. Die Menge der ostdeutschen Pensionisten war so dicht, dass der Kommissar nicht einmal die Verkäufer hinter der Theke ausmachen konnte. Der Ladenbesitzer hatte offenbar schnell reagiert. Statt Mozartkugeln gab es eine große Auswahl an anderen Süßigkeiten. Merana sah sich um, drängte sich an zwei Frauen vorbei an ein Regal. Er nahm einige der angebotenen Waren in die Hand – Bücher, Flaschen, Spielzeug, Kartons mit allen möglichen Souvenirs – steckte sie in die mitgebrachte Tasche, nahm sie wieder heraus, gruppierte die Gegenstände in den Regalen um. Kein Mensch interessierte sich für sein Treiben. Alle waren vollauf mit dem eigenen Einkaufen beschäftigt. Es wäre ihm ein Leichtes gewesen, eine mitgebrachte Schachtel aus der Tasche zu nehmen und sie unbemerkt auf einem der Regale zu platzieren. Auch von den Menschen, die auf der Straße am Geschäft vorüberreilten, schauten nur wenige durch die Schaufenster. Nachdem die Pensionisten aus Ostdeutschland sich mit Likörflaschen und Souvenirs eingedeckt hatten, zogen sie zufrieden wieder ab. Merana nutzte die Gelegenheit und steuerte die Theke an.

»Herr Kommissar, was um alles in der Welt ist denn Schreckliches passiert? Gestern Früh steht die Polizei vor meiner Ladentür und nimmt sämtliche Mozartsüßigkeiten mit.« Der Ladenbesitzer rang theatralisch die Hände.

Seine Stimme nahm einen verschwörerischen Ton an. »Mir können Sie es ja sagen. Man munkelt in der Branche von Gift? Das ist doch nur ein böses Gerücht, oder?« Merana legte dem Mann die Hand auf die Schulter. »Ich bedaure sehr. Ich kann Ihnen aus Ermittlungsgründen dazu keine Auskunft geben. Ich wollte nur Ihre Nichte fragen, welche Packungen Jonas Casabella bei seinen Einkäufen bevorzugte.« Die junge Frau hatte Meranas Anliegen mitbekommen. Sie ließ eine Dame stehen, die sich nicht zwischen Kaffeeschalen mit dem aufgemalten Bild von Mozart oder von dessen Schwester Nannerl entscheiden konnte, und wandte sich an den Kommissar. »Jonas Casabella hat meistens zwei große Packungen mit 18 Stück genommen.« Merana bedankte sich für die Auskunft und verließ das Geschäft. Er bog zum Residenzplatz ab und ging vor zum Alten Markt. Der *Tomaselli Gastgarten* rund um den Pavillon war schon gut besucht. Auch die Tische vor der *Konditorei Fürst* waren fast alle besetzt. Am Beginn der Brodgasse neben dem Eingang zur Konditorei entdeckte Merana die Filmcrew im Gespräch mit zwei Männern, die ihm den Rücken zuwandten. Der Regisseur hatte offenbar den Kommissar entdeckt, denn er hob die Hand zum Gruß und winkte. Merana wollte ursprünglich zum Grünmarkt, um sich schnell am Würstelstand eine Weißwurst mit süßem Senf zu genehmigen. Wer weiß, wann er heute noch Zeit fand, etwas in den Magen zu bekommen. Nachdem sich auch einige andere aus dem Team ihm zuwandten und die Kamerafrau ebenfalls winkte, bog Merana ab und begab sich zu der Gruppe. In den beiden Männern, die nicht zur Crew gehörten, erkannte Merana Norbert Fürst und dessen Sohn Martin, die das Familienunternehmen führten. Merana wurde vom Regisseur mit Fragen zu den jüngsten Ereignissen überhäuft. Auch das Filmteam hatte mitbekommen, dass am Vortag in der Stadt Salzburg Mozartkugeln beschlagnahmt worden waren. Ohne ins Detail zu gehen, erklärte der Kommissar, dass ihre Untersuchungen durch jüngste Vorfälle, über die er nicht sprechen dürfe, eine völlig neue Wendung erfahren hätten.

»Und hängt der Tod von Jonas auch mit diesen neu aufgetretenen Ereignissen zusammen?« Es war der Produktionsleiter Darian Schartner, der diese Frage stellte und den Kommissar dabei ansah. Merana überlegte kurz, was er darauf sagen könnte, ohne zu viel Einblick in die Zusammenhänge zu gewähren. »Ja, davon gehen wir aus.«

»Das heißt, Monsieur le Commissaire, Sie verdächtigen niemanden mehr von uns, in Verbindung zu stehen mit dem grausamen Ableben von Jonas?« Die Kamerafrau blickte ihn an. Ein spitzbübisches Lächeln blitzte in ihren Augen auf.

»Nein, Madame Hirondelle. Sie können ab sofort unbehelligt von polizeilichen Ermittlungen Ihrer Arbeit hier in Salzburg nachgehen und jederzeit abreisen, wann immer Sie wollen.« Bei dem Gedanken, dass die Französin nach Beendigung der Produktionstätigkeit Salzburg wieder verlassen würde, spürte Merana plötzlich einen Anflug von Wehmut. Es würde ihm leidtun, Roberta Hirondelle nicht mehr zu sehen.

Er schielte verstohlen zu ihr. Sie blickte ihn an. Der Ausdruck in ihren Augen war seltsam. Er glaubte, auch bei ihr eine Spur von Wehmut zu erkennen. Konnte das sein? Würde ein Abschied auch der Kamerafrau schwerfallen? Merana blieb keine Zeit, diesem Gedanken nachzuspüren, denn der Regisseur trieb zur Eile an. »Bis wir aus dieser schönen Stadt wieder abreisen, haben wir aber noch eine

Menge an Arbeit zu erledigen! Also hurtig, meine Lieben! Nächster Drehort: Mozarts Wohnhaus. Und am Abend kommen wir wieder hierher zurück. Das wird dann dein großer Part, Claus.«

Erst jetzt erkannte Merana den Mann neben dem Regisseur, den Schauspieler Claus Anderthal. Er hatte ihn bisher nur auf Fotos gesehen. Der Kommissar fand, Anderthal hatte überhaupt keine Ähnlichkeit mit Paul Fürst, den er in der Filmdoku darzustellen hatte. Er verglich das Äußere des Schauspielers mit jenem des Mozartkugel-Erfinders, dessen Bild im Schaufenster des Geschäfts ausgestellt war. Aber Merana wusste, welche Wunder Maskenbildner vollbringen konnten. Er war schon gespannt auf das Ergebnis. Die Filmleute verabschiedeten sich. Die Französin gab Merana die Hand. Wieder spürte er die Wärme dieser Finger so wie in der Nacht, als sie Seite an Seite in *Mozarts Geburtshaus* auf dem Dielenboden gesessen waren und er aus seinem Leben erzählte. In ihren dunklen Augen glänzte ein seltsamer Schimmer. Der Blick war warm und offen wie ein Buch. Mit einem Mal beschlich den Kommissar das Gefühl, dass er in diesem Buch liebend gerne lesen würde. Er überlegte für einen Moment, sie zu fragen, ob er sie vor ihrer Abreise zum Abendessen einladen dürfte. Die Französin war jetzt keine Verdächtige mehr, die Ermittlungsrichtung hatte sich verändert. Aber er wusste auch nicht, welche Dimensionen der Fall noch erreichen würde. Wie sehr ihn die Aufklärung in den nächsten Tagen und Wochen noch beanspruchen würde. Also sagte er nichts, murmelte nur einen Gruß.

»Au revoir, Madame.«

Das Funkeln ihrer Augen wurde für einen Moment schwächer. Dann bekam es neue Energie durch das Lächeln, mit dem sie ihn beschenkte.

»Au revoir, Monsieur le Commissaire. A bientôt!« Sie drehte sich um, und folgte den anderen.

»Eine bemerkenswerte Frau und sehr charmant.« Merana wandte sich zu den beiden Konditoreibesitzern und stimmte ihnen zu. Der ältere der beiden Männer zog eine in Silberpapier gehüllte Kugel aus der Jackentasche und hielt sie dem Kommissar hin.

»Darf ich Ihnen einen süßen Gruß aus unserem Haus anbieten? Oder haben Sie Bedenken?« Der Chef der Salzburger Kriminalpolizei lachte. »Nein, Herr Fürst. Die *Original Salzburger Mozartkugel*, kreiert von Paul Fürst, überreicht von seinem Urenkel, kann ich wohl problemlos annehmen.« Er fasste nach dem Konfekt, entfernte behutsam die silberne Hülle mit dem blauen Konterfei des Komponisten und schob sich die Kugel in den Mund. Merana war generell kein großer Fan von Bonbons, aber den erlesenen Geschmack der Fürst'schen Mozartkugel liebte er. »Schade, dass Sie nicht zwei Stunden früher hier waren, Herr Kommissar«, bemerkte der Juniorchef. »Dann hätten Sie dabei sein können, wie das Filmteam Aufnahmen von unserer Produktion in Handarbeit machte.« Merana bedauerte das sehr. Er konsultierte das Diensthandy. Keine Nachricht aus der Runde seiner Ermittler. Das war einerseits beruhigend. Es waren offenbar keine neuen Vergiftungsfälle bekannt geworden. Aber andererseits wurde ihm auch klar, dass das Team noch keine weiteren Hinweise auf den Erpresser entdeckt hatte. Merana steckte das Handy weg. »Könnte ich die Produktionsstätte Ihrer Spezialität vielleicht auch ohne Kamerateam sehen?« Beide Männer nickten. »Aber selbstverständlich, kommen Sie bitte.« Die Zeit für eine kurze Besichtigung würde der Kommissar sich einfach nehmen. Er hatte in letzter Zeit so viel mit Mozartkugeln zu tun, da war er neugierig auf den Ursprungsbetrieb, auf die handwerkliche Wiege dieser süßen Weltberühmtheit. Der jüngere der beiden Männer schritt voran. Sie bogen in die Brodgasse ein. Am großen Schaufenster eines Hauses las Merana eine Aufschrift: *Erst- und Alleinerzeuger der Original Salzburger Mozartkugel.* Als sie wenig später ihr Ziel erreicht hatten, war Merana überrascht. Im Schaufenster draußen war ihm eine alte Schwarz-Weiß-Fotografie aufgefallen. Das Bild zeigte eine Gruppe von Menschen an einem Arbeitstisch. Der Raum wurde von einem mächtigen Gewölbebogen beherrscht. Eine der Personen, offenbar der Chef, trug einen Anzug im Stil der Jahrhundertwende. Die anderen hatten weiße Konditorkleidung an, hielten Arbeitsgeräte und Süßigkeiten in den Händen und blickten ernst in die Kamera. Ein Bild, das die ehrwürdige Nostalgie eines Handwerksbetriebes ausstrahlte. Etwas Ähnliches hatte Merana auch erwartet, als er nun den Raum im Parterre betrat. Eine Stimmung höfischer Eleganz hätte gut gepasst, wozu einen das edle Konterfei des Komponisten auf der blau-silbernen Verpackungsfolie verleitete. Oder wenigstens eine Aura von biedermeierlicher Zuckerbäckerstube, ähnlich der auf dem Schwarz-Weiß-Foto in der Auslage. Doch hier umgab ihn keine Spur von Nostalgie. Der lang gezogene Raum strahlte die effektive Nüchternheit einer modernen Produktionsstätte aus. Große Lüftungsrohre zogen sich an der Decke entlang. Die Wände waren weiß gekachelt. Flache graue Plastikkisten waren zu hohen Stapeln übereinander getürmt. Neonlampen tauchten den Raum in kühles Licht. Im krassen Gegensatz zur Nüchternheit des Ambientes stand allerdings die anmutige Pracht der kleinen dunklen Schokoladenkugeln, um die sich alles drehte. Schokolade empfing einen schon beim Eingang. Gleich rechts neben der Tür sprudelte ein dickflüssiger Schokoladestrahl aus einem gebogenen Rohr wie aus einem Brunnen. Merana spürte das fast kindliche Verlangen, seinen Finger in den köstlich duftenden Strahl zu halten, um davon zu kosten. Er beherrschte sich aber. Drei Frauen und zwei Männer, alle in weißen Arbeitsschürzen, waren eifrig am Werk. Der Seniorchef stellte sich zu einer der grauen Kisten auf dem langen Arbeitstisch. Hellbraune Kugeln lagen darin. »Wir formen den Körper aus Marzipan mit Pistaziengeschmack und feinem Nugat nach unserem eigenen Familienrezept. In diese Kugeln wird nun ein kleiner Holzspieß gesteckt.« Er griff nach einem kleinen Stab in einer Schüssel und demonstrierte den Vorgang. »Auch diese Stäbchen fertigen wir selber an.« Ein wenig erinnerte Merana das Gebilde an kleine kugelige Lutscher. Eine der Frauen am Arbeitstisch fasste nun nacheinander die aufgespießten Bonbons an den Haltestäbchen und tauchte sie in eine Wanne mit flüssiger dunkler Schokolade. Wieder musste Merana an sich halten, nicht den Finger ins Schokoladebad zu stecken. Aber das Eintauchen der Kugeln in die süße Masse, das Herausziehen und Abtropfenlassen übten fast eine magische Faszination auf ihn aus. Nach dem Schokoladenbad hängte die Mitarbeiterin die Süßigkeiten mit dem Kugelkopf nach unten in eine Haltevorrichtung. Kleine Klemmen umschlossen die Holzspieße. Die überflüssige Schokolade tropfte ab. Sobald das geschehen war, wurden die Gebilde an den Stäbchen genommen und in ein Brett mit Löchern gesteckt. Nun konnte die Schokolade abkühlen. Jetzt verstand Merana die zugleich geniale wie simple Idee von Paul Fürst. »Ja, Herr Kommissar«, lachte Norbert Fürst. »Man muss halt draufkommen. Mein

Urgroßvater wollte nicht nur ein Bonbon aus besonderen Zutaten kreieren, er tüftelte auch lange an der absolut idealen Form. Die Kugel schien ihm dafür am besten geeignet. Wenn man aber eine Kugel in warme Schokolade taucht, sie mit der Gabel herausfischt und ablegt, dann rinnt ein Teil der Schokolade außen herunter, bildet quasi einen Fuß. Das ist alles andere als eine perfekte Form.«

»Und da hatte Ihr Vorfahr die Idee, sich mit einem kleinen Holzspieß zu behelfen. Ganz einfach und dennoch raffiniert. Es kommt halt immer darauf an, wem so ein genialer Einfall als Erstem aufblitzt.« Auf der anderen Seite des Arbeitstisches lagen bereits ausgekühlte von den Stäbchen befreite Kugeln. Ein junger Mann war dabei, die kleinen Löcher, die von den Holzspießen zurückgeblieben waren, mit Schokolade aus einem Spritzsack zu verschließen. »Sie sehen, Herr Kommissar, alles Handarbeit. Es braucht halt seine Zeit, bis unsere Mozartkugeln fertig sind. Und keine gleicht der anderen.« Er zeigte mit dem Finger auf die grauen Behälter. »Greifen Sie zu. Frisch aus der Werkstatt.« So muss sich ein kleines Kind fühlen, das mitten im Schlaraffenland steht, dachte der Kommissar. Rings um ihn waren Tausende kleine Kugeln, die nur darauf warteten, verspeist zu werden. Er nahm gleich zwei der Köstlichkeiten und steckte sie nacheinander in den Mund. Er hielt lange die Augen geschlossen, bis die feine Komposition aus Nugat, Marzipan, Pistazien und Schokolade auf seiner Zunge zerschmolzen war.

»Dürfen wir Ihnen noch einen Kaffee anbieten, Herr Kommissar?« Merana freute sich über das Angebot. Ein Espresso wäre jetzt genau das Richtige. Er überprüfte rasch das Display seines Handys. Noch immer keine Mitteilung vom Team. »Aber gerne.« Sie verließen das Reich von Schokolade und Marzipan. Direkt vor der Konditorei setzten sie sich an einen freien Tisch im Schatten. Merana fand die beiden Männer sympathisch. Sie zeigten ein Benehmen, das man in englischen Filmen wohl als *gentlemanlike* bezeichnen würde. Die ganze Branche war in Aufruhr durch die Meldungen vom Vortag. Die Medien überschlugen sich mit wildesten Spekulationen. Halb Salzburg hatte mitbekommen, wie Polizisten in vielen Geschäften der Stadt Mozartkugeln beschlagnahmten. Aber die beiden Unternehmer hatten ihn nicht mit einer einzigen Silbe darauf angesprochen. Diese vornehme Zurückhaltung gefiel ihm. Merana ergriff selbst die Initiative.

»Wie haben Ihre Gäste und Kunden auf die gestrigen Warnungen reagiert, keine Mozartkugeln aus der Herstellung eines Ihrer Mitbewerber zu konsumieren? Solche Nachrichten verleiten natürlich dazu, aus Vorsicht gar kein Konfekt dieser Art zu kaufen. Gab es große Umsatzeinbußen?«

Der Seniorchef zeigte eine besorgte Miene. »Es hält sich in Grenzen. Die meisten unserer Kunden können schon unterscheiden. Aber der Vorfall ist insgesamt eine Katastrophe. Wir glauben natürlich nicht daran, dass die Ursache für das spektakuläre Einschreiten der Polizei in möglicherweise verdorbenen Zutaten liegt. Ihre Kollegen haben uns ja auch mit der Frage konfrontiert, ob wir in letzter Zeit Schreiben mit bedrohlichem Inhalt bekommen hätten. Wir halten uns selbstverständlich an die von uns erbetene Verschwiegenheit. Wir würden niemals in Sie dringen, uns mehr über die Hintergründe zu erzählen. Aber unsere besten Wünsche begleiten Sie bei Ihren Ermittlungen. Denn wir hoffen alle, dass der Spuk bald vorbei ist.«

Gute Wünsche konnten sie gebrauchen. Merana wartete jede Sekunde darauf, dass das aus Halbinformationen aufgebaute Kartenhaus zusammenbrechen würde. Staatsanwaltschaft und Polizei hatten der Presse gegenüber eine absolute Nachrichtensperre verhängt. Auch das Krankenhauspersonal war zum Schweigen verpflichtet. Noch war keine Meldung an die Öffentlichkeit gedrungen, die einen Zusammenhang herstellte zwischen dem Tod von Jonas Casabella, den konfiszierten Mozartkugeln, einem Erpresserbrief und weiteren Opfern im Spital, unter denen sich sogar zwei Kinder befanden. Aber irgendwann einmal würde jemand sich verplappern und dadurch eine Lawine lostreten. Merana hoffte inständig, dass dies nicht vor dem morgigen Tag passieren würde. Dann hatten sie vielleicht eine Chance, dem Erpresser in Ruhe eine Falle zu stellen.

Am Nebentisch nahm eine Frau im eleganten Sommerkostüm Platz. Ein Mann, der sich aus Richtung Residenzplatz genähert hatte, setzte sich zu ihr. Die Dame öffnete den weißen Papiersack, den sie auf einen freien Stuhl gestellt hatte. Sie zog eine große durchsichtige Box mit den bekannten silberblauen Kugeln hervor. Mit stolzem Lächeln zeigte sie den Einkauf ihrem Begleiter. Zumindest diese Kundin hatte sich nicht vom Erwerb einer Mozartkugel-Packung abhalten lassen. Merana wandte sich wieder seinen beiden Gastgebern zu. »Ich kann Ihre Besorgtheit natürlich nachvollziehen. Uns ist die berechtigte Unruhe in der Branche bewusst.«

Der Juniorchef beugte sich vor. »Sie müssen das so sehen, Herr Kommissar: Es gibt weltweit rund 30 Anbieter von Mozartkugeln. Die Mozartkugel hat ein hervorragendes Image, davon profitieren alle. Wird dieses Image beschädigt, wodurch auch immer, dann leiden alle darunter. Die großen Hersteller genauso wie die kleinen.«

Eine Frage beschäftigte Merana, seit er vorhin die Produktionsweise beobachtet hatte. »Ich vermute, Sie kennen den Ansatz, den das Filmteam für die Dokumentation über Paul Fürst und die Kreation der Mozartkugel gewählt hat. Bei aller Genialität und meisterlicher Fertigkeit als Konditor kommt dem Gründer Ihres Familienunternehmens dabei auch die Rolle eines Pechvogels zu. Ärgert es Sie nicht manches Mal, dass Ihr Ururgroßvater seine Idee nicht zum Patent anmeldete?«

Der Juniorchef lachte. »Nein, Herr Kommissar. Auch wenn das für einen Außenstehenden schwer zu glauben ist. Was würde das für uns ändern? Schauen Sie sich um.« Er deutete mit der Hand auf die Gäste an den Tischen und den Eingang der Konditorei. Dort kamen eben zwei Männer und eine Frau aus dem Geschäft. Sie trugen gut gefüllte weiße Taschen mit der Firmenaufschrift der Konditorei.

»Unser Qualitätsprodukt wird von so vielen Menschen geschätzt, dass wir rund drei Millionen Kugeln im Jahr verkaufen. Und das an genau vier Standorten hier in der Stadt Salzburg. Es gab in den vergangenen Jahren viele Anfragen von exzellenten Unternehmen, die unsere *Original Salzburger Mozartkugeln* ins Sortiment nehmen wollten. Wir möchten das nicht. Unsere Devise heißt ›Qualität und Exclusivität‹. Die industrielle Massenfertigung passt nicht zu unserer Philosophie. Das sollen andere machen. Wir haben zwar ein hervorragendes Qualitätsprodukt, aber wir bieten es nur lokal an. Wir hätten mit unserer geschäftlichen Linie den Begriff *Mozartkugel* niemals weltweit verbreiten können. Das konnte nur die

Industrie. Aber von dieser weltweiten Bekanntheit profitieren schlussendlich alle, auch wir.«

Er blickte kurz zu seinem Vater.

»Uns, Herr Kommissar, stören nicht die industriellen Mitbewerber. Uns stört, wenn man der Mozartkugel generell nicht die gebührende Achtung entgegenbringt. Schauen Sie sich um in der Stadt. Mich ärgert, wenn Schachteln voll Mozartkugeln hinter Auslagen oder auf Marktständen in der prallen Sonne liegen. Mich stört, wenn Mitbewerber in der Stadt ihre Kugeln in Silberpapier mit blauem Aufdruck anbieten, die unserer Aufmachung zum Verwechseln ähnlich sind. Ich bin den Leuten nicht einmal neidig wegen des Umsatzes, den sie dabei machen. Mir tut es in der Seele weh, dass diese Produkte weit von der handwerklichen Qualität entfernt sind, die wir unseren Kunden bieten, und wie sie dem von meinem Ururgroßvater kreierten Qualitätsprodukt entsprechen, der *Original Salzburger Mozartkugel.*«

Der Juniorchef hatte sich ein wenig erwärmt bei seinem engagierten Plädoyer für die Qualität der weltweit geschätzten Süßigkeit. Er ließ sich von einer Serviererin ein weiteres Mineralwasser bringen. Der Senior stand vom Tisch auf, entschuldigte sich und verschwand im Inneren des Geschäftes. Nach zwei Minuten kehrte er zurück und überreichte dem Kommissar eine kleine Tragtasche mit zwei großen Packungen Mozartkugeln.

»Grüßen Sie Ihre Kollegen, Herr Kommissar. Wir würden uns freuen, wenn Sie ab und zu bei Ihrer angespannten Arbeit sich den einen oder anderen genussvollen Moment gönnen.« Merana bedankte sich herzlich und reichte den beiden Männern die Hand.

»Unsere Produkte sind frisch, im Gegensatz zur industriellen Fertigung, die auf jahrelange Haltbarkeit ausgerichtet ist. Unsere Mozartkugeln gehören also bald aufgegessen. Wir wünschen Ihnen und Ihrem Team viel Genuss dabei.«

Auf dem Rückweg schwangen noch Teile der eben geführten Unterhaltung in Merana nach. Schon bei den ersten Geschäften, an denen er vorbeikam, konnte er die Diskrepanz feststellen, die der Juniorchef angesprochen hatte. Qualitätsprodukt oder Massenware. Anspruch oder Beliebigkeit. Ausgesuchtes Angebot oder Abzockerei. Ihm imponierte die Haltung des Traditionsbetriebes. Genau in dieser Diskrepanz lag auch das Problem dieser Stadt. Da gab es Kunstwerke von unglaublicher Schönheit, die gesamte Altstadt war ein Juwel. Und zugleich war diese Stadt wie mit einem Geschwür überzogen von Geschäften mit billigem Ramsch, wo es nur darum ging, möglichst vielen Touristen in möglichst kurzer Zeit möglichst viel Geld aus der Tasche zu ziehen. Die Familienbetriebe in den Gassen der Altstadt gingen vor die Hunde. Große Handelsketten mit billiger Allerweltsware zogen ein. Gleichzeitig siechte die Altstadt ihrem Aussterben entgegen. Es war nicht viel anders als in vielen Orten auf dem Land. Stadt- und Dorfkerne verödeten. Die Leute pilgerten wie die Lemminge in die Konsumtempel an der Peripherie, die alle gleich ausschauten. Charakter und Individualität gingen verloren. Persönlichkeitsprofil war nicht mehr gefragt. Alles wurde gleich geschliffen. Selbst die weltberühmten Salzburger Festspiele standen in diesem Spannungsfeld. Jedes Jahr hatten die Verantwortlichen sich die Frage zu stellen: auf Altbekanntes, Bewährtes setzen? Was immer schon gut funktioniert hatte? Das sicherte unter Garantie volle Auslastung und war bei einem Teil der Klientel ohnehin gefragt. Oder riskieren? Neues ausprobieren? Auf höchstem künstlerischen Niveau den einen oder anderen Drahtseilakt wagen? Dessen Ergebnis verblüffen konnte. Bei dem man durch Unerwartetes, noch nie Dagewesenes in Staunen versetzt wurde. Bisweilen auch in Betroffenheit. Jedenfalls immer berührt, und nie durch ewig Gleiches eingelullt. Auch in der Hochkultur traf man auf die elementaren Fragen, die diese Stadt beherrschten: exclusive Qualität oder populäre Allerweltsware? Mit in Massen gefertigten Plüschtieren, die an Souvenirständen neben Kitschkaffeeschalen baumelten, ließ sich in einer Touristenstadt viel Geld machen. Mit billigen Frittenbuden internationaler Fast-Food-Ketten auch. Deren Kriegskassen waren gut gefüllt, damit konnte man problemlos alteingesessene Traditionsbetriebe aus den besten Altstadtlagen vertreiben. Schokoladenkugeln und Regenschirme, T-Shirts und Quietschenten, Bratwürste und Schlüsselanhänger, die alle das Konterfei des zur Marke mutierten Mozart trugen und rund um den Globus geschickt wurden, ließen die Kassen klingeln. Fast überall auf der Welt ging es darum, Geschäfte zu machen, abzukassieren. Egal, wie. Aber der kleine Familienbetrieb in der Brodgasse sagte: Wir machen das Spiel nicht mit. Uns ist Exclusivität, Unverwechselbarkeit und die Qualität unseres Angebotes wichtiger. Das imponierte dem Chef der Salzburger Kriminalpolizei. Auch das war Salzburg!

Als Merana am Präsidium aus dem Auto stieg, bedauerte er, die attraktive Französin nicht doch um ein Rendezvous gefragt zu haben.

Der Polizeipräsident begrüßte um 18.00 Uhr höchstpersönlich die inzwischen auf fast 40 Leute angewachsene Ermittlertruppe. Er stellte auch jene Person vor, die mit im

Raum saß, aber nicht zur Polizei gehörte. Viktor Lagler, der Betriebschef des Schokoladewerkes in Grödig, sollte morgen die Übergabe des Lösegeldes übernehmen. Die Anspannung war dem Mann ins Gesicht geschrieben. Nach der Begrüßung und dem kurzen Briefing, welche Schritte das Innenministerium inzwischen in der Angelegenheit unternommen hatte, übergab Hofrat Kerner das Wort an die beiden Hauptverantwortlichen für den morgigen Einsatz. Oberleutnant Trattner aktivierte seinen Laptop und schickte via Beamer eine Grafik auf die große Leinwand. Zu erkennen war der maßstabsgetreue Plan des Salzburger *Mirabellgartens*. Ein Pfeil markierte die Stelle, an der das Lösegeld deponiert werden sollte. Darüber blendete sich das Bild einer Parkbank, die an einer Mauer stand. Neben der Bank war ein großer Müllkorb zu sehen. Oberhalb der Bank prangte eine Steintafel mit einer Inschrift an der Wand. Merana erhob sich von seinem Platz.

»Sie sehen hier die im Erpresserbrief beschriebene Stelle, den, wie der Schreiber sich ausdrückt, ›Mistkübel neben der Trakltafel.‹ Und hier ist die Inschrift der Steinplatte.« Der Oberleutnant vergrößerte mithilfe des Mauszeigers den Text.

Musik im Mirabell

Ein Brunnen singt. Die Wolken stehn
Im klaren Blau, die weißen, zarten.
Bedächtig stille Menschen gehn
Am Abend durch den alten Garten.

Der Ahnen Marmor ist ergraut.
Ein Vogelzug streift in die Weiten.

*Ein Faun mit toten Augen schaut
Nach Schatten, die ins Dunkel gleiten.*

*Das Laub fällt rot vom alten Baum
Und kreist herein durchs offne Fenster.
Ein Feuerschein glüht auf im Raum
Und malet trübe Angstgespenster.*

*Ein weißer Fremdling tritt ins Haus.
Ein Hund stürzt durch verfallene Gänge.
Die Magd löscht eine Lampe aus,
Das Ohr hört nachts Sonatenklänge.*

Alle im Raum blickten konzentriert zur Leinwand. Leichtes Gemurmel war zu vernehmen. »Kollege Trattner und ich haben uns gefragt, warum der Erpresser ausgerechnet diesen Platz wählte. Gibt es eine Verbindung zum Salzburger Dichter Georg Trakl? Ergeben sich aus dem Text Hinweise, die uns etwas über die Identität der Person hinter dieser Aktion verraten? Wir sehen jedenfalls nichts Auffälliges.«

Merana ließ den Anwesenden Zeit, eigene Schlüsse aus dem Gelesenen zu ziehen.

Ein paar Minuten herrschte Stille im Konferenzraum. Merana setzte mit seinen Erläuterungen fort. »Sie bekommen alle am Ende unserer Besprechung sämtliche Unterlagen in Ihren Mailordner. Sollte jemandem doch noch etwas auffallen, lassen Sie es uns bitte umgehend wissen. Vielleicht ist der Ort auch aus anderen Überlegungen gewählt worden und hat nichts mit dem Inhalt der Tafel zu tun.«

Der Mauszeiger zuckte über das Gedicht. Text und Parkbankfoto verschwanden.

Zu erkennen war wieder der komplette Plan der Gartenanlage mit der Pfeilmarkierung.

»Wie Sie sehen, steht die ausgewählte Parkbank direkt neben dem Seitenausgang in Richtung *Universität Mozarteum*. Das macht die Überwachung für uns etwas komplizierter, aber nicht wesentlich. Man kann sich der Bank von drei Seiten nähern.«

Mithilfe eines Laserzeigers an der Leinwand wies der Oberleutnant auf die entsprechenden Wege. Merana wandte sich direkt an den Werksleiter.

»Wir müssen davon ausgehen, dass der Erpresser die Umgebung beobachten wird.

Deshalb ist es nötig, Herr Lagler, dass Sie von Anfang an alleine unterwegs sind.«

Der Angesprochene machte immer noch einen angespannten Eindruck, hörte aber aufmerksam zu. »Sie nehmen morgen Vormittag um 9.30 Uhr ein Taxi, lassen sich vom Werksgelände bis zum Landestheater bringen und betreten den *Mirabellgarten* von der Südseite.« Der Laserzeiger huschte über die genannte Stelle.

»Zwei unserer Kollegen werden Sie morgen Früh im Büro aufsuchen, um Sie zu verkabeln. Damit sind Sie über Funk mit uns verbunden. Wir können Sie hören, und Sie uns. Wir rechnen zwar nicht damit, aber es könnte dennoch sein, dass der Erpresser Sie direkt in der Gartenanlage trifft und anspricht. Dann ist es absolut notwendig, dass wir mithören können. Im Normalfall deponieren Sie einfach den Behälter mit dem Geld und verlassen den Garten durch den Osteingang. Die Kübel im *Mirabellgarten* sind so konstruiert, dass man keine großen Pakete hineinlegen kann. Aber sie sind dafür geeignet, eine Kartonrolle aufzunehmen, wie es im Schreiben verlangt wird. Der Erpresser hat gut recherchiert. Sie nehmen dann am Mirabellplatz ein Taxi und fahren zurück ins Werk. Alles klar?«

Der Werksleiter nickte. Der Kommissar überließ die weiteren Einsatzdetails dem Oberleutnant. Der hantierte mit der Computermaus.

»Ich zeige Ihnen jetzt allen Ihre Positionen.« Auf dem Plan erschienen nach und nach rote Punkte an unterschiedlichen Stellen. »Wir arbeiten morgen mit insgesamt sieben Teams innerhalb der Gartenanlage, getarnt als Touristen, Gärtner, Universitätslehrer, Fotografen.« Die Ziffern 1 bis 7 erschienen auf der Leinwand. Nach einer Weile schrumpfte die Gartenskizze. Zugleich wurde die nähere Stadtumgebung sichtbar. »Wir haben außerhalb des *Mirabellgartens* fünf zivile Einsatzfahrzeuge.« Auf der Darstellung erschienen blaue Punkte am Makartplatz, Mirabellplatz, in der Auerspergstraße und entlang der Schwarzstraße. »Und dazu warten noch zwei Zivilstreifen auf Motorrädern in unmittelbarer Nähe. Kollege Merana wird den Einsatz der Teams innerhalb des Gartens leiten. Ich koordiniere den mobilen Ablauf von einem als Taxi getarnten Wagen am Makartplatz.« Er zeigte die entsprechenden Punkte auf dem Plan. »Wir wissen nicht, wer das Geld morgen abholt. Der Tonfall des Schreibens klingt nach einem Einzeltäter. Es kann sich aber dennoch um eine Gruppe handeln. Kommissar Merana und ich haben einige mögliche Szenarien entworfen. Wir möchten diese Situationen mit Ihnen durchspielen. Davor machen wir zehn Minuten Pause.«

Kaum war der Oberleutnant fertig, schwoll wie auf Kommando das Stimmengewirr im Raum an. Stühle wurden gerückt. Es herrschte aufgekratzte Stimmung. Merana verließ den Raum. Er wollte die Unterbrechung nützen, um

Thomas Brunner zu kontaktieren. Wie er zu seiner Beruhigung am Telefon erfuhr, waren bis zum gegenwärtigen Zeitpunkt keine weiteren Vergiftungsfälle bekannt geworden. Die Untersuchung der sichergestellten Mozartkugeln hatte inzwischen auf breiter Basis in verschiedenen Labors begonnen. Bislang war nichts Auffälliges entdeckt worden. Der Kommissar bedankte sich und steckte das Handy ein. Als er aufblickte, sah er in das Gesicht seines Abteilungsinspektors. Wenn Braunberger ihn mit diesem bestimmten Glanz in den Augen ansah, dann hatte sein ›bester Fährtenhund‹ etwas entdeckt. Das wusste Merana aus der Erfahrung vieler gemeinsamer Ermittlungen.

»Na, Otmar? Welche Witterung hast du aufgenommen? War das Goderlkratzen bei der Chefsekretärin erfolgreich?«

Der Abteilungsinspektor wackelte mit dem Kopf. »Zumindest hat sie nach langem Zögern einen Namen genannt.«

»Jemand aus dem Betrieb?«

»Ein ehemaliger leitender Angestellter, Dr. Edwin Farnkogel. Er war bis vor vier Monaten Marketingchef im Grödiger Unternehmen. Er wurde gefeuert wegen angeblicher Unregelmäßigkeiten bei der Abrechnung verschiedener Außenauftritte.

Farnkogel selbst beteuerte seine Unschuld, fühlte sich als Opfer betriebsinterner Intrigen.«

Merana sah auf die Uhr. Die Pause war zu Ende.

»Lass uns nach der Einsatzbesprechung weiter reden, Otmar.« Sie kehrten beide zurück in den Konferenzraum. Es dauerte fast zwei Stunden, bis alle Einsatzgruppen die möglichen Szenarien durchgespielt hatten. Merana sollte sich morgen zusammen mit Carola Salmann in der Mitte der Gartenanlage aufhalten. Die beiden würden ein Ehepaar mimen, das sich begeistert gegenseitig immer wieder vor wechselndem Hintergrund fotografierte. Inspektor Fellberg und Revierinspektor Hodler übernahmen jene Position, die dem Übergabeort am nächsten lag. Ihr Platz war nahe dem Ausgang, der zur *Universität Mozarteum* führte. Sie würden sich mit Noten in den Händen intensiv über eine bevorstehende Klavierprüfung unterhalten.

»Dann wünsche ich uns allen für den morgigen Einsatz das nötige Glück«, sagte Hofrat Kerner am Ende der Besprechung. »Und denken Sie an den römischen Dichter Terenz, der so trefflich zu sagen wusste: *Den Tüchtigen hilft das Glück!* Und wenn ich auf meine tüchtige Truppe schaue, dann haben wir schon gewonnen.«

Ganz ohne klassisches Zitat war es trotz der angespannten Lage auch dieses Mal nicht gegangen. Jeder wusste, wie sehr der Polizeipräsident geflügelte Worte liebte.

»Ich halte mich lieber an ein ungarisches Sprichwort«, murmelte Otmar Braunberger leise, aber so laut, dass der Kommissar es hören konnte. Der schaute seinen Abteilungsinspektor fragend an.

»Die Ungarn sagen: *Das Glück begünstigt die Narren.*« Den Tonfall des Polizeichefs nachahmend, fügte er noch hinzu: »Und wenn ich auf meine tüchtige Truppe schaue, dann sind die in der Mehrzahl.«

Merana grinste. »Dann kann ja nichts mehr schiefgehen.«

Sie gingen zurück ins Büro. Braunberger setzte seinen Bericht über das Gespräch mit der Chefsekretärin fort. »Die gute Frau Schnappteich hat sich lange geziert, weil sie unter gar keinen Umständen etwas Schlechtes über derzeitige oder ehemalige Mitarbeiter sagen wollte.«

»Aber wie ich meinen Otmar kenne, hat der nicht aufgehört, herauszukitzeln, was nur ging. Und es hat sich offenbar wieder einmal gelohnt.«

»Zumindest sollten wir den ehemaligen Marketingleiter überprüfen. Laut Ella Schnappteich hat er zwei erboste Briefe an die Konzernleitung geschickt und gedroht, mit allen nur erdenklichen rechtlichen Geschützen aufzufahren.«

»Und was ist dabei herausgekommen?«

»Bis jetzt nichts. Soweit die Chefsekretärin weiß, gab es bisher nicht einmal den Ansatz eines arbeitsrechtlichen Schreibens.«

»Na, vielleicht lernen wir Herrn Farnkogel ja morgen im Salzburger *Mirabellgarten* kennen.«

Der Abteilungsinspektor nickte. »So sieht er jedenfalls aus.« Er zog ein Foto aus seiner Unterlagenmappe. Merana sah einen Mann Anfang 40. Das kurz geschnittene grau melierte Haar verlieh ihm etwas Militärisches. Das Kinn wirkte hart, das Lächeln gequält.

»Verteil das Foto an die Einsatztruppe mit einer entsprechenden Nachricht.« Braunberger salutierte mit einem Lächeln. »Jawohl, mein General.« Dann stand er auf und verließ Meranas Büro.

Kurz vor halb zehn klopfte es, und Carola Salman trat ein. Die Chefinspektorin platzierte ihren schlanken Körper auf einen der Stühle. Sie bog den Kopf weit in den Nacken, ließ ihr langes schwarzes Haar nach hinten hängen. Sie schüttelte die Haarpracht mehrmals. Dann hob sie ruckartig das Haupt und schnellte nach vorn wie eine schwarze Pantherkatze. »Martin, was hast du heute noch vor?«

Merana blickte auf die Uhr. »Ich wollte noch eine Stunde Bürokram erledigen und dann nach Hause fahren. Wieso fragst du? Hast du Hunger? Sollen wir noch gemeinsam etwas essen gehen? Ich könnte Sandro anrufen.« Sie schüttelte so heftig den Kopf, dass ihr die schwarzen Haare ins Gesicht flogen. Dann schoss sie aus dem Stuhl hoch und beugte sich über den Schreibtisch, die Fäuste auf die Unterlage gestemmt. »Ich habe das Gefühl, mir fällt allmählich die Decke auf den Kopf, Martin. Ich bin am Limit.« Der Kommissar wusste, wovon sie sprach. Der Dauerdruck der Ermittlungen, die Sorge um die Kinder, die viele Arbeit mit Hedwig, der alkoholkranke Mann, den sie nicht hängen lassen wollte. Das alles zusammen war schwer auf Dauer zu ertragen.

»Soll ich dich vom morgigen Einsatz abziehen?«
Wieder flogen die Haare hin und her.
»Nein, da will ich unbedingt dabei sein. Ich brauche eine Auszeit. Zwei Stunden reichen. Ich brauche Bewegung, muss schwitzen, mich austoben. Ich habe Lust, auszuzucken. Kennst du das *Burning Star*?«
Merana hatte schon von dieser neuen Mega-Disco im Süden der Stadt gehört.
»Fahr mit mir dorthin, Martin. Ich will tanzen!«
Ihre Augen schimmerten. Sie sah ihm direkt ins Gesicht. Er kannte Carola seit gut 15 Jahren. Sie war immer ein Muster an Selbstbeherrschung. Sie meisterte jede Situation mit eiserner Disziplin. Jetzt wirkte sie, als hätte sie Fieber. Als würde sie jeden Moment explodieren. Er zögerte keine Sekunde, ließ den Computer herunterfahren. »Hoffentlich passt mein schlichtes Sakko zu den Bekleidungsvorschriften in diesem Luxusschuppen.«
Über ihr Gesicht breitete sich ein Lächeln aus. Sie hob die Arme und drückte ihm einen Kuss auf den Mund.

Das *Burning Star* war gerammelt voll. Sie ergatterten zwei Plätze an der Bar. Merana bestellte einen trockenen Rotwein. Die Chefinspektorin wollte nur eine Cola. Sie nippte einmal kurz daran. Dann fasste sie ihn an der Hand und zog ihn auf die Tanzfläche. Schon bei ihrer Ankunft war ihnen eine Woge an peitschenden Bässen, wildem Schlagzeugstakkato und fetten Gitarrensounds entgegengerauscht. Der Lärm war höllisch, das Knäuel der tanzenden Menschen dicht. Merana konnte sich nicht erinnern, wann er das letzte Mal in einer Disco gewesen war. Das musste Jahre her sein. Franziska war eine leidenschaftliche Tänzerin gewesen. Von ihr hatte er Samba und Mambo gelernt. Sie hatte ihn auch dazu gebracht, seinen Körper einfach dem Rhythmus der Musik anzuvertrauen, ohne darüber nachzudenken, welche Schritte er machen sollte. Er hatte nie eine Frau mit mehr Leidenschaft tanzen sehen als Franziska. Bis zu diesem Moment. Carola Salman hatte sich inmitten der zuckenden, wirbelnden Menschen ihren Platz verschafft. Sie ließ die Arme über dem Kopf kreisen, spreizte die Finger. Das lange Haar flog nach allen Seiten. Ihr ganzer Körper war eine einzige vibrierende Welle. Merana verlangsamte seine Drehungen, blieb einfach stehen. Er war gebannt von Carolas Bewegungen, die mit geschlossenen Augen ihren Körper von den alles durchdringenden Wirbeln der Musik treiben ließ. Der Anblick der tanzenden Frau war wild und anmutig zugleich. Sie strahlte mit jeder Faser eine unfassbar erotische Kraft aus, ihr Körper wand sich, lockte zum Liebesspiel, und zugleich hatte jede Bewegung auch etwas Unschuldiges wie das fröhliche Tollen eines Kindes. Carola steigerte das Tempo. Die Bewegungen wurden schneller. Sie riss die Lippen auseinander. Merana sah die wild zuckende Zunge, die einen eigenen

Tanz vollführte, wie rasend von Mundwinkel zu Mundwinkel schnellte, über die weißen Zähne fegte. Schreie drangen aus dem Mund, waren wegen der penetrant lauten Musik nur schwach zu hören. Der Körper nahm den Rhythmus der Rufe auf, wurde in all seinen Bewegungen selbst zu einer Symphonie an Schreien. Jetzt riss Carola die Augen auf. Merana sah Tränen blitzen. Aber es waren lachende Augen, die ihn anstrahlten. Die zuckende Zunge verschwand. Die Lippen schickten ihm einen Kuss aus der Ferne zu. Dann begann seine Stellvertreterin sich um die eigene Achse zu drehen, öffnete die Arme, ließ die Hände magische Kreise in die Luft zeichnen. Das Faszinierende ihrer Bewegungen nahm kein Ende. Merana hatte gar nicht mitbekommen, dass immer wieder Körper herumwirbelnder Tänzer den seinen touchierten. Auch jetzt krachte ein junger Mann gegen seine Schulter. Der Jüngling rief ihm etwas zu, was Merana nicht verstand. Er wollte ihn wohl dazu auffordern, nicht wie ein Prellbock stehen zu bleiben, sondern sich ebenfalls zu bewegen. Merana sah auf die Uhr. Es war später, als er dachte. Sie mussten schon mehr als eine halbe Stunde auf der Tanzfläche zugebracht haben. Er überlegte, ob er seinen Platz an der Bar wieder einnehmen sollte. Die Chefinspektorin hatte ihm nicht einmal Zeit gelassen, vom Wein zu kosten. Doch dann schloss er einfach die Augen und ließ sich ebenfalls treiben. Das Dröhnen aus den Lautsprecherboxen verlor mit einem Mal etwas von der peitschenden Heftigkeit. Das tat dem Kommissar gut. Er ließ sich von der Musik leiten, fühlte, wie sein steifer Körper von ganz alleine anfing, in fließende Schwingungen überzugehen. Seine linke Hand schnellte plötzlich mit einer fliegenden Bewegung nach oben. Er hatte nicht das Gefühl, dass er selbst den Arm nach oben gerissen hatte. Es geschah einfach. Es dauerte auch, bis ihm bewusst wurde, dass sein Kopf schon längst im Rhythmus der Gitarren kreiste. Er versuchte, seine Gedanken wegzuschieben. Ließ einfach geschehen, was sein Körper wollte. Farben tauchten in seinem Inneren auf. Violette Strahlen, die sich an pulsierende gelbe Felder schmiegten, zu Kreisen wurden, explodierten. Kugeln aus hellem Licht stiegen hinter seinen geschlossenen Augen hoch, begannen zu rotieren. Er folgte den Bewegungen, ließ sich in den Rhythmus der tanzenden Kugeln fallen. Er wusste nicht, wie viel Zeit vergangen war, als ihn jemand plötzlich am Arm fasste. Vor ihm stand Carola. Sie hielt ihr Smartphone in der Hand. Sie musste schreien, um den Lärm zu übertönen. So viel Merana verstand, hatte die Betreuerin eine Nachricht geschickt. Hedwig verlange immerzu nach ihrer Mami. Sie müsse nach Hause.

»Ich fahre dich heim, Carola.« Sie schüttelte den Kopf. Ihre Augen strahlten immer noch. »Ich nehme ein Taxi. Mir geht es wieder gut. Ich habe das Knäuel an Belastungen weggetanzt. Das reicht für den Augenblick.« Sie küsste ihn auf die Wange, zog ihn aus dem Trubel zurück zur Bar. Hier war der Lärm nicht ganz so intensiv. »Danke, Martin. Das war sehr lieb von dir. Bleib noch etwas hier. Es tut dir gut.« Sie gab ihm noch einen Kuss, drehte sich um und huschte davon wie eine Mondelfe mit fliegendem schwarzem Haar. Er sah ihr nach, bis der dichte Wald aus Menschenleibern sie verschlungen hatte. Er griff nach seinem Rotweinglas, nahm einen Schluck. Der Blauburgunder war von hervorragender Qualität, besser, als er es in einer Disco erwartet hätte. Erst jetzt fiel ihm auf, dass kleine Bäche von Schweiß ihm über Brust und Rücken rannen. Er zog sein Sakko aus, hängte es über den Barhocker. Der aufmerksame Barista stellte ihm ein großes Glas Wasser hin. Merana trank es in gierigen Zügen aus. Das tat gut. Dann fuhr er sich mit beiden Händen durchs Haar und drängte sich zurück auf die Tanzfläche. Wie ein wildes Tier sprang ihn die peitschende Musik an, biss sich an seinem Körper fest, ließ ihn toben, sich drehen, wirbeln, innehalten, tänzeln. Die Farben in seinem Inneren waren nun andere. Rote Sterne flammten auf, deren pulsierende Tentakel sich wanden wie Schlangen, bis sie zu grellen Sonnen zerstäubten. Ein Meer an Lichtwellen in allen Farben rollte durch seinen Körper, ließ seine Bewegungen fließender werden. Ein Schrei der Lust quoll aus der Tiefe seines Leibes, drang nach außen, explodierte in den Klangwogen der Musik. Erneut ließ er sich treiben, spürte, wie jede Zelle seiner nassen Haut zu singen begann, zu schwingen, zu vibrieren. Etwas Weiches stieß gegen seine Hüfte, ein Körper, der offenbar ins Wanken kam. Er öffnete die Augen, griff nach dem Arm, den er sah. Eine Frau war gegen ihn gestoßen. Sie hob den Kopf. Er blickte in zwei dunkle Augen, in ein erstauntes Gesicht, das ihn plötzlich anstrahlte. Und dann ging alles schnell, wie von alleine. Sie schlang die Arme um seinen Hals. Er griff nach ihrer Hüfte, zog ihren Körper fest an sich. Eine Feuerkugel explodierte in seinem Unterleib, während seine Lippen schon an ihrer Zunge saugten und die wilde Glut von Roberta Hirondelle mit seiner Begierde verschmolz.

Das Mädchen mit der Margerite im Haar ...

... hat den Kopf gegen einen Baum gelehnt. Die Haare sind feucht. Die junge Frau lacht, lässt dabei die blitzend weißen Zähne sehen. Zwischen den Zähnen hält sie einen langen gebogenen Grashalm. Das orangefarbene Badetuch bedeckt die Oberschenkel und den Bauch. Wie zwei dunkle Perlen prangen die Knospen auf ihren kleinen festen Brüsten. Die nackte Haut ist bis zum Hals mit hellblauen Blüten bedeckt. Das Mädchen hat die Arme einladend ausgebreitet.

Wie Gewehrfeuer drängt sich das Klappern der Tastenanschläge in die Stille. Die blauen Blüten zerstäuben, die Knospen zerfließen. Gesicht und Grashalm lösen sich auf. Die Konturen des Zimmers, das sichtbar wird, sind schemenhaft. Das Kreuz an der Wand ist nur zu erahnen. Es ist finster.

Wie kleine schwarze Käfer huschen die Buchstaben über den unteren Rand des Schirms.

Es geht weiter. Ich weiß, dass du damit nicht mehr einverstanden bist. Aber es muss sein. Ich kann nicht zurück ...

6. TAG

VIVACE E APPASSIONATO
(LEBHAFT UND LEIDENSCHAFTLICH)

Es war schon weit nach zwei Uhr, als sie das *Burning Star* verließen. Merana hatte keine Ahnung, wie lange sie auf der Tanzfläche geblieben waren. Sie hatten einander gehalten, die wiegenden Körper zur Musik bewegt. Sachte. Gegen den Rhythmus der peitschenden Bässe. Er hätte sein halbes Leben dort verbringen mögen, während er den Körper der Frau an sich presste und Wärme aus ihren Küssen trank.

Die Luft draußen war angenehm. Merana hatte sein Auto auf dem großen Parkplatz abgestellt. Während er nach dem Schlüssel mit der Fernbedienung kramte, zog sie seinen Kopf herunter und hauchte ihm ins Ohr: »Ich möchte, dass du mich nimmst endlich in die Mängel, mon Commissaire.« Ihr Lächeln war verführerisch. Orange Lichterzungen von der Außenbeleuchtung der Disco huschten über ihr Gesicht. Er küsste sie auf den Mund, öffnete seine Lippen. Sie drückte ihn ganz sanft zurück. »Bei dem entzückenden château mit die Wasser.« Ihre Augen waren ein einziges Verlangen. Er war davon überzeugt, dass seine eigenen mit ähnlicher Leidenschaft loderten. Er ließ sie einsteigen, betätigte die Zündung und fuhr los. Zehn Minuten später waren sie auf dem Parkplatz in Hellbrunn. Er kannte eine Stelle, wo man über die Mauer steigen konnte. Sie hatte ihre Schuhe im Auto gelassen. Er faltete die Finger zusammen. Sie setze ihren nackten Fuß in seine Handflächen. Er hievte sie hoch, sie erfasste den Rand und zog sich selbst nach oben. Er kletterte hinterher. Die Außenbeleuchtung war noch eingeschaltet. Die ockerfarbene Schlossfassade mit den beiden Fensterreihen und der geschwungenen Freitreppe schimmerte unter dem Sternenhimmel. Er fasste sie an den Händen und ließ sie auf der Innenseite der Mauer auf den Boden gleiten. Dann warf er ihr die Decke zu, die er aus dem Wagen mitgebracht hatte, und sprang hinunter. Sie streckte ihm die Hand entgegen. Er nahm sie. Wie Kinder, die heimlich den Unterricht schwänzen und durch einen verbotenen Garten streichen, huschten sie an der Mauer entlang bis in den Schlosshof. Mitten auf dem Platz hielt sie ihn an der Hand zurück. Ihre Augen leuchteten wie die eines kleinen Mädchens, das vor dem Schloss aus seinem Märchenbuch steht. Sie fasste in Meranas Haare, zog seinen Kopf herunter und tastete mit ihrer Zunge sanft nach seinen Lippen. Er öffnete den Mund, erwiderte den Kuss. Sie wühlte durch seine Haare, er presste seine Hände auf ihre Pobacken. Dann beendete sie die Umarmung mit einem hellen Lachen, warf den Kopf in den Nacken, fasste seine Finger und wirbelte mit ihm im Walzerschritt über den Kies des Ehrenhofes. Sie stöhnte kurz auf. Die kleinen spitzen Steine schmerzten auf den Fußsohlen. Er hob sie hoch. Sie schlang ihre Arme um seinen Hals und er trug sie durch das Tor in den Park des Wasserparterres. Dort wandte er sich nach links. Unter den alten Bäumen setzte er sie behutsam ins Gras und breitete die Decke aus. Sie ließ sich von ihm das kurze schwarze, trägerlose Cocktailkleid abstreifen. Sie trug keinen BH. Das Höschen hatte sie schon im Auto ausgezogen. Sie knöpfte seine Hose auf, zog ihm das T-Shirt über den Kopf. Er warf seine Kleidung in hohem Bogen gegen einen Baum. Sie fasste ihn an den

Armen und zog ihn über sich. Ihre Zungen fanden einander, ihre Finger krallten sich in seinen Rücken. Sie spürte, wie er hungrig und leidenschaftlich in sie eindrang. Das kleine Monatsschlössel auf der Anhöhe über dem Wasserparterre leuchtete zu ihnen herunter, während ihre Körper schnell den wogenden Rhythmus eines gemeinsamen Gesanges fanden. Als ihre Lustschreie durch die Nacht hallten, schreckten die Enten aus ihrem Schlaf hoch. Zwei von ihnen zogen die Köpfe unter den Flügeln hervor und flatterten hoch. Die beiden Liebenden unter den alten Bäumen des jahrhundertealten Gartens schrien und sangen und trieben einander von einem Taumel in den nächsten. Und ihre Lust und Freude kannten keine Grenzen.

Als sie erschöpft und erfüllt von einer Woge des Glücks nebeneinander auf die Decke sanken, verblassten die letzten Sterne über ihnen. Dem Himmel wuchsen im Osten schon hellrote Streifen. Sie wälzte sich auf den Bauch, stupste ihn mit dem Zeigefinger an der Nase. »Ich habe Hunger wie eine Bär, mon Commissaire.« Er hob den Kopf, knabberte an ihrem Ohrläppchen und gurrte: »Ich weiß, wo man jetzt das beste Omelette des ganzen Universums bekommt.« Sie stupste ihn erneut und stemmte sich hoch. »Dann komm, mon amour. Und ich hoffe, du bist dort Chef de Cuisine.« Sie kletterten wieder an derselben Stelle über die Mauer. Ein vorbeikommender Radfahrer entdeckte sie, grinste und winkte ihnen schelmisch zu. Sie eilten zum Wagen und fuhren los. Eine Viertelstunde später waren sie in Meranas Wohnung. Die Uhr zeigte 05.45.

»Wann musst du weg, mon Commissaire?«

Merana musste sich für einen Moment innerlich sammeln. Seine Arbeit, die Ermittlungen, der bevorstehende Einsatz bei der Lösegeldübergabe – alles war in weite Ferne gerückt. Wie in einem anderen Leben. Was ihm in den letzten Stunden mit Roberta geschehen war, hatte ihn hinauskatapultiert aus seinem Alltag, durchschwemmte ihn mit einer Welle von lange nicht mehr empfundener Seligkeit.

»Gegen halb acht.«

Er öffnete die Kühlschranktür. Sie drängte sich an ihn.

»Dann beeil dich, mon amour. Mach Küche mit Raffinesse, aber *vite, vite*! Ich habe schon wieder Lust für genommen zu werden von dir in die Mängel ...« Sie blinzelte ihn von unten herauf an. Das Leuchten ihrer Augen ließ eine Woge von Hitze durch seinen Körper rollen. Er holte Mozzarella, Tomaten und Oliven aus dem Kühlschrank. Roberta prüfte sein Gewürzsortiment und reichte ihm thailändischen schwarzen Pfeffer und Oregano.

20 Minuten später war das mediterrane Omelette fertig. Sie fütterten einander mit Gabeln. Dann liebten sie sich auf dem Teppich im Wohnzimmer. Und später noch einmal unter der Dusche.

Um exakt 07.32 Uhr traf das Taxi ein. Der Taxler musste etwas warten, denn der Abschiedskuss dauerte. Dann fuhr Roberta in ihr Hotel, und Merana machte sich eilig auf ins Büro.

Bis auf die beiden Kollegen, die ins Werk gefahren waren, um Viktor Lagler zu verkabeln, waren alle am Einsatz Beteiligten um acht Uhr im großen Konferenzraum.

Den beiden Einsatzleitern, Merana und Trattner, bot sich ein ungewöhnliches Bild. Das Rudel an Personen vor ihnen glich eher einem Haufen bunt zusammengewürfelter Touristen, die in der Hotelhalle auf den Reisebus warteten, statt einer Ermittlertruppe der Polizei. Merana schmunzelte beim Anblick der Strohhütte, Sportkappen, grellen

T-Shirts, Fotoapparate und Rucksäcke. Der Kommissar und der Oberleutnant gingen noch einmal die wichtigsten Punkte durch. Im Gegensatz zu ihrem lockeren Outfit machte die Gruppe einen höchst konzentrierten Eindruck. Um 08.20 Uhr waren alle bereit. Das Unternehmen konnte beginnen. Carola folgte ihrem Chef in dessen Büro, wo Merana sich noch umziehen musste. Sie schloss die Tür hinter ihnen, legte die Hände an Meranas Wangen und blickte ihm ins Gesicht.

»Was ist los, Martin? Du siehst zwar müde aus, als hättest du die ganze Nacht Holz gehackt, statt zu schlafen. Aber in dir ist ein Leuchten, wie ich es noch nie gesehen habe. Bist du einer Fee begegnet?«

Er drückte sie an sich, küsste ihre Schläfe. »Ja, Carola. Danke, dass du gestern deine drückende Last abtanzen wolltest und mich mitnahmst.« Sie sah ihn an. Er würde jetzt nicht mehr sagen, denn sie hatten sich auf den Einsatz zu konzentrieren.

Doch sie freute sich über sein Strahlen. Merana hatte Jeans, ein Freizeithemd und eine leichte Jacke mitgebracht. Da sein Gesicht aus vielen Medienberichten bekannt war, sollte er eine dunkle Brille und eine Baseballkappe tragen. Außerdem hatte ihm eine Kollegin, deren Schwester einen Frisiersalon führte, eine Perücke mit dunkelblonden strähnigen Haaren mitgebracht. Die Chefinspektorin half ihm beim Aufsetzen der Perücke und beim Schminken. Als sie das Ergebnis musterte, stieß sie ein helles Lachen aus. »Einfach unglaublich, Martin. In der Aufmachung würde dich nicht einmal deine Großmutter erkennen.« Sie hielt ihm den Schminkspiegel hin. Auch er musste unwillkürlich lachen. »Das würde bei der Maskenprämierung am Kripo-Faschingsgschnas locker für eine Topplatzierung reichen.

Aber meine Großmutter würde mich dennoch erkennen. Selbst mit geschlossenen Augen und aus großer Entfernung. Denn die spürt mich.«

Die Chefinspektorin kannte Meranas Großmutter. Sie wusste, dass die alte Frau die Gabe einer besonders sensiblen Wahrnehmung besaß. Auch wenn sie nicht gerne darüber sprach. Aber Kristina Merana nahm oft Dinge wahr, von denen andere nicht einmal den Funken einer Ahnung hatten. Carola steckte den Spiegel ein und blickte auf ihre Uhr. Es war Zeit, aufzubrechen.

09.00 Uhr

Die Chefinspektorin lenkte ihren Wagen aus der Tiefgarage der Polizeidirektion. Merana saß auf dem Beifahrersitz. Die Kollegen von der KPU (Kriminalpolizeiliche Untersuchung) hatten auf Carolas weißen Golf GTI ein deutsches Kennzeichen montiert.

09.14 Uhr

Sie parkten das Auto in der Mirabellgarage und schlenderten im Touristentempo zum Schloss. Sie durchquerten den Hof und betraten die Gartenanlage. Das erste Foto von Carola schoss Merana vor dem Pegasusbrunnen. Das geflügelte Pferd aus Bronze hatte seine Hinterbeine auf den Boden einer kleinen Felsenlandschaft gestemmt und die Vorderhufe hoch erhoben. Die gesamte Skulptur ruhte in der Mitte eines kreisförmigen großen Wasserbassins. Eine Familie mit drei Buben im Volksschulalter machte ebenfalls Fotos. Die beiden Ermittler wechselten die Position. Nun lächelte Merana in die Kamera, und Carola drückte auf den Auslöser.

09.21 Uhr

Sie stiegen auf der rechten Seite die Stufen hoch und gelangten auf den flachen Hügel, der sich Richtung Norden erstreckte, zur Skulptur einer anmutigen nackten Frauenfigur, die graziös die Hände über den Kopf hielt und mit den Fingern ihr langes Haar nach oben zog. Merana war jedes Mal aufs Neue berührt, wenn er die *Tänzerin* von Giacomo Manzù betrachtete. Ihre Bewegung, die nach oben strebte, ihre grazile Haltung mit den eng geschlossenen Beinen und dem eleganten sanften Rechtsschwung in der Hüfte waren wie Musik. Wie der in Bronze festgehaltene Moment eines hell klingenden Tones aus einem Lied. Vom Hügel, auf dem die Skulptur stand, hatte man einen atemberaubenden Blick auf die Stadt. Man konnte von der Figur der Tänzerin eine gedankliche Linie ziehen, die durch den *Mirabellgarten* über die Salzach genau auf die Kuppeln des Doms traf. So wie die Bronzestatue glänzten auch in der Ferne die Kathedrale und die sie umgebenden Gebäude im schräg einfallenden Vormittagslicht. Merana und Carola waren umringt von Japanern, Italienern, Franzosen, Holländern, Deutschen und Touristen aus vielen anderen Ländern. Alle wollten diesen einmaligen Anblick von Salzburg mit den Kirchen und Türmen und der über allem schwebenden Festung auf die Chips ihrer Kameras bannen. Mit der Blumenpracht des *Mirabellgartens* und den hoch aufschießenden weißen Fontänen des zentralen Springbrunnens im Vordergrund. Dieser Salzburgblick fand sich gewiss auf Millionen von Fotos in aller Welt.

Vor über 400 Jahren war das Schloss an diesem Platz errichtet worden. Merana versuchte, sich vorzustellen, wie viele Menschen seit damals auf dem kleinen Hügel gestanden waren und sich, so wie sie, an diesem unvergleichlichen Anblick erfreut hatten. Sie traten nach vorn und stellten sich an das marmorne Geländer des Weges. Der Kommissar spürte die Präsenz der schlanken nackten Tänzerin hinter sich. Es war fast magisch. Er hatte während der letzten eineinhalb Stunden versucht, das Bild von Roberta aus seinen Gedanken zu verdrängen, um sich auf den Einsatz zu konzentrieren. Aber jetzt spülte es ihm die unglaublichen Momente dieser Nacht wieder hoch. Er hatte fast das Gefühl, Roberta stünde dicht neben ihm. Mehr noch, als sei sie in ihm. Er spürte ihre Lippen und ihre Hände, atmete ihren Geruch und vernahm das wilde Pochen ihres Herzens. Der Wunsch, sie jetzt bei sich zu haben, war schier überwältigend. Er war von ihrer Leidenschaft und Hingabe hingerissen gewesen. Aber genauso von ihrem sonnigen Lachen und dem Klang ihrer Stimme. Und von dem, was er fühlte, wenn er sie nur anschaute. Wie eine Welle trug er ihre Gegenwart mit sich herum. Dieses Glücksgefühl ließ ihn fast taumeln. Er stützte die Hände auf die steinerne Balustrade und versuchte, den aufkommenden heftigen Atem zu beruhigen. Er spürte etwas Warmes auf seinem Handrücken. Es waren Carolas Finger. Sie schaute ihn mit ruhigem Blick an.

»Hast du heute Nacht die Französin getroffen?« Er nickte. Ihre Augen begannen zu leuchten. Das milde Licht, das ihm aus dem Gesicht der Kollegin entgegenstrahlte, tat ihm gut. Sie beugte den Kopf zu ihm. »Ich wünsche dir das Glück, das du verdienst, Martin.« Dann küsste sie ihn auf den Mundwinkel. Er hatte das Gefühl, er müsste Carola gar nichts von dieser unglaublichen Nacht erzählen, sie wüsste schon alles. Sie legte noch einmal ihre Finger auf seine Hand, drückte sie kurz, und wandte ihren Blick wieder nach vorne in Richtung Garten und Wasserfontänen. In derselben Sekunde war sie wieder die voll konzentrierte Polizistin. Ihre Haltung erinnerte Merana an den Ausdruck der schwarzen Pantherkatze, den sie gestern

Abend hatte, als sie mit fiebrigen Augen die Fäuste auf seine Schreibtischplatte gestemmt, den Kopf nach vorne gereckt hatte. Die Wildkatze an seiner Seite witterte Beute, war zum Sprung bereit. Die zunehmende Wärme setzte ihm zu. Die Sonne war längst über das Dach des Schlosses gestiegen. Sein Kopf glühte unter der doppelten Belastung von Perücke und Baseballkappe.

09.30 Uhr
Sie verließen die Balustrade, stiegen hinunter auf die Ebene des Schlosses und arbeiteten sich gemäß Plan langsam bis zur Mitte des Parterres vor. Immer wieder blieben sie stehen, machten Fotos und kontrollierten dabei unauffällig die Umgebung. Es würde schwer sein, den Erpresser schon vorher auszumachen. Nahezu unmöglich. Es war ein strahlender Sonntagmorgen. Die Anzahl der Touristen und Gartenbesucher war beträchtlich. Drei der anderen Teams hatten der Kommissar und die Chefinspektorin längst ausgemacht.

09.40 Uhr
Zeit für den Auftritt von Team 5. Sie blickten zum Osteingang. Wie aufs Stichwort erschienen zwei Männer in Arbeitskleidung. Sie hatten eine Schubkarre bei sich, dazu zwei Spaten, einen Rechen und eine Heckenschere. Sie stellten die Karre etwa 20 Meter entfernt von jener Bank ab, über der die Marmortafel mit dem Gedicht an der Wand hing. Merana musste schmunzeln. Revierinspektor Fritz Kraller und Abteilungsinspektor Gerhard Siebenstatt waren passionierte Hobbygärtner. Sie hatten sich sofort bereit erklärt, die Rolle der Gartenbetreuer zu übernehmen. Bis auf den Balkontomatenzüchter Holger Fellberg war sonst niemand in der Einsatztruppe, der auch nur einen Schimmer von Gartenarbeit hatte. Man sah den beiden von

Weitem an, dass sie Spaß an ihrer Beschäftigung hatten. In aller Ruhe begannen die verkleideten Polizisten, die Erde einer Blumenreihe neben dem Spazierweg aufzulockern. Auf dem Rasen lag ein kleiner Sack mit Spezialdünger. Merana schaute unauffällig auf die Uhr.

09.51 Uhr

Allmählich spürte er ein Kribbeln in den Fingern und im schwitzenden Nackenbereich. Er war sicher, dass es allen anderen Einsatzteams auch so erging. Noch neun Minuten bis zum vereinbarten Übergabezeitpunkt. Kurz nach zehn würden Helfer des Blasmusikverbandes damit beginnen, Stühle für die Musiker aufzustellen. Das Promadenkonzert fand auf der gegenüberliegenden Seite der Gartenanlage statt. Würde der Erpresser die Ablenkung durch das Spektakel des Open-Air-Konzerts nützen, um sich möglichst unbeobachtet dem Mistkübel neben der Gartenbank zu nähern? Aber dann blieb das Geld mindestens eine halbe Stunde unbewacht. Würde er das riskieren? Das Konzert begann erst um 10.30 Uhr. Wenn er die Ablenkung durch die Bläser nützen wollte, warum hatte der Erpresser den Übergabezeitpunkt nicht später angesetzt? Oder passierte außer dem Konzert noch etwas im Garten, das sie nicht in Erfahrung gebracht hatten? Merana und die Chefinspektorin sahen sich neugierig um, wie zwei Touristen, die einander auf die vielen wunderbaren Details in dieser Anlage aufmerksam machten. Die Fontänen des Springbrunnens in der Mitte des Großen Parterres hatten sie schon gebührend bewundert und jeweils ein Foto nach allen Richtungen gemacht. Jetzt zeigten sie einander die Figuren auf den Sockeln, die Gestalten aus der griechischen Sagenwelt. *Paris und Helena. Hades und Persephone.* Und gleichzeitig scannten ihre Augen jede Person in ihrer näheren Umgebung.

09.56 Uhr

Das Kribbeln wurde stärker. Von der Südseite näherte sich ein Mann in hellem Sommeranzug. Viktor Lagler. Er hielt eine große längliche Rolle unter den Arm geklemmt. Sie erinnerte aus der Entfernung an die Verpackung einer Whiskeyflasche. Der Werksleiter wandte sich nach rechts, schlenderte langsam den Weg entlang. Sie hatten vereinbart, außer in zuvor festgelegten Ausnahmefällen, keine Kommunikation über Funk zu führen. Sie mussten davon ausgehen, dass der Erpresser einen Funkscanner im Einsatz hatte. Auch ohne gegenseitige Verständigung würde die Aufmerksamkeit der einzelnen Teams in diesen Sekunden auf Viktor Lagler gerichtet sein, der sich langsam dem Zielpunkt näherte.

09.58 Uhr

Team 4, das waren Abteilungsinspektor Braunberger und Gruppeninspektorin Marietta Staller, erhob sich wie vereinbart von der Parkbank unter der Marmortafel, wo sie bis jetzt mit Stadtführern in den Händen gesessen waren. Nun war die Sitzgelegenheit frei.

09.59 Uhr

Der Werksleiter blieb plötzlich stehen. Merana beobachtete den Mann aus den Augenwinkeln. Viktor Lagler schaute zur Bank. Auf dieser hatte eine Frau mit Strohhut und großer Umhängetasche Platz genommen. Sie hatten Lagler eingeschärft, auf keinen Fall seinen Weg zu unterbrechen. Für den Fall, dass sich jemand nach dem Abgang der beiden Polizisten auf die Bank setzen würde, sollte er dennoch ungehindert seinen Auftrag erledigen. Auch wenn Merana gut 30 Meter von Lagler entfernt war, konnte er die Angst des Betriebsleiters förmlich riechen. Hoffentlich fängt er nicht über Funk zu reden an, dachte

Merana. Sie waren knapp vor dem Ziel. Nur jetzt keine Panne! Eine stämmige Frau mit einem Stadtplan trat rasch auf Lagler zu und fragte ihn offenbar nach dem Weg. Das war Mathilde Zauner. Gott sei Dank, der Notfalleinsatz von Team 7 funktionierte wie aus dem Lehrbuch. Der Kommissar war erleichtert. Die Gruppeninspektorin sollte Lagler bei etwaigen Zwischenfällen dazu bringen, seinen Weg fortzusetzen.

10.00 Uhr
Der im Erpresserbrief ausgewiesene Zeitpunkt für die Deponierung des Lösegeldes war erreicht. Doch der Überbringer stand noch gut 15 Meter vom Übergabeort entfernt. Noch immer saß die Frau mit der großen Tasche auf der Bank. Mathilde Zauner bedankte sich mit großer Gestik bei Viktor Lagler für die Auskunft. Sie klopfte ihm auf die Schulter. Die joviale Geste sah von Weitem aus, als schubse sie ihn ein wenig an. Der Werksleiter setzte sich wieder in Bewegung. Merana und die Chefinspektorin atmeten durch.

10.03 Uhr
Lagler nahm auf der linken Seite der Parkbank Platz. Dort stand der große Müllkorb. Die Frau neben ihm kramte in ihrer großen Umhängetasche. Unauffällig ließ Lagler die Rolle in den Mistkübel gleiten. Dann erhob er sich rasch und verschwand in Richtung Mirabellplatz. Wenn die Frau auf der Bank nicht die Erpresserin war, sondern eine harmlose Besucherin, konnte sie dennoch die große Rolle in der offenen Mülltonne bemerken. Wenn sie das Paket an sich nahm oder gar dem Herrn, der eben neben ihr gesessen war, nachtrug, dann war die ganze Aktion den Bach hinuntergegangen. Idiotischer Plan, dachte Merana. Idiotischer Übergabeort. Aber den hatten ja nicht sie gewählt,

sondern der Erpresser. Ihnen blieb nur, abzuwarten, was passierte. Die Frau auf der Bank hatte offenbar gefunden, was sie suchte. Sie setzte sich eine Sonnenbrille auf, drehte langsam den Kopf nach links. Auf dieser Seite stand der Kübel. Sie schaute in Richtung Landestheater. Wenn sie jetzt nach unten blickte, dann würde sie die große Rolle, die im offenen Behälter lag, sicherlich entdecken. Merana spürte, wie die Chefinspektorin neben ihm die Luft einsog und den Atem anhielt. Aber die Aufmerksamkeit der Frau wurde mit einem Mal von etwas abgelenkt, das auf ihrer rechten Seite passierte.

10.04 Uhr

Merana und die Chefinspektorin trauten ihren Augen nicht. Durch den Osteingang strömten überlebensgroße Pinguine. Mindestens 20 an der Zahl. Auch die Frau auf der Parkbank schaute verwundert auf die merkwürdigen Gestalten. Knapp zwei Dutzend Ordensschwestern in schwarz-weißem Habit umringten sie. Eine der Nonnen deutete auf die Mauer hinter ihrem Rücken. Dann flötete sie mit weicher Stimme: »Und hier, liebe Schwestern, ist die von mir schon im Bus angekündigte Tafel mit dem wunderbaren Gedicht von Georg Trakl.« Die Schar der Ordenstrachtträgerinnen machte geschlossen einen Schritt nach vorn. Die Dame auf der Parkbank murmelte eine Entschuldigung, sprang hoch und verließ fluchtartig den Platz. Soviel Merana erkennen konnte, hatte sie nicht die Rolle aus dem Kübel geholt. Aber durch die Gruppe der Klosterschwestern war ihnen die Sicht verstellt. Er blickte zu Team 5. Die beiden Gartenarbeiter hatten sich inzwischen an der Mauer zu schaffen gemacht, reinigten die Oberfläche von Moos und Beschmutzung. Von ihrem neuen Standort aus hatten sie bessere Sicht auf Bank und Müllbehälter. Gerhard Siebenstatt hielt die Baumschere in die Höhe. Merana verstand das Zeichen. *Baumschere* bedeutete, dass das Lösegeld noch da war. *Spaten* war das Zeichen für das Fehlen der Rolle. Der Kommissar war beruhigt. Im zylinderartigen Behälter befand sich zwar nur Falschgeld. Und der doppelte Boden war mit einem Peilsender ausgestattet. Aber es war ihm lieber, zu wissen, wo sich die Rolle befand. War die Frau mit der Umhängetasche nur zufällig auf der Bank gesessen, oder hatte das plötzliche Auftauchen der Nonnen den Plan durcheinandergebracht? Die Frau bewegte sich in raschen Schritten auf das Schloss zu. Dort wartete Team 4 auf Anweisung. Merana umarmte Carola. Das war das Zeichen, nicht einzugreifen. Er sah, wie Otmar Braunberger sich wieder in den Stadtführer vertiefte und die Frau passieren ließ. »Ach schau doch, Liebling, wie hübsch!«, zirpte Carola und wies nach links. Dort marschierten die ersten Sesselträger auf und positionierten die Stühle für die Blasmusik.

10.07 Uhr
Meranas Unruhe wuchs. Er schaute wieder auf die andere Seite der Anlage. Noch immer umstanden die Klosterschwestern die Parkbank. Ein schneller Blick zu Team 5. Kein Spaten. Alles in Ordnung. Die Rolle war noch im Behälter. Was tat sich auf der anderen Seite? Die Traube der Besucher, die sich um die Stühle scharten, wurde dichter. Auf dem Weg vom Schloss her kam eine große Gruppe von Leuten in Tracht. Sie trugen Notenständer und Instrumentenkoffer.

10.09 Uhr
In das Rudel der Pinguine kam Bewegung. Die Schwester mit der wohltönenden Stimme hatte ihre Ausführungen über Georg Trakl beendet und strebte dem Schloss zu. Die

anderen Nonnen folgten, aufgeregtes Geschnatter begleitete ihren Gang.

Die Bank war unbesetzt. Auf dem Weg, den auch Lagler vom Südeingang genommen hatte, näherten sich zwei Männer in kurzen Hosen und Sandalen, steuerten langsam auf die Bank zu. Würden sie das Lösegeld aus dem Kübel holen?

Die Chefinspektorin stieß Merana am Arm und wies nach links. Eine der Nonnen war etwas hinter der Gruppe zurückgeblieben. Sie wandte ihren Kopf schnell nach allen Seiten. Dann hob sie die Schöße ihres Rocks ein wenig hoch und eilte zurück zur Bank. Sie fuhr mit der rechten Hand in den Kübel, fischte die Rolle heraus, klemmte sie unter den Arm und machte kehrt. Mit schnellen Schritten bog sie in den Osteingang. Merana hob das Handgelenk mit dem Mikrofon an der Armbanduhr zum Mund. »Zugriff! Team 2! Die Klosterschwester!« Die beiden Kriminalpolizisten Fellberg und Hodler ließen ihre Klaviernoten auf den Boden fallen und starteten los. Sie griffen nach der Ordensfrau in der schwarz-weißen Tracht.

»Halt, Polizei!« Sie packten die Gestalt an den Armen, entrissen ihr die Rolle. Die Nonne sackte in die Knie, der Schleier rutschte nach hinten.

»Das ist ein Mann!«, rief Fellberg verwundert.

Und Odilo Mittermeier ahnte, dass etwas schief gelaufen war. Von den vielen beschissenen Tagen, die er in seinem Leben schon erlebt hatte, würde dieser strahlende Sonntag wohl zu den beschissensten gehören.

Sie hatten ihn vier Stunden verhört. Auch wenn sich seine Geschichte absonderlich anhörte, war Merana mit zunehmender Dauer der Vernehmung davon überzeugt, dass der Mann die Wahrheit sprach. Es war ihnen nicht gelungen, den Erpresser festzunehmen. Sie hatten den Kurier erwischt. Und der wusste nicht einmal, welche Rolle er spielte. Während Merana und Carola abwechselnd den Mann befragten, hatten Otmar Braunberger und eine Gruppe weiterer Kollegen begonnen, die Personaldaten und das Umfeld des Festgenommenen zu durchleuchten. Nun gewährten sie dem Mann eine Pause, ließen ihn mit Kaffee und Wasser versorgen. Essen wollte er nichts. Die Ordenstracht hatten sie ihm abgenommen. Er saß in kurzen Hosen und Unterleibchen im Vernehmungsraum und schüttete Kaffee in sich hinein. Merana befand sich mit Carola, Otmar und Thomas Brunner im Nebenzimmer.

Der Abteilungsinspektor fasste zusammen, was sie bisher über den Festgenommenen herausgefunden hatten »Der Mann heißt tatsächlich Odilo Mittermeier, 37 Jahre alt, wohnhaft in Linz. Sein Unternehmen ist zwar nicht im Handelsregister eingetragen, aber die Agentur *SAU* existiert. *Spezialisten für Aufträge unmöglicher Art.* Es gibt sogar eine eigene Homepage. Wir haben über seinen Webaccount auch den spärlichen Mailverkehr des Einmannunternehmens gelesen. Wir entdeckten zwar eine Kontaktaufnahme zwecks Beschaffung von Maturaaufgaben. Und wir stießen auch auf einen kuriosen Auftrag zum Verkauf eines Gemäldes. Aber wir fanden keine einzige Nachricht, die unseren Fall betrifft. Insofern hat es den Eindruck, als stimmten seine Angaben, dass es keinen Mailverkehr gab.«

»Vielleicht hat er die Nachrichten einfach gelöscht, um seine Geschichte glaubwürdiger zu gestalten?« Die Chefinspektorin schaute zum Chef der Tatortgruppe. »Ja, das könnte er natürlich getan haben. Um das zu überprüfen, brauchen wir seinen Rechner.«

Merana hatte schon mit der Staatsanwältin telefoniert. Die Kollegen in Linz würden sich um die Sicherstellung des Bürocomputers und weiterer Unterlagen kümmern.

»Vielleicht gab es aber auch keine Nachricht per Mail, weil in Wirklichkeit gar kein Auftraggeber existierte«, setzte Brunner hinzu. Merana schnellte vom Sessel hoch, ging im Zimmer auf und ab. Dabei schnaufte er wie ein Pferd, das lästige Bremsen verscheuchte. »Ich werde leider den Eindruck nicht los, dass die verrückte Story, die uns der Kerl seit vier Stunden erzählt, tatsächlich der Wahrheit entspricht. So absurd das auch klingt.«

Sein Auftraggeber, so hatte Mittermeier ihnen bei der Vernehmung erzählt, hatte ihn nicht per Mail, sondern mittels Brief kontaktiert. Schon im ersten Schreiben hatte der Absender angekündigt, dass es in der zu verhandelnden Angelegenheit keinen Mailverkehr geben dürfe. Ein solcher verstoße gegen die Regeln. Der in Aussicht gestellte Auftrag würde Mittermeier 3.000 Euro einbringen. Ein Drittel davon als Anzahlung, den Rest bekäme er nach erfolgreicher Erledigung. Wie der Absender anführte, gehöre er einem sehr exclusiven Zirkel an. Zweck dieser illustren Runde sei es, ungewöhnliche Wettbewerbe durchzuführen. Jedes Mitglied habe sich einmal im Jahr ein raffiniertes Spiel auszudenken, an dem alle anderen Clubmitglieder teilnahmen. Jeder Bewerb sei mit dem Gewinn einer enorm hohen Geldsumme verbunden. Der Absender führte in seinem Schreiben noch an, dass er sich von der Agentur *SAU* erwarte, Aufgaben jeglicher Art zu lösen. Schließlich seien die Mitarbeiter – gemäß Firmenphilosophie – Spezialisten für Aufträge unmöglicher Art.

Wenn die Agentur sich imstande sähe, den Auftrag zu übernehmen, so hätte als Zeichen des Einverständnisses binnen zwei Tagen in den *Oberösterreichischen Nachrichten* ein Kleininserat zu erscheinen: *Salomebildnis aus der Sammlung Raitenau um 1606 Euro anzubieten*. Verboten sei ferner nach den grundlegenden Spielregeln ihres Clubs die Existenz schriftlicher Aufzeichnungen. Die Agentur *SAU* habe also jedes Schreiben sofort nach Kenntnisnahme zu verbrennen.

»Und da begann in Ihrem Kopf nicht augenblicklich eine Alarmlampe zu blinken?« Merana hatte bei dieser Frage die flache Hand auf den Tisch geknallt. Ein Zeichen dafür, dass ihm der Schlafmangel der vergangenen Nacht ein wenig zu schaffen machte. Der Verhörte war über Meranas Ausbruch erschrocken, Tränen traten ihm in die Augen. »Nein, Herr Kommissar. Warum auch? Wissen Sie, wie viele reiche Spinner auf der Welt herumlaufen? Man hört doch immer wieder von exclusiven Geheimclubs, deren stinkreiche Mitglieder die absurdesten Unternehmungen aufführen, nur damit ihnen nicht fad wird. Das Einzige, was bei mir aufflackerte, war das Bild von 30 grünen 100-Euro-Scheinen! So eine Chance bekommt man nicht alle Tage! Noch am selben Tag habe ich das Inserat in Auftrag gegeben.«

Die Chefinspektorin beugte sich vor. »Und was, Herr Mittermeier, passierte mit dem Brief und dem Kuvert?«

Der selbst ernannte Einzelunternehmer sah sie erstaunt an. »Beides habe ich natürlich verbrannt. *Pacta sunt servanda*. Auch wenn meine Agentur noch im Aufstreben begriffen ist, halte ich mich an das eherne Prinzip, das für alle Unternehmer gelten sollte: Vertragstreue!«

Pacta sunt servanda. Verträge sind einzuhalten. Jetzt kommt der auch noch mit seinem Küchenlatein! Merana hielt es nur mehr schwer aus, sitzen zu bleiben. Sollte die Geschichte sich tatsächlich so abgespielt haben, dann hatte der hirnverbrannte Typ tatsächlich alle Beweise vernichtet, die ihm eventuell aus der Patsche halfen. Und die Polizei hatte weder Briefe noch Kuverts, um sie kriminaltechnisch auswerten zu können. Er schnaubte heftig. Carola Salman stellte die nächste Frage:

»Haben Sie wenigstens einen Blick auf den Poststempel geworfen? Wann und wo wurde der Brief aufgegeben?«

Der aufstrebende Kleinunternehmer zuckte nur hilflos mit den Schultern.

»Führte der Auftraggeber seinen Namen an?«

»Ja, der Brief war mit *Edler von Altenau* unterschrieben.«

Zwei Tage nach Erscheinen des Inserats hatte die Agentur *SAU* ein weiteres Schreiben erhalten. Der Brief enthielt ein Drittel der Auftragssumme als Anzahlung und genaue Anweisungen. Mittermeier hatte sich am Sonntag um zehn Uhr im Salzburger Mirabellgarten einzufinden.

»Sie meinen den heutigen Sonntag?« Mittermeier schüttelte den Kopf. »Nein, der Auftrag war für den vergangenen Sonntag.« So, wie Merana vermutet hatte. Auch im ersten Schreiben, das sie nicht kannten, war also der Sonntag als Übergabetermin gewählt worden.

»Der Auftrag war klar formuliert. Ich sollte mich kurz vor zehn Uhr im Mirabellgarten einfinden und beobachten, ob jemand im Mistkübel an der Parkbank mit der Gedichttafel ein Paket deponiert. In diesem Fall sollte ich das Paket sicherstellen. Andernfalls hätte ich sofort abzureisen und auf weitere Anweisungen zu warten.«

»Hat jemand ein Paket deponiert?«

Er schüttelte den Kopf und machte dabei eine traurige Miene. Er hatte wohl aus den Fragen des Kommissars geschlossen, dass die Polizei vom ersten Versuch am vergangenen Sonntag keine Kenntnis gehabt hatte. Wäre das Paket vor einer Woche deponiert worden, hätte er seinen Auftrag ungestört erledigen können. Mit dem Rest der versprochenen Summe hätte er sich drei Wochen Urlaub gegönnt. Dann säße er jetzt auf Mallorca an der Strandbar und nicht im Verhörzimmer der Salzburger Polizei. Was für ein beschissener Sonntag! Erneut wurden seine Augen feucht.

Die Chefinspektorin reichte ihm ein Papiertaschentuch. Er nickte dankend und schnäuzte sich lautstark hinein. Merana wartete, bis der Mann das Taschentuch im Papierkorb entsorgt hatte.

»Und dann kam eine neue Anweisung. Für diesen Sonntag?«

»Ja.«

Dann wiederholte Mittermeier noch einmal, was er schon zu Beginn der Vernehmung stotternd vorgebracht hatte. Gemäß neuem Auftrag, für den er weitere 1.000 Euro als Anzahlung erhalten hatte, musste er sich über einen Kostümverleih ein Nonnengewand besorgen. Die Anweisungen waren präzise. Infrage kam ausschließlich die Ordenstracht einer Augustiner Chorfrau. Heute Vormittag hatte Mittermeier, verkleidet als Nonne, kurz vor zehn Uhr in der Nähe des Osteingangs des Mirabellgartens zu warten. Eine Gruppe von Klosterschwestern würde erscheinen und die Gartenanlage betreten. Er sollte den Frauen in gebührendem Abstand folgen und sich ihnen unauffällig anschließen. Nach dem Vortrag an der Trakl-Gedenktafel hatte er zu überprüfen, ob dieses Mal das erwartete Paket in der Mülltonne liege und es gegebenenfalls an sich zu nehmen.

»Was hätten Sie danach mit dem sichergestellten Paket gemacht?«

»Laut ausdrücklicher Anweisung sollte ich die Rolle in ungeöffnetem Zustand mit nach Linz nehmen und auf weitere Anweisungen warten.«

Merana legte die Hände auf die Tischplatte, beugte sich vor, schaute dem Mann ins Gesicht.

»Und Sie erwarten, dass wir Ihnen diesen Schwachsinn abnehmen?«

Der Mann presste die Zähne zusammen, nickte mit kurzen Kopfbewegungen. Erneut begann er zu schniefen. Seine Mundwinkel zuckten.

Wenn Dummheit Kopfschmerzen verursachte, hätte der Kerl ein Dauerabo in der Apotheke, hatte Merana gedacht, als sie nach vier Stunden das Vernehmungszimmer verließen.

»Mag jemand Kaffee, ein Bier, Mineralwasser?« Sie saßen immer noch im Zimmer neben dem Verhörraum, schauten ab und zu auf den in sich zusammengesunkenen Mittermeier.

»Ich fürchte fast, Martin, ich muss dir beipflichten. Unser Klosterfrau-Double sagt wohl die Wahrheit. Oder er ist ein grenzgenialer Schauspieler. Aber das kann ich mir nicht vorstellen. Ihm fehlt die Fantasie, um sich so eine absurde Geschichte auszudenken. Sein Talent reicht gerade aus, um einer alten Lehrerin mit dem Umfragetrick ein paar Schulaufgaben abzuluchsen.«

Der Kommissar verschränkte die Arme hinter dem Kopf, lehnte sich weit zurück und starrte an die Decke, als stünde dort die Lösung geschrieben.

»Aber unserem Erpresser fehlt sie leider nicht, die Fantasie. Der hat den Deal schlau eingefädelt und sich in der Person von Mittermeier den idealen Idioten ausgespäht.

Funktioniert die Sache, hat er die zwei Millionen. Klappt sie nicht, bleibt er unbehelligt. Die dumme Polizei schaut durch die Finger, hat mit dem ertappten Nonnendarsteller ein Opferlamm in den Fängen, und der Strippenzieher im Hintergrund lacht sich ins Fäustchen.«

Er löste den Blick von der Decke, drosch sich mit den Fäusten auf die Oberschenkel und stand auf. »Ja, er ist schlau, unser Erpresser. Wir haben ihn unterschätzt. Und was mich am meisten wurmt: Der Kerl spielt mit uns.«

Die anderen schauten ihn fragend an.

»Ist euch das nicht aufgefallen? Das Inserat: *Salomebildnis aus der Sammlung Raitenau um 1606 Euro anzubieten*. Klingelt da nicht etwas?«

Die Chefinspektorin klatschte sich mit der Hand an die Stirn. »Natürlich. Salzburger Kulturgeschichte. Die Kaufmannstochter Salome Alt war die Geliebte von Erzbischof Wolf Dietrich von Raitenau. Mit ihr hatte der lebenslustige Kirchenmann nicht nur 15 Kinder, für sie ließ er auch das Schloss errichten.«

»Und zwar im Jahr 1606«, setzte der Abteilungsinspektor hinzu. Auch er hatte in der Schule aufgepasst. »Das Schloss trug ursprünglich auch den Namen der Bischofsmätresse und hieß *Altenau*. Daran erinnert unser geheimnisvoller Briefeschreiber durch seine Unterschrift *Edler von Altenau*.«

Merana applaudierte. »Und, liebe Vorzugsschüler, wie heißt das Schloss jetzt?«

»Mirabell«, kam es wie aus einem Mund.

Der Kommissar ließ sich auf den Stuhl plumpsen.

»Und so heißt auch die Firma, deren Mozartkugeln der Scheißkerl vergiftet. Dabei hat es einen Toten gegeben und vier weitere Opfer, die zum Glück überlebten. Doch solche menschlichen Kollateralschäden stören den Typen bei seinem perfiden Unternehmen offenbar wenig. Er knallt uns währenddessen seelenruhig historische Anspielungen vor die Nase wie bei der Millionenshow. Ja, er spielt mit uns.«

»Und bis jetzt hat er alle Joker in der Hand.« Thomas Brunner erhob sich. Er musste zurück zu seinem Team. Außerdem interessierte ihn, ob die Kollegen aus Linz in Mittermeiers Wohnung Brauchbares gefunden hatten. Die anderen drei blieben zurück. Es war still im Zimmer. Die Gewissheit, dass ihnen der Erpresser immer einen Schritt voraus war, lastete auf ihnen. Es gab keinen brauchbaren Anhaltspunkt, außer das in Grödig sichergestellte Schreiben. Sie würden Mittermeier noch mehrmals vernehmen. Vielleicht fiel ihm noch ein Detail ein, an das er sich in der Aufregung des ersten Verhöres nicht erinnert hatte. Vielleicht lieferte er ihnen irgendeinen Fingerzeig, der ihnen weiter half.

»Wo fangen wir an, Martin?« Die Chefinspektorin schaute den Kommissar an.

»Bei den Nonnen.« Sie hatten längst herausgefunden, wie es zum Besuch der geistlichen Schwestern im Mirabellgarten gekommen war. Südlich der Stadt, in der Gemeinde Elsbethen, gab es eine Gruppe von Nonnen, die dem Orden der *Augustiner Chorfrauen B.M.V.* angehörten. Die Abkürzung stand für *Beatae Mariae Virginis*. Die Schwestern wohnten im Kloster Schloss Goldenstein und führten dort auch eine Internatsschule. Seit zwei Tagen beherbergten sie Ordenskolleginnen aus Deutschland und der Slowakei anlässlich einer gemeinsamen Seminarwoche.

Der Besuch des Mirabellgartens war schon lange geplant. Er war Teil des Ausflugsprogramms, das für jeden ersichtlich auf der Homepage des Ordens nachzulesen war. Zwei Kollegen des Einsatzteams hatten die Nonnen noch in der

Gartenanlage befragt. Aber die Schwestern konnten nichts zur Aufklärung beitragen. Dass eine zusätzliche ›Ordensfrau‹ sich ihnen angeschlossen hatte, war ihnen im Eifer des Besuchs nicht aufgefallen.

Die Chefinspektorin öffnete die Website des Ordens. Aus dem angeklickten Tagesablauf war ersichtlich, dass am heutigen Sonntag nach der gemeinsamen Morgenmesse ein Ausflug in die Altstadt geplant war. Jeder Besichtigungspunkt war penibel angeführt.

Wir beginnen die Führung durch den Mirabellgarten um zehn Uhr an der Trakl-Gedichttafel.

»Laut Aussage der Nonnen steht das Programm seit gut einem Monat auf der Homepage.«

Merana nickte. »Ja, aber weder das Stadtmarketing noch der Magistrat hat davon gewusst.«

»Das war auch nicht nötig«, erwiderte Carola. »Die Nonnen waren privat dort. Es gab keinen Grund, sich wegen des Mirabellgartenbesuchs an offizieller Stelle anzumelden.« Der Kommissar stimmte zu. »Das ist richtig. Die Stadttouristiker hätten es wissen können, wenn zufällig einer der Mitarbeiter auf der Homepage des Frauenordens gesurft wäre. Aber warum sollte er das tun? Dafür gibt es keinen schlüssigen Grund. Deshalb frage ich mich: Warum kannte unser Erpresser den Eintrag auf der Homepage? Ist er zufällig darauf gestoßen oder hat er in irgendeiner Form mit dem Orden zu tun?«

»Du meinst, er oder sie könnte aus der Ordensverwaltung sein? Oder sonst irgendwie mit der katholischen Kirche in Verbindung stehen?«

»Ja, lasst uns das Gedankenspiel noch weiterspinnen. Welche Personen außerhalb der Kirche könnten noch Interesse an einem Frauenorden haben?«

»Journalisten, die für eine bestimmte Story recherchieren ...«

»Historiker ...«

»Genderbeauftragte ...«

»Restauratoren. Alle Personen, die sich mit alten Bausubstanzen wie Schlössern oder Klöstern beschäftigen ...«

»Konzertveranstalter, die stimmungsvolle Räumlichkeiten suchen ...«

Die Finger der Chefinspektorin flogen über die Tasten, sie notierte mit. Es klopfte.

Gruppeninspektorin Marietta Staller steckte den Kopf zur Tür herein. »Entschuldigung, darf ich kurz stören? Wir haben etwas Interessantes entdeckt.«

Merana bat die Kollegin herein. Staller ersuchte die Chefinspektorin, in einem für alle zugänglichen Ordner drei Fotos anzuklicken. Die Bilder wurden sichtbar. Alle Einsatzteams im Mirabellgarten waren dazu angehalten worden, nicht nur ständig nach eventuell verdächtigen Personen Ausschau zu halten, sondern auch so viele Aufnahmen wie möglich zu machen. Die geöffneten Fotos zeigten Besucher am Südeingang und auf einem der Wege in der Nähe des Springbrunnens. Die Gruppeninspektorin deutete auf eine bestimmte Stelle. »Kannst du das vergrößern, Carola?«

Die Chefinspektorin folgte der Aufforderung. Ein Pfeifen des Erstaunens war zu hören. Es kam aus dem Mund des Abteilungsinspektors.

»Sieh einer an, wen haben wir denn da?«

Er griff nach seinen Unterlagen und holte ein ausgedrucktes Foto hervor. Er hielt es dicht neben den Bildschirm.

»Was machte Edwin Farnkogel, in Unehren gefeuerter Marketingleiter der Firma *Mirabell,* heute kurz vor halb zehn im Salzburger Mirabellgarten?«

»Wir werden ihn danach fragen«, antwortete Meranas Stellvertreterin.

»Genau das werden wir. Carola, bitte check den Hintergrund des Herrn.« Dann wandte sich der Kommissar an Braunberger. »Otmar, kontaktiere noch einmal die Nonnen in Goldenstein. Vielleicht gab es in letzter Zeit den Anruf eines Journalisten oder die Anfrage eines Veranstalters. Bitte klopf alle Möglichkeiten ab.«

Zur zugeteilten Beamtin aus dem ›EB Vermögensabschöpfung‹ sagte er: »Gute Arbeit, Frau Kollegin. Bitte überprüft weiterhin alle Bilder. Falls der gute Herr Farnkogel noch auf anderen Fotos auftaucht, könnten wir ein Bewegungsprofil erstellen.«

Die Gruppeninspektorin setzte ein Lächeln auf. Das Lob des Kommissars war immerhin ein Pluspunkt. Den konnte sie gut brauchen. Dass sie ein Disziplinarverfahren bekäme, weil sie ihrem Geliebten gegenüber Ermittlungsdetails ausgeplaudert hatte, glaubte sie zwar nicht. Aber eine Kopfwäsche durch den Kripochef stand ihr sicher noch bevor. Sie verließ den Raum. Merana sah das Glänzen in den Gesichtern seiner beiden engsten Mitarbeiter. Ja, der Erpresser war ihnen einen großen Schritt voraus. Aber sie hatten alle drei das Gefühl, ihm ein paar Millimeter nähergekommen zu sein.

»Soll ich mich noch einmal um unseren Spezialauftrags-Agenten kümmern, Martin?«

»Danke, Carola. Fahr heim zu Hedwig. Das übernehme ich selbst.«

Merana gönnte Mittermeier noch eine halbe Stunde Pause, bevor er ihn erneut verhören wollte. In der Zwischenzeit versuchte er, Roberta am Handy zu erreichen. Es war ihm in den letzten Stunden nicht ganz gelungen, die Erlebnisse der vergangenen Nacht aus seinen Gedanken zu bannen, um den Kopf für die Ermittlungen frei zu haben. Zu stark war der Eindruck, den diese wunderbare Frau in ihm hinterlassen hatte. Er wählte zweimal ihre Nummer, aber sie hob nicht ab. Fünf Minuten später erreichte ihn eine Nachricht.
Muss noch arbeiten. Habe Hunger. Nach Omelette und dir! Komme gegen zehn Uhr in deine Haus. Embrassade.
Er fühlte, wie ihm heiß wurde. Am ganzen Körper. Die Vorstellung, Roberta bald bei sich zu haben, ihre Nähe zu spüren, machte ihn schwindlig. Ein Glücksgefühl breitete sich in ihm aus, schwemmte den Anflug von Müdigkeit weg, die allmählich in ihm emporkroch. Dann telefonierte er mit der Staatsanwältin und brachte sie auf den neuesten Ermittlungsstand. Wenn Mittermeier tatsächlich nur ein unwissender Kurier war, der keine Ahnung vom kriminellen Hintergrund seiner Aktion hatte, dann würden sie ihn nicht lange festhalten können. Fürs Erste blieb er aber im Gewahrsam der Polizei. Der Kommissar wechselte hinüber ins Vernehmungszimmer. Das Gesicht des Mannes hatte wieder mehr Farbe bekommen. Die erneute Befragung brachte nicht viel. Dieses Mal brach er wenigstens nicht in Tränen aus. Obwohl der Kommissar in allen wesentlichen Details noch einmal nachbohrte, konnte Mittermeier nichts Neues beitragen. Bevor Merana das Zimmer verließ, fiel ihm noch etwas ein. »Ich weiß, dass große Kostümverleihe meist gut bestückt sind. Aber ich stelle es mir dennoch schwer vor, unter allen möglichen Nonnentrachten ausgerechnet das Habit einer Augustiner Chorfrau im Fundus zu haben.«

Sein Gegenüber nickte eifrig. »Das ist auch schwierig, Herr Kommissar. Aber in dem Schreiben stand der Name einer bestimmten Kostümverleihfirma, an die ich mich wenden sollte. Die haben tatsächlich innerhalb von 36 Stunden das Gewünschte geliefert.«

Merana horchte auf. Hatte die Person, die hinter der Erpressung steckte, möglicherweise etwas mit Theater oder Karnevalsumzügen zu tun? Und kannte daher Kostümverleihe? Er fragte nach dem Namen der Firma.

»*Kostümverleih Allotria* in München.«

Merana machte sich eine Notiz. Wieder eine neue Spur, der sie nachgehen würden.

Bevor er ins Auto stieg, rief er in seinem Stammrestaurant an. »Ciao, Sandro, hast du *due sogliole* und etwas frischen Spinat für mich? Ich bin in einer Viertelstunde bei dir ... nein, ich brauche keinen Tisch. Ich habe einen Gast, der will von mir zu Hause bekocht werden.«

Er legte die beiden Seezungenfilets in die Auflaufform auf den Spinat, goss die mit Eidotter, Parmesan, Thymianmilch und Zwiebeln verquirlte Béchamelsoße darüber, gab noch Butter und die restlichen Käseflocken dazu, als er von der Straße einen Wagen abbiegen hörte. Das musste das Taxi sein, mit dem Roberta kommen wollte. Er schob die Form in das vorgeheizte Backrohr und stellte die Alarmuhr auf 15 Minuten. Dann ging er hinüber ins Wohnzimmer und füllte den vorbereiteten Limoncello in zwei Gläser. Gleich darauf läutete es. Er spürte, wie sein Herz vor Aufregung zu pochen anfing. Er öffnete die Tür seiner Wohnung im ersten Stock. »Ist offen!«, rief er. Gleich darauf waren das Öffnen der Haustür und das Klappern flacher Schuhe zu vernehmen. Sie lief über die Treppe herauf und flog ihm an den Hals. Er konnte gerade noch die beiden Gläser in Sicherheit bringen. Sie bedeckte sein Gesicht mit Küssen, als wolle sie ihn verspeisen. Dann suchte sie seine Zunge und öffnete den Mund. Mitten in der leidenschaftlichsten Umarmung stoppte sie plötzlich und begann zu schnuppern. »Das riecht verführerisch. Was duftet da aus der *cuisine*, mon amour?«

»Sogliola alla fiorentina!«

Sie klatschte in die Hände wie ein kleines Kind. »Oh, ich liebe *les épinards*!«

Sie griff nach dem Limoncello, zwinkerte ihm zu, nahm einen großen Schluck, schlüpfte aus ihren Sandalen und eilte in die Küche. Wie immer hatte Sandro Calvino nur allerbeste Ware in seinem Angebot. Die Seezunge war ein Gedicht. Die Französin lobte auch den Koch. »In Frankreich wir würden sagen: Du bist ein *Cordon-Bleu*. Ein fabelhafter Koch!« Er fragte, ob sie ein Dessert wolle. Ihr Gesicht war ein einziges Strahlen. »Oui, mon chéri. Dich!«

Ihr Liebesspiel war dieses Mal weniger wild als in der Nacht davor. Sie versuchten, einander durch Zärtlichkeit besser kennenzulernen. Sie achteten darauf, wie der andere auf Berührungen an bestimmten Stellen reagierte, schmiegten sich immer wieder aneinander. Waren glücklich, wenn ihr Atem und ihre Bewegungen im selben Rhythmus ineinanderflossen. Gleich darauf steigerten sie sich zum gemeinsamen Höhepunkt, keuchten und tobten, bis sie nebeneinander erschöpft zum Liegen kamen. »Heute, *les canards* sind nicht geflohen vor uns«, flüsterte sie und küsste zärtlich seinen Hals. Er musste lachen. Hier gab es keine Enten wie im Wasserbassin von Hellbrunn. Allenfalls hätte seine Vermieterin, die im unteren Stock wohnte, aufschrecken können. Aber die war auf Besuch bei ihren

Kindern. Roberta legte den Kopf auf seine Brust. So schliefen sie ein. Als Merana nach zwei Stunden wach wurde, spürte er immer noch ihre Wange auf seiner Haut. Vorsichtig zog er seinen Arm unter ihrem Hals durch, bettete ihren Kopf auf das Kissen. Die Vorhänge waren offen. Im schwachen Mondlicht konnte er die Konturen ihres Körpers ausmachen. Sanft strich er mit den Fingern über ihren Rücken, ließ die Hand die Wölbung am Gesäß hinaufgleiten. Dann drückte er einen leichten Kuss auf beide Pobacken und wälzte sich vorsichtig aus dem Bett. Er trat auf den Balkon. Der Mond war zu Dreiviertel voll. Eine leichte Brise strich durch den Garten. Das schwache Rauschen der Blätter klang wie leises Flüstern. Er schaute zurück zum Bett. Der Anblick der schlafenden Frau berührte ihn tief. Er hatte das Gefühl, als würde jede Zelle in seinem Körper singen. Er konnte sich nicht erinnern, wann er zuletzt jemanden so lieb gehabt hatte. Dabei kannte er Roberta erst seit zwei Tagen. Tränen drangen in seine Augen. Er musste an Franziska denken, seine verstorbene Frau. Die hatte er geliebt. Das war etwas Wunderbares gewesen, unwiederbringlich. Er trug die Erinnerung an sie immer noch mit sich herum. Aber das mit Roberta war anders. Ganz anders. Das Märchen vom *Froschkönig* fiel ihm ein. Am Schluss der Geschichte zerplatzen dem Diener Heinrich mit mächtigem Getöse die eisernen Bande, die sein Herz eingeschnürt hatten. Genauso fühlte sich Merana. Als wären Eisenreifen in ihm zersprungen. Seine Wangen wurden feucht. Er ließ die Tränen rinnen, drehte das Gesicht in die Nacht, spürte den Wind auf seiner Haut. Dann ging er zurück zum Bett, deckte Roberta mit einem Leintuch zu und schlüpfte zu ihr unter die Decke.

7. TAG

AGITATO
(UNRUHIG, BEWEGT)

Das Summen des Radioweckers schreckte ihn auf. Er tastete mit der Hand auf die andere Seite des Bettes. Seine Finger erfassten nur das Leintuch. Roberta stand in der Küche. In der Pfanne auf dem Herd brutzelten Eier und Käse. Sie kramte in seinem Gewürzregal.

»Bon jour, Monsieur le Commissaire. Hast du gut geschlafen? Du musst kaufen neue Paprika. Ich finde nicht.«

Er küsste sie auf den Hals. Dann nahm er ein Glas mit frischem Dill vom Fensterbrett und stellte es ihr hin.

»Voilà, auch gut.«

Während sie in der Küche saßen, Rühreier mit Käse verspeisten und frisch gepressten Orangensaft tranken, läutete Meranas Handy. Es war Carola. Sie hatte Edwin Farnkogels Frau erreicht. Ihr Mann würde heute um elf Uhr im Salzburger *Mozarteum* sein, um den gemeinsamen Sohn von der Klavierprobe abzuholen.

Roberta hatte das Gespräch mitbekommen.

»Du musst heute in die *Mozarteum*?«

»Ja, und vorher noch ins Präsidium.«

Sie blickte auf die Uhr, erschrak leicht. »Oh, so spät. Ich muss zurück, très vite!«

»Ich rufe dir ein Taxi.«

Sie trafen sich um neun Uhr zu einer kurzen Besprechung, Merana, Braunberger, Carola und Thomas Brunner. Der Chef der Spurensicherung begann mit seinem Bericht.

»Wir haben bis jetzt mit der Unterstützung von zehn Labors knapp die Hälfte aller sichergestellten Mozartkugeln untersucht. Es waren Gott sei Dank keine weiteren vergifteten darunter. Die Giftmengen, die wir in den behandelten Kugeln aus dem Geschäft am Waagplatz und den beiden Supermärkten fanden, waren vom Anteil her alle ein wenig unterschiedlich. Im Schnitt zwischen 15 und 20 Milligramm pro Kugel.«

»Was schließt du daraus, Thomas?«

»Dass es der Täter mit der Dosis nicht allzu genau nahm, oder dass verschiedene Personen die Kugeln kontaminiert haben.«

Merana wandte sich an die Chefinspektorin. »Haben die Auswertungen der Videobänder aus den beiden Supermärkten einen Hinweis erbracht?«

Carola schüttelte den Kopf. »Das Team ist noch lange nicht durch. Das Material ist sehr umfangreich. Ich war selber immer wieder am Durchsehen beteiligt. Insgesamt haben wir bis jetzt aus beiden Supermärkten die Bänder von jeweils vier Tagen gecheckt. Wir bleiben dran.«

Dann informierte der Kommissar die anderen über Mittermeiers zweite Vernehmung vom gestrigen Abend. »Wer kann der möglichen Spur mit dem Kostümverleih nachgehen?«

Abteilungsleiter Braunberger hob die Hand. »Das macht der Fährtenhund, wie mein geschätzter Chef mich gerne zu bezeichnen geruht. Aber zuerst muss ich meine Schnauze in Klosterluft stecken, um zu wittern, ob bei den Ordensschwestern etwas faul ist.« Die anderen lachten. Dann erhoben sich alle und verließen den Raum.

Als Merana zusammen mit Carola in der Schwarzstraße aus dem Dienstwagen stieg, musste er unwillkürlich an das Fest *100 Jahre Mozarteum* denken, an dem er vor nicht allzu langer Zeit teilgenommen hatte. Damals hatte die *Stiftung Mozarteum* zu einem Tag der offenen Tür gebeten. Viele Tausende Besucher waren dieser Einladung gefolgt. Das Stiftungsgebäude, ein Jugendstilbau aus dem Jahr 1914, schloss sich direkt an den links gelegenen *Großen Saal* des *Mozarteums* an. Es beherbergte den kleineren *Wiener Saal*, die Direktions- und Verwaltungsbüros sowie einige Probenräume. Als der Kommissar die große Tür am Eingang aufstieß, blieb er überrascht stehen. Er blickte in das lachende Gesicht jener Frau, mit der vor gut drei Stunden noch gefrühstückt hatte.

»Bon jour, Monsieur le Commissaire. Keine Angst, ich verfolge dich nicht.« Sie küsste ihn auf die Wange und reichte der Chefinspektorin die Hand. »Ich bin in diese Haus, um zu prüfen eine neue Drehort.« Zur Bestätigung klopfte sie auf die umgehängte Filmkamera. Merana blickte sie skeptisch an. »Davon hast du mir gar nichts erzählt.« Ihre Augen schauten treuherzig. »Manchmal es ändern sich die Pläne, chéri.« Sie nahm die Kamera auf die Schulter und stieg langsam die Treppe hinauf. Der Kommissar warf einen kurzen Blick auf seine Stellvertreterin. Die konnte sich ein amüsiertes Lächeln nicht verkneifen. In der Verwaltung erfuhren sie, dass Luca Farnkogel bei Frau Professor Cesaria Bellington im Klaviersaal 4 Unterricht hatte. Als sie sich dem angegebenen Zimmer näherten, hörten sie lautes Geschrei. Eine brüllende Männerstimme war zu vernehmen. Gleich darauf flog die Tür auf, und ein etwa zwölfjähriger Junge stürzte heraus. Er lief auf sie zu. Hinter dem Buben erschien in der Türöffnung ein großer Mann. Das kurz geschorene graue Haar verlieh ihm ein militärisches Aussehen. Das Gesicht war wutverzerrt. »Luca! Du kommst auf der Stelle zurück!« Die zornige Stimme des Mannes ließ den Zwölfjährigen innehalten. Tränen schossen ihm in die Augen. Dann presste er die Lippen zusammen und stapfte verbissen weiter. Der Grauhaarige setzte sich in Bewegung. In der offenen Tür tauchte eine weitere Gestalt auf, eine kleine dunkelhaarige Frau. Ihr Gesicht war besorgt. Der Hüne hatte den Jungen erreicht, riss ihn an der Schulter herum und versetzte ihm eine heftige Ohrfeige. Der Bub taumelte. Der Mann holte erneut zum Schlag aus.

»Aufhören!« Mit zwei Schritten überbrückte Merana die Distanz und blockierte den Arm des Mannes.

»Sind Sie verrückt? Was erlauben Sie sich!« Inzwischen war die dunkelhaarige Frau herbeigeeilt und nahm den zitternden Buben in den Arm.

»Finger weg von meinem Sohn! Sorgen Sie lieber dafür, dass er den Wettbewerb gewinnt!« Dann wirbelte er herum, versuchte, den Kommissar am Kragen zu fassen.

Der stoppte ihn mit einer Handbewegung.

»Wir sind von der Polizei! Und Sie beruhigen sich jetzt augenblicklich!«

»Einen Dreck werde ich!« Aus den Augen des Grauhaarigen blitzte die Wut.

Ein Mädchen, etwa gleich alt wie der Junge, war am Treppenaufgang erschienen und erschrocken stehen geblieben.

»Wir möchten mit Ihnen reden, Herr Farnkogel. Und zwar auf der Stelle.«

»Aber ich nicht mit Ihnen! Ich muss meinen Sohn nach

Hause bringen. Der hat zu üben!« Erst jetzt bemerkte er die Französin, die immer noch die Kamera geschultert hatte. Seine Wut explodierte! »Was fällt dir ein, du verdammte Fernsehzicke! Mich ungefragt aufzunehmen!« Wie ein Stier stapfte er auf Roberta zu. »Ich habe nicht gefilmt!«, schrie die Französin. Merana wollte den Hünen an der Schulter fassen, doch der stieß ihn zurück. Noch ehe er die Kamerafrau erreicht hatte, fühlte der Grauhaarige sich zurückgerissen. Die Chefinspektorin hatte ihn am Arm gefasst. Mit einem Aikidogriff bog sie ihm die Hand auf den Rücken. Der Mann ging stöhnend in die Knie. »Herr Farnkogel, der Stoß gegen meinen Kollegen war ein tätlicher Angriff gegen einen Polizeibeamten im Einsatz. Sie sind vorläufig festgenommen.«

Aus dem vor Schmerz stöhnenden Mund des Mannes quollen ein paar unverständliche Sprachbrocken, die sich nach ›du blöde Fotze‹ anhörten. Die Klavierlehrerin hielt den bebenden Luca im Arm. Der schaute zur Treppe. Dort stand immer noch das Mädchen. Der Schreck im Gesicht der Kleinen war einem Ausdruck der Erleichterung gewichen.

Merana hatte die Kollegen von der nahe gelegenen Polizeiinspektion Rathaus verständigt. Die legten dem wild protestierenden Farnkogel Handschellen an und verfrachteten ihn in den Einsatzwagen. Merana setzte sich zu ihm auf die Rückbank. Carola hatte sich des Jungen angenommen, um ihn nach Haus bringen. Der war die ganze Fahrt über mit zusammengepressten Lippen neben ihr gesessen, ohne ein Wort zu sagen.

»Ist deine Mutter zu Hause?« Er schüttelte den Kopf.

»Ist sie in der Arbeit?« Ein schwaches Nicken war zu erkennen. Durch ihre Recherche zum Umfeld von Edwin

Farnkogel wusste Carola, dass die Mutter in einem Krankenhaus arbeitete.

»Soll ich dich zu ihr bringen?« Wieder schüttelte der Junge den Kopf, dieses Mal heftiger. Nach einer Fahrt von 20 Minuten erreichten sie eine Siedlung im Süden der Stadt. Das kleine gelbe Haus war das vierte in einer Reihe von ähnlich aussehenden Gebäuden.

»Soll ich mit hineinkommen, Luca?«

Er schüttelte den Kopf. »Danke, es geht schon.« Zum ersten Mal hörte sie seine Stimme. Sie klang angeschlagen, leise.

»Dann alles Gute.« Sie drückte ihm ihre Visitenkarte in die Hand. »Du kannst dich jederzeit bei mir melden. Ich werde deine Mutter verständigen.« Er nickte, ging durch den kleinen Vorgarten schnell auf das Haus zu. Carola sah ihm noch nach, bis er den Schlüssel aus der Tasche genestelt hatte und aufschloss. Dann wendete sie den Wagen. Martin würde sie bei der Vernehmung nicht brauchen. Sie wollte zurück ins *Mozarteum*, um sich mit der Klavierlehrerin zu unterhalten. Außerdem hatte sie das Gefühl, den Jungen schon einmal gesehen zu haben. Es fiel ihr nur nicht ein, wo. Vielleicht ergab sich aus dem Gespräch mit der Professorin dazu ein Hinweis.

Zehn Minuten, nachdem die Polizistin ihn heimgebracht hatte, läutete es. Wie in Trance erhob Luca sich vom Stuhl, auf dem er seit seiner Ankunft regungslos gesessen war. Er öffnete die Eingangstür. Draußen stand das Mädchen aus dem *Mozarteum*. Der Bub drehte sich weg. Sein Oberkörper wurde von einem leichten Beben geschüttelt. Das Mädchen trat ein, schloss die Tür. Dann fasste es den Jungen sanft an der Schulter und nahm ihn in die Arme.

Edwin Farnkogel hatte anfangs noch im Streifenwagen herumgebrüllt. Nachdem Merana dessen Ausbrüche nur mit

Schweigen quittierte, hatte der Mann es schließlich aufgegeben, weiter zu toben. Den Rest der Fahrt hatte er nur aus dem Fenster gestarrt. Nun saß Farnkogel im Vernehmungszimmer dem Kommissar gegenüber. Man hatte ihm mit dem Hinweis die Handschellen abgenommen, beim ersten Anzeichen von Aggression sie ihm augenblicklich wieder anzulegen. Allmählich dämmerte dem Mann seine Situation. Er saß in einem Vernehmungszimmer der Polizei. Man warf ihm vor, einen Polizisten bei der Ausübung dessen Dienstes tätlich angegriffen zu haben.

»Diese Frau hatte kein Recht, mich oder meinen Sohn ohne Zustimmung zu filmen.«

»Nein, hatte sie nicht. Deswegen wäre sie auch nie auf die Idee gekommen, ohne Ihre Einwilligung die Kamera einzuschalten. Frau Hirondelle gehört einem Filmteam an, das zurzeit eine TV-Dokumentation in Salzburg dreht. Ihre Anwesenheit im *Mozarteum* hatte mit Ihnen nichts zu tun.«

»Woher hätte ich das wissen sollen?«

»Sie hätten ganz einfach fragen können.«

»Ich war ein wenig aufgebracht.«

»Das haben wir mitbekommen. Es erwartet Sie auch noch eine Anzeige wegen körperlicher Gewalt gegen einen Minderjährigen.«

Er brauste auf. »Die Polizei soll sich lieber um das ausländische Gesindel kümmern, das in unserer Stadt herumlungert, anstatt sich in Privatangelegenheiten einzumischen. Wie ich meinem Sohn beibringe, dass er meinen Anweisungen zu gehorchen hat, ist immer noch meine Sache.«

»Ist es in diesem Fall nicht. Das wird Ihnen der zuständige Richter gern in aller Ausführlichkeit erklären.«

Wieder wollte er hochfahren. Der Kommissar schob

die Handschellen, die immer noch auf dem Tisch lagen, näher heran. Farnkogel stoppte seine Erwiderung. Er stierte dumpf vor sich hin.

»Was wollen Sie eigentlich von mir?«

»Waren Sie gestern im Salzburger Mirabellgarten?« Der Mann hob verwundert den Kopf. »Warum wollen Sie das wissen?«

»Beantworten Sie einfach meine Frage.«

Er zuckte mit den Schultern. »Kann schon sein.«

Merana legte ihm ein Foto vor. »Sie waren da. Diese Aufnahme wurde gestern um 09.27 Uhr gemacht. Sie sind deutlich darauf zu erkennen. Also, was wollten Sie in der Gartenanlage?«

Seine Stimme wurde lauter. »Spioniert ihr jetzt schon unschuldigen Bürgern hinterher? Mit welchem Recht macht die Polizei von mir Fotos?«

Merana ging nicht direkt auf die Frage ein. »Wir waren im Zuge bestimmter Ermittlungen vor Ort. Aber warum waren Sie da?«

Er schnaubte verächtlich. »Luca hatte von neun bis elf Uhr Probe im *Mozarteum*. Ich hatte ihn hingebracht.«

»Was haben Sie im Mirabellgarten gemacht?«

»Was schon? Mir die Beine vertreten. Ein wenig der Blasmusik zugehört.«

»Vielleicht auch das Traklgedicht auf der Steintafel gelesen?«

Seine Augen blickten verwundert.

»Was reden Sie da? Welches Gedicht?«

Auch darauf ging Merana nicht näher ein.

»Sie wurden vor vier Monaten von Ihrer Firma als Marketingleiter entlassen. Was war der Grund dafür?« Diese Frage überraschte ihn. Mehr als jene zum Traklgedicht.

»Das geht Sie gar nichts an! Warum schnüffeln Sie mir hinterher?«

»Man warf Ihnen Unregelmäßigkeiten bei bestimmten Abrechnungen vor. Sie drohten, Ihre Entlassung juristisch anzufechten. Wie ist der aktuelle Stand dieses Vorhabens?«

Jetzt konnte Farnkogel sich nicht mehr beherrschen. Er schnellte in die Höhe. Seine Augen wurden blutunterlaufen. »Jetzt reicht es aber endgültig. Ich wünsche auf der Stelle, meinen Anwalt zu sprechen. Wer aus der Geschäftsleitung meiner ehemaligen Firma steckt da mit der Polizei unter einer Decke? Wer aus diesem Intrigantenstadl, der mich aus dem Unternehmen mobbte, will mir noch zusätzlich etwas anhängen?«

Merana schob dem Mann seelenruhig das Handy über den Tisch, das sie ihm abgenommen hatten. »Rufen Sie Ihren Anwalt an. Und fragen Sie ihn auch gleich nach §83 Strafgesetzbuch. Körperverletzung und Gewalt gegen Kinder.« Er stand auf. »Richten Sie Ihrem Anwalt auch aus, dass es mir nichts ausmacht, alle drei Stunden eine Funkstreife zu Ihrem Haus zu schicken. Und ich lasse gerne Ihren Sohn Luca in regelmäßigen Abständen von einem Kinderarzt untersuchen.«

Dann verließ er den Raum.

Zwei Stunden später kam die Chefinspektorin zurück. Sie hatten Edwin Farnkogel inzwischen entlassen. Sein Anwalt hatte ihn abgeholt. Carola berichtete, dass sie Luca nach Hause gefahren und sich anschließend noch lange mit der Klavierlehrerin unterhalten hatte. Der Junge sei seit sechs Jahren bei ihr. Sie hätte noch nie einen derart begabten Schüler gehabt.

»Luca ist ein Ausnahmetalent, wie man ihn unter Tausenden nur einmal findet. Du hättest die Lehrerin sehen sollen, Martin, wie sie von ihrem Schüler schwärmte.

Anfangs sei er auch immer mit großer Begeisterung in die Stunde gekommen. Doch das hatte sich bald geändert. Schuld ist der Vater. Der macht dem Kind enormen Druck. Der Kerl ist von Ehrgeiz zerfressen, will aus seinem Sohn unbedingt einen Starpianisten machen. Manchmal sei der Junge in der Klavierstunde nur da gesessen, unfähig, auch nur einen einzigen Ton zu spielen. Sie habe erfahren, dass der Vater den Jungen oft stundenlang im Zimmer einsperrt, wenn er das Gefühl hat, Luca übe zu wenig. Dann musste das Kind ununterbrochen seine Etüden spielen, ohne auch nur aufs Klo zu dürfen.«

»Hat die Lehrerin nichts unternommen?«

»Doch. Sie hat mit der Mutter geredet. Doch die habe nur abgewiegelt. Ihr Mann wäre manchmal ein wenig ungestüm, aber er wolle nur das Beste für Luca. Frau Professor Bellington hat sogar den Rektor auf den Vater angesetzt. Dann ging es eine Zeit lang besser. Aber der Zustand hielt nicht lange an.«

Merana merkte, dass Carola die Schilderung über das Martyrium des Jungen mitnahm. »Die Lehrerin ist auch verzweifelt. Luca hat überhaupt keine Freude mehr an der Musik, sieht jede Übung nur als lästige Arbeit, die ihm vom Vater aufgezwungen wird. Wenigstens haben sich seine technischen Fähigkeiten durch das viele Spielenmüssen enorm weiter entwickelt. Aber was das besondere Talent dieses Kindes vor allem ausmacht – die Begeisterungsfähigkeit, die unglaubliche Musikalität, der Gestaltungswille – das ist kaum mehr spürbar. Das halte Luca, psychisch verletzt und trotzig, in sich versperrt. In jeder

Stunde redet die Klavierlehrerin mit ihm über die Probleme zu Hause. Sie versucht, ihm zu helfen. Aber der Junge lässt sie nur selten an sich ran. Meist hockt er an den Tasten und spult mit unglaublicher Fingerfertigkeit stur seine Übungen ab.«

»Was ist das für ein Wettbewerb, den Farnkogel im *Mozarteum* erwähnte?«

»Das ist ein Talentwettbewerb, den die *Stiftung Mozarteum* zusammen mit den *Salzburger Festspielen* veranstaltet. *Young Amadeus.* Für Pianisten und Geiger ab dem Kindesalter, für Sänger ab 16. Wer da gewinnt, steht im internationalen Fokus.«

»Und Luca Farnkogel soll daran teilnehmen?«

»Das sollte er unbedingt, meint Frau Professor Bellington. Wenn er dabei seine Begabung entfalten kann, hat er allergrößte Chancen, den Bewerb zu gewinnen.

Aber er will nicht. Er weigert sich mit Händen und Füßen. Sie kann ihn verstehen, auch wenn es ihr fast das Herz bricht. Der Vater hat gedroht, seinen Sohn notfalls aufs Podium zu prügeln.«

»Wann ist der Bewerb?«

»Die Vorausscheidungen sind am Wochenende, das Finale steigt am Dienstag.«

Merana gab seiner Stellvertreterin eine Kurzzusammenfassung von Farnkogels Vernehmung. Als er fertig war, blieb Carola sitzen, schaute ihn lange an.

»Es hat dich schwer erwischt, mein lieber Martin.«

Er verstand, was sie meinte. »Ja, ich kann es mir selbst nicht erklären.« Er hoffte, dass die Röte, die er plötzlich im Gesicht spürte, nicht allzu auffällig war.

»Ich freue mich so für dich. Und Roberta mag dich auch. Sehr sogar. Ich habe sie heute beobachtet, mit welchem

Blick sie dich ansah. So schaut keine Frau, die nur auf ein schnelles Abenteuer aus ist. Das geht viel tiefer.«

Ihre Augen waren auf ihn gerichtet. Er spürte, wie ihm warm wurde. Er wusste nicht, was er darauf sagen sollte. Er war kein schlechter Analytiker. Sein meist messerscharfer Verstand konnte jederzeit schwer feststellbare Details erkennen und das dahinterstehende System ausmachen. Er wusste, wie man Verhöre führt. Es fiel ihm auch nicht schwer, über Architektur oder bestimmte Theaterstücke zu reden. Aber es erschien ihm unmöglich, über seine Gefühle zu sprechen. Carola erhob sich von ihrem Stuhl. »Du musst gar nichts sagen, Martin. Genieß es einfach. Und lass diese Frau nicht so schnell aus.« Sie kam um den Schreibtisch herum und drückte ihm einen Kuss auf die Stirn. Dann huschte sie aus dem Büro. Sie musste heim zu ihrer Tochter. Zum Meeting um 18 Uhr würde sie zurück sein.

An der Besprechung nahmen auch Otmar Braunberger und Thomas Brunner teil. Der Chef der Tatortgruppe erklärte, dass die Kollegen in Linz Mittermeiers Computer und sämtliche vorgefundenen Geschäftsunterlagen untersucht hätten.

»Viel gab es da ja nicht zu durchforsten. Jedenfalls haben die Kollegen nichts gefunden, was Mittermeiers Geschichte über den geheimnisvollen Auftraggeber bestätigt. Es tauchte aber auch nichts auf, was dagegen spricht.«

Sie waren sich dennoch alle einig, dem selbst ernannten Spezialisten für unmögliche Aufträge zu glauben, solange keine anderen Fakten auftauchten.

»Ich werde später die Staatsanwältin darüber informieren. Sie soll entscheiden, wann Mittermeier wieder auf freien Fuß zu setzen ist.«

Anschließend berichtete die Chefinspektorin den anderen beiden Kollegen vom Vorfall im Mozarteum und was sie von Lucas Lehrerin über den Jungen erfahren hätte. Merana wandte sich an Brunner. »Wenn der gefeuerte Marketingleiter tatsächlich hinter der Sache steckt, dann könnte deine Truppe doch versuchen, im Haus Farnkogel einen Computer und einen Drucker zu finden, auf dem der Erpresserbrief, den wir in Grödig sichergestellt haben, geschrieben wurde.«

»Es wäre einen Versuch wert. Garantie, dass wir einen Nachweis erbringen können, gibt es keine.«

»Ich werde mit der Taubner darüber reden.«

Die Reihe war am Abteilungsinspektor. Wieder meinte Merana, den bekannten Glanz in Braunbergers Augen zu erkennen. Der Abteilungsinspektor begann seinen Bericht, indem er sich sanft über die Wölbung des Bauches strich.

»Auch wenn die ehrwürdigen Schwestern selber ein eher karges Leben führen, wissen sie, wie man Gäste bewirtet. Wenn ich da noch einmal hin muss, kann es sein, dass ich das höchstzulässige Gesamtgewicht überschreite.«

Die anderen grinsten. Merana erhob sich, öffnete eine Tür am Schrank neben dem Fenster und fischte eine bauchige Flasche heraus. Die stellte er samt Glas vor den Abteilungsinspektor. Der lachte laut.

»Danke, Bruder Martin. Der bisher noch unerkannte Mediziner in dir weiß, dass manchen Beschwerden nur durch ausgesuchte Naturheilmittel beizukommen ist. Und die Familie Vogl im Guglhof von Hallein weiß solche auf wunderbare Weise herzustellen und in Flaschen abzufüllen. Den Schlehenbrand mag ich besonders gern.« Er nahm den Korken ab. Plötzlich stöhnte der Tatortgruppenleiter auf. »Ahhh, auch ich spüre plötzlich ein unerklärliches Zwicken im Bauch.« Merana lachte. Er schaute auf seine Stellvertreterin. »Haben Frau Chefinspektorin plötzlich auch irgendwelche Beschwerden, denen mit Schlehenbrand beizukommen ist?«

»Noch nicht. Aber diese Art von Medizin soll ja auch prophylaktisch wirken.«

Er holte drei weitere Gläser. Der Abteilungsinspektor füllte sie voll.

»Zum Wohl!«

Fast eine Minute lang war es still im Raum. Jeder spürte dem erlesenen Geschmack nach, den der Schlehenbrand auf Zunge und Gaumen hinterlassen hatte, freute sich an der Wärme, die wohlig durch den Körper rieselte. Dann zitierte Otmar Braunberger die altbekannte Weisheit, dass man auf einem Bein schwer stehe, und füllte die Gläser nach.

»Nun, Herr Abteilungsinspektor, was hat die Recherche bei den Klosterschwestern ergeben, außer eine kalorienreiche Investition in den Winterspeck?«

Braunberger öffnete sein fleckiges Notizbuch. Auch wenn er längst mit Smartphone und iPad vertraut war und seine Kollegen immer wieder durch profunde Kenntnisse aus der Welt des Digitalen verblüffte, bevorzugte er bei Befragungen sein altes Buch, um sich darin gemächlich Notizen zu machen.

»Die Nonnen können sich nicht erinnern, in letzter Zeit von Leuten kontaktiert worden zu sein, die sich irgendwie auffällig benommen hätten. Es habe generell wenig Begegnungen gegeben. Das sei im Sommer auch nicht ungewöhnlich, da die Mädchenschule, die zum Kloster gehört, wegen Ferien geschlossen ist. Sie seien nur vor zwei Wochen von einem Veranstalter kontaktiert worden, der sich dafür interessierte, Räumlichkeiten in Schloss Goldenstein eventuell für Konzerte zu nützen. Namen und Kontaktadresse des Veranstalters habe ich, auch die Daten aller übrigen Personen, mit denen die Schwestern in den vergangenen zwei Monaten in Verbindung standen. Ich gebe die Liste an unsere Kollegen weiter, die sollen sich dahinter klemmen.«

Er schloss das Notizbuch, griff nach dem Schnapsglas und trank es aus.

»Dann bin ich noch auf etwas Interessantes gestoßen.« Er holte ein dickes Buch aus seiner Aktentasche, legte es auf den Tisch. Wie die anderen am Einband erkennen konnten, handelte es sich um eine Chronik der Mädchenschule von Schloss Goldenstein.

»Habt ihr gewusst, dass Romy Schneider diese Internats-Schule besuchte?« Er schlug das Buch an einer bestimmten Stelle auf. Eine junge Frau schaute sie an. Sie trug ein hochgeschlossenes Kleid. Die ganze Aufmachung wirkte züchtig. Das scheue Lächeln der jungen Dame erinnerte aber schon an das süße Strahlen, mit dem die Schauspielerin später in drei *Sissi-Filmen* Generationen von Fans begeisterte. *Romy Schneider, 1949–1953,* stand unter dem Foto. Braunberger blätterte weiter und deutete viele Seiten später auf ein anderes Bild. Auch darauf war eine junge Frau zu sehen. Ihr Lächeln wirkte ähnlich verhalten wie das der jungen Romy Schneider. Allerdings fehlte der Frau die gewinnende Ausstrahlung der Sissi-Darstellerin. Die Augen wirkten schwermütig. *Gislinde Waltenthal, 1989–1994,* war unter dem Bild zu lesen. Die anderen schauten ihren Kollegen fragend an.

»Gislinde Waltenthal war Vorzugsschülerin, wie sich die jetzige Internatsleiterin erinnert. Musikalisch sehr begabt. Gislinde wollte Berufsgeigerin werden, schaffte es aber nicht und machte eine Ausbildung zur Krankenschwester. Derzeit ist sie Stationsschwester im Landeskrankenhaus. Vor 14 Jahren hat Gislinde Waltenthal geheiratet und heißt seitdem Farnkogel.«

Der Abteilungsleiter schmunzelte. Er blickte auf drei hochgezogene Augenbrauenpaare. Es gab also eine direkte Verbindung vom Orden der Nonnen in Goldenstein zur Familie Farnkogel. Eine Weile dachte jeder für sich über das eben Gehörte nach. »Es wird nicht reichen, Martin«, meinte die Chefinspektorin.

»Ich weiß, aber ich versuche es dennoch.«

Er beendete die Sitzung und wählte die Nummer der Staatsanwältin. Frau Doktor Taubner sei noch in einer Verhandlung, erfuhr er. Er bat um einen Rückruf. Bis dahin wollte er seine Mails prüfen und ein paar dringend anstehende Dinge erledigen, zu denen er als Abteilungsleiter in den vergangenen Tagen nicht gekommen war. Eine halbe Stunde später rief die Staatsanwältin an. Zunächst informierte er sie über das Untersuchungsergebnis der Linzer Kollegen. Er hörte sie seufzen. »Dann werden wir den Herrn Mittermeier morgen wohl entlassen. Wir haben ihn zwar am Übergabeort erwischt, aber ich verlasse mich auf deine Einschätzung, dass er nur bedauernswerter Kurier war.« Merana bekräftigte noch einmal die Erkenntnis, die sich aus den Vernehmungen ergeben hatten. Dann schilderte er ihr die neu gewonnenen Details im Fall Farnkogel. Wieder stieß die Staatsanwältin einen Seufzer aus, lauter als vorhin. »Also, Herr Ermittlungsleiter, ich fasse zusammen. Die Firma *Mirabell* wird erpresst. Edwin Farnkogel ist ein ehemaliger Mitarbeiter, vor vier Monaten wegen angeblicher oder erwiesener unlauterer Machenschaften entlassen. Er ist sauer auf das Unternehmen. Das ist nachzuvollziehen. Bei der Lösegeldübergabe taucht ein Mann in Nonnentracht auf, schnappt sich das Geld. Er ist allerdings laut Einschätzung deiner Ermittlertruppe nicht der Erpresser. Die Ordenstracht verweist auf die Augustiner Chorfrauen von Goldenstein. Zufällig war die Ehefrau von Farnkogel dort einmal Schülerin. Martin, bei aller Freundschaft, das ist mir zu wenig für einen Durchsuchungsbefehl.«

»Aber er war am Übergabeort. Im fraglichen Zeitraum.«

Wieder seufzte sie tief. »Martin Merana, es reicht nicht! Und das weißt du! Bring mir noch ein zusätzliches Indiz, dann überlege ich es mir.«

Er verstand die Staatsanwältin, er würde an ihrer Stelle bei der Faktenlage auch keinen Durchsuchungsbefehl ausstellen. Aber sie würden dran bleiben. Weiter bohren. So wie immer.

Kaum hatte er das Gespräch beendet, summte sein Handy erneut. Er hörte Robertas Stimme. »Mon Commissaire, was machen Sie in diese Moment?«

Er lehnte sich im Sessel zurück, versuchte, sich die Linien ihres Gesichts vorzustellen, die kleinen Grübchen, die neben der Nase entstanden, wenn sie lächelte. »Ich habe mich eben mit dem Gedanken vertraut gemacht, vielleicht eine mir bekannte Französin zu fragen, ob sie mit mir zu Abend essen will. Sagen wir in einer Stunde?« Er hörte ihr Glucksen. »Non, mon Commissaire. Die Ihnen bekannte Französin muss sofort in ihr Hotel und nachdenken unter die Dusche, welches Kleid sie anziehen soll. Denn sie will heute wunderbar aussehen, wenn sie geht mit einem ihr bekannten Salzburger Polizisten um 20.30 Uhr in eine fantastische Konzert der *Salzburger Festspiele*. Also beeile dich, mon chéri, und hole mich um acht im Hotel ab. Ich habe die Karten.«

Die tiefen Streicher begannen, als pirschten sie sich auf der Bühne an. Dann setzten die hohen Streicher ein, gefolgt von den forsch auftretenden Bläsern. *Allegro maestoso* stand als Tempobezeichnung über dem 1. Satz von *Mozarts Klavierkonzert No. 21 in C-Dur, KV 467*. Merana kannte das Werk gut, er hatte daheim eine Aufnahme mit dem Pianisten Friedrich Gulda und den Wiener Philharmonikern, dirigiert von Claudio Abbado. Der Klang, der ihm jetzt von der Bühne entgegenstrahlte, war feiner, durchsichtiger als der von seiner CD-Aufnahme. Die Musiker der Camerata Academica Salzburg folgten mit höchster Konzentration dem Atem und den Bewegungen des Dirigenten. Die Streicher steigerten ihre Intensität. Die Geigen flirrten in hohen Lagen, während die Celli und Kontrabässe im Marschcharakter ein gewichtiges Fundament aufbauten. Nach etwa einer Minute übernahmen Flöten und Hörner in weichem Ton die Linienführung. Die sich immer wieder zu neuen Klangsäulen aufbauende Einleitung dauerte lange. Erst nach gut zwei Minuten war der verspielte erste Klaviereinsatz zu hören. Merana horchte auf. Schon im ersten Lauf, den die rechte Hand ausführte, war zu erkennen, dass hier ein Meister am Werk war.

Mozart zu spielen hieß in erster Linie auch immer, Mozart zu fühlen, das Gesangliche in seiner Musik zu empfinden. Und der junge Mann auf der Bühne verstand das perfekt. Auch die ausgedehnte Solokadenz gegen Ende des Satzes verdeutlichte das meisterliche Können des Pianisten, kraftvoll im Anschlag, sauber in den schnellen Bewegungen. Jede Linie war von großer Musikalität inspiriert. Eine besondere Herausforderung des C-Dur Konzerts war der langsame 2. Satz. Dieses berühmte Andante wurde schon in unzähligen Bearbeitungen bis zum Erbrechen verkitscht, ob vom picksüßen Bläsergesülze irgendwelcher Big Bands im Stil eines James Last oder vom eingedickten Streicherbrei eines André Rieu. Merana erinnerte sich mit Schaudern an eine Panflötenversion, die ihn fast zu einem Magendurchbruch gereizt hatte. Wenn die auf den G-Saiten spielenden Violinen beim Zuhörer das Gefühl entstehen ließen, dass die Musik zu schweben begann, dann zeigte sich dabei die große Meisterschaft Mozarts, tief zu berühren. Der Charakter des *Andante* blieb durchgehend liedhaft. Die größte Schwierigkeit für das Orchester bestand darin, den Spannungsbogen zu halten, den schwebenden Charakter nicht zu verlieren und in diesem Klangbett die Melodie lebendig werden zu lassen. Den Musikern der Camerata gelang das großartig. Der junge lettische Dirigent machte keine großen Bewegungen, aber man hatte den Eindruck, er erreiche mit seinem kleinen Finger, den Augenbrauen, dem Kinn, den Schultern jeden Einzelnen im Orchester, von den ersten Geigen bis zu den Flöten, von den Hörnern bis zu den Kontrabässen. Das Orchester war mit dem jungen Dirigenten eins, wenn er atmete, atmeten auch die Musiker. Wenn seine Hände schwebten, begann auch die Musik zu gleiten. Und dann setzte der Pianist ein. Merana spürte, wie Roberta nach seiner Hand tastete. Er schaute zu ihr hinüber. Tränen standen ihr in den Augen. Auch er war ergriffen, bis ins Tiefste seines Inneren gerührt. Ein Klavier ist ein Tasteninstrument. Es kann nur mittels Hämmern auf Saiten schlagen, bisweilen sogar ein Perkussionsgerät. Es kann keinen lang gezogen schwebenden Ton entwickeln wie eine Flöte, wie die menschliche Stimme. Ein Klavier kann nicht singen. Aber dieses Klavier sang. Um so ein Gefühl für den richtigen Anschlag zu haben, für die passende minimale Verzögerung, für die perfekte Balance zwischen den tiefen Bassklängen und den immer wieder spitz und weich zugleich hingesetzten hohen Tönen, brauchte es die menschliche Erfahrung zweier Leben. Der junge Mann vor ihnen auf der Bühne, ein noch nicht einmal 20-jähriger Tscheche, hatte sie. Das Publikum hielt den Atem an, so berührt war es von der Darbietung des Virtuosen. Robertas Hand lag fest auf der Meranas. So, wie die Pizzicati der Streicher mit der Melodie des Klaviers verschmolzen, so, wie die Menschen in diesem Saal durch das gemeinsame Erlebnis, etwas unbeschreiblich Wunderbares zu hören, miteinander verbunden waren, so verschmolz in diesen Momenten auch Meranas Wesen mit dem seiner Begleiterin. Jeder im Publikum hatte das Verlangen, dieser großartigen Musik ewig zuhören zu wollen. Einer Musik, die in diesem Augenblick durch die Kunst der Darbietenden auf der Bühne mit Leben erfüllt wurde. Aber nach einiger Zeit erreichten die in Triolenbewegungen dahinschwebenden Streicher zusammen mit dem Klavier das Ende dieses Satzes. Der Schlusston schwebte im Raum. Alles verharrte für einen Moment. Lauschte. Dann atmeten knapp 1.600 Menschen gleichzeitig aus. Für zwei Sekunden herrschte Stille. Und dann passierte etwas, was bei klassischen Konzerten zwischen den Sätzen so gut wie nie geschah. Applaus brandete auf. Jubelrufe zogen durch den großen Vorführungssaal im *Haus für Mozart*. Nach dieser allerhöchsten Anspannung, nach diesem unvergleichlichen Geschenk eines Musikstücks von nicht einmal acht Minuten hatte jeder das Gefühl, seiner beglückenden Freude durch heftiges Applaudieren Ausdruck verleihen zu müssen. Wie Merana im Programmheft gelesen hatte, war der junge Pianist seit seinem sechsten Lebensjahr von seinem Vater gefördert worden. Diesen Vater würde Merana gerne kennenlernen und von ihm erfahren, wie er seinen Sohn dazu inspiriert hatte, sein Talent auf so wunderbare Weise zu entfalten. Mit Sanftheit und Liebe oder mit übergroßer Strenge und der Zuchtknute? Er hatte heute einen Vater getroffen, der dabei war, das Innerste seines talentierten Sohnes zu vernichten. Leopold Mozart fiel ihm ein. Der Vater von Wolfgang Amadeus hatte sicher einen wichtigen Beitrag zur Entwicklung des Wunderkindes geleistet. Aber Leopold Mozart wollte einen Sohn nach jenen Vorstellungen formen, die er selbst vom Auftreten eines Künstlers hatte. Zu welchen Spannungen und Verletzungen auf beiden Seiten das geführt hatte, war bekannt. Die Aufregung im Saal beruhigte sich. Der tänzerische Ton der Geigen setzte mit Beginn des 3. Satzes ein, die Melodie begann zu sprudeln wie die Fontänen eines Springbrunnens. Der junge Pianist ließ mit eleganter Bewegung seine Finger zum Triller über die Tasten tanzen. Roberta beugte sich zu Merana hinüber und küsste ihn lange auf den Mund. Dann löste sie sich von ihm und umschloss weiterhin seine Finger. Die perlenden Töne des Klaviers hüllten sie ein.

Das Allegro Vivace steuerte mit viel Schwung auf die jubelnden Schlussakkorde zu.

Ein schmaler Lichtstreifen fiel vom Gang auf den hellen Parkettboden. Gislinde Farnkogel schlüpfte ins Zimmer und setzte sich im Dunkeln an das Bett ihres Sohnes. Ein wenig Licht drang durch die nicht ganz geschlossenen Jalousien von draußen herein. Sie strich mit dem Handrücken über die Wangen des Jungen. Der zuckte zusammen, drehte sich abrupt zur Wand. Sie streichelte sanft seinen Rücken. »Du weißt, er ist manchmal so furchtbar aufbrausend, aber er will nur das Beste für dich.« Nein, will er nicht. Luca klemmte die Unterlippe zwischen die Zähne. Er will immer nur das Beste für sich selbst. Und wenn er es nicht bekommt, schlägt er zu. Er zog sich die Decke über den Kopf. Er wollte seine Ruhe. »Ich werde noch einmal mit ihm reden.« Und was bringt das, Mama?, hämmerte es hinter der Stirn des Jungen. Damit er dir wieder eine knallt wie beim letzten Mal? Und du allen erzählen musst, du wärst auf der Kellertreppe ausgerutscht? Für einen Moment hatte Luca heute geglaubt, die Polizisten würden seinen Vater für immer wegsperren. Jetzt ist es endlich so weit, hatte er innerlich gejubelt. Aber der Vater war nach einigen Stunden wieder gekommen. Der Junge hasste ihn. Und er hasste das Klavier. Wenn er es sah, wurde ihm übel. Seine Augen fingen zu brennen an. Er drückte die Zähne fester in seine Unterlippe. Das half.

8. TAG

ACCELERANDO
(SCHNELLER WERDEND)

Dieses Mal hatten sie die Nacht nicht in Meranas Wohnung verbracht. Merana hatte während der Konzertpause einen Tisch im *Da Sandro* bestellt. Der temperamentvolle Sizilianer und die muntere Französin hatten sich auf Anhieb gut verstanden. Sandro hatte ihnen eine Vorspeise aus Sardinen serviert und danach *Involtini di Melanzani*.

Dazu hatten sie zwei Flaschen *Grillo* getrunken, einen trockenen sizilianischen Weißwein, und zum Abschluss Kaffee und je einen doppelten Grappa. Es war weit nach ein Uhr, als sie das Restaurant verließen. Roberta überredete Merana, dieses Mal bei ihr im Hotel zu übernachten. Die Suite, die sie alleine bewohnte, war groß genug. Sie hatten viel Freude miteinander. Erst gegen fünf Uhr Früh dämmerte die Französin weg. Merana machte sich eine Stunde später auf den Heimweg. Er schnappte seine Laufschuhe, versuchte, über den Wiesenweg stampfend, Alkohol und Müdigkeit aus seinem Körper zu schwitzen. Um acht Uhr war er einigermaßen frisch und geduscht im Büro. Um zehn Uhr rief ihn der Polizeidirektor an.

»Er hat sich wieder gemeldet. Die Grödiger Firma hat einen weiteren Erpresserbrief bekommen.«

Der Kommissar verständigte den Chef der Tatortgruppe und seine Stellvertreterin. Sie fuhren in zwei Autos zur Firma. Ella Schnappteich hatte dieses Mal den Brief nicht geöffnet, sondern sofort, im Einvernehmen mit dem Werksleiter, die Polizei verständigt.

»Kuvert und Schrift sind genau wie beim letzten Mal, Herr Kommissar. Deswegen vermute ich, das ist ein weiteres Schreiben unseres Erpressers.«

Thomas Brunner öffnete seinen Tatortkoffer, zog durchsichtige Plastikhandschuhe über. Mit einem dünnen Stilett schlitzte er das Kuvert auf. Dann holte er mit einer Pinzette das Blatt heraus. Er faltete es vorsichtig auseinander und legte es auf den Tisch.

Ihr haltet mich wohl für einen Idioten!!!!
Ich sagte: keine Polizei!!! Und was macht ihr???
Und das alles wegen läppischer 2 Millionen Euro!
Wollt ihre eure Kugeln nicht mehr verkaufen?!!!
Glaubt ihr, wenn ihr sie in Salzburg aus den Regalen nehmt, dann ist die Sache ausgestanden?
Wollt ihr künftig alle Geschäfte in allen Städten auf diesem Globus überwachen, ihr Tröten!!!?
Leider muss ich mit der Summe noch einmal in die Höhe gehen.
Strafe muss sein!!!!!!
Ihr könnt schon zu zählen anfangen: 3 Millionen!!
Und wenn ich dieses Mal im Umkreis von fünf Kilometern auch nur einen einzigen Bullen sehe, dann war's das!
Und glaubt nicht, dass ich die lächerlichen Verkleidungen nicht erkenne!!!
Ihr hört von mir.

Das Schreiben war, wie auch schon das vorige, auf ganz normalem Weg mit der Post gekommen. »Wir werden so schnell wie möglich versuchen, herauszufinden, wo der

Brief aufgegeben wurde.« Der Chef der Spurensicherung klappte seinen Koffer zu. »Aber ich mache mir keine Hoffnung, dass in der Nähe des Aufgabeortes Kameras angebracht sind. Der Kerl ist zu schlau dafür.«

Der Werksleiter betonte, er werde umgehend die Konzernleitung in Wien verständigen. Dieser sei die weitere Vorgehensweise vorbehalten. Man werde die offiziellen Stellen rechtzeitig informieren, ob man dieses Mal auf die Forderung des Erpressers eingehen und bezahlen werde. Oder ob man noch einmal die Verantwortung für die Aktion der Polizei überlasse.

Merana rief Hofrat Kerner an und erstattete ihm kurz Bericht. »Informier das Innenministerium darüber, dass die Firmenleitung eventuell der Forderung nachgeben will. Und veranlasse bitte, dass Frau Doktor Weber möglichst rasch zu uns ins Präsidium kommt.«

Was immer die Konzernleitung entschied, sie konnten im Augenblick ohnehin nichts unternehmen. Sie mussten warten, bis der Erpresser sich wieder meldete.

Ihr hört von mir! Geduld gehörte allerdings nicht zu Meranas größten Stärken.

Dr. Romana Weber war Psychologin und zudem ausgebildete Linguistin. Darüber hinaus hatte sie mehrere Arbeiten über die psychologischen Muster von Theaterfiguren verfasst. Sie unterrichtete an der Universität Salzburg und erstellte gelegentlich Täterprofile für die Salzburger Polizei. Merana hatte sie vor zwei Jahren bei einer Fortbildungsveranstaltung kennengelernt. Noch während der Rückfahrt von der Universität rief sie ihn an. »Wie mir Hofrat Kerner in seiner charmanten Art nahegebracht hat, ist Eile angesagt. Ich könnte gegen 14 Uhr bei Ihnen sein.« Merana bedankte sich und bestätigte den Termin. Dann wählte er die Nummer der Staatsanwältin und informierte sie über das neue Erpresserschreiben.

Gleich nach ihrer Rückkehr scannte Thomas Brunner den Brief und verschickte das File an alle ermittelnden Kollegen. Seine Spezialisten machten sich an die Arbeit, das Schreiben von vorne bis hinten zu durchleuchten.

Dr. Romana Weber war eine gertenschlanke Frau Mitte 40 mit einer scharfkantigen Nase in einem Gesicht, das Stylisten vielleicht als ›klassisch‹ bezeichnen würden. Die Haut hatte einen Olivton, das Haar war rabenschwarz. So stellte man sich römische Kaiserinnen in Gladiatorenfilmen vor. Merana bot der Psychologin Kaffee und Wasser an. Sie verzichtete auf den Kaffee, nahm aber das Wasser. Er schilderte ihr eingehend die Hintergründe zum Erpressungsfall. Dann legte er ihr die Kopien der beiden Schreiben vor.

»Lassen Sie sich ruhig Zeit. Studieren Sie die beiden Briefe sorgfältig.« Die römische Kaiserin lächelte. »Wie ich Sie kenne, Herr Kommissar, haben Sie sich ohnehin längst eine eigene Meinung dazu gebildet.«

Er nickte. »Selbstverständlich. Aber ich bin neugierig, wie sehr meine Sicht sich mit Ihrer deckt, Frau Doktor. Was sagt die Psychologie- und Sprachexpertin über den Verfasser dieser Nachrichten?«

Sie studierte zunächst den ersten Brief, dann den zweiten, die eigentlich die zweiten und dritten Briefe waren, da der erste ja angeblich nie angekommen war. Dazwischen trank sie immer wieder einen Schluck Wasser. Dann lehnte sie sich zurück und schloss die Augen. Nach einer Weile nahm sie beide Schreiben erneut in die Hand und las sie nochmals durch.

»Es wäre interessant, den Inhalt und die Formulierungen des ersten Schreibens zu kennen.«

Merana stimmte ihr zu.

»Was sofort zu erkennen ist: Der Tonfall wird aggressiver. Das verdeutlicht alleine schon die Anzahl der Rufzeichen. Im ersten Schreiben, das uns vorliegt, sind insgesamt drei Stellen mit Rufzeichen hervorgehoben.

Ich hatte euch gewarnt!
Für das, was passiert ist, tragt ihr die Schuld!
Ich spaße nicht!

Im Schreiben, das heute ankam, sind es schon sechs Stellen, und die meisten tragen mehrere Rufzeichen. Alleine schon der Beginn:

Ihr haltet mich wohl für einen Idioten!!!!

Vier Rufzeichen.

Strafe muss sein!!!!!!

Sechs Rufzeichen.

Keine Polizei!!!

Drei Rufzeichen.

Der ganze Stil ist zorniger, lauter. Manche Passagen klingen wie Brüllen.

Vielleicht hatte das erste Schreiben, das leider nicht vorliegt, kein einziges Rufzeichen.«

Der Kommissar sah sie an. »Was schließen Sie daraus?«

»Auch wenn die Person, die hinter den Schreiben steckt, sich in ihrer Umgebung sehr bemüht, nach außen hin kontrolliert und souverän zu wirken, verliert sie dennoch leicht die Selbstbeherrschung. Vor allem, wenn der Verfasser das Gefühl hat, nicht gebührend beachtet zu werden. Betrachten Sie nur den jeweils ersten Satz der beiden Briefe. Der Beginn eines Schreibens ist wie die Eröffnung eines Gesprächs. Was ist vor dem ersten Schreiben, das uns vorliegt, passiert?«

Sie klopfte auf den Brief. Der Kommissar wartete, dass sie weitersprach.

»Da auf das allererste Schreiben, das leider nie ankam oder verloren ging, keine Reaktion erfolgte, sah der Absender sich seiner Auffassung nach gezwungen, ein deutliches Zeichen zu setzen, um den Ernst seiner Forderungen zu unterstreichen. Er machte die Drohung wahr. Die Folgen waren, wie Sie mir vorhin berichteten, furchtbar: ein Toter und mehrere Opfer, die im Krankenhaus behandelt werden mussten. Und womit eröffnet er sein Schreiben, das unmittelbar daran anschließt?

Ich hatte euch gewarnt!

Keine Bemerkung zu den Opfern, keine Spur von Bedauern.

Für das, was passiert ist, tragt ihr die Schuld!

Eine kühle, zynische Feststellung. Ein Rufzeichen. Nennen wir den Tonfall ›mittel laut‹.«

Sie griff erneut zum Wasserglas. Der Kommissar verstand, worauf sie hinaus wollte. Er dachte ihre Schlussfolgerung laut weiter.

»Vor dem nächsten Schreiben, das wir heute bekamen, passierte Folgendes:

Die Polizei baut am Übergabeort eine Falle auf. Der von ihm geschickte vermutlich ahnungslose Kurier im Nonnenkostüm tappt hinein und wird geschnappt. Keine Toten, keine Verletzten, keine Opfer. Nur ein verhinderter Übergabeversuch.«

»Sehr richtig, Herr Kommissar. Und wie kommt dieses Schreiben daher?«

Merana nahm den Brief in die Hand.

»Keinesfalls mehr ›mittel laut‹, wie Sie das vorhin umschrieben. Ich würde sagen: ›gebrüllt‹.

Ihr haltet mich wohl für einen Idioten!!!!
Vier Rufzeichen.«
Sie beugte sich nach vorn.
»Wir müssen uns das deutlich vor Augen halten. Im ersten Fall: ein ›Fehlverhalten‹ des Unternehmens, das in der Folge zu einem Toten und mehreren Opfern führt. Das erbost ihn zwar, veranlasst ihn aber nur zu jeweils einem Rufzeichen. Mittel laute Reaktion. Im zweiten Fall ist es anders. Alle Beteiligten sind froh, dass es beim Auffliegen der Falle keine weiteren Opfer gab. Doch den Erpresser interessiert das nicht. Was ihn tangiert, ist die Tatsache, dass sowohl Firmenleitung wie auch Polizei offenbar seine strategische Planung, seine raffinierte Vorgangsweise unterschätzen. Da fängt er zu brüllen an. Vier Rufzeichen. Er hält sich für genial. Und das sollen auch alle anderen so sehen. Wer seine Überlegenheit unterschätzt, wird dafür büßen.«
»*Strafe muss sein!!!!!!* Sechs Rufzeichen.«
»Sie sagen es, Herr Kommissar. Er fühlt sich allen anderen total überlegen. Er verhöhnt sie. *Wollt ihr künftig alle Geschäfte in allen Städten auf diesem Globus überwachen, ihr Tröten!!!?*
Für ihn gilt nur sein eigenes Recht. Er bestraft, wie er will.«
»Und er genießt es, mit den anderen zu spielen. Er lässt uns zappeln. *Ihr hört von mir.*«
Die bis dahin nüchterne Stimme der Psychologin bekam einen gefährlich leisen Ton.
»Meine Einschätzung zusammengefasst: Das ganze Auftreten, das aus diesen Zeilen spricht, zeigt eines. Der Verfasser dieses Schreibens ist im Grunde seiner Seele zutiefst verletzt. Er trägt eine Wunde mit sich herum, die keiner sehen darf. Die Ursache für diese Verletzung liegt seiner

festen Überzeugung nach bei anderen. Das macht ihn zu einer unberechenbaren und extrem gefährlichen Person. Er will Genugtuung. Und er geht dabei über Leichen.«

Während der Kommissar Romana Weber im ersten Stock der Bundespolizeidirektion zum Ausgang begleitete, wurden Odilo Mittermeier im Parterre dessen persönliche Sachen übergeben. Er durfte sich bis auf Weiteres als freier Mann fühlen, hatte sich aber gleich nach seiner Rückkehr bei der Kriminalpolizei in Linz zu melden. Er bedankte sich und schlich mit eingezogenem Kopf ins Freie. Ihm war klar, dass die Kieberer in Linz sich inzwischen mit seinen Geschäftsmethoden beschäftigt hatten. Er war dennoch froh, halbwegs unbeschadet aus der Affäre herausgekommen zu sein. Immerhin, die 2.000 Euro, die er vom Absender als Anzahlung für die missglückte Abholung des Pakets erhalten hatte, würden ihm bleiben. Dafür lohnte es sich schon, zwei Nächte in einem kahlen Zimmer auf einer ungemütlichen Pritsche zu verbringen. Und dem geschniegelten Faulsack vergönnte er es, dass die Polizei inzwischen die Mathematiklehrerin wegen der illegal besorgten Maturafragen informiert hatte. Da würde dem abgehobenen Sohnemann wohl auch sein Rechtsanwaltspapa nicht helfen können. Mit dem Gedanken an das verdutzte Gesicht des Schnösels, wenn die Bullen bei ihm auftauchten, stieg er in den O-Bus und fühlte sich gleich eine Spur besser.

Thomas Brunners Team leistete wie immer rasche Arbeit. Schon kurz nach 16 Uhr hatte Merana das Ergebnis der Untersuchung in seiner Mailbox. Das heute sichergestellte Erpresserschreiben war in der Nacht von Sonntag auf Montag in einem Postkasten am oberen Ende der Linzergasse aufgegeben worden. Wie Brunner schon vermutet hatte, gab es keine Kameras in der Nähe, die ihnen hilfreiche Aufnahmen liefern könnten. Papierart, Schrift und Druckertinte deckten sich weitgehend mit dem ersten Schreiben.

Um halb fünf wurde Meranas Bürotür aufgerissen, und die Chefinspektorin trat ein. In der Hand hielt sie ein schwarzes Tablet. Ihr Gesicht machte einen leicht irritierten Eindruck.
»Ich hatte gestern das starke Gefühl, Luca Farnkogel schon irgendwann einmal gesehen zu haben.«
Merana hob den Kopf. »Und?«
Sie platzierte das Tablet auf Meranas Schreibtisch und aktivierte den Abspielbutton.
Die Aufnahme zeigte den Ausschnitt eines Supermarktes. Eine dichte Traube von Menschen schob Einkaufswagen durch die Regalreihen. Carola drückte die Anhaltetaste. Tatsächlich. Mitten unter den Einkaufenden war das Gesicht eines Jungen zu erkennen. Die Aufnahme war schwarz-weiß. Das Bild zeigte eine leichte Unschärfe. Aber der Junge hinter dem halb vollgefüllten Einkaufswagen war eindeutig Luca Farnkogel.
»Das ist der Supermarkt in der Nähe von Hellbrunn. Aus dem stammen die vergifteten Mozartkugeln, die der italienischen Touristin und den beiden Kindern fast zum Verhängnis wurden. Was du hier siehst, ist die Einkaufsgasse mit Kaffee, Backwaren und Süßigkeiten. Die Mozartkugeln befinden sich am anderen Ende der Regalreihe. Luca dreht jetzt gleich um und bewegt sich dorthin. Leider ist der Knäuel an Menschen zu dicht. Es ist nicht auszumachen, was dann genau passiert.«

Sie wischte über den Screen. Die Aufnahme lief weiter. Der Junge hielt tatsächlich an, machte kehrt und drängte sich durch die Leute hinter ihm. Eine Gruppe von Jugendlichen kam von rechts ins Bild. Sie lachten, schubsten einander zum Spaß an.

Das Treiben der jungen Leute im Vordergrund war deutlich zu sehen. Aber es verdeckte das Geschehen am anderen Ende des Gangs. Die Chefinspektorin stoppte die Aufnahme und ließ sich mit einem Seufzer in den Sessel sinken.

»Gratuliere, Carola. Dein fotografisches Gedächtnis ist bemerkenswert.«

Ihr Gesichtsausdruck war alles andere als zufrieden.

»Es wäre mir fast lieber, ich hätte diese Szene nicht gesehen.« Sie beugte sich vor.

»Was meinst du, Martin?«

Der Supermarkt lag im Süden der Stadt. Die Farnkogels wohnten ebenfalls im Süden. Merana konnte sich schwer vorstellen, dass ein zwölfjähriger Junge zu einer derart brutalen Tat fähig war. Drohbriefe schreiben. Mozartkugeln vergiften. Andererseits wurde er von einem gewalttätigen Vater unterdrückt.

»Die Staatsanwältin verlangte ein weiteres Indiz für eine Verbindung von den vergifteten Kugeln zur Familie Farnkogel. Zumindest diesen möglichen Zusammenhang hast du mit deiner Entdeckung geliefert. Ich rufe die Taubner an.«

Dieses Mal erreichte der Kommissar die Staatsanwältin sofort. Sie hörte ruhig zu, dachte eine Weile nach. Dann fällte sie die Entscheidung.

»Gut, Martin. Informiere Thomas Brunner und seine Truppe. Sie sollen sich die Wohnung der Farnkogels vornehmen. Ich lasse euch gleich die Anordnung zukommen.«

Die Chefinspektorin hatte die Entscheidung der Staatsanwältin mitbekommen. Sie dachte an den Jungen, fühlte sich elend. In ihrem Magen verknotete sich etwas Undefinierbares zu einem Knäuel.

Luca nahm die Kurve zur Siedlungsstraße wie immer mit viel Schwung. Kaum war er am Spielplatz vorbei, bremste er sein Fahrrad abrupt ab. Vor ihrem Haus standen zwei Polizeiautos mit eingeschaltetem Blaulicht. Ein Funke von Hoffnung stieg in ihm hoch. Würden sie jetzt endlich seinen Vater abholen? Langsam schob er das Fahrrad an den Zäunen der Nachbarhäuser entlang. Polizisten in Uniform trugen große Kartons aus dem Haus, verstauten sie in den Einsatzfahrzeugen. Der Junge blieb am Nachbargrundstück stehen, postierte sich so, dass er den Eingangsbereich zu ihrem Haus einsehen konnte. Er hörte die Stimme seines Vaters aus dem Inneren. Wie immer brüllte er. Edwin Farnkogel tauchte am Eingang auf, knüllte ein Blatt Papier zusammen und warf es einem der Polizisten vor die Füße. Der drehte sich um, folgte den Kollegen zu den Polizeiautos und stieg ein. Beide Wagen fuhren los. Sein Vater stand in der Haustür, schrie den davonfahrenden Autos etwas nach, das Luca nicht verstehen konnte. Dann verschwand er im Haus. Die Tür fiel mit einem Knall ins Schloss. Luca zitterte. Sie hatten ihn nicht abgeholt. Die Polizisten hatten nur irgendwelche Sachen beschlagnahmt. In einer halben Stunde war die Probe bei Frau Professor Bellington. Sein Vater wollte ihn hinbringen. Wenn er jetzt ins Haus ging und auf den wütenden Mann traf, würde er Schläge einfangen. Das war so sicher wie der Schlussakkord einer Chopinsonate. Seine Mutter hatte Dienst. Die konnte ihn auch nicht schützen. Tränen schossen ihm in die Augen. Warum hatten die Polizisten seinen Vater nicht mitgenommen? Er schwang sich auf sein Fahrrad, radelte am Nachbarhaus vorbei und bog am Ende der Siedlung in den Weg, der zum Wald führte.

Cesaria Bellington war unruhig. Sie schaute auf die Uhr. Schon 20 Minuten nach sechs. Luca war noch nie unpünktlich gewesen. Wieder öffnete sie die Tür des Übungszimmers, blickte zur Treppe, hoffte, dass der Junge endlich auftauchte. Nichts. Sie ging zum kleinen Beistelltisch am Fenster, griff nach ihrer Tasche und kramte das Handy heraus.

Kurz vor sieben erreichte Merana ein Anruf von Carola. Die Chefinspektorin war schon zu Hause.

»Martin, Frau Professor Bellington hat sich bei mir gemeldet. Luca ist um 18 Uhr nicht zur Probe erschienen. Die Eltern wissen auch nicht, wo er steckt. Er war am Nachmittag im Freibad Leopoldskron. Man hat ihn dort schon über Lautsprecher ausrufen lassen. Er hat sich nicht gemeldet.«

Hatte der Junge mitbekommen, dass die Polizei Computer und Unterlagen beschlagnahmt hatte? War er deshalb abgehauen? Der Kommissar bat seine Stellvertreterin, in Kontakt mit den Eltern und der Klavierlehrerin zu bleiben.

Um sieben Uhr öffnete Aldiana Eibner den *WhatsApp* Ordner auf ihrem Smartphone und schrieb eine Nachricht.

Hi Luca, wo steckst du? Deine Mamma hat bei uns angerufen. Bitte melde dich bei mir. Ich mache mir Sorgen!!!

Um halb acht leuchtete der Name *Roberta* am Display von Meranas Handy auf. Die Französin wirkte angespannt. Sie müssten alle Szenen in *Mozarts Geburtshaus* noch heute Abend drehen. Oswaldo Quastner, der Ersatz für den toten Casabella, hatte in den nächsten Tagen für dringende Fernsehaufnahmen in Slowenien zu sein.

»Ich weiß nicht, wann wir sind fertig. Das kann dauern bis vier Uhr früh. Morgen ich habe frei. Bis 15 Uhr. Ich weiß, dass du hast viel Arbeit mit deinem Fall. Aber kannst du nicht nehmen eine ganz kleine Auszeit, um zu fahren mit einer französischen Schwalbe an eine See?« Merana hatte keine Ahnung, was der morgige Tag an Überraschungen bereithielt. Sie mussten auf den nächsten Schachzug des Erpressers warten. Aber vielleicht brachten die Untersuchungen an Farnkogels Computer die nötigen Beweise. Dann konnte der Abschluss des Falles sehr schnell gehen. Er sagte zu, Roberta um zehn Uhr im Hotel aufzusuchen, wenn nichts Gravierendes ihn daran hinderte.

Um 22.30 Uhr machte er sich auf den Heimweg. Vom Auto aus rief er die Chefinspektorin an. Noch immer kein Lebenszeichen von Luca. Die Mutter war verzweifelt. Edwin Farnkogel tobte und gab der Polizei die Schuld am Verschwinden seines Sohnes. Carola hatte bereits die Kollegen von den Funkstreifen angewiesen, nach dem Jungen Ausschau zu halten.

9. TAG

ANIMATO, POI STRINGENDO
(BESEELT, DANN SCHNELLER WERDEND)

In der Nacht waren dicke Wolkenfelder über die Stadt getrieben, aber es hatte nicht geregnet. Auch jetzt zeigten sich am Himmel noch Reste der nächtlichen Bewölkung, lange helle Streifen, wie von einem ausgefransten Pinsel auf blaue Leinwand hingestrichelt. Merana parkte das Auto direkt vor dem Hoteleingang. Madame Hirondelle erwarte ihn in ihrer Suite, beschied ihm die Dame am Empfang. Roberta öffnete die Tür. Ihr Lächeln versuchte, die Müdigkeit zu überstrahlen, die schwer in ihren Augen hing. »An welchen See fahren wir?«, sagte sie anstelle eines ›Guten Morgen‹. Er hatte sich an ihre direkte Art schon gewöhnt. Manchmal kamen ihre Fragen wie Sonnenblitze, die unmittelbar aus Wolken hervorbrachen. Manchmal wählte sie auch Umwege, Schmeichelpfade, die über blumige Stege an sein Ohr führten. Merana liebte beides. »Bon jour, Madame Hirondelle. Auch ich wünsche Ihnen einen wunderschönen Morgen. Das Taxiunternehmen Merana freut sich, Sie an die Gestade des Mattsees zu chauffieren, wo ein Boot Ihrer Wahl samt ruderbereiter Mannschaft wartet. Nach geglückter Seeumrundung bestünde die Aussicht auf ein kleines frugales Mahl im Schlosscafé.« Sie jubelte, schlang die Arme um seinen Hals und bedankte sich mit einem langen Kuss. Als sie sich von ihm löste, hatte Merana Gelegenheit, die Umgebung zu betrachten.

Die Suite war elegant und groß. Die geöffnete Balkontür bot einen prächtigen Ausblick auf die Altstadt und einen Teil des Mönchsberges.

Auf einem Biedermeierschreibtisch bemerkte Merana einen Laptop mit großem Bildschirm. Er war eingeschaltet. Am Screen war in leichter Unschärfe das Laubwerk von Bäumen zu erkennen. Dahinter zeigte sich ein Ausschnitt der Festungsmauer von Hohensalzburg. Die Französin war dem Blick des Kommissars gefolgt. Aus dem großen Kind, das sich augenstrahlend über den Ausflug an einen See freute, wurde in der nächsten Sekunde die professionelle Kamerafrau. Sie setzte sich vor den Bildschirm und forderte Merana auf, neben ihr Platz zu nehmen.

»Ich muss dir etwas zeigen, mon Commissaire.« Sie öffnete einen neuen Ordner.

Merana erkannte die Außenterrasse im 1. Stock des *Café Tomaselli*. Besucher saßen an kleinen Tischen, nippten an Kaffeetassen oder winkten nach unten. Die Kamera schwenkte nach rechts. Der alte Marktbrunnen kam ins Bild. Merana stieß einen Laut der Überraschung aus, als er das Mädchen bemerkte, das lachend die Eistüte dem steinernen Heiligen an der Spitze der Brunnensäule entgegenstreckte.

»Na, chéri, hat dir *bella ragazza* mit ihrem *gelato* gefallen?«

»Woher weißt du, dass ich die Szene kenne?«

Sie lachte, küsste seine Wange und betätigte die Maus. Derselbe Kameraschwenk lief noch einmal über den Schirm, dieses Mal in verlangsamtem Tempo. Als der Brunnenrand ins Bild kam, stoppte die Französin die Aufnahme, deutete auf die Menschenmenge, die sich um den Brunnen gruppiert hatte. Tatsächlich, im Hintergrund war sein Gesicht auszumachen. Er bewegte eben den Kopf in Richtung des italienischen Mädchens.

»Mir fiel der attraktive Monsieur le Commissaire auch erst beim zweiten Mal auf, als ich durchsah vor einer Stunde die Aufnahmen.« Sie klatschte in die Hände, jetzt wieder mehr Kind als Bildregisseurin. »Martin Merana ist Teil von Robertas persönlichem Städtetagebuch, ohne dass er es wusste.«

Sie drehte sich ihm zu. »Wenn ich bin an eine neue Drehort, ich nehme mir immer die Zeit *pour courir un endroit* ... wie sagt man? ... für herumstreifen ein wenig mit meine Kamera. Manchmal ich kann brauchen Aufnahmen auch für TV-Dokumentation, aber viel mehr oft ich gewinne wunderbare *impressions* nur für mich.«

Sie wandte sich wieder dem Laptop zu. »Ich zeige dir noch etwas. Und dann wir fahren an die See.« Sie öffnete einen neuen Ordner. ›Havanna‹ konnte Merana lesen.

Sie klickte auf das Symbol. Ein weiterer Ordner tat sich auf. Nach einigen Mausbewegungen startete eine Filmaufnahme. Das berühmte Konterfei von Che Guevara war zu sehen, aufgemalt an einer Mauer. Autos huschten darunter vorbei. Auch zwei amerikanische Oldtimerschlitten waren dabei. Die Kamera schwenkte nach rechts und hielt auf einen Platz mit einer Kirche zu. Neben dem kleinen baufälligen Gotteshaus kamen Kaffeehaustische ins Bild, die offenbar zu einem Lokal gehörten. Nur drei Tische waren besetzt. Die Kamera zoomte heran, nahm die Personen an den Tischen ins Visier. Merana war verblüfft, als er einen der drei Männer erkannte. Auf einem weiß lackierten Stuhl saß Jonas Casabella. Die Gestalt hatte wenig Ähnlichkeit mit dem selbstbewusst auftretenden Schauspieler, den der Kommissar von Agenturbildern und Filmausschnitten kannte. Der Mann am Kaffeehaustisch wirkte hilflos, verloren. Seine Augen starrten ins Leere. »Das war nicht Absicht von mir. Ich wollte nur einfangen eine schöne Impression. Wir hatten frei einen ganzen Vormittag. Das war Zufall. So wie mit dir bei dem Brunnen in Salzburg.« Das Bild auf dem Screen fror ein. Die ganze Erscheinung hatte etwas zutiefst Trauriges. Der Anblick tat Merana weh.

»Hast du es ihm gezeigt?«

Sie schüttelte den Kopf. »Nein, ich wollte nicht Eindruck erwecken, dass ich verfolge Leute mit Kamera. Aber was sich zeigt hier, ist auch Wesen von Jonas.« Sie strich mit der Hand über die zusammengekauerte Gestalt auf dem Bildschirm. Die Bewegung hatte etwas Zärtliches. Merana spürte, wie ihn eine Spur von Eifersucht streifte. Wie gut hatte Roberta den Schauspieler gekannt? Standen sie einander nahe? War da mehr gewesen als die Beziehung zwischen Kollegen am Filmset? Er war versucht, sie danach zu fragen. Doch dann schalt er sich einen Idioten. Das ging ihn nichts an, auch nicht den Polizisten in ihm. Ihre Augen füllten sich langsam mit Wasser. »Ich weiß, dass ihn hat gequält etwas tief in seine Innere. Er hat nie gesprochen darüber. Was meine Kamera hat zufällig festgehalten, ist Wesen von Jonas, wenn er meinte, niemand schaue zu.« Sie klickte auf den Schirm. Das Bild verschwand. Aus einem anderen Ordner tauchte eine neue Aufnahme auf. Jonas Casabella mit Rebellenbarett, einer dicken Zigarre und einem breiten Siegerlachen. »Das ist Szene von selbem Tag, nur drei Stunden später. Da er zeigte allen wieder eine ganz andere Jonas. Aufgekratzt, fröhlich, charmant. Ihn hat nicht einmal gestört, dass er fast wäre getroffen worden von eine schwere Balken, das sich hat gelöst von Haus bei Dreharbeit. Er hat abgewischt Staub von Hose und hat gleich wieder gewirkt verwegen wie ein Musketier aus einem Buch von Alexandre Dumas.«

Sie ließ noch einmal die Gestalt am Kaffeehaustisch auftauchen. »Aber diese Jonas war mehr ehrlich als die andere.«

Schrilles Lachen wehte aus der Ferne durch das dichte Gesträuch am Flussufer. Irgendwo spielten Kinder. Eine Ente hatte sich am Rand der kleinen Sandbank niedergelassen, reckte ihren Schnabel zum Himmel. Das gefleckt braune Gefieder glänzte in der Sonne, deren Strahlen allmählich die Steine am Ufer erreichten. Ein gelbes Schlauchboot trieb in der Mitte der Ache. Drei Männer mit Schwimmwesten saßen darin, versuchten, durch kräftiges Rudern Kurs zu halten. Auf der deutschen Seite hieß der Fluss Berchtesgadener Ache, ab der Grenze im österreichischen Teil war er als Königsseeache bekannt. Das Gewässer, das bei Urstein in die Salzach mündete, war vor allem im Unterlauf ein beliebtes Ziel für Badende und Sonnenhungrige. Die flachen Schotterbänke und Sandstreifen luden zum längeren Verweilen ein, zum Grillen, Faulenzen und Herumtollen. Die kleine Bucht flussaufwärts, in der die Ente gelandet war, konnte man wegen des dichten Gestrüpps schwer einsehen. Ein Zweig knackste.

»Wieso antwortest du nicht auf meine Nachrichten?«

Der zwölfjährige Junge in der Bucht fuhr erschrocken herum. Sein Herz begann wild zu schlagen. Er beruhigte sich erst, als er die Gestalt erkannte, die sich durch das dichte Gesträuch zwängte, und sich neben ihm auf einem Stein niederließ. Aldiana steckte die Kuppe ihres rechten Zeigefingers in den Mund. Eine Dornenranke hatte ihr eine Schramme gerissen. Luca erwiderte nichts. Seine

Augen waren auf die Ente und den Fluss gerichtet. Hätte er Aldiana ins Gesicht gesehen, wäre ihm der Ausdruck der Erleichterung in den Augen der 13-Jährigen aufgefallen.

»Hast du im Wald geschlafen?« Er nickte, blickte sie aber nicht an.

»In der alten Baumhütte?« Wieder bejahte er durch Kopfnicken. Das Mädchen griff in den kleinen Rucksack, den sie mitgebracht hatte, zog einen Papierbeutel und eine Plastikflasche hervor. Sie reichte dem Jungen ein Mozarella-Tomaten-Sandwich und eine Cola. Ein schwaches Lächeln huschte über das Gesicht des Buben. »Danke.«

Er griff zu und biss in das belegte Brot.

»Deine Mama macht sich große Sorgen, du solltest sie anrufen.« Seine Reaktion war heftig. Er schüttelte wild den Kopf. Wasser schoss ihm in die Augen. Dennoch aß er gierig weiter. Als er das letzte Stück verschlungen hatte, langte Aldiana erneut in den Rucksack und hielt dem Jungen ein weiteres Sandwich hin. Er zögerte kurz. Doch sein Hunger war immer noch groß. Dankbar nahm er das Brot und aß weiter.

Die 13-Jährige zog ihre Beine an, stützte das Kinn auf die Knie. »Luca, deine Mama ist knapp vor dem Zusammenbruch. Sie hat große Angst. Sie glaubt, du hättest dir was angetan.« Er hörte auf zu kauen. Der Trotz in seinen Augen wurde schwächer. Tränen rannen ihm übers Gesicht. Er senkte den Kopf, starrte auf die Steine.

»Darf ich deiner Mutter eine Nachricht schicken, dass ich dich gefunden habe? Ich sage nicht, wo du bist. Ich schreibe nur, dass es dir gut geht.«

Seine Schultern waren nach oben gezogen, die verkrampften Hände hielten das Brot und die Colaflasche. Er schwieg. Sie ließ ihm Zeit. Schließlich nickte er. Die

Schultern entspannten sich. Er hob den Kopf und begann wieder am Sandwich zu kauen. Aldiana öffnete erleichtert die Außentasche am Rucksack und holte ihr Handy hervor.

Wie ein überdimensionales Spielzeughaus mit hellen Mauern und grünem Dach thronte Schloss Mattsee auf seiner Anhöhe über dem Wasser. Der Himmel zeigte sich inzwischen in wolkenlos prächtigem Blau. Einem gestrafften türkisen Tuch gleich dehnte sich der See rund um den Schlossberg. Auf der glatten Wasseroberfläche spiegelten sich die Häuser des Ortes, die schlanke kantige Säule des Kirchturms, das Schlossgebäude und die Masten der Segelboote, die unterhalb des Schlossbergs vertäut lagen. Roberta war schon auf der Fahrt immer wieder in entzücktes Jubeln ausgebrochen. Die Mattseer Landesstraße führte von Salzburg Richtung Norden und stieg nach Elixhausen stetig sanft an. Wer diese Strecke zum ersten Mal nahm, wurde vom imposanten Ausblick überrascht, wenn sich am Ende des Anstiegs plötzlich der Blick weitete. Das Trumer Seengebiet breitete sich vor dem Betrachter aus. Das Auge erfasste Wasserflächen und bewaldete Hügel, sanfte Kuppen und kleine Ortschaften. Obertrum, am Südufer des gleichnamigen Sees, war als Erstes auszumachen. Der Obertrumer See, der Grabensee und der Mattsee waren entstanden, als nach der letzten Eiszeit die Zungen der zurückweichenden Gletscher allmählich das Land freigaben. Weite Teile des Gebietes, besonders die eindrucksvollen Ufermoore, genossen Landschaftsschutzstatus.

Merana parkte das Auto im Ort in der Nähe der Mattseer Kirche. Dann schlenderten sie Hand in Hand zum Ufer. Ein alter Mann mit abgewetzter Stoffkappe zeigte Merana das kleine Boot.

»Und wo, mon Commissaire, ist die angekündigte ›ruderbereite Mannschaft‹, die mich bringt über die See?« Der große silberne Ohrhänger berührte fast die sonnengebräunte Schulter, als sie neckisch den Kopf zur Seite legte. Ihr Lächeln war spitzbübisch. Merana führte die Hand zackig an die Schläfe und salutierte. »L'équipage, c'est moi, Madame!« Sie machte das Spiel mit, salutierte ebenfalls. »Quel honneur! Mon Commissaire, darf ich Sie zum Admiral meines Herzens ernennen?« Sie besiegelte die Beförderung mit einem schnellen Kuss. Dann sprang sie behände in das kleine Boot, das bedrohlich zu schaukeln begann. Merana folgte ihr und ergriff die Ruder. Der bewaldete Schlossberg schob sich als kleine Landzunge in den See, teilte die Mattseer Bucht in zwei Hälften. Merana steuerte mit kräftigen Riemenzügen die Mitte des Gewässers an. Roberta setzte sich den Strohhut auf, den sie mitgebracht hatte. Sie hatte die Schuhe ausgezogen, ließ immer wieder ein Bein über den Bootsrand baumeln und tauchte die Zehen ins Wasser.

Aldiana hatte T-Shirt und Jeans abgelegt. Darunter trug sie einen hellen Bikini mit bunten Tupfen. Die Träger am Oberteil und die Bänder am Höschen waren schwarz-weiß gestreift. Die kleine Schramme am Zeigefinger des Mädchens hatte zu bluten aufgehört. Luca hatte noch ein drittes Sandwich verdrückt und auch den angebotenen Schokoriegel gerne angenommen. Aldiana hatte sich eine der mitgebrachten Birnen gegönnt. Das helle Kindergeschrei aus der übernächsten flachen Bucht war inzwischen lauter geworden. Hin und wieder drang auch das Bellen von Hunden zu ihnen herüber. Die Sonne stand jetzt hoch am Himmel. Doch die überhängenden Zweige des Gesträuchs am Rand der Bucht boten genug Schatten. Einige Jugendliche, so um die 16, waren vor einer Viertelstunde am gegenüberliegenden Ufer flussaufwärts gezogen. Jetzt ließen sie sich unter kräftigem Gejohle auf vier Luftmatratzen vom schnell fließenden Wasser vorbeitreiben. Sie winkten dem Paar in der Bucht zu, kämpften gleichzeitig mit der Strömung. Aldiana hob die Hand, feuerte die jungen Leute an. Die kreischten zurück und entschwanden bald aus dem Blickfeld. Sie sprang auf. »Ich möchte auch ins Wasser. Kommst du mit, Luca?« Er zögerte, wirkte unentschlossen. Sie hatten seit Aldianas Ankunft nicht viel geredet. Er hatte sich noch einmal für die mitgebrachte Jause bedankt. Sie hatte ihm erzählt, dass sie zuerst am Baumhaus gewesen war und dann eine Bucht nach der anderen abgesucht hatte. Er hatte ihr nicht recht zugehört, war immer wieder in dumpfes Schweigen verfallen. »Komm, Luca, sei kein Frosch. Sonst bist du doch immer einer der Ersten, der sich ins kalte Wasser wirft.« Noch immer zögerte er. Sie machte einen Schritt auf ihn zu, streckte ihm beide Hände hin. Er ließ sich von ihr aufhelfen. Das Mädchen stieß ein kurzes »Jippieeee!!« aus und zog den Jungen zum Wasser.

Die Ente fühlte sich durch das Geschrei in ihrem Sonnenbad auf den Steinen gestört und trippelte aufgeregt zur Seite. Fünf Meter weiter ließ sie sich nieder und beäugte neugierig das blonde langhaarige Mädchen und den dunkelgelockten Buben, die sich in die Fluten der Ache stürzten.

Die Welt stand mit einem Mal still. Als hätte der Weltenlenker auf die große Pausentaste gedrückt. Das Leben ringsum wurde angehalten. Es gab nur sie beide, die Sonne am Himmel und das Plätschern des Wassers, das sanft an den Planken des Bootes streichelte. Der kleine Ort in der Ferne, die

Häuser und Bäume am Ufer, die Konturen des Strandbades mit den vielfarbigen Tupfern, alles wirkte wie gemalt. Ganz schwach drang hie und da ein Laut über das Wasser, ein Motorlärm von der weit entfernten Straße, ein Rufen von einem der vorübergleitenden Segelboote. Aber sie nahmen es gar nicht wahr. Es gehörte nicht zu ihrer Welt. Merana hatte das Ruderboot bis in die Mitte des Sees gelenkt und anschließend die Riemen eingezogen. Nun trieb der kleine Nachen auf den Wellen. Roberta hatte das Kleid ausgezogen. Sie trug nur ein schmales schwarzes Bikinihöschen. Sie hatte den Rücken gegen Meranas Brust gelehnt. Der hielt die Arme um den nackten Oberkörper der Französin geschlungen. Seine rechte Wange schmiegte sich an ihr Haar. Es gab nur sie beide. Die Wärme ihrer Haut. Das sanfte Streicheln von Robertas Fingern auf seinem Unterarm. Den schwachen Geruch von Orangen und Jasmin, den ihr Körper verströmte. Das Pochen ihrer Herzen, das manchmal mit dem Rhythmus der Wellen harmonierte, die an das Boot klopften. Eine tiefe Ruhe breitete sich in Merana aus. Eine Ruhe, die alles umspannte. Die Frau in seinen Armen. Den kleinen hölzernen Kahn. Das Wasser. Die fernen Ufer. Die Berge. Den Himmel. Ihn selbst. Die Welt stand still.

»Spürst du, wie das Glück für uns ein Zelt aufspannt, chéri?« Ihre Stimme war leise.

Er liebte den Klang ihrer Worte, die helle Melodie ihres französischen Akzents.

»Ja.« Er küsste sie auf das Ohr. Ihr Kopf bewegte sich sanft hin und her. Ihre Haare rieben auf seiner Haut.

»Als ich noch war eine ganz kleine Mädchen, mein Vater ist oft mit mir gefahren in eine solche Barke auf die See. Noch ganz früh am Morgen. Und wir haben gewartet, bis sich erhebt die Sonne.« Das Bild stieg in ihm hoch. Ein Nachen auf dem Wasser. Ein Mann, den er sich mit gütigen Augen vorstellte, und die kleine Roberta, die jauchzte, als die ersten Sonnenstrahlen über die Hügel krochen und das Ufer erreichten. Sie richtete sich halb auf, drehte den Kopf nach hinten.

»Ich möchte noch oft mit dir in einem Boot sein und dich spüren auf dem Wasser.«

Ihr Blick war warm, getragen von großem Ernst. Ja, das wollte er auch. Jeden Tag. Er küsste ihren Mund. »Und ich möchte dich auch spüren, auf dem Land, Roberta. Auf den Hügeln, in den Straßen, in der Stadt. Überall.« Sie drückte sich fest gegen ihn.

»Nicht nur heute? Nicht nur in diesem Sommer?«

Er hielt seine Lippen an ihr Ohr. »Viele Sommer. Viele Winter.« Der Ruck, mit dem sie sich umdrehte, brachte das Boot ins Schaukeln. Sie kroch auf ihn, küsste seinen Hals. In seinem Herzen schallte ein Jauchzen. Es klang wie der vielfache Nachhall von längst zersprungenen Eisenreifen.

»Auf die Plätze, fertig, jeeeetzt!« Aldiana und Luca starteten gleichzeitig aus dem knietiefen Wasser. Wer würde als Erster den Platz erreichen und am Badetuch abschlagen? Luca lag auf den ersten Metern vorne, das Mädchen holte mit Gejohle auf. Der Ente reichte es endgültig. Mit beleidigtem Quaken schreckte sie von ihrem Sonnenplatz hoch und ließ sich in die Wellen gleiten.

»Erster!« Aldiana warf sich auf ihr Badetuch und stöhnte gleichzeitig auf. Sie hatte den Wettlauf gewonnen. Aber die Steine unter dem Tuch waren hart. Die Landung schmerzte. Luca ließ sich neben sie fallen. Er hatte sich geschickter abgerollt.

»Aber es war sehr knapp! Das nächste Mal kriege ich dich!«

Das Badetuch war breit. Sie hatten beide darauf Platz. Sie legten sich zuerst auf den Bauch, später auf den Rücken, um sich trocknen zu lassen. Die Sonne hatte zwar längst ihren Zenit überschritten, aber es war immer noch sehr heiß. Das Mädchen war einen halben Kopf größer als der Junge. Im Dezember würde sie 14. Und Luca Ende Jänner 13. Aldiana stupste mit ihrem Knie gegen den Oberschenkel des Buben. Der stupste zurück. Eine Zeit lang stupsten sie einander und lachten bei jeder Berührung. Dann richtete sich das Mädchen auf. »Wir müssen uns eincremen!«

»Ich nicht!«

Sie erwiderte nichts, holte das Sonnenöl aus ihrem Rucksack. Sie reichte ihm die Flasche und setzte sich. Sie drehte ihm den Rücken zu, löste die Träger ihres Bikinioberteils, senkte den Kopf und ließ ihre langen Haare vornüberhängen.

Luca öffnete die Flasche, drückte einige Spritzer Sonnenmilch auf die Haut des Mädchens.

»Wie hättest du es gerne? *Andante* oder *Allegro*?«

Sie lachte. »Die ersten zehn Takte *Molto Adagio*, dann ein kurzes Zwischenspiel *Presto* und schließlich noch ein gemächliches *Moderato*.«

Er kreiste seine Finger. »Wie Signorina wünschen. Beginnen wir mit der *Sonata Crema solare per Aldiana*, Opus 1, in drei kurzen Sätzen.« Er legte die Hände auf ihre Haut und begann die milchige Flüssigkeit zu verteilen.

»Ah, das ist gut Luca. Sehr sanft. Ein wunderbares *Molto Adagio*. Und jetzt: Tempowechsel!« Er wischte noch einmal mit beiden Handflächen über die Schulterpartien.

Dann wirbelten seine Fingerkuppen über den Rücken des Mädchens, tanzten die kleinen Höcker der Wirbelsäule entlang, scherten über die schmalen Hüften aus, machten kehrt, trommelten in furiosem Tempo wieder den Oberkörper hoch, nur um erneut in ungebrochener Fahrt sich den Weg nach unten zu bahnen. Wie von einer unsichtbaren Macht getrieben, fegten die zehn Finger über die Haut des Mädchens, kraftvoll im Anschlag und gleichzeitig so behutsam, dass es für Aldiana eine Wohltat war. Schließlich landeten die Finger wieder auf den Schulterpartien. Ein kurzer kräftiger Tupfer mit der linken Hand, gefolgt von einer eleganten Bewegung mit der rechten. Luca ließ die Finger abschnellen, als hätte er einen Schlussakkord gespielt. Aber er verharrte nicht lange in der Pose, sondern legte gleich wieder beide Hände auf die Schulterblätter, um sich dem *Moderato* zu widmen. Als er fertig war, klatschte Aldiana Beifall. »Grazie, Maestro!«

Sie schloss die Träger ihres Bikinis und drehte sich um. In Lucas Augen stand ein Leuchten. Das hatte sie an ihm schon seit Monaten nicht mehr gesehen. »Möchtest du mich auch vorne eincremen?« Er schaute sie ein wenig verwirrt an. Doch das Leuchten in seinen Augen blieb. Sie hielt ihm die Plastikflasche hin. »Bitte ohne *Presto*, dafür *Molto Amabile*.« Sie lächelte ihn an, stützte die Arme auf den Boden und lehnte sich ein wenig zurück. Er spritzte ihr etwas Sonnenmilch auf den Bauch, dann begann er mit langsam kreisenden Bewegungen die weiße Flüssigkeit zu verreiben. Seine Fingerkuppen wischten sanft über die Haut, arbeiteten sich hoch bis zu den Körbchen des Bikinis. Einmal streifte sein Handrücken den Busen des Mädchens. Er erschrak dabei, sah sie an. Sie schenkte ihm nur ein Lächeln. Dann griff er erneut zur Sonnenmilch und begann auch die

Beine des Mädchens einzureiben. Als er damit fertig war, hielt er ihr die Flasche hin. Aldiana zögerte. Noch war sie nicht fertig eingecremt. Dann richtete sie sich auf, spritzte ein wenig Milch in ihre Handflächen und cremte sich selbst die Haut am Hals und am Ansatz ihrer Brüste ein. »Und jetzt kommst du dran.« Er widersprach nicht, drehte ihr den Rücken zu. Sie begann an den Schultern, spürte, wie seine Muskeln verkrampft waren. Sie ließ sich Zeit, massierte langsam. Sie drückte ihre Finger fester in das Fleisch, knetete die Haut, verringerte daraufhin wieder den Druck und strich nun behutsam über den Nacken. Ihre Hände kreisten, als schrieben sie eine Melodie auf die Haut. Sie fühlte, wie die Spannung im Körper des Jungen allmählich nachließ. Als würde ein Teil seiner Last zu Boden gleiten. Am liebsten hätte sie Luca herumgerissen und fest an sich gedrückt. Sie hatte ihn schon gemocht, als sie gemeinsam im Kindergarten waren. Er hatte sich immer ein wenig schüchtern gezeigt. Aufgeblüht war er nur, wenn die Gruppentante zur Gitarre griff und die kleinen Schlaginstrumente an die Kinder verteilte. Egal ob Luca die Trommel bekam oder das Xylofon, er schlug immer exakt im Takt, manchmal auch auf zwei Instrumenten gleichzeitig. Ihn brauchte man nicht zu unterweisen, wie die zweite Stimme eines bestimmten Liedes klang. Er fand sie von alleine. Aldiana erinnerte sich, wie traurig sie war, als sie in die 1. Klasse Volksschule kam. Luca war ein Jahr jünger als sie, musste im Kindergarten zurückbleiben. Bald hatten sie einander an der Musikschule wieder getroffen. Sie hatten anfangs sogar dieselbe Klavierlehrerin. Aber Luca, obwohl jünger als sie, wechselte bald in eine höhere Leistungsstufe. Sie hatte die Aufnahmeprüfung ins *Musische Gymnasium* äußerst knapp geschafft. Luca ein Jahr nach ihr mit Leichtigkeit.

Dadurch hatten sie einander wieder öfter sehen können. Ihre Freundschaft war gewachsen. Sie strich weiterhin sanft mit fettigen Händen über die Rückenpartien des Jungen.

»Ich weiß, was deine Finger vorhin spielten, als du sie beim Prestoteil über meinen Rücken tanzen ließest.« Sein Körper straffte sich überrascht.

»Es war der 4. Satz aus der 2. Chopin Klaviersonate.« Er wandte sich um. »Das hast du erkannt?«

»Ja.« Er schüttelte nur ungläubig den Kopf, dann wechselte er wieder in die vorherige Position. Aldiana gab Milch auf seinen Rücken und massierte weiter.

»Du hast den Satz heuer beim Klassenabend im *Mozarteum* gespielt. Ich war dabei. Es war großartig. Ich gäbe viel, wenn ich nur ein Zehntel deiner Begabung hätte.«

Er wirbelte herum. Seine Augen funkelten. »Ich habe keine Begabung. Du spielst mindestens so gut. Dein erster Satz aus der A-Dur-Sonate beim Schulabschlussfest war sehr gut.«

Sie lachte. »Luca, das ist lieb von dir. Aber bleiben wir bitte ehrlich. Mir hätte der gute Amadeus vielleicht freundlich zugenickt. Aber von dir wäre er begeistert, was immer du spielst. Denn du hast etwas, was mir leider fehlt. Und das kann man auch nicht lernen: Genialität!«

Er sprang auf. Seine Stimme wurde laut. »Spinnst du? Sag so etwas nie wieder. Es reicht, dass sich mein Vater blöd anhört, wenn er so etwas hinaus posaunt! Ein für alle Mal: Ich habe von Musik die Nase voll bis obenhin!« Er hockte sich trotzig auf den Boden, stemmte die Ellbogen auf die Knie und versenkte den Kopf zwischen den Fäusten.

»Warum hast du, als ich dich bat, mir Sonnenöl aufzutragen, gefragt: *Andante* oder *Allegro*?«

Er hob missmutig den Kopf, senkte ihn gleich wieder.

»Keine Ahnung. Ist mir wohl einfach herausgerutscht!« Sie lachte. »Ja, Luca. Du hast recht. Es ist dir herausgeglitten. So wie alles, das aus dir kommt, Musik ist.«

Er riss die Fäuste vom Kopf. Seine Augen blitzten sie an. »Nein!« Seine Stimme überschlug sich. »Ich hasse Musik! Alles, was aus mir kommt, ist Scheiße!«

In der nächsten Sekunde schossen ihm die Tränen aus den Augen. Das Bestreben in ihm, einfach wegzurennen, alles hinter sich lassen, war groß. Fort, nur fort. Aber er kam nicht dazu. Aldiana fasste seine Hand, hielt ihn zurück. Energisch. Zog ihn wieder auf das Badetuch. Er gab nach. Dann presste er den Kopf gegen die aufgestellten Knie und heulte hemmungslos. Sie streichelte behutsam über sein Haar.

»Ich möchte nach dem Studium an einem Konservatorium unterrichten. Ich glaube, ich werde einmal eine gute Klavierlehrerin. Ehrgeiz und Fleiß habe ich. Vielleicht spiele ich auch hin und wieder Kammermusik, zusammen mit Streichern und Bläsern. Zu viel mehr wird es nicht reichen, das weiß ich. Aber Unterrichten wird mir viel Freude bereiten. Du, Luca, hast einen anderen Weg vor dir, wenn du willst. Du bist ein Künstler. Du trägst die Fähigkeit eines genialen Gestalters in dir, ob du dich nun dagegen wehrst oder nicht.«

Er stöhnte auf. Ein heftiges Schluchzen quoll aus seinem Mund.

»Wenn ich dich sehe, wie du über den Schulhof schleichst, weil dich etwas bedrückt, dann spüre ich in jeder deiner Bewegungen Beethovens Mondscheinsonate. Wenn du beim Fußballspielen plötzlich alles rings um dich vergisst und zu einem Sololauf ansetzt, dann dribbeln deine Füße den Anfang der C-Dur Sonate. Wenn du mit mir im Wasser der Königsseeache planschst und herumtollst, dann klingt das wie ein ungarischer Tanz von Dvorak. Und deine Finger spielen beim Eincremen auf meinem Rücken Chopin, weil sie gar nicht anders können. Das bist du, Luca. Das ist dein Wesen, das ich so mag an dir. Du bist Musik!«

Er hob sein tränenüberströmtes Gesicht, versuchte, den Kopf zu schütteln.

»Doch, Luca. Und du weißt das. Das ist dein Talent! Ein Geschenk Gottes. Und diese Gabe darfst du dir von niemandem zerstören lassen, auch nicht von deinem Vater.«

Sie nahm mit beiden Händen sein tränenüberströmtes Gesicht und drückte es an ihre Brust.

Sie hatten sich fast drei Stunden im Boot über den See treiben lassen. Kurz vor dem Aussteigen hatte Merana eine Nachricht der Chefinspektorin auf seinem Handy entdeckt. *Luca geht es gut! Das Mädchen aus dem Mozarteum hat ihn gefunden!* Der Kommissar spürte ein starkes Gefühl der Erleichterung. Eine Sorge weniger. Als sie nach ihrer Ankunft den Weg zum Schlosscafé einschlugen, um noch bei herrlichem Ausblick ein kleines Mahl zu genießen, summte Meranas Handy erneut. Er aktivierte das Display. Eine weitere Nachricht von Carola. Auch diese Botschaft bestand aus zwei Zeilen. Aber sie war weniger erfreulich als die vorige. Noch ehe er etwas sagen konnte, blieb die Französin stehen. »Ich vermute, mon Commissaire, unsere kurze Urlaub ist schon wieder zu Ende.« Er nickte grimmig. »Nicht machen so eine finstere Gesicht, chéri. Wir haben noch andere Tage für uns.« Sie sah ihn von der Seite her an. »Und vielleicht wir haben gemeinsam noch viele Sommer und viele Winter?« Ihre Stimme klang ein wenig unsicher, ihr Blick war angespannt. Er atmete tief durch.

»Ja, Roberta. Das haben wir.« Was er vorhin im Boot empfunden hatte, das war ihm ernst gewesen. Er wollte diese Frau nie mehr auslassen. Sie fassten einander an den Händen und eilten zurück zum Auto. Während der Rückfahrt bemühte er sich, seiner Begleiterin so viel Aufmerksamkeit wie möglich zu schenken. Doch die Französin hatte Verständnis dafür, dass ein Teil von Meranas Gedanken immer wieder abschweiften, sich mit der eben empfangenen Nachricht auseinandersetzten. Der Inhalt von Carolas Meldung hatte ihn überrascht. Er war jeden Augenblick darauf gefasst gewesen, dass der im Verborgenen umtriebige Fädenzieher, wie angekündigt, Zeitpunkt und Ort der Übergabe nennen würde. Durch eine entsprechende Mitteilung an die Werksleitung in Grödig.

Der Erpresser hat sich gemeldet.

Der erste Satz in Carolas Nachricht hatte ihn nicht in Erstaunen versetzt. Aber die Fortsetzung der Mitteilung verblüffte ihn.

Bei Odilo Mittermeier.

Warum hatte der Erpresser erneut mit dem zwielichtigen Agenturbetreiber Kontakt aufgenommen? Der Fädenzieher im Hintergrund wusste, dass der Kurier geschnappt worden war. Er konnte davon ausgehen, dass die Polizei Mittermeier über die wahren Hintergründe seines Auftrages informiert hatte. Warum wandte der Erpresser sich dennoch ein weiteres Mal an den Mann? Dem Kommissar blieb viel Zeit, diese Frage in seinem Kopf rotieren zu lassen. Denn kurz vor Elixhausen gerieten sie in einen Stau wegen eines Unfalls. Es brauchte lange, bis Merana über Funk eine Motorradstreife herbeordern konnte, die ihm über Seitenstraßen den Weg zurück in die Stadt freimachte. Als sie schließlich auf dem Parkplatz der Bundespolizeidirektion ankamen, hielt gleichzeitig das Taxi, das er während der Fahrt für Roberta bestellt hatte. Ihre Verabschiedung war kurz. Er wollte sie länger halten. Aber sie drückte ihm einen Kussfinger auf die Nasenspitze. »Sie werden gerufen von Ihre Pflicht, mon Commissaire. Wir sehen uns heute Abend oder morgen.« Er sah ihr nach. Ihr Haarschopf in der Farbe herbstlicher Buchenblätter leuchtete noch eine Sekunde durch das Rückfenster des Taxis, dann war sie im Spätnachmittagsverkehr verschwunden. Er eilte zum Eingang. Über dem Untersberg im Westen zog eine Wolkenbank auf. Sie schob sich langsam vor die Sonne.

Auch Aldiana blickte verwundert zum Himmel. Die Sonne war plötzlich verschwunden. Zum ersten Mal an diesem Tag. Sie hatte sich hinter eine lange dicke Wolke verzogen. Der aufgeheizte Körper der 13-Jährigen begann leicht zu frösteln. Sie langte nach ihrem T-Shirt und zog es über. Luca hatte den Kopf auf ihre ausgestreckten Oberschenkel gebettet. Er war vor einer Stunde eingenickt. Erschöpft vom Weinen und vom Schlafmangel. Er hatte die vergangene Nacht im Baumhaus kein Auge zugetan. Zweimal hatte Aldiana eine Nachricht an die Mutter des Jungen geschickt, um sie zu beruhigen. Sie versprach, Luca nach Hause zu begleiten. Bevor er eingeschlafen war, hatten sie noch geredet. Über die Schule. Über ihre Lieblingsfilme. Ein wenig auch übers Klavierspielen. Wenn das Mädchen die Unterhaltung auf die Familie des Jungen lenkte, geriet das Gespräch ins Stocken. Aber Aldiana hatte nicht locker gelassen. Bis Luca plötzlich die Augen zufielen und er mitten im Satz wegsackte.

»Luca, aufwachen!« Sie zwickte ihm ins Ohr. Er schreckte hoch, brauchte ein paar Sekunden, bis er sich zurechtfand.

»Es ist gleich fünf. Wir haben ausgemacht, dass ich dich nach Hause begleite.« Er brummte etwas Unverständliches, lief zum Flussufer und spritzte sich kaltes Wasser ins Gesicht. Sie zogen sich an und verließen die Bucht. Es war nicht einfach, sich den Rückweg durch das dichte Gestrüpp zu bahnen. Aber sie halfen sich gegenseitig. Sie erreichten ihre Fahrräder, saßen auf und traten kräftig in die Pedale. Als sie in die Siedlungsstraße einbogen, bremste Luca ab.

»Was ist? Ich begleite dich bis zur Haustür.«

Er schüttelte den Kopf. »Danke, Aldiana. Das schaffe ich schon alleine.« Sie griff in die Außentasche ihres Rucksackes, holte ein dünnes ledernes Band hervor. Daran baumelte ein kleiner Stein in Form einer umgekehrten Birne. Die Farbe schillerte zwischen Braun, Orange und dunklem Rot. »Das ist mein Talisman, ein Achat aus Madagaskar. Ich möchte ihn dir schenken.« Sie hängte ihm das Lederband um den Hals, küsste ihn auf die Wange. »Danke, Aldiana. Für alles.« Auch sie war müde, fühlte sich wie erschlagen. Dennoch versuchte sie, ein vertrauensvolles Lächeln in ihr Gesicht zu zaubern. Luca zögerte. Der Wunsch, Aldiana in sein furchtbares Geheimnis einzuweihen, war groß. Sie war heute so offen zu ihm gewesen, so lieb. Aber es dauerte nur zwei Herzschläge lang, dann wandte er sich ab. Nein! Scham schwappte hoch. Ekel. Angst. Das Geheimnis hatte mit seinem Vater zu tun. Darüber konnte er auch mit seiner besten Freundin nicht sprechen. Er schwang sich aufs Rad. Strampelte los. Aldiana sah ihm nach. Luca hatte noch etwas sagen wollen, das war ihm deutlich anzusehen. Sollte sie ihm nachfahren? Nein. Er war entschlossen, das alleine durchzuziehen. Er wollte ohne Begleitung nach Hause kommen. Das akzeptierte sie. Plötzlich wurden ihre Knie weich. Sie stützte sich auf den Lenker ihres

Rades. Der ganze Tag hatte sie viel Kraft gekostet. Und die Nacht davor hatte sie auch kaum geschlafen. Sie war stolz auf sich. Sie hatte Luca gefunden. Sie hatte ihn zum Reden gebracht. Sie hatte heute vieles richtig gemacht. Aber jetzt konnte sie nicht mehr. Sie wollte nur noch nach Hause.

Der Kern der Ermittlertruppe hatte sich schon im Sitzungszimmer versammelt, als der Kommissar eintraf. Er begrüßte sein Team und nahm Platz. Die Chefinspektorin kam gleich zur Sache. Sie tippte auf eine Taste ihres Laptops. Auf dem Screen an der Stirnwand des Raumes erschien ein Bild von Odilo Mittermeier.
»Unser bestens bekannter Spezialist für Aufträge unmöglicher Art kam heute Nachmittag gegen 14.20 Uhr nach Hause und fand dieses Kuvert in seinem Postkasten.«
Auf dem Screen erschien in Großaufnahme die Abbildung eines grauen Briefumschlags mit der Anschrift der Agentur. »In einem Anfall von Hellsichtigkeit verständigte Mittermeier umgehend die Kollegen in Linz. Die benachrichtigten uns und machten sich auf den Weg in die Wohnung. Das Linzer Team sicherte erste Spuren am Kuvert und an diesem Schreiben. Auf das Ergebnis der Auswertung warten wir noch.« Die Aufnahme des Umschlags verschwand. Der Screen zeigte ein weißes Blatt Papier mit einer Nachricht in der Länge einer Dreiviertelseite.

Werter Herr Mittermeier! Geschätztes Team der Agentur SAU!
Zu unserem Bedauern ist bei der Durchführung eines Spielzuges, deren Erledigung Sie auftragsgemäß am vergangenen Sonntag übernommen hatten, eine unvorhersehbare Panne passiert. Die stets von ausgeklügelter Raf-

finesse geprägten Spielsysteme, deren sich unser Club in aller Regelmäßigkeit erfreut, tragen das Prinzip der Überraschung zwar als Wesensmerkmal in sich. Jedoch bleiben die verschiedenen Aufgaben jedes Wettbewerbes stets innerhalb eines vorgegebenen fiktiven Rahmens und sind niemals an die Einbindung offizieller staatlicher Stellen gekoppelt. Es haben sich im vorliegenden Fall offenbar zwei völlig voneinander unabhängige Handlungskreise überschnitten: unser Spiel und eine wie auch immer geartete Ermittlungsaktion seitens der Exekutive. Das Auftauchen der Polizei just am selben Spielort zum selben, durch unsere Spielvorgabe festgesetzten Zeitpunkt, ist eine höchst unglückliche Koinzidenz zweier einander ausschließender Unternehmungen. Die Ihnen dadurch zugefügten Unannehmlichkeiten konnten wir beim besten Willen nicht vorhersehen. Um der Tiefe unseres Bedauerns entsprechenden Ausdruck zu verleihen, erklären wir uns bereit, den für Sie noch ausstehenden Betrag zu vervielfachen. Sofern Sie überhaupt noch gewillt sind, den Auftrag zu Ende zu bringen. Sollten Sie sich dazu entschließen können und mit der Erhöhung der dritten Rate auf 5.000 Euro einverstanden sein, dann lassen Sie uns Ihre Zusage per Inserat in gewohnter Manier innerhalb der nächsten zwei Tage wissen. Als Annoncetext erwarten wir: ›Hildebrandt an Hagenauer. Tolle Arbeit!‹

In Hochachtung
Edler von Altenau

Für rund zehn Minuten war es still im Raum. Jeder widmete sich mit großer Aufmerksamkeit dem Text. Alle lasen die Zeilen mehrmals.

»Was will der Kerl?« Oberleutnant Gregor Trattner sprach als Erster aus, was die meisten dachten.

»Versteht jemand den Sinn des Inseratentextes?« Die Frage kam von Holger Fellberg. Merana erhob sich, stellte sich neben seine Stellvertreterin.

»Er spielt mit uns. Nach wie vor.« Er ersuchte die Chefinspektorin, die Stelle zu markieren.

Hildebrandt an Hagenauer. Tolle Arbeit!

»Das passt zum ersten Text: *Salomebildnis aus der Sammlung Raitenau um 1606 Euro anzubieten.* Auch der Inhalt der nun geforderten Annonce bezieht sich auf *Schloss Mirabell.* Vom alten Bau aus der Zeit Wolf Dietrichs sind ja nur mehr ein paar Reste im Untergeschoss erhalten. Lucas von Hildebrandt im 18. und Johann Georg von Hagenauer im 19. Jahrhundert zeichnen im Wesentlichen als Baumeister für das heutige Aussehen von Schloss und Gartenanlage verantwortlich.«

»Wenn der Typ so viel weiß, warum bewirbt er sich dann nicht bei Günther Jauch? Da könnte er Millionär werden, ohne die halbe Stadt zu vergiften!«

Einige im Raum quittierten die Bemerkung des Oberleutnants mit einem kurzen Lachen. Merana schnaubte.

»Ich weiß einfach nicht, was er vorhat. Wir sind uns alle einig: Der Kerl ist gerissen.

Er muss davon ausgehen, dass Mittermeier durch uns über den wahren Sachverhalt aufgeklärt wurde. Er kann annehmen, dass seinem Kurier längst klargemacht wurde, dass es um Erpressung geht. Keine Spur von einem raffinierten Spiel irgendeines ominösen Geheimclubs.«

Der Chef der Spurensicherung erhob seine Stimme.

»Und in gleicher Weise muss dem Erpresser klar sein, dass die Polizei diese Nachricht zu Gesicht bekommt.« Er wies mit dem Kopf auf den Text an der Leinwand. »Und dieses Mal wurden auch Brief und Umschlag nicht vernichtet. Er liefert uns also freiwillig Material, das wir ermittlungstechnisch auswerten können. Was will der Mann?«

Merana griff zum Stift, schrieb an die Ermittlungstafel: *Ausgangslage.* Dann blickte er in die Runde.

»Status quo ist: Der Erpresser hält nach wie vor an seiner Drohung fest. Er schickt ein Schreiben an die Firmenleitung in Grödig. Darin erhöht er nunmehr die Summe des Lösegeldes auf drei Millionen Euro. Er unterstreicht vehement seine Forderung: keine Polizei.«

Unter das Wort *Ausgangslage* malte er nun ein dickes *A*.

»Variante *A*: Der Erpresser ist überzeugt, dass die Firmenleitung dieses Mal keinen Kontakt zu uns aufnimmt. Somit könnte er also bei der nächsten Übergabe ungehindert an sein Ziel kommen. Weiters nimmt er an, dass die Agentur Mittermeier trotz Fehlschlags und polizeilicher Festnahme auch den nächsten Übergabeauftrag annimmt. Als Anreiz erhöht er den ausstehenden Betrag auf 5.000 Euro.«

»Wenn er davon ausgeht, dass ihn niemand mehr an der Übergabe hindern wird, wozu braucht der Erpresser dann noch den Mittermeier?« Zum ersten Mal hatte sich Abteilungsinspektor Braunberger zu Wort gemeldet. Merana verbeugte sich schmunzelnd in dessen Richtung.

»Wie immer trefflich kombiniert, Mister Holmes. Lassen wir die Frage offen. Kommen wir zu Variante *B*.«

Er malte den Buchstaben an die Tafel.

»Dem Erpresser ist klar, dass die Polizei noch immer mitten im Geschehen ist. Dennoch schickt er eine Nachricht an die Agentur. Er kann sicher sein, dass Mittermeier längst die Wahrheit kennt und uns sofort den Brief zukommen lässt. Dennoch sind Tonfall und Inhalt des Schreibens so gehalten, als ginge es weiterhin um das rätselhafte Clubspiel. Die Frage ist: Warum tut er das?« Er malte ein fettes Fragezeichen hinter den Buchstaben *B*.

»Er spielt mit uns. Er will zeigen, dass er uns total überlegen ist und wir nicht den Funken einer Chance gegen ihn haben.« Einige murmelten Zustimmung auf diese Bemerkung des Oberleutnants. Merana schrieb an die Tafel: *Er spielt mit uns!*

Dann setzte er unter die beiden bisherigen Buchstaben noch ein *C*.

»Fällt jemandem noch eine weitere Möglichkeit ein?« Er blickte in die Runde, sah in nachdenkliche Gesichter. Die Stimme der Chefinspektorin war leise, aber für jeden im Raum gut zu vernehmen.

»Er hat etwas ganz anderes vor, von dem wir noch keine Ahnung haben.«

Das Unbehagen aller im Raum war zum Greifen spürbar. Der fiese Kerl agierte aus dem Hinterhalt. Er hielt nach wie vor die Fäden straff in der Hand. Und sie mussten jedes Mal abwarten, welcher Zug dem Unhold als Nächstes einfiel. Sie hassten es, immer nur reagieren zu können. Merana setzte hinter das *C* zwei Fragezeichen.

»Wer glaubt, dass Variante *A* zutrifft?« Keiner der Anwesenden hob die Hand.

Der Kommissar strich den Buchstaben durch.

»Dann bleiben nur *B* oder *C*.«

»Also Martin, was machen wir?« Die Chefinspektorin und alle anderen im Raum blickten auf den Ermittlungsleiter.

»Wir verständigen Odilo Mittermeier, das Inserat zu schalten. Carola, setz dich bitte mit der Zeitung in Verbindung. Die Annonce soll schon morgen erscheinen.«

Die Chefinspektorin schaute auf die Uhr. »Das wird knapp. Die haben sicher die Annoncenseiten längst fertig.« Sie griff nach ihrem Handy, verließ mit raschen Schritten den Besprechungsraum. Merana sah in die Runde.

»Er fordert uns heraus. Gut, kann er haben. Wir machen mit.«

Wie zur Bestätigung erhoben sich fast alle gleichzeitig von ihren Stühlen.

In seinem Büro angekommen rief Merana die Staatsanwältin an und informierte sie über den Brief und das geplante Inserat. Gudrun Taubner war mit der Vorgangsweise des Ermittlerteams einverstanden. Zehn Minuten später meldete sich das Büro des Polizeipräsidenten. Der Herr Hofrat ersuche den Chef der Kriminalpolizei, ihn bei einem Empfang am Sonntag in der Salzburger Residenz zu vertreten. Merana ließ ausrichten, er stecke bis zum Hals in einem schwierigen Fall, über dessen Tragweite der Herr Präsident bis ins Detail informiert sei. Sollte sich bis zum Sonntag erfreulicherweise eine Lösung abzeichnen, könne man darüber reden. Andernfalls müsse er mit Bedauern absagen. Kaum hatte er aufgelegt, tauchte Otmar Braunberger auf, pflanzte sich in den Besucherstuhl.

»Wie war es am Mattsee?«

Merana grinste. »Romantisch. Sonne. Wasser. Ruderboot.«

»Da wäre ich gerne als kleine schlanke Forelle neben dem Nachen hergeschwommen.« Das Lachen zog Braunberger den Mund in die Breite. Der Kommissar blickte demonstrativ auf den Leibesumfang des Abteilungsinspektors. Der verstand die Anspielung. »Na gut, vielleicht eher als wohlgenährter Waller denn als Forelle.« Dann wurde er plötzlich ganz ernst. »Ich wünsche dir viel Glück mit dieser reizenden Frau, Martin.«

»Danke, Otmar.«

Er schlug sein abgewetztes Notizbuch auf.

»Polizeiliche Ermittlungsarbeit bildet ungemein, das sage ich immer wieder.

Ich wusste gar nicht, dass *Allotria* aus dem Griechischen kommt, abgeleitet von *allotrios, fremdartig, nicht zur Sache gehörend.* Ich kannte bisher nur die *Allotria Jazzband* und den alten Kinoschinken aus den 30er Jahren mit Heinz Rühmann. Aber das nur nebenbei. Also: der *Allotria Kostümverleih* ist der größte im Raum Deutschland, Österreich und der Schweiz. Abgesehen von Privatpersonen, Firmenfeiern, Karnevalsveranstaltern beliefert *Allotria* regelmäßig kleine und mittlere Bühnen, die oft nicht die Gesamtausstattung einer Produktion selber anfertigen können. Außerdem gehören zum fixen Kundenkreis Filmfirmen, TV-Anstalten und spezielle Konzertveranstalter, die für besondere Auftritte historische Kostüme brauchen.«

Merana war hellhörig geworden. »Bei Konzertveranstalter fallen mir sofort die Ordensschwestern ein.« Der Abteilungsinspektor grinste. »Der Kandidat hat 100 Punkte. Der Veranstalter, der vor zwei Wochen die Nonnen von Goldenstein kontaktierte, ist tatsächlich Kunde von *Allotria* in München. Und weißt du, mein lieber Kommissar, in welcher Stadt der Veranstalter sein Hauptbüro hat?«

Merana dachte nach. In Salzburg? Davon hatte er noch nie etwas gehört.

»Vielleicht in München?«

»Nein.« Braunberger klappte sein Buch zu. »In Linz.«

Der Motor an Meranas Gedankenkarussell sprang an. Linz? Bestand hier ein Zusammenhang zu Mittermeier?

Braunbergers Recherchen öffneten eine neue Tür. Die Angelegenheit wurde immer unübersichtlicher. Der Kommissar kam nicht dazu, die neu gewonnene Information in das Gefüge der bisherigen Erkenntnisse einzuordnen, denn es klopfte. Thomas Brunner und die Chefinspektorin betraten das Büro. Der Chef der Spurensicherung hielt sein Tablet in der Hand. Auf dem Bildschirm waren viele verwirrende Zeichen zu sehen, dazwischen Zahlen und ein paar Buchstaben.

»Was ist das, Thomas?«

»Das ist ein erstes Ergebnis, das meine Spezialisten hoffen lässt, bald weitere Details zu liefern. Was ihr hier seht, sind die bisher wiederhergestellten Reste einer gelöschten Datei, die wir auf Edwin Farnkogels Computer gefunden haben. Wir haben noch eine ganze Reihe ähnlicher Dateien ausmachen können. Aber an denen beißen wir uns derzeit noch die Zähne aus. Was allerdings hier schon zu erkennen ist, liest sich zumindest nicht uninteressant.«

Er fegte mit der Hand über den Screen. Der unübersichtliche Wald der rätselhaften Zeichen lichtete sich. Übrig blieben Wortfetzen und Ziffern.

… chnung…

… 10.00 …

… gabe …

… 00.00 …

… Avar…

Die anderen drei starrten auf den Bildschirm.

»Das ist alles, Thomas?« Der Chef der Spurensicherung nickte. »Das ist alles, was uns bisher an Rekonstruktion gelungen ist. Aber Leute, das ist immerhin ein Anfang.«

»Und was soll das heißen?«

»Naja, vielleicht …« Er begann auf dem Schirm zu tippen. »Rechnung, 10.00 Uhr, Übergabe … und so weiter. Das klingt doch logisch, oder?«

Merana und die Chefinspektorin bemühten sich, überzeugt zu wirken. Der Abteilungsinspektor verzog mürrisch das Gesicht. Dann nahm er Brunner das Tablet aus der Hand. Seine Finger trommelten über den Screen.

Eine Zeichnung von 10.000 Aktien mit einer Gewinnvorgabe von 500.000 nenne ich: Avaritia.

Der Tatortgruppenchef starrte ihn verblüfft an. »Und was bitte soll uns das sagen?«

Braunberger zuckte mit der Schulter. »Weiß ich nicht. Aber es ist mindestens so schlau wie deine Schriftgelehrtendeutung.« Damit öffnete er die Tür und stapfte hinaus. Brunner folgte ihm auf den Gang.

»Und wer ist Avaritia?«

Der Abteilungsinspektor rief über die Schulter zurück, ohne sich umzudrehen. »Nicht wer, sondern was!«

Brunner kehrte ins Büro zurück. »Was ist denn in den gefahren?«

Merana und Carola zeigten sich amüsiert.

»Thomas, du kennst doch Otmar. Voreilige Schlüsse aus Indizien zu ziehen, ohne sich andere mögliche Varianten offen zu halten. Da bekommt er Sodbrennen.«

Der Chef der Spurensicherung rümpfte die Nase. »War ja nur ein Versuch.«

Merana verbeugte sich wieder einmal in Gedanken vor den Fähigkeiten seines Abteilungsinspektors. Innerhalb von wenigen Sekunden aus den Bruchstücken einen schlüssigen Satz zu formulieren, alle Achtung!

Avaritia. Einer der lateinischen Namen der sieben Todsünden. *Avaritia* bedeutet Habgier. Und die ist in einem Erpressungsfall wohl immer im Spiel.

Bevor Carola mit Thomas Brunner das Büro verließ, bat der Kommissar sie noch, eine Kopie des heute bei Mittermeier eingetroffenen Briefes an Romana Weber zu schicken. Er wollte auch die Meinung der Psychologin zu diesem Schreiben in Erfahrung bringen.

Eine Stunde später rief Roberta an. Sie würde heute bis spät in die Nacht arbeiten müssen. Niklas van Beggen und sie wollten einen Teil der bisherigen Aufnahmen durchsehen, um eine erste grobe Takelist anzufertigen. Durch die unerwarteten Vorfälle waren sie etwas in Verzug geraten.

»Aber wir sehen uns ganz sicher morgen, Martin. Ich schicke dir eine innige Kuss.«

Seine Mutter hatte geweint. Sie hatte ihn fest an sich gepresst, als wollte sie ihn erdrücken. Kein Wort des Vorwurfs war gefallen. Nur Bäche von Tränen waren aus ihren geröteten Augen geflossen. Die aufgesprungenen Lippen hatten minutenlang Küsse auf seine Stirn und Wangen gedrückt. Er hatte die Haustür mit zitternden Händen geöffnet. Der Schlag seines Herzens dröhnte bis unter die Schädeldecke.

Ihm war schlecht. Die Angst war wie eine fette Spinne durch seinen Magen gekrochen. Aber er hatte tapfer Schritt vor Schritt gesetzt. Dann die tiefe Erleichterung. Sein Vater war gar nicht da. Er war geschäftlich unterwegs. Das war zumindest die Feststellung seiner Mutter gewesen. Nun lag Luca im Bett. Eine Flut von Bildern raste durch seinen Kopf. Eindrücke vom heutigen Tag. Aldianas Gesicht. Die Wellen der Ache. Sonnencreme auf brauner Haut. Seine trommelnden Finger. Bikinibänder. Schwarz-weiß. Wie Klaviertasten. Zahlen auf Papier. Die erhobene Hand seines Vaters. Die ängstlichen Augen seiner Lehrerin. Polizisten, die seinen Vater nicht abholen. Ihn vor dem Haus stehen lassen. Und morgen würde Papa wieder da sein. Das hatte seine Mutter gesagt. Er sprang aus dem Bett. Schaffte es bis ins Badezimmer. Kotzte in die Klomuschel. Sein Kopf glühte. Er spülte sich den Mund aus. Putzte sich dreimal die Zähne. Aber der Geschmack von Angst und Ekel blieb.

10. TAG

PESANTE
(SCHWER)

Sie hatten bis zwei Uhr morgens gearbeitet. Dann hatte sie mit Niklas van Beggen noch ein Glas Rotwein getrunken und auf den baldigen erfolgreichen Abschluss dieser von tragischen Umständen begleiteten Produktion angestoßen. Obwohl sie erst gegen halb drei Uhr ins Bett gekommen war, saß Roberta Hirondelle um acht Uhr bereits wieder vor ihrem großen Laptop mit dem hoch auflöslichen Bildschirm. Sie würde erst später ausgiebig frühstücken. Fürs Erste genügte ihr ein starker Espresso, den ihr der junge Mann vom Zimmerservice gebracht hatte. Sie wollte noch einige der von ihr eingefangenen Stadtimpressionen durchschauen. Vielleicht würde sie den Chef der Salzburger Kriminalpolizei noch in einer weiteren Einstellung entdecken. Dann könnte sie ihm auch davon eine Kopie machen. Sie lachte bei dem Gedanken. Es klopfte. Sie schreckte hoch.

»Ja bitte?«

»Ich bin's, Darian. Du wolltest mich sprechen?« Das hatte sie ganz vergessen. Sie warf einen Blick in den Spiegel. Sie sah furchtbar aus.

»Komm bitte herein, Darian. Die Tür ist offen. Ich bin gleich bei dir.« Sie verschwand im Badezimmer. Sie brauchte keine fünf Minuten für eine Katzengesichtswäsche und ein wenig Schminke. Dann kam sie zurück. Der Produktionsleiter hockte in einem der tiefen Fauteuils in der Nähe des Schreibtischs. Er wirkte abwesend, brütete offenbar in Gedanken. Das war nichts Neues. Roberta hatte sich an das mürrische Wesen des Mannes gewöhnt. Doch jetzt war sie auf seine Hilfe angewiesen. Sie musste ihn in bessere Stimmung versetzen.

»Guten Morgen, Darian. Es ist sehr lieb, dass du nicht vergessen hast auf mich.«

Der Produktionsleiter schaute sie an. Er wirkte leicht verwirrt. »Was kann ich für dich tun, meine Liebe?« Die Französin lächelte. Er hatte sie zum ersten Mal mit ›meine Liebe‹ angesprochen. Das war ein guter Anfang. Sie setzte sich ihm gegenüber.

»Wie laufen die Vorbereitungen für unsere nächste Produktion in die USA? Für die Doku über Carolyn Davidson und den *Swoosh* von *Nike*?«

»Gut. Die Planung ist fast abgeschlossen.« ›Fast abgeschlossen‹ klang gut. Das hieß: noch nicht endgültig fixiert. Sie erhöhte den Charmefaktor in ihrer Stimme.

»Mein lieber Darian. Ich spreche ganz offen mit dir. Wir arbeiten in die USA mit zwei Kamera-Teams. Meine Bitte an dich: Kannst du Planung so gestalten, dass andere Team beginnt? Ich möchte haben gerne zwei Wochen frei.«

Er sagte nichts, fixierte nur ihr Gesicht. Dann entspannten sich seine Züge. Er begann langsam zu grinsen.

»Ich verstehe. Madame Hirondelle, die in der gesamten Branche dafür bekannt ist, monatelang ohne Pause durchzuarbeiten, braucht plötzlich zwei Wochen Ferien.«

Sie nickte.

»Und vielleicht kann auch der Chef der Salzburger Kriminalpolizei seine Urlaubsplanung so gestalten, dass sich ein gemeinsames ... sagen wir einmal längeres Rendezvous einrichten lässt ...«

Sie strahlte ihn weiterhin an. Niemandem im Team war ihre Verliebtheit entgangen. Sie hatte auch gar nicht versucht, ein Geheimnis daraus zu machen. Er erhob sich.

»Ich werde schauen, was sich machen lässt. Vielleicht weiß ich heute Abend bei unserem gemeinsamen Essen schon mehr.« Ein kurzer Schreck durchzuckte sie. Auch darauf hatte sie völlig vergessen. Da konnte sie wohl schwerlich kneifen. Sie wollte keine schlechte Stimmung aufkommen lassen. Aber sie würde nicht lange bleiben. Sie küsste den bärtigen Produktionsleiter auf die Wange, begleitete ihn zur Tür. »Danke, Darian. Das ist sehr freundlich von dir.«

Dann kam sie zurück ins Zimmer, warf sich aufs Bett und verschränkte die Arme hinter dem Kopf. *Zwei Wochen Anfang September!* Vor ihr tauchten sonnige weiße Strände mit Olivenbäumen auf, zwei Fußspuren im Sand, ein kleiner Alpensee vor verschneiten Bergen, malerische Dörfer auf breiten Hügeln in Südfrankreich. Und in jeder Landschaft sah sie sich und Martin Hand in Hand. Das hatte sie gut gemacht! Sie stieß einen Jubellaut aus und hüpfte aus dem Bett. Sie schaltete den Laptop aus. Mit einem Mal hatte sie Lust auf ein langes, ausgedehntes Frühstück.

Merana war gegen acht ins Büro gekommen. Die Chefinspektorin hatte ihm eine Ausgabe der *Oberösterreichischen Nachrichten* auf den Schreibtisch gelegt. Die Annonce war mit schwarzem Stift umrandet.

Hildebrandt an Hagenauer. Tolle Arbeit!

Gut, sie hatten ihre Karte wie verlangt ausgespielt. Jetzt hieß es darauf zu warten, welchen Trumpf der Erpresser als Nächstes präsentierte.

Kurz nach zehn Uhr meldete sich die Psychologin am Telefon. Sie hatte den Brief in Stil und Wortwahl mit den übrigen verglichen. Sie stimmte der Einschätzung des Kommissars zu.

»Ich sehe darin nur eine Bestätigung unserer Bewertung der anderen uns vorliegenden Schreiben. Er will, dass alle seine Überlegenheit mitbekommen.

Im Grunde ist er ein Ausbund an Feigheit. Deshalb agiert er auch aus dem Hintergrund. Aber das mit großer Raffinesse. Das macht ihn umso gefährlicher.«

Merana bedankte sich bei Romana Weber für deren Analyse.

Als er gegen zwölf Uhr einen Abstecher in die Kantine machen wollte, um eine Suppe zu essen, rief Roberta an.

»Hallo, chéri. Ich muss heute Abend gehen essen mit den Kollegen. Ich habe versprochen.«

Merana strich in Gedanken das *Huhn auf toskanische Art*, das er für die Französin kochen wollte. Er hatte noch in aller Früh seinen Fleischhauer angerufen und Bruststücke sowie Keulen bestellt.

»Aber ich hoffe, gegen zehn Uhr zu kommen. Und vielleicht können wir feiern une petite surprise.«

Eine kleine Überraschung? Welcher Art? Er fragte nach.

»Wenn ich dir sage, dann ist nicht mehr eine surprise. Aber ich hebe für dich ein ganz klein wenig den Vorhang. Oh là là, was sehen meine Augen? Olivenbäume. Zwei Spuren im Sand … Voilà, schnell wieder Decke zu!« Ihr Lachen klang wie eine kleine Glocke. Plötzlich war es still in der Leitung.

»Roberta?«

Er hörte sie atmen. Ihre Stimme wurde ganz weich.

»Oh Martin. Ich habe so viel zu sagen dir …«

Ihm wurde warm in der Brust.

»Ja, Roberta, ich dir auch. Sehr viel.«

»Ich freue mich so auf dich. Mein Herz hüpft in mir wie eine kleine *agneau*.«

Sie schickte ihm einen Kuss durchs Telefon und legte auf. Er hielt das Smartphone noch in der Hand. Ihr inzwischen so vertrautes Gesicht tauchte vor ihm auf. Ja, auch sein Herz hüpfte seit Tagen wie ein kleines Lamm, wenn er an sie dachte.

Um 14 Uhr hatte er ein kurzes Meeting angesetzt. Das galt nicht für das gesamte Team, nur für die leitenden Ermittler. Carola, Otmar und Oberleutnant Trattner waren schon da. Thomas Brunner hatte Bescheid gegeben, er würde später dazustoßen.

Merana wollte gerade beginnen, als die Tür aufging. Der Polizeipräsident betrat mit schwungvollem Schritt den Raum.

»Lasst euch nicht stören, ich will nur zuhören. Tut so, als wäre ich gar nicht da.«

Die anderen verkniffen sich ein Lachen. Das würde wohl schwer gelingen.

»Aber Kinder, euer Präsident muss sich nicht immer in die erste Reihe drängen.

Glücklich lebt, wer in glücklicher Verborgenheit bleibt. Das wusste schon Cicero.«

Er nahm Platz.

»Ovid«, brummte Braunberger. Der Hofrat maß ihn mit einem strafenden Blick.

»Egal. Jedenfalls ein römischer Dichter.«

Merana wandte sich an den Chef. »Ich konnte nicht abschätzen, ob der dicht gefüllte Terminkalender deine Anwesenheit zulässt, Günther. Aber es ist gut, dass du hier bist. Dann kannst du uns gleich darüber informieren, was die

Konzernleitung für Pläne hat. Wartet sie das nächste Erpresserschreiben ab oder hat das Unternehmen schon jetzt eine Stellungnahme zum weiteren Vorgehen abgegeben?«

Der Polizeipräsident hob mit leicht theatralischer Geste die Hände in die Höhe. »Der Innenminister persönlich und meine Wenigkeit haben den Vorstand wiederholt mit Nachdruck darauf hingewiesen, dass wir es im vorliegenden Fall mit einer Straftat gemäß Paragraf 145 StGB ›Schwere Erpressung‹ zu tun haben. Wer diesbezüglich eine Zusammenarbeit mit der Polizei unterlässt, macht sich selbst strafbar. Der Innenminister und ich sind der Überzeugung, dass unser entschiedener Vorstoß auf fruchtbaren Boden gestoßen ist.«

Jeder im Raum dachte dasselbe. Aber keiner sprach es aus. Die Konzernleitung würde sich keinen Deut darum scheren, was der österreichische Innenminister und der Polizeichef einer Provinzstadt ins Treffen führten. Wer übernahm die Verantwortung für die Konsequenzen, wenn das Unternehmen sich nicht an die Forderung des Erpressers hielt? Wenn es möglicherweise weitere Opfer durch vergiftete Süßigkeiten gab? Bis jetzt hatte die Polizei nichts vorzuweisen als einen überrumpelten Kurier, der allem Anschein nach als Täter nicht infrage kam.

Im Grunde war das auch dem Polizeipräsidenten klar. Der Kommissar ließ ihn nicht aus den Augen, sah dem Polizeichef unverwandt ins Gesicht. Der hielt dem Blick lange stand. Dann wandte er den Kopf zur Seite, sah auf die anderen. Hier im Raum saß ein Teil seiner wichtigsten Kräfte, verlässliche Kollegen. Mit einigen arbeitete er schon seit fast 20 Jahren zusammen. Er seufzte tief.

»Also gut, Kinder. Verpacken wir die eingelernten Standardsprüche wieder in der Propagandakiste. In Wahrheit geht uns der Arsch auf Grundeis. Die Konzernchefs werden bezahlen, davon könnt ihr ausgehen. Wenn wir Glück haben, ist die Sache dann vielleicht ausgestanden, und es gibt wenigstens keine weiteren Opfer mehr.

Und wenn nicht, dann fangen wir wieder von vorne an.« Er schaute auf seinen Ermittlungsleiter. »Es sei denn, ihr erwischt den Dreckskerl vorher. Ohne Hilfe der Konzernleitung.«

Eine Weile lang herrschte Stille im Raum. Jeder hing seinen eigenen Gedanken nach. Dann durchbrach Merana das Schweigen.

»Otmar, was haben wir?«

»Nicht viel. Der Chef der Konzertagentur hat auf meinen Anruf noch nicht reagiert.

Die Familie Farnkogel hat hohe Schulden. Rund eine halbe Million Euro. Das habe ich von der Bank erfahren. Wenn sie die nächste Rate nicht bedienen können, dann ist das Haus weg.«

Merana blickte zur Chefinspektorin.

»Wir sind durch mit den Videobändern aus den beiden Supermärkten. Luca ist nur auf dem einen zu sehen. Ich habe mich heute mit Aldiana Eibner getroffen. Es hat lange gedauert, bis sie einigermaßen Vertrauen zu mir fasste. Sie hat Luca gestern an der Königsseeache aufgelesen. Sie macht sich jedenfalls große Sorgen um ihren Freund. Irgendetwas bedrückt ihn. Und das hat mit dem Vater zu tun. Davon ist Aldiana überzeugt.«

Die Tür ging auf. Alle wandten ihre Köpfe, sahen dem eintretenden Chef der Tatortgruppe entgegen.

»Entschuldigt die Verspätung. Aber das Warten hat sich gelohnt.«

Er kam nach vorn, stellte sich neben Merana.

»Thomas, wenn du uns jetzt sagst, ihr habt die Beweise gefunden, dass Edwin Farnkogel der Erpresser ist, dann wird unser geschätzter Herr Hofrat dich postwendend um drei Gehaltsstufen hinaufkatapultieren.«

Der Polizeichef hob die Hand. »Nicht übertreiben, Herr Ermittlungsleiter. Eine muss genügen.«

Brunner schüttelte den Kopf. »Leider, ich bleibe in meiner mickrig bezahlten Gehaltsklasse, denn diesen Beweis haben wir noch nicht. Aber aus allen bisher rekonstruierten Dateien ergibt sich mittlerweile ein anderes eindeutiges Bild:

Der gute Herr Farnkogel hat seine Firma durch gefakte Abrechnungen tatsächlich um einen gehörigen Batzen Geld betrogen.«

»Und warum hat das Unternehmen ihn daraufhin nur gefeuert? Wieso gab es keine offizielle Anzeige, keine Rückforderungen?« Die Frage kam von der Chefinspektorin.

»Das kann ich euch sagen. Weil jemand aus dem Vorstand mit drin steckt.«

»Wer?«

»Das wissen wir leider noch nicht.«

Mit einem kleinen Ausdruck von Triumph in der Miene schrieb er *Avar* an die Ermittlungstafel. Dann drehte er sich grinsend zum Abteilungsinspektor.

»Von wegen Todsünde, lieber Otmar. Die Ergänzung lautet nicht *Avaritia*, sondern *Avarua*. Das ist die Hauptstadt der Cook Islands, eine der begehrtesten Regionen für zwielichtige Finanzgeschäfte.« Er vervollständigte den Namen.

»Und in *Avarua* liegen die Offshore Konten, auf die das unterschlagene Geld geflossen ist. Wir werden internationale Hilfe brauchen. Aber die zu organisieren, wird für unseren Chef mit dessen Beziehungen ein Leichtes sein. Wenn wir die Kontodaten haben, dann werden wir wohl auch feststellen können, wer aus der Konzernleitung mit drin hängt.«

Er legte mit weit ausholender Geste den Stift zurück. Otmar Braunberger erhob sich. Er klatschte Beifall. Jeder wusste, dass diese Geste keinesfalls höhnisch gemeint war. Der Abteilungsinspektor bekundete Respekt.

»Lieber Thomas, ich verneige mich vor dir und deiner Truppe. Ich rufe gleich in der Kantine an. Ich ersuche nur um Mitteilung, wie viele Biere ich bestellen darf.«

Der Hofrat sparte sich den Hinweis auf den entsprechenden Abschnitt der Verordnung, der das Verbot von ›Alkohol während der Dienstzeit‹ regelte.

Merana wandte sich dem Chef der Spurensicherung zu. »Großartige Arbeit. Besteht die Chance, dass ihr noch weitere Dateien rekonstruieren könnt, die möglicherweise auch eine Verbindung zur Erpressung aufzeigen?«

»Ja, die Möglichkeit ist nach wie vor gegeben. Wir haben erst ein Drittel aller gelöschten Dateien wiederherstellen können.«

Merana überlegte, ob sie Farnkogel mit den eben aufgetauchten Beweisen jetzt schon konfrontieren sollten. Er gab die Frage an die anderen weiter. Sie kamen überein, noch ein bis zwei Tage zu warten. Sie würden den ehemaligen Marketingleiter auf jeden Fall beobachten.

Der Knall, mit dem die Tür ins Schloss krachte, war im ganzen Haus zu spüren.

Lucas Hände begannen zu schwitzen. Er war allein. Seine Mutter wollte daheimbleiben, war aber wegen eines

Notfalles schon zu Mittag ins Krankenhaus gerufen worden. Die fette Spinne im Magen des Jungen begann sich zu regen.

»Luca!« Der Schrei kam aus dem Flur. Irgendetwas polterte zu Boden. Wahrscheinlich hatte sein Vater die schwere Aktentasche in die Ecke neben dem Schuhregal geworfen. Das machte er öfter.

»Wo bist du?«

Statt einer Antwort setzte sich der Junge ans Klavier. Seine Hände zitterten. Der Herzschlag dröhnte in seinen Ohren. Er griff in die Tasten. Er wollte eine Passage aus der *Zauberflöte* spielen, das Duett von Pamina und Papageno. Das schien ihm am passendsten. Die Melodie perlte durch den Raum. Luca konzentrierte sich auf die Begleitung und sang gleichzeitig den Text.

Schnelle Füße, rascher Mut ...

Die erste Zeile klang etwas zaghaft. Das Zittern war nicht zu überhören. Doch dann gewann seine Altstimme an Kraft.

... schützt vor Feindes List und Wut ...

Die Wohnzimmertür wurde aufgerissen. Edwin Farnkogel polterte zornbebend in den Raum. »Wo warst du gestern?« Er hatte die Fäuste geballt. Gleich würde seine Wut explodieren. Luca kannte den Ausdruck im Gesicht seines Vaters. Das vorgereckte Kinn. Die stechenden Augen. Die zuckenden Lippen. Und er fürchtete sich vor diesem Anblick. Die fette Spinne in seinem Bauch fraß sich durch die Magenschleimhäute, raste nach oben. Heftiges Würgen schnürte seinen Hals zu. Aldiana hatte ihm angeboten, dass ihre Mutter mit seinem Vater reden könnte. Die war Jugendanwältin. Aber das wollte er nicht. Er musste das alleine durchstehen. Er wollte so mutig sein wie Aldiana.

»Ich habe Angst vor dir!«

Der plötzliche Schrei, der aus dem Mund seines Sohnes gellte, traf Edwin Farnkogel völlig unvorbereitet. Für eine Sekunde war er fassungslos. Er blieb stehen. Dann packte ihn abermals die Wut. »Dazu hast du auch allen Grund!« Er brüllte noch lauter als vorhin. »Was ist dir nur eingefallen, einfach abzuhauen?« Er holte mit der Hand aus. Doch wieder erstarrte er in der Bewegung. Erneut kehrte der Ausdruck von Verblüfftheit in sein Gesicht zurück. Der Junge hatte schnell ein Blatt Papier aus den Klaviernoten gezogen und hielt es dem Vater mit weit vorgestrecktem Arm entgegen. Edwin Farnkogel traute seinen Augen nicht.

Wenn du mich anrührst, dann rufe ich Frau Dr. Salman von der Polizei an!

Luca war froh, die Nachricht vorbereitet zu haben. Er zitterte von den Haarspitzen bis zu den Knien. Er hätte den Satz in diesem Moment nie und nimmer herausgebracht. Mit einer wütenden Bewegung fegte Farnkogel seinem Sohn das Blatt aus der Hand. Die andere Hand schlug zu, fuhr aber ins Leere. Luca war unter dem Arm durchgetaucht, hatte sich nach hinten fallen lassen. Er krabbelte auf und verschanzte sich auf der anderen Seite des großen Flügels. Er hielt sein Handy in die Höhe. »Kurzwahl 7. Sie wartet nur darauf!« Das entsprach zwar nicht ganz der Wahrheit. Aber er war froh, dass ihm seine Stimme nicht versagt hatte. Er spürte, wie ihm Tränen in die Augen schossen. Er biss sich auf die Lippen. Er durfte jetzt nicht weinen wie ein Kind. Noch immer wühlte die Spinne durch seine Eingeweide. Aber sie fühlte sich nicht mehr an wie totale Angst. Das Heiße, das sich langsam in seinem Bauch breitmachte, war Zorn. Sein Vater war tatsächlich stehen geblieben, als Luca das Handy aus der Tasche gezogen hatte. »Wenn du noch einen Schritt näherkommst, dann drücke ich die Taste.« Er hob das Handy ein Stück höher, ließ seinen Vater nicht aus den Augen. Im Gesichtsausdruck des Erwachsenen kämpften Wut und Erstaunen. Luca hatte keine Ahnung, wie lange sie sich gegenüberstanden, regungslos. Vater und Sohn. Getrennt durch den Resonanzkörper eines Yamaha Flügels. Aber dann machte sein Vater etwas, womit der Junge nie und immer gerechnet hatte. Edwin Farnkogel ließ sich auf den Klavierhocker fallen, kraftlos. Die Schultern sanken ein, der Kopf baumelte nach unten. Nach einer Weile hörte Luca ein Schluchzen. Er stand immer noch da, hielt das Handy in die Höhe. Wie die amerikanische Freiheitsstatue ihre Fackel. Die Zeit schien stillzustehen. Erst jetzt nahm Luca wahr, dass draußen ein Hund bellte. Das war sicher Senta, die Schäferhündin von gegenüber. Ein Auto fuhr vorbei, gleich darauf ein Moped. Noch immer zuckten die Schultern Edwin Farnkogels. Das Beben wurde schwächer. Allmählich versiegte auch das Schluchzen. Mit einer unendlich langsamen Bewegung stemmte der Vater schließlich seinen Körper hoch. Dann bewegte er sich zum Ausgang, ohne sich noch einmal umzudrehen.

Und sperr ja nie wieder die Tür zu!, wollte Luca ihm noch nachrufen. Doch er hatte das Gefühl, das müsste er gar nicht mehr. Als die schwere Eingangstür ins Schloss fiel, nahm Luca endlich seinen Arm herunter. Er zitterte am ganzen Körper. Er stieg die Treppe zu seinem Zimmer hoch. Draußen hörte er den Wagen aus der Garage rollen. Der Junge holte frische Wäsche aus seinem Kasten. Im Badezimmer zog er die Unterhose aus. Sie war nass. Er hatte sich angemacht. Aber nur ein paar Tropfen waren ihm ausgekommen. Mehr nicht. Das beruhigte ihn. Er würde den Slip auf dem Balkon trocknen lassen und dann zur Schmutzwäsche geben. Er duschte sich, zog frische Kleidung an und ging wieder hinunter. Er setzte sich ans Klavier, schlug das Notenalbum mit den Chopinstücken auf. Seine Hände griffen in die Tasten, begannen zu wirbeln. Der Anfang des 4. Satzes aus der 2. Sonate erklang. *Presto, alle breve*. Er schloss die Augen. Er brauchte die Noten gar nicht. Er stellte sich Aldianas Rücken vor. Seine Fingerkuppen tanzten über ihre Haut. Er steigerte das Tempo. Jeder Finger fand die exakt richtige Stelle.

Merana hatte eben zwei Flaschen *Malvasia* vom toskanischen Weingut *Barone Ricasoli* aus dem Keller geholt, als sein Telefon läutete. Es war Otmar Braunberger.

»Hallo, Martin, ich habe vor einer Stunde mit einem ehemaligen Schulfreund telefoniert. Er ist Gruppenleiter im Post-Briefzentrum Wals. Ich habe ihm eine Abbildung des Kuverts zukommen lassen, in dem der Erpresserbrief steckte. Im Verlauf des heutigen Tages ist noch kein ähnlicher Umschlag, adressiert an das Werk in Grödig, eingelangt. Er versprach mir, in den kommenden Tagen aufmerksam zu sein. Sollte ein derartiger Brief eintreffen, würde er uns anrufen. Er könnte sich gut vorstellen, für ein paar Kollegen aus unserer Abteilung eine kleine Betriebsführung zu organisieren. So ein bis zwei Stunden könnte die Freundschaftsaktion ›Bulle trifft Briefträger‹ schon dauern.«

Merana konnte sich ein Lachen nicht verkneifen. »Danke, Otmar. Von dir könnten selbst die Strippenzieher in der CIA noch etwas lernen.« Auch Minuten nach dem Gespräch ertappte er sich immer wieder bei einem leicht verwunderten Kopfschütteln. Obwohl er seinen Abteilungsinspektor seit vielen Jahren kannte, war der Kommissar dennoch immer wieder verblüfft über die fintenreichen Wege, die sein ›bester Fährtenhund‹ gelegentlich einschlug. Das Briefgeheimnis war im Strafgesetzbuch verankert. Es zu umgehen, würde eine richterliche Genehmigung erfordern. Im Zuge eines ›Freundschaftsbesuches‹ von Bullen bei Briefträgern einen kurzen Blick auf ein bestimmtes Schreiben zu werfen, war in jedem Fall einfacher. Wohl dem, der über ein Netz von Schulfreunden und guten Bekannten verfügte. Die Aktion von Otmar nahm ein wenig Druck von Meranas Schultern. Auf diesem inoffiziellen Weg hätten sie eine Chance, das Schreiben zu analysieren, noch bevor die Firmenleitung es erhielt. Er stellte eine der Flaschen aus dem Keller in den Kühlschrank. Aus der anderen goss er sich ein halbes Glas Weißwein ein. Er setzte sich in der Küche an den kleinen Esstisch. Dort hatte er schon Weißbrot und Oliven zurechtgelegt. Er blickte auf die Uhr. Kurz nach neun. Wenn Roberta tatsächlich früh genug von ihrem Abendessen mit der Filmcrew wegkam, dann würde sie in nicht einmal einer Stunde hier sein. Er spürte wieder das aufregende Kribbeln in seinem Körper. Manchmal hatte er in den vergangenen Tagen nicht gewusst, wohin mit seiner Freude. Auch jetzt hatte er das Gefühl, er atme den Duft ihrer Haut ein. *Viele Sommer. Viele Winter.* Er nahm einen Schluck vom Weißwein, steckte sich eine Olive in den Mund. Mit welcher *petite surprise* würde sie aufwarten, wenn sie ankam? *Oh là là, was sehen meine Augen? Olivenbäume. Zwei Spuren im Sand ...* Wollte sie in den Süden? Mit ihm? Sein Herz begann schneller zu schlagen. Er trank den Wein aus. Die Hand griff nach der Flasche. Einen Daumen breit goss er sich ein. Mehr nicht. Er wollte einen klaren Kopf behalten, wenn Roberta eintraf. Er stand auf, stellte die offene

Weinflasche in den Kühlschrank. Dann steckte er sich eine weitere Olive in den Mund, nahm das Glas und begab sich ins Wohnzimmer. Dort spazierte er langsam auf und ab. Er war unruhig. Die Freude, sie bald in seine Arme schließen zu können, war groß. Er hatte ihr so viel zu sagen. Sie kannten sich erst seit ein paar Tagen. Und dennoch hatte er das Gefühl, das Wesen dieser wunderbaren Frau schon immer gespürt zu haben. *Viele Sommer. Viele Winter.* Er schaute aus dem Fenster. Obwohl es erst auf halb zehn zuging, war es draußen stockdunkel. Als er vor einer Stunde angekommen war, hatten sich dicke rabenschwarze Wolkenmatten über den Abendhimmel geschoben. Für heute Nacht war Regen angesagt. Wieder warf er einen Blick hinaus. Das Haus lag etwa 400 Meter von der kleinen Straße entfernt, die an *Schloss Aigen* vorbei in die Stadt führte. Um diese Zeit waren nur ganz selten Autos hier unterwegs. Er hatte noch im Büro versucht, Roberta am Handy zu erreichen. Aber sie hatte nicht abgehoben. Er wusste nicht einmal, in welchem Lokal die Crew feierte. Sonst hätte er sie abholen können. Er ging in die Küche, spuckte den Olivenkern in die kleine Biotonne. Dann kam er zurück und griff nach der Fernbedienung für die Stereoanlage. Er wollte Musik hören, bis Roberta kam. Mozart würde ihm gut tun. Er wählte eines der Violinkonzerte aus. Die Nummer 5 in A-Dur. Bevor er Platz nahm, spähte er noch einmal durch das Fenster. Keine Autoscheinwerfer zu erkennen. Seine Uhr zeigte 21.43. Er setzte sich auf das Sofa, startete die Aufnahme. Mit einem geschmeidig gesetzten ersten Akkord begann das kleine Orchester. Sofort trieben die aufwärts strebenden Streicher das Thema an. Merana hatte immer das Gefühl zu laufen, wenn er den Beginn dieses *Allegro aperto* hörte. Oboen und Hörner unterstützten den nächsten Tutti-Einsatz. Und weiter ging der Lauf. Bald darauf die erste Beruhigung. Wie ein Atemholen. Er trank den Rest des Weines aus, lehnte den Oberkörper zurück, versuchte, sich zu entspannen. Das hastige Laufen mit kleinen, raschen Schritten ging über in elegantes Schreiten. Egal welches Stück, egal welche Besetzung. Egal ob Konzert, Sonate, Serenade oder Divertimento über den Noten stand, für Merana war jede Phrase in Mozarts Musik stets *Oper*. Alle paar Takte entdeckte er eine neue Figur, einen anderen Charakter, eine neue Szene. Es dauerte fast eineinhalb Minuten, bis das Orchester innehielt und die Bühne freimachte für den nächsten Auftritt. Nun kam die Hauptperson. Mit zwei lang gezogenen Tönen stellte sich die Geige vor, lud mit dem dritten Ton die etwas zaghaften übrigen Streicher ein, mit ihr zu singen, lockte bald mit einem sanften Triller die Hörner zum gemeinsamen Spiel. Und wer würde der Magie dieses Geigentons nicht gerne folgen? Merana besaß mehrere Interpretationen von Mozarts Violinkonzerten. Darunter eine Aufnahme mit Gidon Kremer. Sogar eine historische mit David Oistrach. Jede Einspielung hatte ihren besonderen Reiz. Aber den größten Zauber übte auf ihn der Ton der *Stradivari* aus, die Anne-Sophie Mutter bei dieser Aufnahme spielte. Begleitet von der Camerata Salzburg. Wieder änderte sich der Charakter der Musik. Eben hatte die Geige dem Zuhörenden noch feine Töne im zarten Pianissimo hingehaucht. In der nächsten Sekunde startete sie im Einklang mit dem Orchester zu einer rasanten Melodie. Merana schloss die Augen. Jede Zelle seines Körpers war erfüllt von Mozarts Musik und dem Gefühl, Roberta ganz nahe zu sein. Bilder vom gestrigen Tag tauchten auf. Der Mattsee. Das Ruderboot. Er spürte ihr Haar an seiner Wange.

Er sah ihr Gesicht, das ihn mit fragendem Blick anschaute. *Viele Sommer? Viele Winter? Ja!* Das helle Strahlen ihrer lachenden Augen erfüllte sein Inneres. Er lauschte auf Robertas Herzschlag. Auf die Melodie ihrer Worte. Und gleichzeitig auf den Klang der Violine. Alles zusammen verschmolz in ihm zu dem unsagbaren Gefühl, glücklich zu sein. Nach zehn Minuten beendeten Anne-Sophie Mutter und die Camerata Salzburg den ersten Satz des Konzerts in A-Dur. Merana öffnete die Augen. 21.53 Uhr. Er drückte auf die Pausentaste. Dann stand er auf, öffnete die Balkontür, trat hinaus. Er war überrascht von der Böe, die nach ihm griff. Starker Wind war aufgekommen. Er wandte den Blick nach oben. Kein einziger Stern. Der Himmel war stumpf. Wie aus pechschwarzem Asphalt. Er beugte sich über das Geländer, richtete die Augen zur Straße. Es war nichts zu erkennen. Selbst die vereinzelten Bäume, die den Fahrbahnrand begrenzten, waren wegen der dichten Dunkelheit nicht auszumachen. Wieder heulte der Wind auf. Eine weitere Böe fuhr in den Stoff des zusammengeklappten Sonnenschirms. Merana nahm den Schirm aus dem Ständer und legte ihn auf den Boden. Dann schloss er die Tür und setzte sich wieder auf die Couch. 21.57 Uhr. Hoffentlich würde sie bald kommen. Er griff zur Fernbedienung. Bald darauf sang die Stradivari ein neues Lied. Einige der Geigen sangen mit. Auch Hörner und Oboen stimmten mit ein. Wieder schloss Merana die Augen, ließ den ruhigen Atem des *Adagio* auf sich wirken. Auch dieser Satz dauerte an die zehn Minuten. Er aktivierte die Pausentaste. Das Display seines Handys zeigte 22.07 Uhr. Keine Nachricht von Roberta. Er presste die Nase an die Fensterscheibe. Draußen nur Dunkelheit. Er würde ihr entgegen gehen. An der Straße warten, bis das Taxi kam. Er griff sich im Vorzimmer die große Taschenlampe, schlüpfte in die Jacke und eilte die Stiege nach unten. Er spürte die Macht des Windes, als er die Haustür aufdrückte. Ein rascher Griff in die Jackentasche. Er hatte den Schlüssel bei sich. Aus der Ferne vernahm er das Geräusch eines Autos. Das kam von der Straße. Gott sei Dank. Das musste das Taxi sein. Endlich. Er begann zu laufen, umkurvte die lange Hecke, hielt auf das große Gartentor zu. Sein Fuß stieß gegen etwas Weiches. Er stolperte. Noch ehe er auf den Knien landete, registrierte sein Verstand, wogegen er getreten war. Der Schmerz fuhr in sein Herz wie ein feuriger Blitz. Seine Arme schnellten nach vorn. Die linke Hand erfasste ihr Haar, die rechte tauchte in klebrige Masse. Er ließ sich nach vorn fallen. Seine Lippen trafen auf ihre Wange. Er bedeckte sie mit Küssen. Wo ihr Hals gewesen war, an dessen Haut er so gerne seine Nase gerieben hatte, breitete sich jetzt ein See aus Blut aus. Er küsste ihren Mund, streichelte mit der Zunge über ihre immer noch warmen Lippen. Seine Linke tastete unaufhörlich über ihren Kopf. Das Wimmern eines Kindes drang an sein Ohr. Das war er. Der tiefe Schmerz, die Trauer, die Verzweiflung bahnte sich ihren Weg aus seinem Inneren. In seinem Herzen explodierte schwarze Lava. *Keine Sommer. Keine Winter.* Das Zelt, das das Glück für kurze Zeit aufgespannt hatte, war zerrissen! Für immer. Er bog seinen Oberkörper zurück. Ein gequälter Schrei fuhr aus seiner Brust, erreichte die Wolken, zerfetzte die Teerbahnen des Himmels, schnellte hinaus in das All, dorthin, wo nichts mehr war. NICHTS!

Das Mädchen mit der Margerite im Haar ...

... sitzt an einem Kaffeehaustisch. Ihre Augen lachen in die Kamera. Sie streckt dem Betrachter ein Stück Kuchen mit der Gabel entgegen ...

Heftiges Trommeln. Tastenanschläge. Die Gabel zerfällt. Die Augen verschwinden.
  Kein Licht im Zimmer. Buchstaben wie Spinnen.

Ich habe es für dich getan! Nur für dich!

11. TAG

GRAVE, ADDOLORATO
(MIT GROSSEM SCHMERZ)

Er hatte mehrmals die Stirn gegen die Wand gedroschen.
Bis Blut kam.
Viel weniger Blut als das an seinen Fingern. Das an seinen Händen klebte. An seinem Hemd. An seiner Jacke. An seiner Wange.
Carola wollte ihm die Kleidung ausziehen. Ihm helfen, das Blut abzuwaschen.
Er hatte sich geweigert.
Robertas Blut war das Letzte, was ihm von ihr geblieben war.
Die Polizeimaschinerie war längst angelaufen. Spuren sichern. Fragen stellen.
Beweise suchen. Verhöre abspulen.
Nichts davon würde sie zurückbringen.
Nichts konnte die klaffende Wunde schließen. Den Blutsee zurückdrängen.
Nichts würde jemals das Lächeln in ihr Gesicht zurückzaubern.
Nichts die Wärme ihrer Haut anfachen.
Nichts den Klang ihrer Stimme wecken.
Viele Sommer. Viele Winter.
NICHTS!

Wieder knallte er mit voller Wucht den Schädel an die Wand.

Kein Schmerz. Alles wie tot.
Leere.
Nur am Grund seines Kopfes ein Funke von Bewusstsein.
Sein Polizistenhirn hätte ihn dazu bringen müssen, früher anzurufen.
Nicht erst nach einer halben Stunde.
Sein Polizistenhirn hätte ihn augenblicklich in Alarmbereitschaft versetzen müssen.
Umgebung absuchen. Lage analysieren. Mörder jagen.
Sein Polizistenhirn hatte nichts getan.
Es war gelähmt von der explodierenden schwarzen Lava. Überschwemmt von der Flut aus Trauer.
Sein Polizistenhirn hatte versagt.
Egal.
Er hatte sie eine halbe Stunde in seinen Armen gehalten. Ihre toten Augen geküsst.
Ihre kalte Wange gestreichelt.
Carola und Otmar wollten bei ihm bleiben. Der Notarzt hatte eine Spritze gezückt. Eine Psychologin war aufgetaucht. Er hatte alles abgelehnt.
Keine Worte. Keine Medizin. Keine Fragen.
Nichts würde mehr helfen.
Nicht einmal das Gefühl, wenn sein Kopf an die Wand krachte und die Haut aufplatzte. Kein Schmerz. Kein Weh.
Seine Haut war taub.
Außen keine Empfindung. Der Schmerz schwamm in ihm. Wie ein See aus Blut.
Er hatte kein Gefühl für Zeit. Zeit war egal. Zeit würde nie mehr sein.

Schritte waren.

Fünf Schritte. Die Wand. Umdrehen. Fünf Schritte. Die andere Wand.

Wieder umdrehen. Fünf Schritte. Die Wand.

Bilder waren.

Hellbrunn. Der Kies im Schlosshof. Füße, die tanzten. Ein trägerloses Cocktailkleid.

Enten, die von Teichen hochschreckten.

Klänge waren.

Ruderschläge. Das Abstreifen von Kleidern. Musik. Das Brutzeln von Fisch in Olivenöl. Das Streicheln von Fingern über Haut. Helles Lachen. Ihre Stimme.

… ich bin feminine und bei mir man sagt: Une hirondelle ne fait pas le printemps.

Umdrehen.

Zwei schnelle Schritte.

Kopf gegen die Wand.

Mehrmals.

Das Fenster.

Draußen war es hell.

Und plötzlich tauchte aus der Tiefe des Blutsees, aus der schwarzen Lava der Trauer ein Wort auf.

WARUM?

Nun war auch eine Frage.

Und Wut für Antworten.

Die Finger ergriffen die Türschnalle.

Die Füße holperten über die Treppe.

Die Hand riss das Haustor auf.

Der Körper taumelte nach draußen.

Vor ihm stand eine Gestalt.
Eine Frau.
Silberweißes Haar.
Die Großmutter.
Sie hob die Hände.
Er fiel auf die Knie. Drückte den Kopf an ihre Brust. Und begann zu weinen.

Die Großmutter hielt seine Hände. Er saß auf der Couch. Die Uhr zeigte 07.20. Die Großmutter hatte nicht geschlafen. Von Mitternacht bis vier Uhr war sie wach im Bett gesessen. Dann hatte sie den pensionierten Schuldirektor aus dem Schlaf gerissen.

Der hatte nicht eine Sekunde gezögert. Der halbe Oberpinzgau war Kristine Merana den einen oder anderen Gefallen schuldig. Jeder hätte sie gefahren. Egal wohin.

Sie holte ein nasses Handtuch aus dem Badezimmer, tupfte seine Stirne ab. Er fragte nicht, warum sie gekommen war. Niemand hatte sie verständigt. Sie war einfach da. So wie vor vielen Jahren. Fünf Monate nach Franziskas Tod. Er hatte sich die Pistole schon hergerichtet. Dann hatte es an der Tür geläutet. Und die Großmutter war draußen gestanden. Wäre sie nicht gekommen, gäbe es Martin Merana schon längst nicht mehr. Dann hätte Roberta Hirondelle jemand anderen kennengelernt. Nicht ihn. Und wäre noch am Leben.

»Ich weiß, dass es dir nicht hilft, Martin. Aber ich sage es trotzdem. Du kannst nichts dafür. Es ist nicht deine Schuld.«

Nein, es half nicht. Und es war seine Schuld. Wäre er eine Viertelstunde früher hinausgegangen, säße sie jetzt bei ihm. Am Frühstückstisch. Lachend. Lebendig. Das Herz voll Liebe. Nichts wäre passiert.

Viele Sommer. Viele Winter.
Er war zu spät gekommen. Er hatte Musik gehört, statt sie zu beschützen.
Nun war alles aus.
Nun blieb ihm nichts mehr. Außer das eine Wort.
WARUM?
Daraus zog er den dünnen Saft an Energie, die ihn noch aufrecht hielt.
Die Großmutter stand wieder auf, brachte aus dem Badezimmer eine Schüssel mit Wasser. Langsam begann sie, seine Hände zu säubern.
Eine halbe Stunde später ging er selbst ins Badezimmer. Zog seine Kleidung aus.
Stellte sich unter die Dusche. Wasser prasselte auf ihn hernieder. Erst heiß. Dann kalt.

Er platzte mitten in die Teambesprechung. 22 Gesichter wandten sich ihm zu. In der nächsten Sekunde erhoben sich alle Personen im Raum gleichzeitig. Als wäre es abgesprochen. Einige bewegten sich auf ihn zu. Er hob schnell die Arme, streckte die aufgestellten Handflächen nach vorn. Sie blieben stehen. Stille. Atmen.
»Guten Morgen, Martin.«
Carolas Stimme. Ein Gruß. Das vertrug er. Mehr nicht. Er machte einen Schritt in den Raum. Ihre Blicke folgten ihm. Sie bemerkten sein eingefallenes Gesicht. Den Verband auf seiner Stirn. Die müden Augen in den schwarzen Höhlen. Die mühsam gestrafften Schultern. Er war seinen Kollegen zutiefst dankbar, dass keiner etwas sagte. Der Polizeidirektor hob nur das Kinn. Auch er sagte nichts von dem, was er sagen hätte müssen. Sprach nicht von Vorschriften und Dienstordnung. Kein Wort darüber, dass hier eindeu-

tig ein Fall von Befangenheit vorliege. Weil der Ermittler zum Opfer eine enge Beziehung unterhalten hätte. Vor nicht einmal 40 Stunden hatte sie ihren warmen Körper an seinen geschmiegt. Im Ruderboot. Auf dem Mattsee. War sie Roberta gewesen. Madame Hirondelle. Die Schwalbe. Die Frau mit dem Lächeln. Die Geliebte. Voll Leben. Nun war sie das Opfer. Und er war der Ermittler. Er ging weiter. Die anderen setzten sich. Er erreichte einen freien Stuhl. Nahm Platz. Neben Otmar Braunberger. Immer noch kein Wort. Der Abteilungsinspektor sah ihn an. Lange. Dann legte Otmar die Hand auf seine, drückte sie kurz, zog sie wieder zurück. Auch das vertrug er. Eine Kollegin vom EB6 schob ihm ihren Becher hin. Er quittierte es mit einem Nicken. Nahm den Becher. Trank. Der Kaffee war noch warm. Die Chefinspektorin aktivierte ihren Laptop. Der Leiter der Spurensicherung begann seinen Bericht.

Und Kommissar Merana hörte zu.

Er hatte nicht alles verstanden, was in den zwei Stunden an Details vorgebracht worden war. Seine Gedanken waren immer wieder abgeschweift. Es waren nicht so sehr die Bilder gewesen, die seine volle Konzentration beeinträchtigten. Bilder, die immer wieder hoch schwappten. Roberta am Kaffeehaustisch. Roberta im Abendkleid im *Haus für Mozart*. Roberta in seiner Küche. Roberta, die mit ihm über die Mauer stieg. Mit ihm im Bett lag. Nach seiner Hand griff. An seinen Lippen saugte. Das waren nur kurze Flashs. Momentaufnahmen. Die konnte er immer wieder beiseiteschieben. Was ihn mit größerer Wucht in Beschlag nahm, war das Echo in seinen Ohren. Das Pochen der einen Frage. Das Hämmern, das sich in seinem Körper ausbreitete.

WARUM?

Er hatte schon einiges behalten. Eindrücke. Erkenntnisse. Tatsachen. Kehle vollständig durchgetrennt. Tiefer Schnitt. Ein Messer. Vermutlich von hinten. Der Taxifahrer hatte sie am Gartentor aussteigen lassen. Hatte nicht in den Rückspiegel geschaut. Es hätte nichts gebracht. Zu dunkel, um etwas zu beobachten. Vom Gartentor bis zum Tatort: 42 Meter. Sie hätte noch 33 Meter bis zur Haustür gehabt. Befragung in der Nachbarschaft. Kein Ergebnis. Das nächste Haus lag 400 Meter entfernt. Die Besitzer waren verreist. Das übernächste 550 Meter. Ein altes Ehepaar. Beide hatten geschlafen. In der Nähe war vor drei Monaten schon einmal eine Frau überfallen worden. Die war mit dem Rad unterwegs gewesen. Vergewaltigungsversuch. Bedrohung mit einem Tapeziermesser. Zwei Jugendliche hatten den Täter in die Flucht geschlagen. Die Kollegen würden die Ermittlungsakte wieder öffnen. Roberta war bis Viertel nach neun mit den anderen beim Abendessen gewesen. Es hatte Streit gegeben. Jemand hatte ihr Rotwein übers Kleid geschüttet. Sie war zurück ins Hotel, um sich umzuziehen. Auch geduscht hatte sie. Die Hotelrezeption hatte ihr ein Taxi gerufen. Der angekündigte Regen war nicht gekommen. Glück für die Tatortgruppe. Es gab einige Spuren. Im erweiterten Radius. Reifenspuren. Autos. Fahrräder. Fußspuren. Auch DNA-Spuren an der Leiche. Die Auswertung lief. Der Polizeichef versprach Unterstützung durch weitere Kräfte. Der Fall hatte allerhöchste Priorität.

Das alles hatte er schon registriert. Doch es erschien ihm nicht wesentlich.

Es gab nur eine Frage. Und die lautete: WARUM?

Er hatte die Großmutter gefragt, wo er sie hinbringen sollte. Das Haus war kein guter Platz. Der Garten ein Tatort. Er musste weg. Auf der Stelle. Sie hatte ihn lange angesehen.

»Ich habe Angst um dich, Martin. Große Angst.«

Sie müsse sich keine Sorgen machen. Er werde den Täter finden. Schnell. Bald. Das sei sein Beruf. Das Einzige, was er wirklich könne. Er werde den Mörder fassen. Noch ehe der weiteres Unheil verursache. Er sei auf der Hut.

»Mir wird er nichts anhaben. Ich passe schon auf.«

»Das meine ich nicht.«

Sie hatte seine Hand genommen. Sie lange gehalten.

»Niemand anderer wird dir etwas tun, Martin. Du selbst wirst dir Schaden zufügen. Das macht mir Angst.«

Er hatte sie in die Alpenstraße mitgenommen. Ins Präsidium. Sie wollte spazieren gehen. Und dann entscheiden, ob sie zurückfahre oder bleibe.

21 Personen hatten den Raum verlassen. Carola Salman war geblieben. Sie sagte nichts von ›Leidtun‹, kein Wort von ›Bedauern‹, kein Versuch zu ›trösten‹, wo jeder Trost nur ins Leere ging. Aber er sah es ihren Augen an. Sie litt. Sie hatte alle Energiereserven aktiviert, um nicht einzubrechen. Sie legte ihre Hände auf seine.

»Was willst du tun, Martin?«

»Ich will sie sehen.«

Ihre Finger zuckten.

»Tu dir das nicht an, Martin.«

Ihm war schon alles angetan worden. Was sollte noch kommen?

»Ich begleite dich.«

Die Wolkendecke über der Stadt war lichter geworden. In die Fenster des Gebäudes der Gerichtsmedizin krallten sich blaue Himmelsfetzen. Der Geruch von Formaldehyd erwartete sie schon auf der Treppe. Der Hall ihrer Schritte traf auf schmutzige Glaswände. Das Grau der Kacheln im großen Prosektursaal erinnerte an die Farbe von gebleichtem Zement. Über zwei Seziertischen wölbten sich weiße Abdecktücher, passten sich den Konturen der Körper an, die darunter lagen. Die Augen der Pathologin musterten ihn. Er verstand die Frage in ihrem Gesicht. Alle meinten es gut mit ihm. Versuchten, ihn zu schonen. Signalisierten, dass ihnen sein Kummer nahe ging. Aber er brauchte keinen Trost. Er brauchte Antworten.

Er nickte. Eleonore Plankowitz zog vorsichtig das Tuch zurück, rollte es zur Hälfte auf. Er hatte während der gesamten Fahrt versucht, sich innerlich zu sammeln. Noch auf der Treppe hatte er seinen Atem kontrolliert. Doch jetzt taumelte er. Eine Sekunde nur. Die Knie gehorchten nicht mehr seinem Willen. Er stützte sich am Tisch ab. Die Chefinspektorin streckte den Arm aus. Aber er hatte sich schon wieder im Griff. Er wollte alleine sein. Die beiden Frauen zögerten, gingen dann hinaus.

Der Kopf war klein. Kleiner als in seiner Erinnerung. Die Haare waren geglättet. Augen, die nicht mehr Roberta gehörten, starrten an die Decke. Auf ihrer Kehle lag eine Schlange. Gekrümmt. Dünn. Schwarz. Mit Stichen festgehalten. Der Mund war fremd. Die Knospen der Brüste verdorrt. Er setzte sich auf den Boden. Lehnte den Hinterkopf an ein Tischbein. Schloss die Augen. Die Frau auf der Liege war ihm unbekannt. Sein Herz war verkrustete schwarze Lava. Zusammengeschnürt von Eisenreifen. Roberta war nicht mehr hier. Er stand auf, zog der Leiche das Tuch über den Kopf und verließ den Raum.

Dünne Lanzen stachen gegen den Himmel. Gedrehte Hörner auf den Köpfen von Pferden. Er hatte sich in Hellbrunn absetzen lassen. Ließ sich von einer Welle Touristen, ausgespuckt aus einem der Busse, mitspülen. Am Eingang des Wasserparterres befreite er sich aus der Woge an Leibern, steuerte auf die Einhörner zu. Seine Füße fanden den Weg. Er umrundete den großen Teich. Mehrmals. Die rechte Hand mit den Fingern der Linken hinter dem Rücken verknotet. Den Blick geradeaus. Hätte er einen großen Stein gefunden, er hätte ihn aufgehoben. Hätte ihn hinaufgeschleudert gegen das Monatsschlössel, um die Spielzeugschachtel vom Berg zu fegen. Nach der fünften Runde bog er ab. Setzte sich unter den Bäumen in die Wiese. *Ich habe schon wieder Lust für genommen zu werden von dir in die Mängel.*

Die Welle an Schmerz traf ihn unvorbereitet. Eine Feuerkeule schnitt durch seine Eingeweide. Der Kloß in seinem Hals wollte zerspringen, sich auflösen in befreiendes Schluchzen. Er röchelte, kippte zur Seite. Atmete schwer. Seine Finger krallten sich im Boden fest. Das Wüten der Feuerkeule wurde schwächer. Allmählich beruhigte er sich. Der Geruch von Erde stieg in seine Nase. Er schloss die Augen. Seine Hände streichelten über den Boden. In diesem Gras war mehr von Roberta als im toten Körper der fremden Frau auf dem Seziertisch. In den Bäumen hing das Streicheln ihrer Hände. Über den Teichen schwebte ihr Lachen. Genau hier waren sie gelegen. Hier hatten ihre aneinander geschmiegten Leiber zum ersten Mal den Taumel eines gemeinsamen Lustgesanges gefunden. Die Erinnerung raubte ihm fast das Bewusstsein. Er öffnete die Augen. In seinem Blickfeld erschien ein Mann, der mit der Hand in seine Richtung wies. Neben ihm stand eine Rotkreuzschwester. Merana richtete sich schnell auf, ging in die Hocke. Er winkte den beiden zu. Versuchte eine Geste der Beruhigung. Dann stand er auf. Erneut deutete er mit der Hand. Alles in Ordnung! Die Frau in Uniform winkte zurück, machte kehrt. Er wartete, bis sie verschwunden war. Dann setzte er sich auf eine Parkbank. Carolas Augen waren voller Tränen gewesen, als sie die Gerichtsmedizin verlassen hatten.

Ich wünsche dir alles Glück, das du verdienst, Martin. Vor genau fünf Tagen hatte sie diesen Satz zu ihm gesagt. Das war in einem anderen Leben gewesen. Er verdiente kein Glück. Mit ihm war der Tod. Und er brachte ihn allen, die er liebte. Seiner Mutter. Seiner Frau. Seiner französischen Schwalbe, die mit dem Lied ihrer Zuneigung in sein Herz eingezogen war. Dorthin, wo jetzt schwarze Lava gefror. Ein Schrei erreichte sein Ohr. Ein Kind war auf eines der Einhörner geklettert. Es jauchzte, stellte sich auf die Zehenspitzen, versuchte, mit der Hand das Horn zu erreichen, das wie eine Lanze auf den Himmel zielte. Die Arme waren zu kurz. Der Bub machte sich noch länger, presste sich an den Bauch des Pferdes. Merana drückte sich von der Bank hoch. Er hasste den Schmerz, der in ihm tobte. Er versuchte, all seine Verachtung hochzustemmen gegen die Wogen der Verzweiflung. Niemandem nützte sein Selbstmitleid. Ihm am allerwenigsten. Er musste funktionieren. Erneut ein Schrei. Das Kind war vom Sockel des Fabeltieres gefallen, auf den Schotter gestürzt. Warum hatte es auch versucht, zu erreichen, was nicht zu erreichen war.

Um 14.00 Uhr war er zurück im Präsidium. Zuvor hatte er mit der Großmutter telefoniert. Die Wärme ihrer Stimme hatte ihm gut getan. Sie wollte in Salzburg bleiben, bei einer Bekannten übernachten.

Carola Salman stand an der Ermittlungstafel. Ganz vorne am Besprechungstisch hatten drei der leitenden Beamten Platz genommen. Otmar Braunberger, Thomas Brunner und Oberleutnant Trattner. Der Rest des Teams verteilte sich dahinter. Merana setzte sich auf einen Stuhl in der letzten Reihe, hielt Abstand zu den anderen. Die Ermittlungstafel war zweigeteilt. Links hingen die Bilder vom *Mozartkugel-Erpressungsfall*, rechts die Fotos vom *Mordfall Roberta Hirondelle*.

Die Chefinspektorin erkundigte sich nach aktuellen Ermittlungsdetails. Es seien keine weiteren Vergiftungsopfer aufgetaucht, berichtete der Chef der Spurensicherung. Offenbar hatten die Aufrufe in den Medien gewirkt, etwaige Mozartkugeln sofort zu entsorgen. Vielleicht gab es aber auch keine weiteren vergifteten Süßigkeiten. Auch aus den Nachbarländern waren bis dato keine entsprechenden Meldungen eingetroffen. Die Untersuchung des in Linz sichergestellten Kuverts hatte nur eines ergeben: Es war, wie auch die vorangegangenen Schreiben an die Werksleitung der Schokoladefabrik, in Salzburg aufgegeben worden. Bei der Rekonstruktion der gelöschten Dateien auf der Festplatte von Farnkogels Computer steckten sie augenblicklich in einer Sackgasse. Der ehemalige Marketingleiter werde auf Anweisung der Staatsanwältin überwacht. Dann war die Reihe an Otmar Braunberger. Der mit ihm befreundete Gruppenleiter im Briefzentrum habe inzwischen auch zwei weitere Kollegen aus anderen Schichten eingeweiht. Die Wachsamkeit sei hoch. Aber bislang sei kein verdächtiges Schreiben aufgetaucht.

Dann fragte die Chefinspektorin nach neuen Erkenntnissen im Fall der ermordeten französischen Kamerafrau. Gästen, die gegen halb zehn das *Restaurant Schloss Aigen* verlassen hatten, war ein Radfahrer aufgefallen. Sie hatten den Mann allerdings nur von hinten gesehen. Die Personen konnten sich vage erinnern, dass der Mann mit einer dunklen Jacke bekleidet war und einen kleinen Rucksack dabei hatte. Nach weiteren möglichen Zeugen werde intensiv gesucht. Auch bei dem Überfall vor drei Monaten war der Täter mit dem Rad geflohen. Die Jugendlichen hatten ihn damals nicht verfolgt, sondern sich um die verstörte junge Frau gekümmert. Gruppeninspektorin Mathilde Zauner, die sich die Unterlagen angeschaut hatte, hängte die Grafik des vor drei Monaten erstellten Fahndungsbildes an die Tafel. Thomas Brunner steuerte einige Fotos bei, die verschiedene Teppichmesser zeigten. Die Analyse der Schnittwunde hätte ergeben, dass im vorliegenden Fall ein Messer dieser Art, manchmal auch *Stanleymesser* genannt, verwendet worden war.

Andere aus dem Ermittlerteam hatten versucht, die letzten Stunden vor dem Tod der Französin zu rekonstruieren. Man hatte sich in einem Lokal auf der rechten Altstadtseite getroffen, in der Nähe der Sebastianskirche. Aus dem Filmteam waren alle anwesend. Dazu zwei Frauen vom Stadtmarketing sowie der wissenschaftliche Berater Professor Birkner und dessen Tochter Valeska. Es sei im Verlauf des Essens zu einer peinlichen Szene gekommen. Einer der Schauspieler, Stefan Sternhager, habe sich durch irgendeine Bemerkung am Tisch beleidigt gefühlt. Er war zornig aufgesprungen. Im allgemeinen Tumult seien einige Flaschen und Gläser umgekippt. Roberta Hirondelles Kleid habe eine Ladung Rotwein abbekommen. Sie brach sofort auf. Bald nach ihr hätten auch andere Personen aus der Runde das Restaurant verlassen. Laut Aussage der Hotelrezeption wäre die Französin nicht länger als eine Viertelstunde auf ihrem Zimmer gewesen, um sich zu duschen und umzuziehen. Dann hatte sie ein Taxi rufen lassen. Der Taxifahrer hatte ausgesagt, dass Roberta Hirondelle eine Handtasche bei sich gehabt hätte. Im Umfeld der Leiche hatte man allerdings keine gefunden. Ein Raubmord war also nicht auszuschließen.

Die Chefinspektorin bedankte sich.

»Wir haben es also mit zwei unterschiedlichen Fällen zu tun. Wir teilen uns die Arbeit auf und bilden zwei Teams.«

»Nein!« Meranas Stimme war leise. Aber jeder im Raum hatte seinen Einwand gehört. Einige drehten verwundert die Köpfe zu ihm. Er stand auf, kam nach vorn.

Er stemmte sich mit beiden Armen gegen die Ermittlungstafel. Eine Hand auf jede Seite gelegt, als wolle er die beiden Teile zusammenschieben.

»Wir haben es nur mit einem einzigen Fall zu tun.«

Auch Carola war überrascht über Meranas Reaktion.

»Woraus schließt du das, Martin?«

Er löste die Hände von der Tafel. »Ich weiß es einfach.«

Er registrierte die Verwunderung auf den Gesichtern seiner Mitarbeiter. Auch ihm kam es vor, als hörte er einem Fremden zu. ›Ich weiß es einfach‹ gehörte nicht zu jener Kategorie an Feststellungen, die er in einer Ermittlung dulden würde.

»Du gehst aber nicht davon aus, dass Roberta Hirondelle irgendetwas mit der Erpressung zu tun hatte, oder?«

»Nein.«

Oberleutnant Trattner mischte sich ein. »Sie könnte dem Erpresser zufällig begegnet sein, ohne ihn zu kennen.«

Die Chefinspektorin dachte nach. »Wenn Farnkogel der Drahtzieher ist, dann kannte er sie. Es gab einen kurzen Zusammenstoß bei der Begegnung im *Mozarteum*.«

Sie schaute zu Otmar. Der verstand ihre stumme Frage. »Wir lassen ihn seit gestern Nachmittag überwachen. Die Kollegen haben sich auf der Straße in der Nähe des Hauses postiert. Ich lasse überprüfen, ob eine Möglichkeit besteht, auf der Hinterseite unbemerkt zu entwischen.«

Die Chefinspektorin wandte sich an das Team. »Was fällt euch sonst noch ein? Welche Punkte kämen noch infrage, die Martins Theorie stützen? Wer hat eine Idee?« Die Fragen hämmerten in Meranas Kopf. Das würde alles nichts bringen. Das hielt sie nur auf. Sinnlose Zeitverzögerung. Er musste weg.

»Sollen wir die Möglichkeit eines Raubmordes jetzt völlig ausschließen oder doch in alle Richtungen ermitteln? So wie wir es immer machen?« Die Stimme von Gruppeninspektorin Mathilde Zauner drückte die Verunsicherung aus, die alle befallen hatte. Merana war nahe daran, höhnisch aufzulachen. Er hörte in den Äußerungen der anderen sein eigenes Credo. Jahrelang eingetrichtert. Keine Spur außer Acht lassen. Jede Variante bedenken. Sich immer alle Möglichkeiten offen halten. Die Wunde an seiner Stirn brannte. Was er in der Nacht nicht gespürte hatte, holte ihn jetzt mit aller Macht ein. Das Pochen der Schläge, als er seinen Schädel gegen die Wand drosch.

»Macht, was ihr für richtig haltet.« Er presste die Handflächen gegen die Schläfen.

»Aber wir haben nur einen einzigen Fall vor uns. Die beiden Ereignisse hängen zusammen.« Der Schmerz machte ihn wahnsinnig. Er war knapp davor, sich den Verband herunter zu reißen.

»Wir müssen zurück an den Start. Wir haben etwas übersehen. Ich weiß es.«

Ihm wurde schwarz vor den Augen. Er biss sich auf die Zunge. Der Schmerz fuhr ihm in die Gelenke, aktivierte seine Knie. Er drehte sich um und verließ den Raum. Er taumelte zur Toilette, beugte sich über das Waschbecken, würgte hoch, was nach draußen wollte. Ein paar braune Spritzer und kleine schwarze Brocken sammelten sich auf dem Grund des Beckens. Die wenigen Schlucke Kaffee aus dem Becher der Kollegin und zwei halb verdaute Oliven. Mehr hatte er nicht im Magen. Er hob den Kopf. Im Spiegel sah er das besorgte Gesicht von Otmar, der hinter ihm stand. Der Abteilungsinspektor reichte ihm ein Papierhandtuch und ein Glas Wasser. Er nahm beides.

»Ich mache dir einen Vorschlag, Martin. Du legst dich für eine Stunde auf die Pritsche im Fitnessraum. Dann treffen wir uns zusammen mit Carola bei dir im Büro und gehen alles noch einmal durch.« Er wollte aufbegehren. Keine Pause. Das sei nur verlorene Zeit. Aber das Zittern in seinen Knien und das Trommeln hinter seiner Stirn sagten etwas anderes.

Er hatte nicht geschlafen. Er hatte den Fokus seiner Wahrnehmung auf den Schmerz gerichtet. Gleichzeitig achtete er darauf, ruhig und gleichmäßig zu atmen. Wann immer ein Bild von Roberta in ihm auftauchte, wischte er es beiseite, konzentrierte sich sofort wieder auf das Hämmern in seinem Kopf. Nur einmal schaffte er es nicht: als er ihr liebevolles Gesicht sah, das sich über ihn beugte. Ihre Lippen spürte, die ihn küssten. Während irgendwo in weiter Ferne ein junger Pianist Mozarts C-Dur Konzert spielte. Ein heftiges Schluchzen packte ihn. Aus seiner Kehle kroch ein tiefer gequälter Schrei. Sie war tot. Ihr Leben war mit einem Schlag ausgelöscht. Er hatte sie nicht beschützt. Sein Oberkörper schnellte hoch. Er sprang von der Pritsche, trommelte mit den Fäusten auf die harte Unterlage. Umkurvte das Liegebett wie ein Karussellpferd. Begann zu laufen. Immer schneller. Bis er zu keuchen anfing. Dann war es besser. Er legte sich wieder hin. Er brauchte den kümmerlichen Rest seiner Kraft für anderes.

WARUM?

Darauf musste er eine Antwort finden.

Sie hatten etwas übersehen. Er war sich ganz sicher.

»Wo fangen wir an?«

»Ganz vorne.«

»Mit dem Tod von Jonas Casabella?«

»Ja. Damit hat alles begonnen.«

»Du glaubst nicht mehr, dass es ein zufälliges Ereignis war?«

»Ich glaube gar nichts. Ich stelle keine Vermutungen an. Ich mache mich auf die Suche.«

»Gut. Wir suchen mit dir.«

Als Merana kurz nach 16 Uhr in sein Büro gekommen war, hatten die anderen schon gewartet. Auf dem Schreibtisch stand eine Kanne Tee mit drei Tassen. Belegte Brote lagen griffbereit auf einem Teller. Sie überlegten eine Zeit lang, wie sie sich die Arbeit aufteilen sollten. Doch dann kamen sie überein, dass jeder von ihnen noch einmal alles durcharbeitete. Jeder für sich würde das gesamte Ermittlungsmaterial durchackern. Von vorne bis hinten. Wer als

Erster etwas fand, das noch einmal genauer betrachtet werden sollte, meldete sich bei den anderen.

»Gut, dann an die Arbeit.« Der Abteilungsinspektor stand auf, hielt der Kollegin die Tür auf. Beide verschwanden. Merana blieb mit der vollen Teekanne alleine zurück. Und mit allen belegten Broten.

Um 19 Uhr machten sie ein gemeinsames Update ihrer Recherchen. Sie trafen sich wieder in Meranas Büro. Die Teekanne war leer. Die Brote lagen unberührt auf dem Teller. In den Unterlagen, die sie bisher durchgecheckt hatten, war ihnen nichts aufgefallen, was sie nicht ohnehin schon im Zuge der Ermittlungen untersucht hatten. Aber der Abteilungsinspektor brachte eine Neuigkeit mit. Im Gegensatz zu ihrer ursprünglichen Annahme war Edwin Farnkogel gestern Abend doch nicht daheim gewesen. Er musste das Haus verlassen haben, ohne dass die Überwacher es mitbekommen hatten. Die Kollegen erinnerten sich, dass ihnen am frühen Abend ein großer Möbelwagen für ein paar Minuten die Sicht verstellt hatte. Als sie vor einer Stunde an Farnkogels Haus läuteten, habe keiner geöffnet. Sie hatten Farnkogels Frau ausfindig gemacht. Die hatte zwei Tage dienstfrei und war mit Luca zu ihrer Mutter gefahren, die in der Nähe von Mondsee wohnte. Sie hatte angenommen, ihr Mann wäre zu Hause. Sie hatte keine Ahnung, wo er sich aufhalten könnte. Die Staatsanwältin wollte noch abwarten, ehe sie Edwin Farnkogel zur Fahndung freigab.

»Was machen wir, Martin?« Die Chefinspektorin sah ihn an.

»Was ist euer Vorschlag?«

»Die Kollegen vor Farnkogels Haus sollen weiterhin wachsam sein. Unser allseits geschätzter Chef soll mithilfe des Ministers den Druck erhöhen, damit wir endlich die Daten des Offshore-Kontos von den Cook Islands erhalten. Wenn wir wissen, wer aus dem Konzernvorstand mit drinhängt, finden wir vielleicht auch Farnkogel.«

Er nickte. »Gut. Organisiert das bitte. Ich mache hier weiter.«

Seine Stirn begann wieder zu pochen. Das Schmerzmittel, das ihm Carola hingelegt hatte, ignorierte er. Er brauchte einen klaren Verstand. Unbeeinflusst von Medikamenten. Das Schrecklichste für ihn war, die Bilder von Roberta anzuschauen. Ihre Aussagen zu lesen. Dabei den Klang ihrer Stimme zu hören. Immer wieder drohte er, von den schmerzlichen Erinnerungen erschüttert zu werden. Er versuchte, in seinem Inneren eine Mauer aufzubauen. Aber die Steine bröckelten. Ein ums andere Mal.

Gegen 22 Uhr war er durch. Er hatte mit dem Protokoll der Aussagen der Familien Bartenstein und Laudenbrunn begonnen, die vor elf Tagen in der Salzburger Getreidegasse auf dem Heimweg ins Hotel von einer schreienden, halb nackten Valeska Birkner angehalten worden waren. Am Schluss der langen Reihe an Dokumenten, Analysen, Fotos, Aussagen, Abschriften, Bewertungen, die er gecheckt hatte, stand der Autopsiebericht von Frau Doktor Eleonore Plankowitz. Das detaillierte Ergebnis ihrer Untersuchung an der Leiche der getöteten französischen Staatsbürgerin Roberta Hirondelle. Mit einem Mal überfiel ihn alles gleichzeitig. Die Wut, der Schmerz, der Ekel. Die Verzweiflung. Er schaltete den Laptop aus. Auf dem Screen verlöschte Robertas entstelltes Gesicht. Er wehrte sich vehement gegen die Bilder. Er stemmte sich gegen die Pranke der Trauer, die nach ihm griff. Gegen die Leere, die Robertas Verlust in sein Leben gerissen hatte. Er verfluchte einen Gott, an den er nicht glaubte, weil der ihr Leben genommen hatte und nicht seines. Er trommelte mit den Fäusten auf die Schreibtischplatte. Er bekam gar nicht mit, dass längst Carola und Otmar im Zimmer standen und seinem Wüten hilflos zusahen. Erst als die Teekanne zu Boden krachte, hielt er inne.

»Lass es gut sein, Martin. Wir machen morgen weiter.« Es gab kein Morgen. Es gab nur ein Jetzt. Und das Jetzt hieß: WARUM?

Sie hatten etwas übersehen. Auch jetzt noch. Er wusste es.

Er ließ sich dennoch dazu überreden, Schluss zu machen. Er war am Ende seiner Kräfte. Die Erschöpfung quoll aus seinen Augen wie tropfender Teer.

Carola hielt ihm eines der Brote hin. Er nahm einen Bissen. Kaute. Spürte einen Würgereiz. Schluckte dennoch hinunter. Legte das Brot zurück auf den Teller.

»Danke.« Otmar rief die Zentrale an.

»Ein Taxi für Kommissar Merana.«

Der Fahrer machte ein fröhliches Gesicht. Sein Deutsch war brüchig. Er sei Ungar. Merana nickte schwach. Er konnte nicht mehr zuhören. Die Müdigkeit drückte ihn in den Sitz. Hängte sich mit Zentnergewichten an seine Schultern. Das Pochen in seiner Stirn war dumpf geworden. Besaß nicht mehr den schmalen beißenden Schmerz wie noch vor Stunden. Fühlte sich an wie gedämpft herniedersausende Schlägel auf einer riesigen Trommel. Der Fahrer bremste plötzlich scharf. Ein junger Bursche auf Inlineskates war ohne Vorwarnung vom Gehsteig abgebogen, um die Fahrbahn zu überqueren. Die Autoreifen quietschten. Der Ungar stieß einen Fluch aus. Doch der junge Mann war schon wieder verschwunden. Um ein Haar hätten sie einen Unfall gehabt. Das Taxi fuhr wieder an. Mit einem Schlag war Merana hellwach.

»Bleiben Sie da vorne stehen und warten Sie!«

Es war nur eine kleine Bemerkung gewesen. Ein Halbsatz unter einer Flut von Eindrücken. Er zwängte sich aus dem Wagen, rief Braunberger an.

»Otmar, erinnerst du dich? Bevor Jonas Casabella in die USA ging, hatte er einen schweren Autounfall. Kannst du herausfinden, was damals passiert ist?«

Es kostete ihn große Mühe, seinen müden Körper wieder in das Taxi zu schieben.

Fünf Minuten später schubste ihn der Fahrer an. Sie hatten ihr Ziel erreicht. Er war eingeschlafen. *Jó éjszaka!*

Es wäre besser gewesen, er hätte sich nicht heimbringen lassen. Nur mit großer Überwindung hatte er sich an der Stelle vorbeigeschleppt, an der er Roberta gefunden hatte. Er vermeinte, den Blutsee zu spüren, der aus ihrem Hals quoll. Jeder andere Ort wäre geeigneter gewesen. Ein Hotel. Sein Büro. Die Pritsche im Fitnessraum. Nun marschierte er wieder in seinem Wohnzimmer auf und ab. Fünf Schritte. Die Wand. Umdrehen. Fünf Schritte. Die andere Wand. Nur dass er dieses Mal nicht seinen Kopf gegen die Mauer knallte. Die roten Flecken an der Wand waren deutlich zu sehen. Er hatte kein Gefühl mehr für Zeit. Irgendwann in der Nacht kam der Anruf.

»Der Unfall passierte vor knapp fünf Jahren. In der Nähe von Berlin. Jonas war der Lenker des Fahrzeuges. Der Alfa Romeo Sportwagen durchbrach wegen überhöhter Geschwindigkeit eine Leitplanke, stürzte eine Böschung hinab. Eigenverschulden. Es gab keine Fremdeinwirkung.

Casabella wurde aus dem Auto geschleudert. Die Beifahrerin blieb eingeklemmt im Wagen.«

»Es gab eine Beifahrerin?«

»Ja, eine Frau namens Liliana Winterfeld.«

»Tot? Verletzt?«

»Soviel ich bis jetzt herausgefunden habe, war sie bei Eintreffen der Rettungskräfte noch am Leben. Ich gehe der Sache weiter nach.«

»Danke, Otmar.«

Erst jetzt fiel ihm auf, dass er auf dem Boden hockte. Er musste sich während seiner Wanderung niedergesetzt haben und kurz eingenickt sein. Er war zu müde, um sich zu erheben. Er legte sich zurück, bettete den Kopf auf die harten Dielen. Er hatte Angst, einzuschlafen. Fürchtete sich vor den Traumbildern. Die Trommelschläge hinter seiner Stirn waren schwächer geworden. Er sah den Marder, wie er den Hühnern die Hälse durchbiss. Blut spritzte. Er schreckte hoch. Dieses Bild verfolgte ihn seit seiner Kindheit. Seine Mutter hatte ihm damals zu Unrecht vorgeworfen, er hätte das Gatter nicht geschlossen. Am nächsten Tag war sie abgestürzt. Er verscheuchte die Erinnerungen aus seiner Kindheit. Er wollte nicht den weißen Sarg seiner Mutter sehen, der vom Erdloch verschluckt wurde, während er, neunjährig, an der Hand der Großmutter neben der Grube stand. Mit aller Gewalt riss er seine Augen auf. Ihm graute davor, vom Blutstrom aus Robertas Hals überschwemmt zu werden. Er wuchtete seinen Oberkörper auf, zog sich am Tisch in die Höhe. In der Küche ließ er kaltes Wasser durch seine Kehle rinnen. Dann ging er ins Badezimmer, öffnete den Medikamentenschrank, holte eine neue Mullbinde heraus. Er vermied es, in den Spiegel zu sehen. Zehn Minuten später hockte er mit frischem Verband auf der Couch, neben sich einen Krug mit Wasser und das Smartphone. Er musste wieder weggedämmert sein. Denn er schreckte erneut hoch, als das Handy läutete. Draußen war es schon fast hell.

»Liliana Winterfeld hat den Unfall überlebt. Aber soviel ich herausbekommen habe, liegt sie im Koma. Laut Unterlagen der Sozialversicherung wird sie in einer Spezialklinik betreut.«

»Wo ist die Klinik?«

»In Leonding bei Linz.«

»Sag mir die Adresse und die Koordinaten für das Navi.«

»Die hat schon Carola. Sie holt dich in einer Stunde ab.«

12. TAG

PRESTO. FURIOSO
(SCHNELL, ERREGT)

Merana war unruhig. Wie im Fieber. Immer wieder Bilder während der Autofahrt.

Immer die eine Frage.

WARUM?

Der Schmerz an seiner Stirn war kaum auszuhalten. Auch der neue Verband half wenig. Kamen sie jetzt einer Antwort näher? Keine Ahnung. Er konnte sich keinen Reim darauf bilden. Liliana Winterfeld. Leonding bei Linz. Jonas Casabella. Unfall. Erpressung. Mozartkugeln. Gift. Der Blutsee an Robertas Hals. Wo war der Faden? Was hatten sie übersehen? Er war müde. Unendlich müde. Das Denken tat weh. Vielleicht war der Weg umsonst. Eine Sackgasse. Wie so viele. Aber er war froh, dass sie etwas unternahmen. Dass Carola mit ihm im Auto saß. Ein Ziel ansteuerte. Alles besser, als zwischen zwei Wänden hin und her zu rennen. Fünf Schritte hin, fünf zurück. Bemüht, die Erinnerungen aus dem Kopf zu bannen. Die Verzweiflung niederzukämpfen. Der alles zermürbenden Trauer keinen Platz zu lassen. Es musste etwas geschehen.

Die Klinik war von der Straße aus nicht zu sehen. Großer Park, alte Bäume. Eine Auffahrt wie im Kino. Prächtiges Haus. Jugendstilbau. Ende 19. Jahrhundert. Dreigeschossig. Glaskacheln mit Verzierungen im Eingangsbereich.

Er sprang aus dem Auto, hetzte die Marmorstufen hinauf. Carola konnte kaum mithalten. Eine dunkelhaarige Frau am Empfang. Sie zeigten die Ausweise, erklärten ihr Anliegen. Frau Winterfeld liege im ersten Stock. Zimmer 9. Man werde die ärztliche Leitung verständigen. Darauf wollte Merana nicht warten. Die Ungeduld fraß sich durch seine Magendecke. Er nahm die Treppe, zwei Stufen auf einmal. Die Chefinspektorin hinterher. Sein flackernder Blick huschte über die Türen. Zimmer 6, Zimmer 7 ... Zimmer 9 lag ganz am Ende des Ganges. Er hämmerte mit den Knöcheln an die Tür. Wartete nicht auf Antwort, stürzte hinein. Carola folgte. Ein heller Raum. Links ein Fenster. Geöffnet. Vormittagslicht flutete herein. In der Mitte ein großes Bett. Daneben Apparate. Mit Bildschirmen und Schläuchen.

»Sie wünschen?« Die Frau war Anfang 40. Orange Bluse, weißer Mantel. Ein Schild an der Brust. *Sr. Margarethe Holler*. Sie hoben ihre Dienstausweise.

»Kriminalpolizei Salzburg. Wir ermitteln im Todesfall des Schauspielers Jonas Casabella. Das war der Lenker beim tragischen Unfall vor fünf Jahren.«

Wachsendes Erstaunen in den Augen der Schwester.

»Frau Winterfeld kann dazu keine Aussage machen. Sie liegt seit damals im Koma.« Die Schläuche an den Apparaturen. Wie große Tentakel. Führten zum Bett.

Eine junge Frau. Ein Gesicht wie aus Wachs. Umrahmt von kastanienbraunen Locken. Über dem Bett ein Kreuz. Blutrot.

»Gibt es Verwandte? Was ist mit den Eltern?«

»Die Mutter ist vor einem Jahr gestorben. Von einem Vater weiß ich nichts. Ich bin erst seit 15 Monaten hier.«

Das Ausmaß des Parks war groß. Die Ausstattung des Gebäudes luxuriös.

»Wer kommt für die Kosten auf?«

»Soviel ich weiß, ein Verwandter.« Das Erstaunen im Schwesterngesicht war gewichen. Nun ein freudiges Lächeln. »Sie können ihn selber fragen. Er ist zufällig hier.«

Ein Zucken schnalzt durch Meranas Körper. Die Chefinspektorin zieht laut die Luft ein.

»Wo?«

»In der Verwaltung. Bei der Frau Direktor Kranz.«

»Welche Etage?«

»Erdgeschoss. Am Empfang links.«

Merana ist schon draußen. »Danke, Frau Holler.« Carola hetzt hinterher. Ein grau melierter Mann mit Hornbrille. Auf der Treppe. Lindgrüner Sommeranzug. In der Hand ein Klemmbrett. »Entschuldigen Sie bitte …«

Merana ist schon vorbei. Die Chefinspektorin hebt den Ausweis. »Polizei Salzburg.« Der Mann protestiert. Die Rezeption. Verwundertes Gesicht der Empfangsdame. Scharf links. Merana drei Schritte voraus. *Verwaltung.* Er bremst ab. Weiße Doppeltür. Goldenes Schild. *Dr. Agathe Kranz, Direktion.* Die Hand von Carola auf Meranas Schulter. Er beachtet sie nicht. Drückt die Tür auf. Ein großer Raum. Wie ein Ballettsaal. Terrassentür weit offen. In der Mitte ein Schreibtisch. Eine Frau über die Tastatur gebeugt. Daneben ein Mann. Der riesige Bildschirm verdeckt zur Hälfte die Köpfe. Die Frau fährt hoch. Der Mann ebenfalls. Carola und Merana wie angewurzelt.

Darian Schartner!

»Was erlauben Sie …« Der Mund von Agathe Kranz bleibt offen. Die stechenden Augen im bärtigen Gesicht sondieren die Lage wie ein Scanner. Die Rechte fährt in die Umhängetasche. Die Linke fasst nach dem Kopf der

Frau. Schon presst der Produktionsleiter der Direktorin eine Pistole an die Schläfe.

Merana startet.

»Nein!« Carola streckt die Hand aus. Verfehlt ihn.

Merana sieht nur die stechenden Augen. Und die Hand. Es ist ihm schlagartig klar: Diese Hand hat ein Messer geführt. Das Messer hat Robertas Hals in einen Blutsee verwandelt. Hat ihr Leben zerrissen. Hat alles ertränkt, was Merana lieb war. Die aufgestaute Wut detoniert in ihm. Der Hass sprengt die Ketten. Die schäumende schwarze Lava explodiert.

»Nicht, Martin!«

Alle Bilder kochen gleichzeitig hoch. Die blutenden Hühnerleiber. Die Mutter im Sarg.

Franziska auf dem Sterbebett. Die Last seiner Schuld. Robertas Lippen. Keine Sommer. Keine Winter. Alles zerstört. Von diesen Augen. Von dieser Hand.

Da kommt der erste Einschlag. Ein Blitz in seiner Schulter. Die Hand spuckt Feuer.

Die Wut treibt ihn weiter. Er hebt ab. Wieder spuckt die Hand Feuer. Er spürt es nicht. Sein Körper fliegt über den Schreibtisch hinweg. Seine Faust drischt in das Gesicht. Genau zwischen die stechenden Augen. Ihre umschlungenen Leiber landen auf dem Boden. Die Frau kippt zur Seite. Es kracht neben Meranas Kopf. Eine schwere Bronzefigur. Durch die Wucht des Aufpralls vom Schreibtisch gefegt. Ein Engel. Unter ihm das Gesicht. Der bärtige Kopf. Diese Augen haben zugesehen, wie Roberta verblutete. In ihm ist alles schwarz. Hass. Blanker Hass. Abgrundtief. Dunkel wie Lava. Er greift nach der Figur. Stemmt sie hoch. Er will auslöschen. Ganz. Jetzt. Auslöschen! Sein Arm saust nach unten.

»Neeeiin!!«

Ein Körper fliegt herbei. Etwas drischt gegen seinen Arm.

Dann wird es dunkel.

Schwarz.

Aus.

13. TAG

LENTO ASSAI
(SEHR LANGSAM)

...
....

.... Wellen ....

.... Treibsand ....
....

Stein ...... Grab .... See.

Augen.
       Kugeln.
              Scheiben.
                           Münder.

                           Schlund.

                           Abgrund.

                           SCHWARZ.

*

Schwarz.

Licht. Ein Streifen. Pochen. Pochen. Pochen. Pochen.

Hell. Flecken. Grau.
Herr Merana.
Herr Merana.
Ich bin Schwester Beatrix ...
Kreise.
Orange.
Violett.
Husten.
Stechen.
Brust.
Schulter.
Übel.
Übel.
Übel.
Übel.
Übel.
Pochen.
Pochen.
Grau.
Dunkel.

Martin ...

Augen. Regen. Nebel. Stechen.

Hallo, Martin ...

Augen. Flecken. Verschwommen.

Augen. Lächeln.

Carola!

Grau. Zimmer. Licht. Schmerzen. Erinnerung.

Stechende Augen. Frau. Kopf. Pistole. Loslaufen. Hand. Feuer. Laufen. Faust. Gesicht. Feuer. Frau. Frau. Frau.

Was ...?

Carola. Ohr. Flüstern.

Was ist ... mit der Frau?

Augen. Mund. Lächeln.

Der Frau ist nichts passiert.

Stechen. Hals. Trocken.

Wo ...?

Husten. Schmerzen. Schmerzen.

Du bist im AKH Linz. Du hast zwei Kugeln abgefangen. Du wurdest vor 18 Stunden operiert.

Husten. Erinnerung. Gesicht. Stechende Augen. Hass. Wut. Bronzefigur. Schlag.

Was ist ...?

Jetzt nicht, Martin. Du musst schlafen. Ich komme morgen wieder.

Carola. Gesicht. Lippen. Warm.
Müde.
Trauer.
Trauer.
Schmerzen. Grau. Verschwommen.

*

Licht. Ein Streifen. Pochen. Pochen.

Ich bin bei dir, Martin.

Stimme. Die Großmutter. Hand. Wärme.

Müde.

Müde.

Müde.

14. TAG

CALMANDO, MA NON TROPPO
(BERUHIGEND, ABER NICHT ZU VIEL)

Aufwachen.
Licht.
Ein Zimmer. Sonnenstreifen an der Wand. Vogelgezwitscher. Offenes Fenster.

»Hallo, Martin, wie fühlst du dich?«
Carola ist bei ihm. Sie hält seine Hand. Über ihm eine Infusionsflasche. Schmerzen in der Brust. Er ist in einem Krankenhaus.
»Welcher Tag?«
»Montag. 11.30 Uhr.«
»Welches Jahrhundert?«
Sie lächelt. »Immer noch das 21. Willkommen im Leben, Martin.«
Erinnerung setzt ein. Bilder schieben sich in seinen Kopf. Eine Frau in seinen Armen. Sonnenschein. In einem Ruderboot. Auf einem See. Sie küsst ihn. Plötzlich Dunkelheit. Dieselbe Frau. Er hält sie immer noch in seinen Armen. Aus ihrem Hals rinnt Blut.
Roberta!
Ein qualvoller Schrei!
Eine Lawine überrollt ihn. Die Ereignisse der vergangenen Tage fegen durch seinen Kopf. Alles taucht auf. Alles. Der tote Schauspieler. Mozartkugeln. Erpresserbriefe. Die

Leiche von Roberta. Die Klinik. Das Mädchen im Koma. Die weiße Tür.

Dr. Agathe Kranz. Die Pistole. Darian Schartner. Er stürmt los. Carola schreit. Ein Einschlag in seiner Schulter. Die Füße katapultieren ihn hoch. Er fliegt. Seine Faust drischt zu. Er kracht zu Boden. Da ist ein Engel. Auf dem Boden. Er greift danach. Wuchtet die Figur hoch.

Auslöschen. Er will auslöschen!

Der Schlag!

Scham.

Angst.

Ekel. Wut. Verzweiflung.

Martin!

Martin!!!

Sein Verstand droht zu explodieren.

Martin!!!!!!

Ein Brennen auf seiner Wange. Ein Rütteln an seinem rechten Arm. Carola.

Atmen.

Atmen.

Atmen.

Er beruhigt sich. Sonnenstreifen an der Wand. Vogelgezwitscher.

Er muss es wissen.

»Habe ich …?«

»Nein, Martin. Hast du nicht. Die Statue hat ihn nur gestreift. Platzwunde am Kopf. Drei Nähte. Mehr nicht.«

Atmen.

Atmen.

»Du bist dazwischen gegangen?«

Ihr Gesicht taucht über seinem auf. Ihre Augen schwimmen in Tränen. Ihre Haare streifen seinen Hals. Ihre Lippen küssen seine Wange.

»Ach Martin ...«

Die Tür wird geöffnet. Eine Frau kommt herein. Sie trägt eine hellblaue Jacke. Kurze Ärmel. Die Hose ist weiß. Freundliches Gesicht. Braunes Haar. Offen. Bis zu den Schultern.

»Grüß Gott, Herr Merana. Ich bin Schwester Beatrix. Schön, dass Sie wach sind.

Ich bringe Ihnen die Suppe.«

Sie stellt das Tablett auf den Tisch.

»Ihre Kollegin ist Ihnen sicher gerne behilflich. Sonst rufen Sie mich einfach.«

Sie kontrolliert die Infusionsflasche. Ihre Miene drückt Zufriedenheit aus.

Sie legt ihm den Handrücken an die Wange. Nickt.

»Alles bestens.«

Bevor sie hinausgeht, sagt sie noch in Richtung Carola: »Liebe Frau Doktor Salman, allerhöchstens noch zehn Minuten. Der Patient braucht Ruhe. Der Herr Primar hat für Sie ohnehin eine Ausnahme gemacht.« Dann schließt sie die Tür.

»Dann schieß los, Carola.«

Er spürt den aufmunternden Druck ihrer Finger auf seinem rechten Unterarm.

»Nein, Martin. Zuerst die Suppe.« Sie holt das Tablett.

Er versucht, sich aufzurichten.

Schmerz. Aus seiner Brust ragt ein Schlauch.

Er stöhnt auf.

»Langsam, Martin. Du bist frisch operiert. Du hast eine Drainage.«

Er will jetzt nichts essen. Er braucht Antworten. Aber die Chefinspektorin bleibt beharrlich. Sein linker Arm ist wie taub. Mit der rechten Hand nimmt er den Suppenlöffel. Minestrone. Mit Nudeln. Er beginnt zu essen. Bei jeder Bewegung hat er das Gefühl, er hätte keinen Löffel in der Hand, sondern stemme einen Vorschlaghammer. Ihm wird heiß. Er spürt Schweiß auf seiner Stirn. Carola nimmt ihm den Löffel aus der Hand, hilft ihm.

Er ist erschöpft.

»Du warst gestern schon da.«

»Erinnerst du dich daran? Du warst sehr benommen.«

»Ja. Vage.«

»Das war gestern Nachmittag. Am Abend kam deine Großmutter.«

Auch daran glaubt er sich zu erinnern.

»Sie war lange bei dir, fast bis Mitternacht.«

»Wo ist sie jetzt?«

»In der Cafeteria. Sie wollte mich alleine mit dir reden lassen.«

Müdigkeit. Schwäche. Ein Anflug von Übelkeit.

»Ich brauche Antworten, Carola.« Seine Stimme ist nur mehr ein Flüstern.

Sie stellt das Tablett zurück auf den Tisch.

»Die bekommst du, Martin. Aber nicht jetzt. Im Augenblick brauchst du Ruhe.«

Sie beugt sich über ihn. Ihr Lippen berühren seinen Mundwinkel. Ihr Gesicht im Raum. Sonnenstreifen auf ihrer Wange. Die Hand, die zum Gruß winkt.

Dann fallen ihm die Augen zu.

*

Schmerzen. Pochen. Ein Ziehen auf der linken Seite. Brust. Schulter. Oberschenkel.

Er öffnet langsam die Lider. Sein Kopf ist benommen. Über ihm das Metallgestänge.

Keine Infusionsflasche. Es ist dunkel im Zimmer. Nur spärliches Licht von draußen. Er dreht das Gesicht zur Seite. Ein kleiner Wecker. Digitalanzeige. 22.34 Uhr.

Licht flammt auf. Grell. Er erschrickt, schließt die Augen.

»Möchten Sie etwas trinken?«

Das Öffnen der Augen ist mühsam. Ein mürrisches Gesicht. Länglicher Kopf. Kurze Haare. Das ist keine Farbe. Das sieht aus wie Asche.

»Ich bin die Nachtschwester.« Sie greift nach der Fernbedienung. Wie durch Geisterhand hebt sich sein Oberkörper.

»Hier ist Tee.«

Sie hilft ihm mit der Tasse. Er fühlt sich schlapp. Aber besser als zu Mittag.

»Haben Sie Hunger?«

Nein, hat er nicht.

»Sie kriegen noch eine Tablette.«

Er nimmt die grüne Pille, spült sie mit Tee hinunter.

»Sie hatten am frühen Abend Besuch.«

»Wer war hier?«

»Ein Herr. Er hat ein Kuvert da gelassen. Es liegt auf dem Nachtkästchen.«

»Danke.«

»Läuten Sie, wenn Sie etwas brauchen. Gute Nacht.«

Das Licht erlischt. Er hört das Zuschnappen der Tür.

Seine Finger erreichen die Fernbedienung. Er lässt das obere Ende des Bettes wieder nach unten gleiten.

Er will nicht gleich wieder einschlafen. Seine Stirn pocht. Er erinnert sich an die Schläge gegen die Wand seines Wohnzimmers. In der Nacht, als er Roberta gefunden hatte. Der See aus Blut. Die toten Augen. Die Lippen, die immer kälter wurden. Er beginnt zu weinen. Er versucht nicht, die Tränen zurückzuhalten. Das Weinen tut gut. Er hatte noch keine Zeit für Trauer. Nur für Verzweiflung. Und für Wut. Da war nur Platz für wildes Drauflosstürmen. Wie im Fieber. Von Furien getrieben, mit kochendem Hirn der einen Frage hinterhergehetzt:
WARUM?
Und alles hatte geendet hinter einer Tür mit der Aufschrift: *Dr. Agathe Kranz, Direktion.*
Er beginnt zu schwitzen. Seine linke Seite schmerzt. Ihm ist übel. Er spürt die Müdigkeit. Sie zieht an seinen Augen, seinen Schultern, seinen Armen. Aber er will jetzt nicht wegtauchen. Er zwingt sich dazu, die Teile seiner Erinnerung in die richtige Ordnung zu bringen. Er setzt die schemenhaften Bruchstücke zusammen wie ein Puzzle.
Agathe Kranz am Schreibtisch. Daneben Darian Schartner. Die Pistole in seiner Hand. Die Mündung auf die Schläfe der Frau gerichtet.
Eine klassische Situation. Wie aus dem Lehrbuch für richtiges Verhalten im Polizeieinsatz. Er hatte alles falsch gemacht, was man nur falsch machen konnte.
Dass er sein eigenes Leben aufs Spiel setzte, fällt für ihn nicht ins Gewicht. Aber er hatte das Leben der Frau gefährdet.
Nicht, Martin!
Er hat wieder Carolas Stimme im Ohr. Ihren Schrei, der ihn stoppen sollte. Er hatte die Situation nicht wie ein Profi bewältigt. Das hätte geheißen: keine Provokation. Keine

Gefährdung von Leben. Spannungen vermeiden. Schutz der Geisel als höchste Priorität. Was wäre gewesen, wenn Schartner abgedrückt hätte? Wenn der Kopf der Frau von der Kugel zerfetzt worden wäre? Wenn der nächste Schuss Carola getroffen hätte?

Ein Abgrund tut sich in seinem Inneren auf. Die Ungeheuerlichkeit der Vorstellung über die möglichen Folgen seiner gedankenlosen Aktion raubt ihm den Atem. Es würgt ihn. Säure im Mund. Der Geschmack von Gemüse im Schlund. Er hustet. Kehrt zurück zu seiner Erinnerung. Er war einfach auf den Schreibtisch zugerannt. Das Denken außer Kraft gesetzt von der unbändigen Wut. Er hatte keine Pistole dabei gehabt. Carola schon. Aber Waffeneinsatz wäre angesichts der Situation gegen jede Vernunft gewesen. Selbst wenn Carola die Pistole gezogen hätte, wäre das Schussfeld nicht frei gewesen. Merana war zwischen ihr und dem Täter. Genauso wie die Frau. Carola hätte kein fremdes Leben gefährdet. Er schon. Er hatte sich keinen Deut darum geschert.

Scham schwappt in ihm hoch. Ein Ausdruck von Fassungslosigkeit macht sich breit. Und zugleich empfindet er ein tiefes Gefühl von Dankbarkeit. Er weiß nicht einmal, wem gegenüber. Darian Schartner hatte keine Kugel in die Schläfe der Frau gejagt. Er hatte nicht auf Carola geschossen. Er hatte Meranas Schuldkonto keine weiteren Toten hinzugefügt. Ein wenig wärmt er sich an diesem Empfinden von Dankbarkeit. An diesem Aufflackern von Glück. Er ist unendlich froh, dass es so gekommen ist und nicht anders. Er wird für sein Fehlverhalten geradestehen. Er wird der Kommission, die den Fall zu untersuchen hat, die Arbeit erleichtern. Er wird seine Strafe ohne Einspruch annehmen und zugleich aus dem Polizeiapparat ausscheiden. Ein Kriminalbeamter, der sich so verhält wie er, ist untragbar für jede weitere Tätigkeit. Er hätte nie gedacht, dass er jemals so außer sich sein würde. Blind vor Wut. Verantwortungslos für seine Umgebung. Aber es war so gewesen. Und dann würde er sich auch noch strafrechtlich verantworten müssen. Mordversuch. Man kann es nicht anders nennen. Wieder sieht er die stechenden Augen vor sich. Die Hand mit der Pistole. Dieselbe Hand hatte Roberta getötet. Er spürt wieder den Hass in sich. Der Zorn legt sich wie eine Eisendecke über den Verstand. Er ist Polizist. Er vertrat bisher immer vorbehaltlos die Prinzipien des Rechtsstaates. Niemand darf für sich in Anspruch nehmen, sich außerhalb des Gesetzes zu bewegen. Ist das immer noch sein Credo? Er weiß es nicht. Er ist müde. Sein Kopf ist überhitzt. Sein Körper verlangt nach Ruhe. Er horcht in sich hinein. Er schließt die Pforten des Verstandes. Er forscht nach einer Spur von Reue für seinen Versuch, Darian Schartner zu töten. Er findet keine. Das macht ihm plötzlich Angst. Die Hand, die das Messer führte, hat mit einem einzigen Schnitt das Dasein einer wunderbaren, liebreizenden Frau ausgelöscht. Hat ihr Leben zerstört. Und seines. Alles, was er dabei fühlt, ist Wut. Und Trauer über den unsagbaren Verlust. Aber er fühlt keine Reue wegen seiner Tat. Darüber erschrickt er erneut. Der Abgrund, in den er blickt, ist unermesslich tief. Schwarz. Bodenlos. Hätte die Chefinspektorin sich nicht dazwischen geworfen und den Schlag abgelenkt, wäre er jetzt ein Mörder. Es gibt kein anderes Wort dafür. Durch Carolas Eingreifen hat sein Schlag mit der Bronzestatue offenbar das Ziel verfehlt. Die Tat war somit nur mehr als Mordversuch einzustufen. Doch für ihn machte das keinen Unterschied. Er war durchdrungen gewesen vom klaren Willen, zu töten. Zu vernichten. Auszulöschen. Diese Erkenntnis steht vor ihm wie eine brennende Wand. Der Gerichtshof in seinem Inneren, strenger als das Strafgesetzbuch, kennt nur ein Urteil: Schuldig! Mildernde Umstände? Keine. Klare Absicht. Auge um Auge. Schuldig.

Scham, Herr Merana?

Ja. Tiefe Scham. Und ein Gefühl von Fassungslosigkeit.

Angst?

Ja, auch Angst. Der Abgrund, in den er blickt, macht ihn schaudern.

Reue?

…

…

…

Nein.

15. TAG

STRINGENDO
(ALLMÄHLICH SCHNELLER WERDEND)

Als Merana am nächsten Morgen erwachte, fühlte er sich ein wenig stärker. Die Nachtschwester brachte ihm das Frühstück, half ihm bei der spärlichen Morgentoilette.

»Wann Sie aufstehen dürfen, entscheidet der Herr Primar bei der Visite.«

Merana war ein wenig verwundert über ihre Aussage. Aus seiner linken Brusthälfte führte ein dicker Schlauch zu einem Kunststoffbehälter. Der war mit Flüssigkeit gefüllt und wies Skalen und Knöpfe auf. Er kam sich vor wie ein Alien, der künstlich am Leben erhalten wurde. Sollte er etwa mit dem Gerät durch die Gegend rennen?

Der Mann mit der randlosen Brille, der zwei Stunden später samt Gefolge ins Zimmer rauschte, stellte sich als Professor Siebenstätt vor. Primar der Chirurgie.

»Sie haben sehr großes Glück gehabt, Herr Kommissar. Glatter Lungendurchschuss. Die Kugel ist zwischen Brustwarze und Schlüsselbein durchgegangen. Austritt an der Scapula.«

Der Arzt zeigte dem Kommissar ein Röntgenbild. »Sie werden das Austrittsloch nicht sehen können, aber ich versichere Ihnen, es wächst bald wieder zusammen.« Dann legte er behutsam einen Finger an Meranas linkes Schlüsselbein.

»Hätte der Schütze Sie in diesem Bereich getroffen, wären unvermeidbar wichtige Gefäße und Nerven verletzt worden. Mit schwer absehbaren Folgeschäden. Und wir wollen uns gar nicht ausmalen, was alles passiert wäre, hätte die Kugel sie tiefer erwischt oder gar zentral im Brustbereich.«

Dann deutete er auf den Kunststoffbehälter mit dem Schlauch.

»Wir haben Ihnen eine Bülau-Drainage angelegt, übrigens benannt nach einem Hamburger Internisten aus dem 19. Jahrhundert, Gotthard Bülau. Der Durchschuss hat die Lunge kollabieren lassen. Die Folge war ein Pneumothorax. Die Drainage saugt Wundsekrete und Luft aus der Pleurahöhle. Das funktioniert allein schon dadurch, dass der Auffangbehälter tiefer steht als Ihr Oberkörper. Tolle Sache, was?«

Sein Lachen erinnerte an ein Pferd mit Asthma. Merana war weniger nach Heiterkeit zumute.

»Heute Nachmittag machen wir ein schönes Röntgen. Dann wissen wir, wie weit sich Ihr linker Lungenflügel schon wieder ausgedehnt hat.«

Er klopfte ihm kameradschaftlich auf die Schulter. »Alles halb so wild, Herr Kommissar. Wenn es keine Komplikationen gibt, verlegen wir Sie bald von der Intensivstation in ein anderes Zimmer. Und dann können Sie in ein paar Tagen unsere Klinik schon wieder verlassen. Die Schramme am linken Oberschenkel, wo Sie die zweite Kugel erwischt hat, wird Sie nicht allzu sehr behindern. Ich wünsche einen schönen Tag!«

Und schon zog der Primar wieder ab. Seine Begleiter, eine Assistenzärztin und zwei Schwestern, hatten nichts gesagt.

Jetzt wusste Merana über seinen medizinischen Zustand Bescheid. *Bülau-Drainage. Lungendurchschuss. Schramme am Oberschenkel. Glück gehabt.* Es interessierte ihn nur am Rande. Womit er noch immer kämpfte, war eine ganz andere Frage: WARUM? Warum hatte Roberta sterben müssen? Was war passiert, das zu dieser Tragödie geführt hatte. Er hatte ein Loch in der Brust, in dem jetzt ein Schlauch steckte. Seine Lunge war durchschossen. Im Schulterblatt klaffte ein Austrittsloch. Aber das war alles nichts gegen das unendlich große Loch, das der Tod von Roberta in ihm hinterlassen hatte. Wieder füllten sich seine Augen mit Wasser. Wieder ließ er zu, dass die Trauer sein Innerstes durchspülte.

Er war wieder eingeschlafen. Er bekam immer noch Schmerzmittel und Antibiotika.

Die Medikamente machten ihn schläfrig. Er brauchte eine Weile, ehe er sich zurechtfand. Ein wenig Freude schlich in sein Herz, als er die vertraute Gestalt von Carola auf dem Besucherstuhl an seinem Bett wahrnahm.

Er würde endlich Antworten auf seine Fragen bekommen. Erklärungen für das Unfassbare, über das er sich ständig den Kopf zermarterte, wenn er aus den Phasen des Dämmerzustandes aufwachte.

»Hallo, Carola. Danke, dass du hier bist.«

Sie beugte sich vor, küsste seine Wange.

»Ich soll dich herzlich von den Kollegen grüßen. Wir freuen uns alle, dass die Kugeln nicht mehr Schaden anrichteten und du bald wieder auf dem Damm bist.«

Er erwiderte nichts, nickte nur. War er selber auch froh, halbwegs unbeschadet am Leben zu sein? Die Frage wollte er sich jetzt nicht stellen. Dafür blieb später noch Zeit genug.

»Warum, Carola? Warum?«

Das Gesicht, das ihn eben noch angelächelt hatte, bekam einen Ausdruck von tiefem Ernst.

»Er war in Panik.«

Wieder sah Merana die stechenden Augen vor sich. Er erinnerte sich an die fahrige Bewegung, mit der Darian Schartner die Pistole aus der Tasche riss, um sie der Verwaltungsdirektorin an die Schläfe zu pressen. War da im Gesicht des Mannes auch Panik gestanden? Hätte es fast einen weiteren Mord gegeben, weil der Produktionsleiter zu panischen Reaktionen neigte? Merana war sich nicht sicher.

Aber er spürte aus der Erinnerung wieder die Wucht des Impulses, die ihn angetrieben hatte, loszustürmen. Es gab keine Beweise. Keine ersichtliche Erklärung. Aber er war zutiefst überzeugt gewesen, in Darian Schartner den Mörder von Roberta vor sich zu haben.

»Was hat ihn in Panik versetzt, Carola?«

Sie beugte sich vor, legte ihre Finger auf Meranas Unterarm. Vieles in diesem Fall war eine Verkettung von tragischen Zufällen. *Willst du das alles wirklich wissen, Martin? Jedes Detail? Es wird dir das Herz zerreißen. Die Wunden werden nie verheilen.* Sie stellte ihm diese Fragen nicht, sie kannte ohnehin die Antwort. Stattdessen atmete sie tief durch. Sie würde ihren Bericht so knapp halten, wie es ging. Sie wollte darauf achten, den Verletzten im Krankenbett so gut wie möglich zu schonen.

»Darian Schartner war am Donnerstagmorgen in Robertas Suite. Unglücklicherweise hatte sie ihn auch noch selbst eingeladen, sie aufzusuchen. Sie wollte ihn um Hilfe bitten wegen einer Änderung der Produktionspläne für September ...«

»La petite surprise ...«, flüsterte Merana. Olivenbäume. Zwei Spuren im Sand.

Die Chefinspektorin verstand nicht. Er hob nur schwach die Hand, bat sie, fortzufahren.

»Roberta ließ Schartner für ein paar Minuten im Zimmer allein, um sich im Badezimmer frisch zu machen. Vor der Ankunft des Mannes hatte sie auf ihrem Laptop einige Videos durchgesehen, Aufnahmen mit Stadtstimmungen von Salzburg.«

»Ihr persönliches Städtetagebuch. Es erfüllte sie mit Freude, an jedem Standort ihrer Arbeit zusätzlich ganz spezielle Impressionen einzufangen.« Merana spürte einen Kloß im Hals. Das Mädchen mit dem Eis am alten Florianibrunnen. Er selbst in der Menge. Robertas verschmitztes Lächeln, als sie ihm die Szene zeigte. Er kämpfte gegen die aufkommenden Tränen. Er schob die Erinnerungen weg, versuchte, sich auf Carolas Schilderung zu konzentrieren.

»In diesem Fall wurde Roberta diese Gewohnheit leider zum Verhängnis.« Die Stimme der Chefinspektorin war leise geworden. Auch sie kämpfte um Fassung.

»Während Roberta sich im Badezimmer aufhielt, ließ Schartner die Aufnahmen am Laptop weiterlaufen. Und da entdeckte er, was offenbar bis dahin noch keiner mitbekommen hatte.«

Sie griff in den kleinen Aktenkoffer, der neben dem Stuhl stand, und holte ein Tablet heraus. Sie wischte über den Screen, öffnete einen Ordner und zeigte dem Kommissar die Aufnahme. Merana erkannte den Waagplatz. Eine große Anzahl von Menschen tummelte sich auf dem Pflaster. Die Kamera schwenkte langsam vom *K+K Restaurant* über die Geschäfte am Eingang zur *Judengasse*. Die Bewegung endete am Gebäude des *Café Glockenspiel* auf der linken Seite. Dann erfolgte die Kamerafahrt in entgegengesetzter Richtung. Etwa nach der Hälfte des Schwenks stoppte die Chefinspektorin das Bild. Ein Teil des Geschäftes, in dem Jonas Casabella seine Mozartkugeln erstanden hatte, war auszumachen. Durch die Glastür und die großen Schaufenster konnte man ins Innere des Ladens sehen. Das Geschäft war dicht gefüllt mit Kunden. Die Chefinspektorin vergrößerte den Ausschnitt um ein paar Prozent. Merana stieß einen Laut der Überraschung aus. Sein Kopf ruckte unwillkürlich in die Höhe. Die Bewegung schmerzte höllisch. Er begann zu husten, wandte aber den Blick nicht vom Bildschirm. In der Menschenmenge innerhalb des Ladens erkannte er eine Person: Darian Schartner. Der Produktionsleiter des Filmteams hatte eine kleine rote Schachtel in der Hand. Carola ließ die Aufnahme langsam weiterlaufen. Deutlich war Schartners Bewegung auszumachen. Er stellte die Schachtel ab und nahm stattdessen eine andere Packung. Dann war er aus dem Bild, denn die Kamera hatte in der Bewegung nicht angehalten. Dennoch war die verräterische Szene klar zu sehen gewesen. Merana stöhnte. Auch wenn seine Wahrnehmung durch die Medikamente herabgesetzt war, arbeitete sein Polizistenhirn mit Hochleistung. Roberta hatte mit ihrer Kamera, zufällig und unbeabsichtigt, Darian Schartner dabei aufgenommen, wie er im Geschäft am Waagplatz eine Packung mit Mozartkugeln austauschte. Hätte jemand anderer diese Szene zu Gesicht bekommen, wäre der Produktionsleiter geliefert gewesen. Die Tatsache, dass ein Beweis für seine Manipulation existierte, hatte ihn in Panik versetzt. Er musste die Aufnahme vernichten. Und dazu musste Roberta sterben. Die Welle an Wut griff wieder nach ihm. Sie hatte eingesetzt, als er Robertas leblosen Körper in seinen Armen hielt. Und sie hatte ihn nie verlassen. Er atmete schwer, musste sich mit aller Gewalt beherrschen, um Carolas weiteren Ausführungen folgen zu können.

»Vielleicht wäre die Szene Roberta nie aufgefallen. Aber das konnte Schartner nicht riskieren. Noch dazu, wo die charmante Französin mit jenem Kriminalkommissar immer vertrauter wurde, der den Fall untersuchte.« Ihre Augen waren traurig. Sie streichelte unwillkürlich mit den Fingern über Meranas Unterarm.

»Als Erstes ließ Schartner Robertas Handy verschwinden, damit ihr euch beide nicht erreichen konntet. Er wusste, dass sie nach dem Abendessen zu dir fahren würde. Daraus hatte sie kein Geheimnis gemacht. Er ging davon aus, dass sie ein Taxi nahm. Er musste Zeit gewinnen. Er brauchte einen Vorsprung. Deshalb provozierte er Stefan Sternhager während des Abendessens. Und der geriet, wie beabsichtigt, tatsächlich in Rage. Unsere Ermittlungen haben ergeben, dass sich nicht alle Beteiligten im Nachhinein darüber einig waren, wer tatsächlich als Erster aufsprang und den Tumult verursachte. War es Schartner selbst gewesen, oder doch der Schauspieler? Jedenfalls landete ein Glas Rotwein auf Robertas Kleid. Nach dieser Panne war klar, dass sie zurück ins Hotel wollte, um sich umzuziehen. Das brachte Schartner genügend Zeit, um vor ihr bei deinem Haus zu sein.«

Meranas Atem wurde heftiger. Die Erinnerung an den Abend war schwer zu ertragen. Er hatte in seiner Wohnung Mozart gehört, während gleichzeitig im Garten hinter der Hecke ein Mörder auf Robertas Ankunft lauerte. Mit einem Messer in der Hand. Wieder brach die Lawine an Schuldgefühlen über Merana herein. Hätte er sich nur ein paar Minuten früher entschlossen, nach unten zu gehen, wäre Roberta noch am Leben. Er stöhnte auf. Sein Kopf ruckte von einer Seite zur anderen. Die tiefe Wunde in seinem Inneren brannte heftiger als die Schmerzen an seinem Körper.

Die Chefinspektorin schlug vor, eine Pause einzulegen. Aber Merana wehrte ab. »Bitte Carola, mach weiter.«

Sie gab ihm den weiteren Überblick in Kurzfassung. Schartner hatte sich während des Tages ein Rad organisiert. Irgendwo in der Stadt gestohlen. Ein Taxi zu nehmen, war ihm offenbar zu riskant. Der Fahrer könnte sich an ihn erinnern. Meranas Adresse war nicht schwer herauszufinden. Nach der Bluttat nahm er Robertas Handtasche an sich. Darin war auch die Codekarte für die Hotelsuite. Er war noch in der Nacht in Robertas Zimmer eingedrungen, um die verräterischen Dateien auf Robertas Laptop zu löschen.

Merana wurde stutzig.

»Wenn er die Videos eliminierte, wie bist du dann an die Aufnahme gekommen?«

Über ihr Gesicht, das vom Kummer gezeichnet war, huschte ein kleines Lächeln. Sie griff in die Tasche ihrer Sommerjacke, fischte einen Datenstick hervor. An der Plastikhalterung baumelte eine kleine lustige Mozartfigur.

»Roberta hatte schon vorher ihre persönlichen Salzburgaufnahmen auf Stick gezogen. Sie wollte wohl in jedem Fall die Bilder aus jener Stadt sichern, in der sie einen wunderbaren Mann getroffen hatte, in den sie sich verliebte.« Tränen tropften aus den Augen der Chefinspektorin. Das Weiterreden fiel ihr schwer. Merana schluckte. Auch seine Augen füllten sich mit Wasser. Carola angelte nach einem Taschentuch, schnäuzte sich mehrmals. Dann atmete sie tief durch.

»Den Stick fanden wir unter Robertas Sachen. Bis dahin war uns allen nicht klar gewesen, wie die verschiedenen

Fäden dieses Falles zusammenhingen. Ich war verwundert über deine Attacke auf Schartner in Linz. Ich hatte im ersten Moment dein Eingreifen nur als Reaktion auf die vorgefundene Situation in Verbindung gebracht. Als Angriff auf einen Mann, der einer Frau eine Pistole an die Schläfe hält. Nach deiner Attacke hatte ich alle Hände voll zu tun, Schartner in Schach zu halten und gleichzeitig nach dir zu sehen. Glücklicherweise war unmittelbar hinter uns der ärztliche Leiter der Klinik aufgetaucht, der Herr im lindgrünen Sommeranzug. Er kümmerte sich sofort um dich, stillte die Blutung, verständigte die Ambulanz.«

Merana hatte keine Erinnerung daran. Eines der letzten Bilder, das in seinem Bewusstsein auftauchte, war die bronzene Engelsfigur. Er hatte danach gegriffen, mit der Hand ausgeholt. Plötzlich hatte er einen heftigen Schlag verspürt. Carolas Arm landete auf seinem. Dann war alles schwarz. Als hätte jemand den Stecker herausgezogen.

Die Chefinspektorin fuhr fort mit der Zusammenfassung.

»Schartner verweigerte anfangs jede Aussage. Dann fanden wir den Stick. Thomas Brunner entdeckte nach mehrmaliger Durchsicht die verräterische Szene im Geschäft im Waagplatz. Da bekamen wir erstmals eine Ahnung von den möglichen Zusammenhängen. Alle Kollegen legten sich bei den weiteren Nachforschungen mächtig ins Zeug. Wir wollten die vielen Lücken schließen, die sich immer noch zeigten. Einiges an der furchtbaren Geschichte ist inzwischen klarer geworden, aber wir wissen längst noch nicht alles. Die Zeugen aus dem Restaurant erinnerten sich, einen Radfahrer gesehen zu haben, der einen Rucksack bei sich hatte. Das könnte passen. Schartner muss Wäsche zum Wechseln mitgenommen haben. Andernfalls hätte das viele Blut an der Kleidung bei seiner Rückkehr ins Hotel wohl

Aufsehen erregt. Vermutlich hat er die Kleidungsstücke entsorgt, zusammen mit dem Messer. Vielleicht in die Salzach geworfen.«

Sie griff nach einem Taschentuch, tupfte damit Meranas Stirn ab. Auf der Haut hatten sich Schweißperlen gebildet.

»Du hattest jedenfalls recht, Martin. Wir haben es nur mit einem einzigen Fall zu tun. Du hast es intuitiv erkannt. Mir wurde es erst später klar. Als du in Linz auf Darian Schartner losranntest, da wolltest du gar nicht so sehr den Mann attackieren, der eine Frau bedrohte. Du sahst ganz einfach Robertas Mörder vor dir.« Das Gefühl von Wut, das die ganze Zeit über in Meranas Innerem geschwelt hatte, wurde plötzlich von einer Woge aus Scham verdrängt. Ja, er hatte den Mörder seiner Geliebten vor Augen gehabt. Er wollte Rache. Er wollte vernichten. Und gleichzeitig hatte er das Leben von zwei Menschen gefährdet. Das würde er sich nie verzeihen. Sie legte ihm die Hand auf die Schulter.

»Weißt du, Martin, ich bin froh, dass ich deinen Schlag ablenken konnte. Das erspart dir schwer überwindbare Schwierigkeiten. Aber ich weiß nicht, was ich an deiner Stelle gemacht hätte. Wenn jemand meinen Kindern furchtbare Gewalt antäte, dann würde ich auch ausrasten. Und ich bin mir gar nicht sicher, ob es mir recht wäre, würde mich jemand daran hindern, mit einer Bronzestatue den Schädel eines Mörders zu zertrümmern.« Ihre Augen blitzten. Die Wangen waren gerötet. »Und für Frau Dr. Kranz bist du sowieso ein Held. Sie ist der festen Überzeugung, nur deine Attacke gegen Schartner habe ihr das Leben gerettet.« Er wollte zu einer Entgegnung ansetzen, aber die Tür wurde mit Schwung geöffnet. Ein Pfleger im blauen Mantel tauchte auf. »So, Herr Merana, wir beide fahren jetzt zum Röntgen.«

Der Kommissar protestierte. Er wollte jetzt nicht aus dem Zimmer gebracht werden.

Die Chefinspektorin war mit ihrem Bericht noch lange nicht fertig. Doch der Krankenhausangestellte kannte kein Pardon. Röntgen um 16.20 Uhr. Und keine Minute später. Die Abläufe in der Klinik waren exakt geregelt.

»Ich warte auf dich, Martin. Ich genehmige mir inzwischen einen Kaffee.«

Die Chefinspektorin ging voraus, steuerte die Cafeteria im Erdgeschoss an.

Der Pfleger befestigte den Drainagebehälter am Bettgestell. Dann schob er Merana samt der Liege hinaus. Der Kommissar war innerlich noch zu sehr von Carolas Bericht aufgewühlt. Er bekam die Umgebung der verschiedenen Krankenhausflure gar nicht mit. Erst als sich die Röntgenärztin im grünen Kittel über ihn beugte, registrierte er, wo er war.

»So, Herr Merana. Bitte stillhalten.« Die Prozedur dauerte nicht lange. Nach wenigen Minuten wurde er schon wieder aus dem Röntgenraum gebracht. Man stellte das Bett am Gang ab. Ein weiterer Patient, von dem nur der spärliche Haarschopf zu erkennen war, wurde um die Ecke geschoben und verschwand hinter der grauen Tür der Röntgenstation. Merana fühlte sich elend. Carolas Bericht und die Schmerzen in der Brust setzten ihm zu. Er kämpfte gegen die Erschöpfung an. Er wusste nicht, wie lange er auf dem Gang vor der Röntgenstation zugebracht hatte. Er hörte die Stimme der Ärztin. Das Gesicht der Frau im grünen Kittel tauchte über ihm auf.

»Ihre Lunge hat sich schon wieder einigermaßen ausgedehnt, Herr Merana. Die Entscheidung liegt natürlich beim Primar. Aber so wie es aussieht, werden Sie Ihr Anhängsel bald los sein.« Sie deutete mit einem Lächeln auf den Schlauch, der aus seiner Brust ragte. Der Pfleger erschien, um Merana wieder nach oben zu bringen. Das Zimmer war leer. Carolas kleiner Koffer stand neben dem Stuhl. Der Pfleger arretierte das Bett und fixierte den Drainagebehälter wieder am Boden. Mit einem »Gute Besserung, Herr Merana« verabschiedete er sich. Es dauerte noch eine Viertelstunde, bis die Chefinspektorin zurückkam.

»Entschuldige, Martin. Ich habe lange mit Otmar telefoniert und danach mit der Staatsanwältin. Wir wissen immer noch nicht, wer aus dem Konzernvorstand an den Unterschlagungen beteiligt ist. Aber Farnkogel sitzt seit vorgestern in Untersuchungshaft. Es ist gut möglich, dass ihm die Staatsanwaltschaft einen Deal anbietet. Namen gegen Herabsetzung des Strafausmaßes. Jedenfalls habe ich mich gestern Abend fast zwei Stunden mit Luca unterhalten. Er hatte von der Betrugsgeschichte seines Vaters gewusst. Er hatte zufällig ein Telefonat belauscht, das Edwin Farnkogel mit jemandem aus der Konzernleitung führte. Danach hatte der Junge zwei und zwei zusammengezählt. Die Gewissheit, dass sein Vater in krumme Sachen verwickelt war, hat ihn sehr belastet. Als wir damals im Mozarteum auftauchten, dachte Luca, wir kämen wegen der Unterschlagungsaffäre. Er gestand mir, dass er sich manchmal sogar gewünscht hatte, die Polizei würde seinen Vater einsperren. Dann hätte er Ruhe vor ihm und dessen Wutanfällen. Aber jetzt, wo Edwin Farnkogel tatsächlich in U-Haft sitzt, macht er sich Sorgen. Er hat mich gestern mehrmals nach meiner Einschätzung gefragt, wie lange sein Vater im Gefängnis bleiben müsse.«

Edwin Farnkogel hatte seine Firma um Geld betrogen, das stand endgültig fest. Aber er war kein Erpresser, kein

Mozartkugelvergifter. Das war Merana schon gedämmert, als er nach der schrecklichsten Nacht seines Lebens vor der Ermittlungstafel stand. Ohne es begründen zu können, war Merana überzeugt gewesen, es gebe einen direkten Zusammenhang zwischen dem Mord an Roberta und dem Mord an Casabella. Aber ihm fehlte damals jede Vorstellung, worin die mögliche Verbindung bestand. Wie ein Berserker war er hinter der Frage nach dem Motiv hergehetzt: WARUM? Erst jetzt bekam er nach und nach eine Ahnung von dem diabolischen und menschenverachtenden Plan.

»Warum das Gift?«

Carola sah ihn an, zuckte müde mit den Schultern.

»Dazu hat sich Darian Schartner nicht geäußert. Er hasste Jonas Casabella. Abgrundtief. So viel steht fest. Wir sind im Zug der jüngsten Befragungen auf einen Vorfall in Havanna gestoßen. Laut Aussagen von Regisseur Niklas van Beggen wäre Casabella bei den Dreharbeiten fast von einem Balken erschlagen worden. Die Sache wurde damals als bedauerlicher Unfall abgetan. Wir haben die kubanische Polizei mit dem Ersuchen kontaktiert, dem Vorfall noch einmal nachzugehen. Otmar und ich vermuten, dass Schartner vielleicht schon damals einen Anschlag auf Casabella geplant hatte.«

Merana nickte schwach. Wäre dem Produktionsleiter sein Vorhaben in Havanna gelungen, dann hätten in Salzburg nicht völlig unbeteiligte Menschen an Vergiftung leiden müssen. Und Roberta wäre noch am Leben. Die Trauer machte ihn müde, das Zuhören fiel ihm immer schwerer. Die Wirkung der Medikamente hatte nachgelassen. Er spürte wieder starke Schmerzen in der Brust. Das Atmen war mühsam. Aber er musste durchhalten. Auch wenn er das Motiv für Schartners Hass auf Casabella ahnte, wollte er dennoch letzte Gewissheit haben.

»Liliana Winterfeld?«

Die Chefinspektorin hielt Merana das eingeschaltete Tablet hin. Auf dem Schirm erschien das Bild einer jungen Frau. Den Kopf hatte sie neckisch ein wenig zur Seite gedreht. Das Lächeln wirkte einladend, unbeschwert. Die Frau trug eine leuchtende Margerite im dunklen Haar. Im Hintergrund war ein kleiner See im Morgenlicht zu erkennen. Carolas Finger fuhr über den Screen. In der nächsten Sekunde veränderte sich das Bild. Die anmutige Szene in freier Natur verschwand. Die Umrisse eines Zimmers tauchten auf. Merana erkannte den Raum sofort. Das Bett. Die kaum auszumachende Gestalt in den Kissen. Das große Kreuz an der Wand. Er erinnerte sich an das Gespräch mit der Krankenschwester. Aber er konnte sich nicht entsinnen, im Zimmer eine Kamera bemerkt zu haben.

»Sie war direkt über der Tür. Er hatte sie vor einem Jahr installieren lassen. Seit dem Tod von Lilianas Mutter kümmerte er sich allein um den Aufenthalt des Mädchens. Er kam auch für alle Kosten auf.«

Wieder tippte die Chefinspektorin auf den Schirm. Am unteren Rand des Bildschirms tauchte eine purpurfarbene Schrift auf. *Bald wird kommen die Stunde ...*

»Wir haben die Aufnahmen auf Schartners Computer entdeckt. Er hat auf diese Art mit ihr kommuniziert. Auch wenn die Verbindung nur einseitig bestand, war es ihm offenbar ein tiefes Bedürfnis, so zu tun, als könnten seine Botschaften sie erreichen.

Es gibt eine ganze Reihe ähnlicher Bilder.« Sie wischte wieder über den Screen.

Nun saß das Mädchen mit der Margerite gegen einen Baum gelehnt. Ein orangefarbenes Tuch lag über Bauch und Beinen. Der Oberkörper war nackt. Die feuchte Haut trug an manchen Stellen blaue Blüten. Merana war berührt von dieser anmutigen Szene. Eine lachende junge Frau, die keck einen Grashalm zwischen den Zähnen hält, streckt die Arme weit aus, um nach dem Leben zu greifen. Die Schönheit auf dem Bild hatte nichts zu tun mit dem starren wächsernen Körper, der in einer Linzer Klinik vor sich hindämmerte.

»Liliana Winterfeld ist Darian Schartners Cousine. Die Aufnahmen wurden vor etwa fünf Jahren gemacht. Die beiden hatten für kurze Zeit ein Verhältnis, das haben wir inzwischen recherchiert. Otmar ist es gelungen, eine Freundin des Mädchens aufzutreiben. Für Liliana war der Flirt mit Darian eher ein Spaß. Ein kurzes sexuelles Abenteuer. Für ihn war es offenbar viel mehr. Ihr Cousin öffnete Liliana auch Türen in eine Welt, die sie bis dahin nicht kannte. So hat sie auch Jonas Casabella kennengelernt. Das war vor fünf Jahren in Wien. Casabella wirkte damals bei einer Theaterproduktion mit. Schartner war als Lichttechniker engagiert. Liliana war der Ausstrahlung des Schauspielers sofort verfallen. Schartner hatte unter dieser Demütigung sehr gelitten, seine Enttäuschung und seinen Zorn in sich hineingefressen. Auch das hat uns die Freundin erzählt. Liliana begleitete Jonas dann nach Deutschland. Drei Wochen später geschah der Unfall. Jonas kam mit schweren Verletzungen davon. Seine Beifahrerin überlebte ebenfalls, sofern man das Dahinvegetieren im Koma als Leben bezeichnen kann. Die vom Vater aufgebotenen Rechtsanwälte schafften es, dass Jonas Casabella relativ ungeschoren blieb. Damit Gras über die Sache wachsen konnte und die Laufbahn des jungen Mannes durch den Vorfall keinen allzu großen Knick bekam, verließ Jonas nach erfolgreicher Rehab Deutschland. Der Rest ist bekannt. Jonas machte Karriere in den USA, kehrte als strahlender Serienstar zurück.«

Merana fiel die Szene aus Havanna ein, die ihm Roberta am Laptop gezeigt hatte. Das Konterfei von Che Guevara an der Mauer. Und die in sich zusammengesunkene Gestalt des Schauspielers am Kaffeehaustisch neben der Kirche. Verloren, hilflos. Den Blick ins Leere gerichtet. Ein trauriger Anblick.

Ich weiß, dass ihn hat gequält etwas tief in seine Innere. Was meine Kamera hat zufällig festgehalten, ist Wesen von Jonas, wenn er meinte, niemand schaue zu.

Die Tür ging auf. Eine Krankenschwester kam ins Zimmer, brachte eine neue Infusionsflasche. Zusätzlich musste Merana zwei Tabletten schlucken. Die Schwester richtete das Kissen. Er stöhnte, biss sich auf die Lippen. Der Anblick des erschöpften Mannes trieb der Frau Sorgenfalten ins Gesicht.

»Sie brauchen Ruhe, Herr Merana. Sie sind frisch operiert. Wenn Sie wieder zusammenbrechen, hat keiner etwas davon.« Ihr missmutiger Blick traf die Chefinspektorin. Die kam nicht dazu, eine Erklärung abzugeben, denn ihr Handy läutete. Sie verließ rasch den Raum. Als sie 20 Minuten später zurückkehrte, fand sie einen schlafenden Merana vor. Sie tippte ihm einen Kussfinger an die Wange, griff nach Koffer und Tasche und verließ die Klinik.

Die Uhr zeigte 20.45, als Merana langsam wieder die Augen öffnete. Er fühlte sich von einem dumpfen Gefühl erfasst. Sein Kopf bestand aus glühender Watte. Es dauerte, bis er sich langsam zurechtfand. Die Schmerzen waren einigermaßen erträglich. Vorsichtig tastete er nach dem Schlauch. Zum ersten Mal wurde ihm ernsthaft bewusst, dass in seiner Brust ein Fremdkörper steckte. Ein unförmiges Stück Plastik ragte durch seinen Brustkorb bis in die Lunge. Ein Gefühl von leichter Panik erfasste ihn. Was passierte, wenn das rätselhafte Gerät am anderen Ende des Schlauches plötzlich versagte? Musste er dann ersticken? Die Vorstellung, plötzlich nicht mehr atmen zu können, machte ihm Angst. Was mit seinem Leben passierte, hatte ihn in den letzten Tagen so gut wie gar nicht interessiert. Der Blutstrom aus Robertas Hals hatte alles hinweggeschwemmt, was bis dahin seinem Dasein Freude bereitet hatte. Hätte ihn Darian Schartners Kugel im Kopf getroffen, wäre er jetzt tot. Der Gedanke erschreckte ihn nicht. Ihm fehlte die Kraft, die kümmerlichen Reste zusammenzukratzen, die seinem Leben nach dem brutalen Verlust von Roberta noch Sinn gaben. Aber die Vorstellung, qualvoll zu ersticken, behagte ihm auch nicht. Draußen begann es schon zu dämmern. Erst jetzt registrierte er den leeren Besucherstuhl. Er tastete vorsichtig nach dem Handy, tippte Carolas Nummer.

»Hallo, Martin, ich hoffe, du hast gut geschlafen.«
»Gibt es Neuigkeiten?«
»Ja, Otmar hat Schartner den ganzen Nachmittag über verhört. Der Mann hat zwar kein vollwertiges Geständnis abgelegt, aber das Bild wird immer klarer.«

In kurzen Worten fasste sie die wichtigsten Details aus Schartners Aussagen zusammen. Dann wünschte sie ihm eine halbwegs schmerzfreie Nacht und beendete das Gespräch. Meranas Kopf sank schwer ins Kissen. Er läutete nach der Schwester, bat um eine Kanne Tee. Nach zehn

Minuten brachte sie das heiße Getränk. Er dachte an das Gespräch, das er mit Romana Weber geführt hatte.

Die Psychologin hatte über den seelisch tief verletzten Drahtzieher gesagt: *Er trägt eine Wunde mit sich herum, die keiner sehen darf. Die Ursache für diese Verletzung liegt seiner festen Überzeugung nach bei anderen. Das macht ihn zu einer unberechenbaren und extrem gefährlichen Person.*

Die Einschätzung der Expertin hatte sich voll und ganz bewahrheitet. Der Unfall hatte Darian Schartner völlig aus der Bahn geworfen. Zunächst hatte ihm Casabella seine Geliebte abspenstig gemacht. Und dann hatte er den Autounfall verursacht. Das Mädchen mit der Margerite im Haar war durch die Schuld des Schauspielers für immer aus dem Leben gerissen worden, existierte nur mehr als klinisch Tote in einem kahlen Zimmer. Casabella, der Mädchen nur benützte und wegwarf, wie er sie brauchte, war glimpflich davongekommen. Hatte sich nicht einmal vor der Justiz öffentlich rechtfertigen müssen. Da war in Darian Schartners verwundetem Herzen der Hass erwacht. Für einen Moment empfand Merana so etwas wie Mitgefühl mit dem Produktionsleiter. Er konnte einen Herzschlag lang Schartners tiefe Verletztheit und dessen Wut nachvollziehen. Doch dann wurde Merana sofort wieder schmerzhaft bewusst, zu welch furchtbaren Taten das Rachegefühl den Produktionsleiter getrieben hatte. Der Kommissar sah die elendiglich verendete Gestalt des Schauspielers vor sich mit der Mozartkugel in den verkrümmten Fingern. Er dachte an die Kinder, die Gift abbekommen hatten und nur durch großes Glück am Leben geblieben waren. Er spürte Robertas totenkalte Wangen, während aus ihrem aufgeschlitzten Hals das Blut schoss. Schartners Plan war perfid gewesen. Jeder kannte Casabellas Hang, sich unentwegt Mozartku-

geln reinzustopfen. Schartner hatte sich dessen Vorliebe zunutze gemacht, um den Schauspieler auf diese Weise zu töten. Dass er mit den vergifteten Kugeln auch Unschuldige gefährdete, nahm er eiskalt in Kauf.
Er will Genugtuung. Und er geht dabei über Leichen.
Die Überheblichkeit, die aus den Erpresserbriefen zu spüren war, mochte vielleicht gespielt sein. Aber sie traf dennoch auch auf Schartners Charakter zu. Er war der überlegene Fädenzieher eines abgrundtief bösen Spiels. Es hatte niemals ein erstes Erpresserschreiben gegeben. Alles nur Strategie, um von der eigentlichen Tat abzulenken. Durch das Auftauchen der Vergiftungsfälle und des zweiten Drohbriefes hatte die Polizei sich sofort auf den geheimnisvollen Erpresser gestürzt. Die Ermittler hatten die Richtung ihrer Untersuchungen augenblicklich geändert. Keiner hatte sich mehr für Casabellas persönliches Umfeld interessiert. Weder für dessen Vergangenheit noch für die Filmcrew. Denn jetzt galt es nicht mehr, einen Täter zu finden, der mit Casabella in Verbindung gestanden war. Nun musste die Polizei einen geheimnisvollen Erpresser als Schuldigen ausfindig machen. Schartner hatte eine falsche Fährte nach der anderen gelegt. Sogar die Ordenstracht hatte zur Verwirrung gedient. Als Produktionsleiter in der Filmbranche wusste er wohl genau, zu welchem Kostümverleih er seinen Kurier dirigieren sollte. Er hatte jedes Detail eiskalt durchgeplant. Wie in einem Film liefen in Meranas Kopf die Bilder ab. Er sah Jonas Casabella, der überall seine Zimmercard liegen ließ, wie die Nachforschung ergeben hatte. Er stellte sich vor, wie der ständig lauernde Produktionsleiter auf die passende Gelegenheit wartete, um die vergifteten Kugeln im Zimmer des Schauspielers zu deponieren. Merana versuchte, sich an den

zeitlichen Ablauf der Ereignisse zu erinnern. Jonas Casabella starb in der Nacht auf Mittwoch. Vor diesem Zeitpunkt konnte Schartner keine vergifteten Süßigkeiten in den Geschäften platzieren. Wenn zufällig jemand eine präparierte Kugel gegessen hätte, wäre der Vergiftungsskandal womöglich aufgeflogen, bevor Casabella seine Ration verspeist hatte. Nach dem grausamen Tod des Schauspielers ging alles Schlag auf Schlag. Darian Schartner hatte vergiftete Packungen in mehreren Verkaufsstätten untergebracht. Das Risiko, an einem dieser Orte ertappt zu werden, war groß. Aber nur so konnte er den Eindruck erwecken, dass nicht nur das Geschäft am Waagplatz Ziel der Manipulationen gewesen war. Wenn mehrere vergiftete Personen auftauchten, die ihre Kugeln aus unterschiedlichen Geschäften bezogen, verstärkte sich die Annahme, Jonas wäre lediglich ein Opfer unter vielen. Die Begründung, warum überhaupt vergiftete Kugeln in den Geschäften landeten, rechtfertigte der Erpresser durch die Ablehnung seiner Forderungen aus dem ersten Schreiben. Natürlich hatte dieser Brief nie existiert. Aber das Täuschungsmanöver unterstrich den Eindruck, die Erpressung hätte schon viel früher begonnen. Schartners Strategie war genial und diabolisch zugleich. Er bekam zwar seine Rache. Aber er wusste auch, dass es weitere Opfer geben würde. Die Auswahl überließ er dem Zufall. Der Gedanke an die grausame Beteiligung des Zufalls bei diesem mörderischen Treiben bereitete Merana erneut Schmerzen.

La petite surprise ...

Wäre er Roberta nicht begegnet und hätten sie sich nicht ineinander verliebt, dann hätte die Französin keine Veranlassung gehabt, Pläne für einen gemeinsamen Urlaub zu schmieden. Dann hätte der um Hilfe gebetene Produk-

tionsleiter nie in Robertas Zimmer den Blick auf den eingeschalteten Laptop werfen können. Aber es war anders gekommen. Und ihre gemeinsame Zukunft war mit einem einzigen brutalen Messerschnitt ausgelöscht worden. *Keine Sommer. Keine Winter.* Der Blutstrom hatte alles hinweggeschwemmt. Die Trauer griff wieder mit Wucht nach ihm, die Verzweiflung drückte ihm auf die Brust. Er konnte kaum atmen. Wut mischte sich dazu. Er stellte sich Darian Schartner auf dem elektrischen Stuhl vor. Und seine, Meranas, Hand, schwebte über dem Schalter. Sollte er den Hebel drücken? Aus Rache für Roberta? Als Ausgleich für die Qual?
Nein!
Er begann zu keuchen.
Nein!
Sein Kopf zuckte hoch. Ein tiefes Brüllen rollte aus seiner Brust. Mehrmals. Seit er denken konnte, war er wie jeder zivilisierte Mensch gegen die Todesstrafe gewesen. Daran würde auch sein jetziger erbärmlicher Zustand nichts ändern. Der Mann, der im Büro der Verwaltungsdirektorin auf Darian Schartner losgegangen war, hatte keine Ähnlichkeit mit jenem Martin Merana, den er sein ganzes Leben zu kennen glaubte. Der Mann, der blind vor Trauer und Hass nach der Figur gegriffen hatte, um zuzuschlagen, das war auch nicht jener, der hier im Krankenzimmer lag, mit einem Schlauch und tiefer Verzweiflung in der Brust. Das war eine andere Person. Und dennoch war dieses Wesen ein Teil von ihm. Das musste er akzeptieren. Wieder spürte er die unermessliche Tiefe des Abgrundes in sich. Unbekanntes Terrain. Ihn schwindelte. Alles drehte sich vor seinen Augen. Die Tür wurde aufgerissen. Das Deckenlicht flammte auf. Eine besorgte Krankenschwester eilte ans Bett.

»Herr Merana, ist alles in Ordnung? Ich habe Sie schreien gehört.«

Er keuchte, versuchte, seinen Atem zu beruhigen.

»Kein Problem, Schwester. Ich habe wohl schlecht geträumt.«

Sie legte ihm die Hand auf die Stirn, kontrollierte seinen Puls.

»Möchten Sie noch ein zusätzliches Schlafmittel?«

Er schüttelte den Kopf. »Nein danke. Es geht schon wieder.«

Sie betrachtete ihn mit besorgter Miene. »Wenn Sie nicht schlafen können, dann läuten Sie nach mir.« Sie verließ langsam das Zimmer. Das Licht blieb an.

Sein Blick fiel auf das Nachtkästchen. Dort lag immer noch das Kuvert, das ein Besucher am Abend zuvor zurückgelassen hatte, während er im Schlaf lag. Neugierde erfasste ihn. Er betrachtete die Aufschrift.

Für Kommissar Martin Merana stand auf dem Umschlag. Er war erstaunt. Das war die Handschrift von Polizeidirektor Günther Kerner. Er öffnete das Kuvert, zog eine blassblaue Karte heraus.

Lieber Martin!

Welches Schreiben auch immer du mir auf den Schreibtisch legen willst, ob einfachen Viertelbogen oder amtliches Formular. Die Antwort ist NEIN! Die Salzburger Polizei wird nicht ihren besten Mann ziehen lassen. Ich will keinen Freund verlieren. Und du wirst dein Leben nicht wegwerfen.

Ich freue mich auf deine Rückkehr. Wir stehen neben dir.
Dein Günther

Für einen Moment wurden Meranas Augen feucht. Er las die Zeilen nochmals.

Dann sank seine Hand müde auf das Bett. Er wusste nicht, was nach seiner Entlassung aus dem Krankenhaus geschehen würde. Er würde sich in jedem Fall der Verantwortung für seine Handlungen stellen. Aber jetzt war er einfach zu erschöpft, um weiter über seine Zukunft nachzudenken. Die Augen fielen ihm zu. Sein Kopf schmerzte. Aus seiner Lunge tropfte weiterhin Wundsekret in den Auffangbehälter. Die Müdigkeit drückte auf seine Stirn, rollte seinen Körper hinab bis zu den Füßen. Langsam tauchte das Bild von Robertas Gesicht in ihm auf. Es glich nicht dem totenstarren Antlitz aus der Nacht vor seinem Haus. Auf ihren Wangen funkelte Sonnenlicht, reflektiert von den sanften Wellen des Mattsees. In ihren Augen leuchtete Liebe.

Musik war in ihm. Er hörte das Adagio aus Mozarts Klavierkonzert. Und zugleich fühlte er unendlich tiefe Trauer.

NACHKLANG.
FINALE.

Die Spannung im Saal war förmlich greifbar. Der Geräuschpegel des aufgeregten Gemurmels versiegte abrupt, als sich im Hintergrund die große weiße Tür öffnete. Knapp 800 Leute hielten den Atem an. Die Festspielpräsidentin betrat die Bühne.

»Meine sehr geehrten Damen und Herren. Ich darf Ihnen die Entscheidung der Jury bekannt geben. Der Gewinner des diesjährigen *Young Amadeus Wettbewerbes* heißt … Luca Farnkogel!«

In der nächsten Sekunde explodierte der Jubel. Der Mann mit der Kamera schwenkte vom Kopf der Präsidentin zu den Wettbewerbsteilnehmern, die an der rechten Bühnenseite auf samtbezogenen Stühlen saßen. Die Kamera hielt auf Luca zu, der noch immer nicht realisiert hatte, dass er der Sieger war. Die anderen vier Finalisten begannen zu klatschen. Die kleine Japanerin mit leicht säuerlicher Miene. Er spürte etwas Warmes. Die Festspielpräsidentin hatte seine Hand erfasst, schüttelte sie. »Herzliche Gratulation, junger Mann. Die Jury hat einen würdigen Sieger gekürt.«

Sie ließ seine Hand nicht aus, führte ihn behutsam zur Bühnenmitte. Erst da wurde ihm klar, was eben vorgefallen war. Er hatte gewonnen! Er hatte die ersten beiden Sätze aus Mozarts Klaviersonate Nr. 8 gespielt. Seiner Meinung nach hatte die Japanerin das *Allegro con spirito* besser getroffen. Als Zugabe hatte er Chopin gewählt. Es hatte offenbar gereicht. Er hatte tatsächlich gewonnen! Er sah seine Mutter in der dritten Reihe. Sie weinte. Daneben saß seine Klavierlehrerin. Auch Frau Professor Cesaria Bellington standen Tränen in den Augen. Neben der Lehrerin entdeckte er das strahlende Gesicht von Aldiana. Er trug ihren Achat-Talisman am Lederband unter dem weißen Hemd. Er musste sich dem Mikrofon des Moderators zuwenden, der ihm eine Frage stellte. Die Mitglieder der Jury erschienen auf der Bühne. Noch immer jubelten die Leute im großen Saal des *Mozarteums*. Er würde einen Geldpreis erhalten. Und er durfte im Jänner im Tanzmeistersaal in *Mozarts Wohnhaus* an zwei Konzerten der *Internationalen Salzburger Mozartwoche* mitwirken. Er fühlte sich wie in Trance. Er wusste gar nicht mehr, was er dem Moderator geantwortet hatte. Hoffentlich keinen allzu großen Blödsinn. Menschen stürzten auf ihn zu, von denen er nur die wenigsten kannte. Alle wollten seine Hand schütteln. Seine Mutter und Frau Professor Bellington waren plötzlich an seiner Seite. Sein Vater war nicht da. Der saß in Untersuchungshaft. Das wusste er. Ein wenig tat ihm der Vater leid. Er würde ihn besuchen, wenn das möglich war. Sie würden aus dem Haus ausziehen müssen. Opa würde sich um sie kümmern, hatte seine Mutter gesagt. In jedem Fall durfte er das Klavier behalten. Er war froh darüber. Der Flügel war in den vergangenen Tagen zu seinem Lieblingsplatz geworden. Der Andrang der vielen Menschen war enorm. Aber es machte ihm Freude, im Mittelpunkt zu stehen. Er wusste nicht mehr, wie sie zum Buffet gekommen waren. Mit einem Mal befand er sich im *Bastionsgarten*, direkt vor dem *Zauberflötenhäuschen*. Er hatte ein Glas mit Cola in der Hand. Immer noch kamen Leute, lachten, klopften ihm auf die Schulter.

Und plötzlich stand Aldiana vor ihm. Sie nahm ihn an der Hand und zog ihn zum Ausgang. Sie rannten über die Treppe nach unten. Das Mädchen lief voraus. Er folgte, ihre Hand hielt seine. Erst im Mirabellgarten machte Aldiana Halt zwischen den grünbelaubten Wänden des Heckentheaters. Plötzlich wurde ihm bewusst, dass es schon längst Nacht war. Ein paar Sterne blinzelten am Himmel. Aldiana drückte ihn auf eine Bank. Dann schlang sie ihre Arme um seinen Nacken und küsste ihn.

Er spürte ihren Mund auf seinem. Etwas Weiches, Feuchtes tastete sich über seine Lippen. Das war ihre Zunge. Ihm wurde glühend heiß. Er öffnete den Mund. Ihre Zungen trafen sich, spielten miteinander. *Molto espressivo*.

Das war wunderbar.

Das war sogar noch besser als Chopin!

ENDE

DANKE

Ich freue mich sehr, dass mir bei meinen Recherchen der Ururenkel des Erfinders der Original Salzburger Mozartkugel, Martin Fürst, von Anfang an mit Wohlwollen begegnete. Ich bedanke mich also herzlich bei Martin und dessen Vater Norbert Fürst, dass sie zudem einverstanden waren, als echte Figuren in meiner Romangeschichte aufzutreten. Bei einer Erzählung über Paul Fürst und die Geschichte der Mozartkugel hätte es mir leid getan, in der Gegenwart irgendwelche fiktiven Nachfahren erfinden zu müssen. So sind also die ›echten‹ Herren Fürst auf meinen Kommissar Merana getroffen. Die Gespräche mit Martin Fürst waren mir auch Anregung, einen Bogen von der Geschäftsphilosophie der Konditorenfamilie zum generellen wirtschaftlichen und kulturellen Erscheinungsbild Salzburgs zu schlagen.

Lieben Dank auch an die Direktorin der Mozart-Museen, Gabriele Ramsauer, und an den Geschäftsführer der Internationalen Stiftung Mozarteum, Matthias Schulz, für die Unterstützung bei meinen Nachforschungen im Umfeld von Mozarts Geburtshaus und anderen Schauplätzen.

Herzlich bedanken darf ich mich ein weiteres Mal bei Kornelia ›Conny‹ Seiwald, Präsidentin der Salzburger Apothekerkammer. Sie hat mein kümmerliches Wissen über Kaliumcyanid aufgepäppelt und mir geholfen, die schlüssig wirksame Vergiftungsmethode zu konstruieren.

Die Anregung, die Geschichte von Paul Fürst als TV-Doku über eine Promi-Pechvogel-Serie aufzuziehen, verdanke ich der Lektüre des Buches ›Die größten Pechvögel des Jahrhunderts‹ (Autoren: Andrea Fehringer, Gerald Reischl, Clemens Stadlbauer), Verlag Ueberreuter, 1999.

ERKLÄRUNG

Die Mozartkugel Marke *Mirabell* wird von der Firma *Salzburg Schokolade GmbH* (in Grödig bei Salzburg) für den Lebensmittelkonzern *Mondelez International* produziert. Das stimmt mit meiner Geschichte überein. Alle weiteren Details über Mitarbeiter, Verwaltungsprozesse, Geschäftsentscheidungen etc. in diesen Firmen haben nichts mit der Realität zu tun, sondern sind in meiner Erzählung rein fiktiv.

*Weitere Krimis finden Sie auf den
folgenden Seiten und im Internet:*

WWW.GMEINER-SPANNUNG.DE

MANFRED BAUMANN
Drachenjungfrau
....
978-3-8392-1587-6 (Paperback)
978-3-8392-4463-0 (pdf)
978-3-8392-4462-3 (epub)

» Martin Merana ermittelt im schaurig-schönen Ambiente der berühmten Krimmler Wasserfälle. «

Am Fuß der beeindruckenden Krimmler Wasserfälle liegt ein totes Mädchen: Lena Striegler, siebzehnjährige Schönheit, Gewinnerin der Vorausscheidung zum groß inszenierten Austrian Marketenderinnen Award. Der Salzburger Kommissar Martin Merana ermittelt erstmals in der Provinz, zwischen den kuriosen Abgründen einer rustikalen Casting-Show und den mystischen Geheimnissen einer alten Sage. Während Merana den Kreis der Verdächtigen einschnürt, geschehen weitere rätselhafte Dinge im Ort …

Das Neueste aus der Gmeiner-Bibliothek

Unsere Lesermagazine

Bestellen Sie das kostenlose KrimiJournal in Ihrer Buchhandlung oder unter www.gmeiner-verlag.de

Informieren Sie sich ...

www ... auf unserer Homepage:
www.gmeiner-verlag.de

@ ... über unseren Newsletter:
Melden Sie sich für unseren Newsletter an unter www.gmeiner-verlag.de/newsletter

f ... werden Sie Fan auf Facebook:
www.facebook.com/gmeiner.verlag

Mitmachen und gewinnen!

Schicken Sie uns Ihre Meinung zu unseren Büchern per Mail an gewinnspiel@gmeiner-verlag.de und nehmen Sie automatisch an unserem Jahresgewinnspiel mit »mörderisch guten« Preisen teil!